YVY KAZI
The Reason Of Love

Yvy Kazi

THE
reason
OF LOVE

Roman

LYX in der Bastei Lübbe AG
Dieser Titel ist auch als E-Book und als Hörbuch erschienen.

Die Bastei Lübbe AG verfolgt eine nachhaltige Buchproduktion.
Wir verwenden Papiere aus nachhaltiger Forstwirtschaft und verzichten
darauf, Bücher einzeln in Folie zu verpacken. Wir stellen unsere Bücher
in Deutschland und Europa (EU) her und arbeiten mit den Druckereien
kontinuierlich an einer positiven Ökobilanz.

Originalausgabe

Copyright © 2022 by Bastei Lübbe AG, Köln
Copyright © 2022 by Yvy Kazi

Textredaktion: Kathleen Weise
Umschlaggestaltung: © Sandra Taufer
unter Verwendung von Motiven von © Viktoriia Debopre / shutterstock;
Klavdiya Krinichnaya / shutterstock; Taigi / shutterstock
Satz: Greiner & Reichel, Köln
Gesetzt aus der Adobe Caslon
Druck und Verarbeitung: GGP Media GmbH, Pößneck

Printed in Germany
ISBN 978-3-7363-1688-1

3 5 7 6 4

Sie finden uns im Internet unter lyx-verlag.de
Bitte beachten Sie auch: luebbe.de und lesejury.de

Liebe Leser:innen,

dieses Buch enthält Elemente,
die potenziell triggern können. Diese sind:

*Schilderungen von LGBTQIA+-Diskriminierung,
Erinnerungen an Mobbing, Erinnerungen an den Verlust von
Familienmitgliedern.*

Wir wünschen uns für euch alle das bestmögliche
Leseerlebnis.

Euer LYX-Verlag

Für Markus,
der mir nach unserem zweiten Date den Schlüssel zu
seinem Herzen (und seiner Wohnung) schenkte.

Wenn zwei Herzen im selben Takt schlagen,
siegt Liebe über Vorurteile.

Penelope Perez

Playlist

»Mateo« – For Nest Audio Sessions – Tove Lo
»Missing Peace« – J J Heller
»Problems« – A R I Z O N A
»Shiver« – Mike Waters
»Lovestruck (feat. Natalie Weiss)« – Neisha Grace,
Natalie Weiss
»Unsolicited Contact« – Cassie Dasilva
»Deja vu« – Olivia Rodrigo
»You're Beautiful« – James Blunt
»Kissin' In The Cold« – JP Saxe, Julia Michaels
»Better with you« – Virginia To Vegas
»Tell Her You Love Her (feat. Mat Kearney)« – Echosmith,
Mat Kearney
»I Want It That Way« – Annett Louisan
»All of Me« – John Legend
»Can't Remember to Forget You« – Shakira, Rihanna
»You & Me« – James TW
»Girls Your Age« – Transviolet
»Empire« – Shakira
»Still Into You« – Meadowlark
»Weak« – AJR
»I Don't Care« – Charlotte Sands, James Droll

I. KAPITEL

HB + M = F

(Haley Bales + Menschenmengen = Fluchtinstinkt)

Vor einem Jahr

Mit einem Flyer in der Hand betrete ich das nach Burgern und Pommes riechende Fastfood-Restaurant namens *Hatcat*, nur um schlagartig hinter der Tür stehen zu bleiben. *Wahnsinn, wie voll das hier ist.* Ich wusste schon immer, dass ich kein Menschen-Mensch bin, und das nicht erst, seitdem mir jemand in der Junior High das Wort *Freak* auf den Spind geschmiert und mir »Tritt-mich«-Schilder an den Rucksack geklebt hat. Dabei mag ich Menschen. Der menschliche Körper ist unglaublich faszinierend. Ästhetisch und zugleich funktional. Obwohl wir alle aus denselben Grundbausteinen bestehen, ist jeder Mensch einzigartig. Gibt es etwas Cooleres? Ich freue mich darauf, endlich mit dem Medizinstudium zu beginnen.

Aber ich bevorzuge die Exemplare der Gattung Homo sapiens trotzdem eher sparsam dosiert. Lieber in homöopathischen Mengen und nicht in hohen Dosen. Wo genau die magische Grenze verläuft, ab der ich mich unwohl fühle, habe ich noch nicht herausgefunden, aber wenn ich von zu vielen Menschen umgeben bin, fühle ich mich bedrängt. Das Zuviel ist zwar tagesformabhängig, aber das überfüllte

Hatcat liegt definitiv im roten Bereich meines Wohlfühlbarometers.

Schon während des Hereinkommens bereue ich, überhaupt hergekommen zu sein. Das *Hatcat* ist so gut besucht, dass ich keinen Sitzplatz kriegen werde. Alle Tische sind restlos belegt. Studierende stehen am Tresen und in den Gängen, klammern sich an ihre Getränke und plaudern ausgelassen. Bei dem Geräuschpegel geht mein unbehagliches Räuspern vollkommen unter.

Ich verstaue das Faltblatt in der Umhängetasche, ziehe den Riemen zurecht und vergrabe die Hände in den Taschen der Jeansjacke. Mein Blick gleitet über die vollen Sitznischen im Retrolook, die Backsteinwände und die viel zu bunten Gemälde daran. An der Wand hinter dem Tresen hängt das Bild einer großen schwarzen Katze mit Zylinder. Das ist zumindest etwas, was mir diesen Laden sympathisch macht, denn ich mag Katzen – sie erinnern mich an unseren Kater Mr Snuggles. Und ich mag Burger und Pommes. Angeblich gibt es hier die besten der Stadt. Obwohl Mom und ich schon seit ein paar Wochen in Fair Haven leben, bin ich noch nicht dazu gekommen, das zu überprüfen.

Der Hauptgrund dafür ist, dass mir im *Hatcat* immer zu viel los ist. Man könnte meinen, dass die Studierenden des St. Clair Campus dort wohnen. Das ist heute nicht anders, doch im Gegensatz zu mir scheint sich niemand daran zu stören. Die Stimmung ist fröhlich und ausgelassen. Wahrscheinlich sollte es auch so sein, schließlich ist dies der Ersti-Empfang der Medizinstudierenden. Sollte man nicht euphorisch sein, wenn ein neuer Lebensabschnitt beginnt? Gut gelaunt, voller Motivation und Tatendrang, stolz darauf, die Highschool erfolgreich abgeschlossen zu haben. Irgendwie … erwachsener.

So sollte ich mich fühlen. Ganz tief in mir spüre ich diese Emotionen auch, aber sie werden von meinem akuten Unwohlsein überlagert.

Noch immer stehe ich wie bestellt und nicht abgeholt hinter dem Eingang und wippe nervös auf und ab. Ich habe die Highschool abgeschlossen, die Aufnahmeprüfung am St. Clair bestanden und ein Stipendium erhalten. Ich gehöre hierher. Es gibt keinen Grund dafür, mich wie ein echt schlecht angepasstes Virus zu fühlen, das sich gerade in den Wirtskörper schmuggelt. All die unschönen Gefühle, die beim Anblick der Menschenmassen in mir hochkommen, müssen dringend unterdrückt werden. Sie drängen zu sehr gegen die mentale Schutzmauer, die ich in den letzten Jahren mühevoll errichtet habe.

Ich meine: Wenn du dein halbes Leben lang mit Mobbing zu kämpfen hattest, gibt es häufig nur zwei Möglichkeiten, um die Schulzeit zu überstehen. Entweder verkriechst du dich aufgrund der Lästereien in deinem Zimmer und weinst in dein Kissen, oder du arbeitest daran, dass dich die Worte der anderen gar nicht erst erreichen. Du errichtest eine mentale Mauer, die nichts und niemand durchdringen kann. Zugegeben: Es gibt Momente, in denen bekommt sie Risse. So wie jetzt. Eine Mauer in Schuss zu halten, erfordert stetige Wartungsarbeiten. Beginnt sie einmal zu bröckeln, droht eine Katastrophe – ähnlich wie beim Bruch eines Staudamms. Den möchte auch niemand erleben.

Tief durchatmend frage ich mich, warum ich überhaupt hergekommen bin? Im Grunde habe ich doch gewusst, dass ich mich überflüssig fühlen werde. Wahrscheinlich bin ich nur hier, weil es sich so gehört – oder weil ich mich nicht gleich am ersten Tag des Studiums als Außenseiterin outen wollte.

Da ich allein mitten im Eingang des überfüllten Ladens stehe und nichts mit mir anzufangen weiß, läuft es mit der

Operation *Anpassung* nicht besonders vielversprechend. Allerdings sehe ich zwischen den anderen Medizinstudierenden ohnehin wie ein bunter Hund aus – und das nicht nur aufgrund meiner zuckerwatterosafarbenen Haare. In dem Vintage-Sommerkleid und den Römersandalen wirke ich, als wollte ich eher zum Coachella-Festival als zu einer Vorlesung an einem der besten Colleges der USA gehen. Vielleicht habe ich beim Aufnahmetest den Tag verpasst, an dem der Besitz von Poloshirt und Perlenkette abgefragt wurde? Ich habe noch nie so viele junge Frauen auf einem Haufen gesehen, die Perlenketten zu T-Shirts kombinieren. Wann wurde das zu einer Uniform erklärt? Und warum? Sollte ich mir von Mom zum Geburtstag lieber eine Perlenkette als ein Tattoo wünschen?

Um irgendetwas zu tun, gehe ich zum Tresen hinüber und bestelle eine Zitronenlimonade. Mit auf die Theke gestützten Armen zeichne ich die Maserung des Holzes nach. Ich brauche dringend einen Schlachtplan, um diesen Nachmittag zu überstehen, denn meine momentane Vision für die nächsten Minuten sieht die Toilette und ein Fenster vor, das hoffentlich groß genug ist, damit ich hindurchpasse, um ungesehen zu verschwinden.

Wahrscheinlich sollte ich einfach an einen Tisch herantreten und mich vorstellen.

»Hey, ich bin Haley Bales und studiere mit euch zusammen. Cool, euch kennenzulernen.«

Es klingt simpel. Aber meistens dauert es nur wenige Minuten, bis den Menschen dämmert, dass ich irgendwie nicht ins Gesamtgefüge passe. Dass etwas an mir anders ist. Wie ein Puzzlestück, das sich in den falschen Karton verirrt hat. Natürlich habe ich in der Vergangenheit immer wieder versucht, mich anzugleichen, doch wie man es auch dreht und wendet: Es war vergebens.

Reiß dich zusammen, ermahne ich mich selbst.

Überrascht fahre ich herum, als ich eine Hand an meiner Hüfte spüre. Und muss mich korrigieren. Es ist nicht nur eine Hand, sondern gleich ein ganzer Arm, dabei bin ich mir sehr sicher, den jungen Mann mit den schwarzen Locken nicht zu kennen. Also warum lächelt er mich so eigenartig an? Warum liegt sein Arm um meine Taille? Und die wichtigste Frage überhaupt: Ist es hier drinnen mit einem Mal so unglaublich heiß, oder leide ich an Halluzinationen? Panikattacke? Fieberschub? Menopause? Welche rationalen Begründungen gibt es sonst noch für Hitzewallungen?

»Hey«, haucht mir der Fremde entgegen.

Der warme Unterton in seiner Stimme lässt meine Kopfhaut eigenartig kribbeln. Oder liegt es an dem herausfordernden Funkeln in seinen Augen? Hellgrün. Das ist ihre Farbe. Ich brauche keinen zweiten Blick, um festzustellen, dass der Typ ebenso gut aussieht, wie er duftet. Seine dichten langen Wimpern und die schmale gerade Nase lassen sein Gesicht fast klassisch schön wirken, während mir für seinen durchtrainierten Körper spontan die Worte fehlen.

Ich bewundere, wie sich die Muskeln unter seinem eng anliegenden Shirt abzeichnen, und schlucke trocken. Wer auch immer er ist, er hat definitiv einen Sechser im genetischen Lotto erwischt. Und eine Vorliebe für sportliche Aktivitäten. Das steht außer Frage. Ich weiß nicht, wann ich zuletzt einem derart gut aussehenden Mann begegnet bin – der Reaktion meines Körpers nach vermutlich noch nie. Aber allein, dass ich seine Wärme an meinem Rücken spüre, drängt mich zu der Frage: »Kennen wir uns?«

»Das werde ich oft gefragt«, behauptet er, grinst mich herausfordernd an und zieht die Hand zurück, um sie mir entgegenzustrecken.

Die Geste wirkt so überaus selbstgefällig, dass mein Bewunderungsmodus augenblicklich beendet ist.

»Mateo Ortega. Schnellster Läufer auf dem Campus. Runningback bei den St. Clair Otters. Vielleicht hast du mich schon einmal spielen gesehen.«

Ist das sein Ernst? Er zwinkert mir zu, als wäre er irgendein Hollywoodstar, den ich gerade inkognito getroffen hätte. Als wäre es eine Ehre, dass er mich soeben angesprochen hat.

Wow.

Was auch immer mir fehlt, hat er eindeutig zu viel.

»Wie schön, Mateo Ortega.« Ich erwidere seinen Händedruck und ignoriere, dass sich meine Hand viel zu feucht anfühlt. »Haley Bales. Eidetisches Gedächtnis. Ob wir uns kennen, war daher eher eine rhetorische Frage. Wenn wir uns schon einmal gesehen hätten, wüsste ich es. Aber ich interessiere mich so sehr für Football wie eine Schildkröte fürs Haareschneiden. Also gar nicht. Ich bezweifle, dass ich dich je habe spielen sehen oder das in Zukunft tun werde. Und ich würde dir empfehlen, dich demnächst erst vorzustellen und die Frauen danach anzufassen, sonst kannst du dein Lauftalent irgendwann anderweitig unter Beweis stellen und vor der Polizei weglaufen, weil man dich wegen sexueller Belästigung jagt.«

»Sorry!« Er tritt einen Schritt zurück und hebt abwehrend die Hände, als hätte er sich verbrannt. »Ich wollte nur nett zu dir sein. Du sahst so verloren aus, da dachte ich, vielleicht freust du dich über ein wenig Gesellschaft.«

»Wenn *nett sein* und *ungefragt anfassen* bei dir Synonyme sind, verzichte ich.« Es mag ja Mädchen geben, die auf übergriffiges Verhalten stehen und das irgendwie *männlich* finden, aber ich gehöre definitiv nicht dazu. Mein Blick fällt auf den Anstecker am Kragen seines dunkelgrünen Shirts. Wer zum Geier hat diesen Typ zu einem Tutor gemacht? »Du führst also

Erstis herum, ja? Zeigst du ihnen dann auch gleich die Plätze, an denen man am besten ungestört rumknutschen kann?«

»Ich könnte«, versichert er mit einem Lächeln, das sofort wieder erlischt. »Ich meinte: Nein. Auch wenn es mir schwerfällt, kann ich mich zusammenreißen. Es sei denn, du überlegst es dir anders.«

Entweder ist meine Menschenkenntnis lausig oder Mateo Ortega weiß wirklich nicht, was er gerade fühlen soll. Sein Gesichtsausdruck sieht genauso unentschieden aus, wie sein Tonfall klingt.

»Falls ich mich doch noch dafür interessieren sollte, wo man in der Bibliothek am besten fummeln kann, werde ich mich vertrauensvoll an dich wenden«, verspreche ich.

Ein lang gedehntes »O-kay« ist alles, was ich zur Antwort bekomme. Mateo wippt unruhig auf und ab und mustert mich, als würde er auf etwas warten. Er braucht mich gar nicht so anzuschauen. Ja, er sieht gut aus, aber das ist noch lange kein Grund, sich zu benehmen, als käme man aus der Steinzeit.

»Dann wünsche ich dir noch viel Spaß, Haley Bales. Und herzlich willkommen auf dem St. Clair Campus.« Flüchtig deutet er auf die Brosche, die ich am Revers meiner Jeansjacke befestigt habe und die mich als Frischling kennzeichnet. »Nur falls du dir doch noch überlegst, dass etwas Gesellschaft nett wäre, weißt du ja jetzt, wie ich heiße.« Er verabschiedet sich mit einer unentschiedenen Geste, die vage an ein Winken erinnert.

Ich habe keine Ahnung, wem von uns beiden das Gespräch unangenehmer war; peinlich ist es auf jeden Fall gewesen.

Der Versuch, nicht gleich zur Außenseiterin zu werden, läuft nicht gut. Das muss ich spätestens einsehen, als Mateo Ortega zu einer Gruppe junger Männer geht, die kurz darauf zu mir herübersehen und in lautes Gelächter ausbrechen. Es sich mit einem der hiesigen Footballspieler zu verscherzen, ist kein kluger Schachzug gewesen.

An meiner Limo nippend beschließe ich, nach Hause zu gehen und dieses soziale Experiment zu beenden.

Was für ein Reinfall.

»Hey.«

Was ist das hier? Eine Hey-Epidemie? Ist *Hey* überhaupt ein Wort? Genervt sehe ich zu einem jungen Mann auf, der mir ein extrem charmantes Lächeln schenkt. Noch so ein Typ, der aussieht, als wäre er gerade einem Magazin entsprungen. Ein Blick reicht, um festzustellen, dass er der Inbegriff eines blonden Sonnyboys ist: leger gekleidet, kinnlange Haare, die gewollt *out-of-bed* aussehen, und bronzefarbene Sommersprossen. Dem Anstecker am Kragen seiner Kapuze nach ist er ebenfalls neu am College.

»Hey«, seufze ich. Nach der Begegnung von eben habe ich schon eine ungefähre Vorstellung davon, wie dieses Gespräch verlaufen könnte, und wirklich kein Interesse daran. »Lass uns das abkürzen: Nur weil ich allein hier stehe und Brüste habe, muss ich noch lange nicht gerettet werden. Also wenn du für heute Abend noch ein Date suchst, solltest du deine Angelrute woanders auswerfen. Diese Jungfrau in Nöten begibt sich gleich auf den Heimweg.«

»Cool.« Er stellt sich neben mich an den Tresen und bestellt eine Cola light. Immer noch lächelnd wendet er sich mir wieder zu. »Mein Schwert und ich haben ohnehin nur wenig Erfahrung im Erretten von Jungfrauen.« Er wirft mir einen vielsagenden Blick zu. »Aber so genervt, wie du klingst, scheinen heute ja schon ein paar Drachen versucht zu haben, dich zu ihrer Mahlzeit zu machen.«

Ich sehe ihn einen Moment perplex an und kann ein Grinsen dann doch nicht unterdrücken. Das ist nicht ganz die Reaktion gewesen, mit der ich gerechnet habe, aber er hat mich positiv überrascht. »In Ordnung, du bist schlagfertig. Das ist sehr sympathisch«, gestehe ich widerwillig ein, obwohl die Begegnung von eben meinen Bedarf an zwischenmenschlicher Kommunikation eigentlich gedeckt hat.

»Und ich kann backen. Wenn das keine gute Mischung ist«, fügt er hinzu.

Beim Wort *backen* klingelt es in meinem Oberstübchen. Ich habe ihn schon einmal gesehen – allerdings in einem vollkommen anderen Kontext.

»Du bist der Kellner aus dem *Hazelcup*«, fällt es mir wieder ein. »Ich war vor ein paar Tagen da. An einem Donnerstag. Zimtwaffel mit Vanilleeis. Es war grandios.«

Wieso ist es mir nicht gleich in den Sinn gekommen? Er hat beim Kellnern so unglaublich umwerfend gelächelt, dass die zwei Mädchen am Nachbartisch aussahen, als würden sie jeden Moment in Ohnmacht fallen.

»Der Kellner aus dem *Hazelcup* heißt übrigens Benjamin Oliver Summers. Für Freunde und Sprechfaule einfach Bo«, stellt er sich vor und hält mir die Hand hin.

»Bo? So ähnlich wie das französische Wort für Schönling? Das ist leicht zu merken. Ich bin Haley. Ohne Spitznamen. Bist du auch allein hier?«

»Nein.« Er lacht leise und deutet auf eine Gruppe Studierende. »Ich wohne schon mein ganzes Leben lang in Fair Haven und arbeite seit Jahren in einem Eiscafé. Wenn man irgendwo Menschen kennenlernt, dann dort. Ich kann dich mit einigen Leuten bekannt machen, wenn du willst. Alternativ bleiben wir einfach hier am Tresen stehen und du erzählst mir, was dich ausgerechnet nach Fair Haven verschlagen hat.«

»Es war Zufall. Mom und ich sind hergezogen, weil das St. Clair einen hervorragenden Ruf hat. Ehrlich gesagt, haben wir alle Colleges mit einem ausgezeichneten Medizinstudiengang in einen Topf geworfen und Lose gezogen.« Ich sehe ihn flüchtig an und streiche mit einem Finger die Kondensationstropfen von meinem Glas.

»Eine sehr interessante Art, sein College auszusuchen.« Bo lacht, und seine lockere Art hilft mir dabei, mich etwas zu entspannen.

»Es wird noch besser«, gestehe ich. »Mein Dad hat beschlossen, uns nicht zu begleiten, sondern fährt jetzt in einer Art von Midlifecrisis mit dem Fahrrad quer durch die USA.«

Ihm gefällt die Freiheit so gut, dass ich mir gar nicht sicher bin, ob er noch einmal zu uns zurückkommt. Meine Eltern haben nicht mit mir darüber gesprochen, ob sie vorhaben, sich scheiden zu lassen. Sie telefonieren ab und an miteinander. Ihre Telefonate klingen immer freundschaftlich, aber mehr auch nicht. Ich kann mich gar nicht daran erinnern, ob es je anders war. Ob meine Eltern irgendwann einmal leidenschaftlich ineinander verliebt gewesen sind. Mir ist es nie richtig bewusst gewesen, bis sich unsere Wege getrennt haben, aber meine Eltern waren schon seit Jahren eher beste Freunde als irgendetwas anderes. Wie es mit ihnen weitergehen soll, wissen wohl nur sie selbst.

Ich müsste lügen, wenn ich behaupten würde, dass es mich nicht irgendwie verunsichert. Das sollte es nicht. Immerhin bin ich alt genug, um eigene Wege zu gehen – oder mit dem Auto zu fahren –, trotzdem gibt es da diesen kleinen Teil in mir, der seine intakte Familie gern zurückhätte. Eine Illusion von Sicherheit, die es in dieser Welt vermutlich nicht gibt. Wahrscheinlich ist das eine der Lektionen, die wir als Medizinstudierende ohnehin lernen müssen: Alles ist vergänglich. Nichts ist so perfekt, dass es ewig besteht.

»Also habe ich eine Mom, die aus Spaß mit mir in diese verschlafene Stadt gezogen ist, und einen Dad, der mit seinem Rad von Motel zu Motel zieht«, fasse ich zusammen. »Und ich habe keine Ahnung, warum ich dir das erzähle, obwohl wir uns nicht einmal eine Limo lang kennen.«

»Weil ich dieses überaus vertrauenswürdige Gesicht habe?«, schlägt Bo vor und lässt den Blick durch das *Hatcat* schweifen.

Er bleibt für einen Moment an einem jungen Mann hängen, der interessiert zurückschaut. Da er bei Mateo steht, ist er vermutlich ebenfalls Sportler. Erst als er sich kopfschüttelnd abwendet, reißt sich Bo von seinem Anblick los. »Entschuldige. Wo waren wir stehen geblieben?«

»Bei meinem Dad, aber es ist nicht so wichtig. Ich möchte dich nicht mit meiner Familiengeschichte langweilen.«

»Regel Nummer eins: Wenn dich etwas beschäftigt, ist es wichtig. Außerdem war es das Spannendste, was ich bisher heute gehört habe. Sollte mir noch einer erzählen, dass er vor allem am St. Clair studiert, um seine Eltern stolz zu machen, schlafe ich im Stehen ein.« Bo lässt das Kinn auf die Brust sinken, als würde er kurz einnicken. »Glaub es oder nicht, ich bin mit einer hervorragenden Menschenkenntnis gesegnet. Und die versichert mir, dass wir uns gut verstehen werden.« Er hebt sein Glas, um mit mir anzustoßen.

Ich erwidere seine Geste, denn so, wie er es sagt, zweifle ich keine Sekunde daran.

»Mom?«

Ich weiß, dass niemand antworten wird, noch während ich die Haustür hinter mir schließe. Das Haus liegt verlassen und ruhig vor mir. Früher haben wir zwei Nymphensittiche besessen, die mich zur Begrüßung angeschrien haben, sobald ich heimgekommen bin, aber das ist schon Jahre her. Seitdem unser Kater Mr Snuggles vor ein paar Tagen beschlossen hat, bei einem unserer Nachbarn sein Zweitdomizil aufzuschlagen, und nur ab und an mal vorbeischaut, um uns mit seiner Anwesenheit zu beehren, ist unser Zuhause noch lebloser als jemals zuvor.

Mein Blick fällt auf den bunten Familienkalender im Flur, in dem eingetragen ist, wo Mom sich gerade befindet: die nächsten zwei Tage auf einer Weiterbildung, gleich im Anschluss das gesamte Wochenende über bei einem Urschrei-Seminar, um Stress abzubauen. Vor Montag werde ich sie also nicht wiedersehen.

Ich schlüpfe aus den Sandalen, angle das Skizzenbuch aus der Tasche und lasse sie ebenfalls auf den Flurboden gleiten. Direkt auf den regenbogenfarbenen Flickenteppich, den wir schon haben, solange ich denken kann. Meine Mutter hat diesen Tick, Sachen erst dann wegzuwerfen, wenn sie auseinanderfallen. Beziehungsweise wenn sie auseinanderfallen und sich auch durch Kleben oder Nähen nicht mehr reparieren lassen.

Seufzend schlendere ich durch das Wohnzimmer in die Küche hinüber. Im Kühlschrank begrüßt mich gähnende Leere, daran hat sich seit meinem letzten Streifzug auf der Suche nach Lebensmitteln nichts geändert. Ketchup, eine verschrumpelte Salatgurke und Eier, deren Verfallsdatum längst überschritten ist. Der Anblick ist kläglich.

Dabei scheitert das Befüllen des Kühlschranks nicht am Geld. Mom ist ein Workaholic, die nur der Nachhaltigkeit halber gern alles gebraucht kauft. Auch Dinge, bei denen selbst bei mir die Schmerzgrenze überschritten ist – wie Unterwäsche. Welcher Mensch trägt freiwillig gebrauchte Tangas? Außer meiner Mom ... Sie und ich sind oft mit den Gedanken woanders und erinnern uns erst daran, dass man ab und an etwas essen sollte, wenn unsere Mägen knurren. Deshalb gibt es bei mir ein weiteres Mal Salat und Chicken Wings vom Lieferdienst meines Vertrauens.

Eigentlich kann ich mich gut allein beschäftigen, aber die Stille um mich herum beunruhigt mich derart, dass ich mich mit dem Skizzenbuch in mein Zimmer zurückziehe und an die Nähmaschine setze. Normalerweise hat ihr monotones Rattern etwas Entspannendes an sich, und die Arbeit mit den Händen erdet mich. Ich liebe es, wie aus bloßen Upcycling-Ideen Produkte werden. Auf meinem Instagramkanal sammle ich die Skizzen, dokumentiere den Nähprozess und fotografiere die Ergebnisse.

Aber heute gleiten meine Gedanken immer wieder ins *Hatcat* zurück. Zu Bo, aber vor allem zu meiner Begegnung mit diesem Mateo. Ja, sein Verhalten war unangebracht, aber es braucht eine ganze Menge Selbstvertrauen dafür, um sich einem fremden Menschen so zu nähern. Ihm muss doch klar gewesen sein, dass er höchstwahrscheinlich eine Abfuhr kassiert. Warum hat er mich dennoch angesprochen?

Grübelnd arbeite ich an meinem aktuellen Kleiderentwurf, bis mich der Benachrichtigungston meines Handys auffahren lässt. Mit brennenden Augen greife ich danach und frage mich, wie viele Stunden ich schon in meinem Zimmer sitze. Mittlerweile ist es dämmrig. Ich muss ein paarmal angestrengt blinzeln, bis ich das Display scharf sehen kann. Das Telefon zeigt eine ungelesene Nachricht.

Bo: *War nett, dich kennenzulernen.*
Haley: *Falls du testen wolltest, ob ich dir die richtige Nummer gegeben habe: bestanden. Hat mich auch gefreut.*
Bo: *Es wäre grob fahrlässig gewesen, jemanden anzulügen, der Zugang zu Gratiseis hat.*
Haley: *In der Tat.*

Er kann backen, hat Zugang zu Gratiseis und meldet sich von sich aus bei mir. Nur für den Fall, dass sich das Universum durch ihn und eine mögliche neue Freundschaft für die verkorksten letzten Jahre entschuldigen will, nehme ich dankend an.

2. KAPITEL

$M + C = F$
(Montag + Coffeeshop = Freundschaft)

Bo: *Können wir reden? 8:00 Uhr? Coffeeshop Slate Street.*

Mehr hat Bo mir nicht geschrieben. Wir kennen uns erst seit drei Wochen, aber dass irgendetwas nicht stimmt, kann ich selbst aus den paar Worten ablesen. Wer trifft sich freiwillig an einem Montagmorgen, noch vor der Vorlesung, zum Reden?

Dass es Bo nicht gut geht, sehe ich schon von Weitem. Er steht vor dem Coffeeshop, hat die Hände in den Taschen der Lederjacke vergraben und starrt auf den Fußboden. Seine Schultern hängen so traurig herab, dass ihm beinahe die Tasche herunterrutscht.

Auch wenn ich sportliche Betätigungen hasse, laufe ich ihm die letzten Meter entgegen. »Was ist los?«, frage ich außer Atem und versuche seinen Blick aufzufangen. Ich habe Bo noch nie dermaßen deprimiert gesehen. »Ist was mit July?«

Sie ist seine Zwillingsschwester, studiert irgendetwas mit Literatur, ist Cheerleaderin und eigentlich ganz nett. Ich hoffe wirklich, dass sie sich nichts getan hat. Oder Bos Dad. Oder was mag sonst passiert sein? Er sieht schrecklich aus. Seine Haare sind zerzaust, er hat Augenringe, überhaupt wirkt er bedenklich blass. Noch blasser als ohnehin schon. »Geht's dir gut?« Als er nicht reagiert, greife ich nach seinem Arm. »Bo? Rede mit mir.«

Das tut er nicht. Stattdessen erwacht er aus der Starre, legt die Arme um mich und drückt mich an sich. Nicht als würde er mich begrüßen, sondern als bräuchte er Halt.

»Du machst mir Angst«, gestehe ich, während ich ihn in die Arme nehme. Normalerweise lächelt Bo immerzu und ist der Inbegriff guter Laune. Was kann nur passiert sein?

»Ich habe Scheiße gebaut«, flüstert er mir ins Ohr.

»Welcher Art? Brauchen wir eine Schaufel, einen Flammenwerfer oder ein Fluchtauto?«, versuche ich zu scherzen und nehme die Arme herunter.

Aber Bo scheint noch nicht bereit zu sein, mich loszulassen, also warte ich, bis er so weit ist. Als er zurücktritt, sieht er immer noch reichlich mitgenommen aus.

»Lass uns reden«, schlage ich vor und hole das Portemonnaie aus der Tasche. »Heiße Schokolade? Ich lade dich ein.«

»Mir wäre nach etwas anderem«, murmelt er unbestimmt.

»In vier Jahren zahle ich dir einen Schnaps deiner Wahl, bis dahin muss Schokolade reichen«, verkünde ich, gehe voran und halte uns die schwere Eingangstür des Coffeeshops auf. Seinen irritierten Blick ignoriere ich.

»Du bist erst siebzehn?«, fragt er vollkommen verwirrt. Zumindest habe ich ihn mit meinen Worten für einen Moment lang auf andere Gedanken gebracht.

»Japp. Ich wäre dir sehr dankbar, wenn du das für dich behalten könntest.« Beim Betreten atme ich die betörend duftende Luft ein: Kaffee und Schokomuffins – ich liebe es.

»Wie kannst du erst siebzehn sein?«, fragt Bo.

»Ich habe in der Junior High eine Klasse übersprungen. Keine große Sache. Aber das Gerede der anderen war so nervig, dass ich für den Rest der Schulzeit lieber keine weitere Abkürzung genommen habe.« Mehr möchte ich darüber nicht erzählen, schließlich ist es Bo, der mich um meinen Beistand gebeten hat. Er hat momentan sicher kein Interesse daran, sich meine Lebensgeschichte anzuhören.

Wir stellen uns an die überraschend kurze Schlange, nur drei Leute warten vor uns. Normalerweise wimmelt es hier am Wochenbeginn vor kaffeesüchtigen Montagmorgenzombies. Bis zum Studienbeginn konnte ich Kaffee nichts abgewinnen, aber er hilft einem enorm dabei, die teilweise erschreckend langweiligen Vorlesungen zu überstehen.

Wir holen uns zwei heiße Schokoladen und gehen anschließend in den hinteren Teil des Coffeeshops durch. Dorthin, wo statt dunklen Holztischen und Kaffeehausstühlen niedrige Tischchen und plüschige Sessel zum Plaudern einladen. Eigentlich müssten wir in einer Stunde in unserer Vorlesung sitzen, allerdings sieht Bo gerade nicht aufnahmefähig aus.

»Also. Was ist passiert?«, frage ich ohne Umschweife.

Bo umfasst den Becher und sinkt im Sessel zusammen.

Was ist nur los mit ihm?

»Ich war am Wochenende mit Jules auf dieser Party«, beginnt er.

Ich erinnere mich, dass er am Freitag davon erzählt hat. Geburtstag irgendeines Footballspielers. Footballspieler, Cheerleader und deren Dunstkreis sind einfach nicht mit mir kompatibel. Nehmen wir nur mal July: Sie ist nicht die Art von Cheerleaderin, wie sie gern in den Teenie-Filmen auftauchen, die ich beim Nähen schaue. Sie macht sich nichts aus Makeup oder schicker Kleidung, und über die Sexyness von Footballspielern hat sie auch noch kein Wort verloren. Dafür redet sie den Großteil des Tages über ihren Sport. Morgens, mittags, abends. Sie putzt sich sofort, nach jeder noch so kleinen Zwischenmahlzeit, die Zähne, weil man von Cheerleadern angeblich Zähne mit dem Weißheitsgrad von frisch gefallenem Schnee erwartet. Nichts gegen die Wichtigkeit von Zähneputzen, aber das ist nur eine von Dutzenden Eigenarten, die Cheerleader irgendwie anstrengend machen. Außerdem sind mir auf Partys generell zu viele Menschen.

»Hätte ich gewusst, dass du erst siebzehn bist, hätte ich dich übrigens gar nicht gefragt, ob du uns begleiten willst«, murmelt Bo. »Aber vielleicht hättest du mich vor dem Fehler gerettet.«

Fragend sehe ich ihn an. Von welchem Fehler redet er?

»Wahrscheinlich steht es eh schon auf dem Campus-Tratschblog«, stöhnt er. »Ich kann dir auch nicht sagen, wie es überhaupt passiert ist. Einer der älteren Studierenden hat Alkohol besorgt, wir haben etwas getrunken, uns unterhalten … Irgendwie hatte ich das Verlangen, ihn zu küssen, er sah aus, als wollte er es auch. Also haben wir uns in die Toilette zurückgezogen und eins führte zum anderen. Wir haben im Eifer des Gefechts vergessen, die Tür abzuschließen – und es kam, wie es kommen musste: Jemand öffnete die Tür.« Bo verstummt und reibt sich mit der flachen Hand über die Stirn.

»Also wurdest du fummelnderweise mit einem anderen Typen auf der Toilette erwischt?«, reime ich mir sein Gestammel zusammen.

Sein Schweigen ist mir Antwort genug.

»Und was ist daran so katastrophal? Dann ist es halt so.« Mehr als ein Schulterzucken fällt mir dazu nicht ein.

»Aber der ganze Campus wird darüber reden. Dad arbeitet am College. Er wird davon erfahren.« Ein verzweifelter Unterton mischt sich in seine Stimme. »Das Letzte, was ich will, ist, dass July sich meinetwegen schämt.«

»Das tut sie nicht. Deine Schwester würde sich nie für dich schämen«, antworte ich entschieden. »Und schon gar nicht wegen so etwas. Du hast nichts Verbotenes getan, also lass die Leute reden. Viel wichtiger ist, was Mr Toilettenquickie gesagt hat. Wie hat er reagiert? Ist er Studierender am St. Clair? Seht ihr euch wieder?«

»Ja. Nein.« Bo starrt auf den Kakao und atmet tief durch. Es kostet ihn sichtlich Überwindung, weiterzureden. »Es war Joshua Simons.«

Bo sagt es, als würde das alles erklären. Als sollte mir der Name bekannt vorkommen. Aber ich habe nicht den Hauch einer Ahnung, wer das ist.

»Und das ist wer genau?«, hake ich nach, da Bo nicht auf meinen fragenden Blick reagiert.

»Simons & Sons? Die New Yorker Starkanzlei? Sohn reicher Eltern? Wide Receiver bei den Otters?« Er lugt unter seinem Pony hervor, aber ich interessiere mich weder für die High Society noch für Sport.

Gut, dann wurde er eben mit jemandem überrascht, der am Campus bekannt ist. Na und? Andere werden dafür gefeiert, wenn sie einen Footballspieler abgeschleppt haben. Dass Bo ein Mann ist, sollte heutzutage wirklich keine Rolle mehr spielen.

»Ich verstehe, dass dir die Sache peinlich ist, niemand möchte bei heißen Fummelspielchen auf der Toilette erwischt werden, aber in ein paar Tagen haben die Leute die Sache vergessen und tratschen über irgendetwas anderes. Du wirst schon sehen«, verspreche ich.

»Er ist Sportler. Er kann es sich nicht erlauben, dass solche Gerüchte über ihn die Runde machen«, korrigiert mich Bo.

»Deine Sorge um ihn in allen Ehren, aber das Einzige, worüber du nachdenken solltest, ist, wie *du* damit umgehen möchtest. Wie auch immer du dich entscheidest, du kannst dir sicher sein, dass July und ich für dich da sind. Okay?«

Ich sehe ihn eindringlich an, bis er tief durchatmet und zumindest versucht, ein Lächeln aufzusetzen. Bos Erfahrung ist mir so fremd, dass ich nur erahnen kann, wie er sich fühlt, aber einer Sache bin ich mir gewiss: Ich möchte für ihn da sein, falls er mich braucht.

Sei die beste Freundin, die du nie hattest, als du sie gebraucht hättest, nehme ich mir fest vor.

Es war nicht gelogen. Ich bin es gewohnt, wenn Leute mir im Flur unfreundliche Sachen an den Kopf werfen. Nur dass die fiesen Worte an diesem Morgen nicht mir, sondern Bo gelten. Wir versuchen sie zu ignorieren. Ich verwickle ihn in ein belangloses Gespräch über mein nächstes Nähprojekt und weiche ihm im Naturwissenschaftstrakt keinen Zentimeter von der Seite, bis man uns den Weg versperrt.

Ich weiß nicht, mit wem wir es zu tun haben, aber Größe und Statur nach könnte der Kerl ein Footballspieler sein. Vermutlich aus der Defense. Alles an ihm wirkt, als wäre er dafür geboren, jemanden zu blocken. Ich sehe nur Muskeln wie aus Stein und einen Blick, der sagt: An mir kommt niemand vorbei.

»Bist du Benjamin Summers?«, fragt er mit tiefer Stimme und bedenkt Bo mit einem Nicken.

»Wer will das wissen?«, grätsche ich dazwischen und sehe ihn provozierend an, aber er ignoriert mich schlichtweg.

»Das Footballteam lässt dir ausrichten, dass wir hinter Joshua stehen. Also belästige ihn nicht noch einmal. Er steht nicht auf Männer. Ist das klar?«

»Klar«, ist alles, was Bo hervorbringt. Er schiebt sich an dem Fremden vorbei und setzt seinen Weg fort, als wäre nichts gewesen.

»Okay, du Vogel.« Trotzig sehe ich zu dem jungen Mann

auf und spiegle sein Verhalten, um ihm zu zeigen, wie albern er sich in meinen Augen aufführt. Jemand anderen vorzuschicken, um Sachen für einen zu klären, ist irgendwie erbärmlich. Aber wenn Joshua die Sache so angehen will, dann bitte: »Haley lässt Joshua ausrichten, dass sie hinter Bo steht!«

War ja klar: Footballspieler und ihre toxische Maskulinität. Vermutlich glauben sie, dass die Homosexualität noch auf die gesamte Mannschaft zurückfällt, wenn sie sie nicht im Keim ersticken. Dieses ganze Gehabe finde ich so lächerlich und antiquiert.

Nur aus dem Augenwinkel sehe ich, dass sich uns jemand nähert und dem jungen Mann auf die Schulter klopft.

»Lass sie in Ruhe, Lex«, bittet Mateo und bedeutet ihm, weiterzugehen.

»Ich brauche niemanden, der mich in Schutz nimmt«, versichere ich.

»Ich glaube dir, dass du das glaubst.« Mateo zwinkert mir zu und setzt seinen Weg durch den Flur fort, als wäre nichts gewesen.

»Was soll das bitte heißen?«, rufe ich ihm nach und bin kurz versucht, ihn abzufangen, um ihn zur Rede zu stellen.

Mateo dreht sich zu mir um und läuft rückwärts weiter, vollkommen unbeeindruckt davon, wer ihm im Weg stehen könnte. »Es soll heißen, dass ich anderer Meinung bin. Ich glaube, dass jeder Mensch jemanden braucht, der ihn …«

»Achtung!« Meine Warnung kommt zu spät. Ich werde wohl nie erfahren, wie Mateos Satz enden sollte, weil er unsanft mit einem Dozenten kollidiert, der ihn lautstark zurechtweist, dass auch ein Mateo Ortega dazu verpflichtet ist, zu schauen, wo er hinläuft.

Da Schadenfreude ausgesprochen hässlich ist, unterdrücke ich ein Lachen und folge Bo zum Hörsaal. An diesem Tag bin ich sein Schatten. In der Mensa bekommen wir Gesellschaft von Bos Schwester July. Uns reicht ein Blickkontakt, um uns zu verständigen: Wir sind für Bo da. Heute, morgen, und wenn es sein muss für den Rest des Studiums.

3. KAPITEL

$S + S = S$

(Sommer + See = Schmerzen)

Vor ein paar Wochen

Es sind Semesterferien! Genau genommen sind die Ferien beinahe schon wieder vorbei. Das zweite Studienjahr steht nicht nur so gut wie vor der Tür, es klopft bereits an. Auch wenn ich nicht daran glaube, hoffe ich, dass das nächste Jahr weniger anstrengend wird. Nicht nur aufgrund des hohen Lernpensums, sondern vor allem emotional sind die letzten zwei Semester eine Herausforderung gewesen: erst der Umzug in den anderen Bundesstaat, dann das ständige Alleinsein, weil Mom so viel arbeitet, dazu die Sorgen um Bo – und natürlich die Studieninhalte.

In diesem Chaos namens Leben ist Bo für mich zu einem Fels in der Brandung geworden. Es hat sich herausgestellt, dass wir beide gern fotografieren und bloggen. Was für mich die Kleiderentwürfe sind, sind für Bo seine gebackenen Kunstwerke. Aber auch wenn es um ernstere Themen als Belichtungszeiten und Followerzahlen geht, können wir über alles reden. Wir stützen uns gegenseitig, wenn ein Sturm über uns hereinbricht – und um Bo tobt der Wind momentan besonders wild. Niemand kann sich mit einem Footballspieler unseres Colleges einlassen, ohne dass es auf einem neu gegründeten Läster- und

Lifestyleblog namens *Clair's Candy landet.* Wer auch immer ihn pflegt, hat eindeutig zu viel *Gossip Girl* geschaut und fühlt sich anscheinend dazu berufen, die Studierenden des St. Clair mit diesem Unsinn zu versorgen. Wem die Artikel im Tratschteil unseres offiziellen Collegeblogs zu seriös sind, kann sich nun alle unbestätigten Gerüchte andernorts durchlesen.

Was das Schlimmste daran ist? Es gibt Leute, die dem Blog nicht nur folgen, sondern auch noch *Informationen* einsenden. So landen viel zu viele – eigentlich private – Dinge im Netz. Wohingegen auf diesem Blog so manche junge Frau für ihre Dates mit einem der Stammspieler der Otters frenetisch gefeiert wird, bleibt für Bo bis heute nur Unverständnis und Spott.

Nachdem sich Joshua öffentlich von Bo und seiner eigenen Handlung distanziert und mehrfach beteuert hat, dass alles nur ein bedeutungsloser und bedauernswerter Ausrutscher unter Alkoholeinfluss gewesen ist, sind wenigstens die entsprechenden Artikel wieder vom Blog verschwunden.

Es war lediglich ein spontaner Anflug von Neugierde, doch von nun an trifft er sich ausnahmslos mit Frauen – so lautet Joshuas Version der Geschichte, aber die Gerüchte kursieren dennoch in den Campusfluren. Es ist, als hätte man den Müll zwar hinausgetragen, jedoch nicht gelüftet. Ein Rest des Gestanks hängt noch immer in der Luft.

Von diesen Dingen ganz abgesehen weiß jeder, dass Medizin kein leichtes Studienfach ist. Aber Bo und ich haben beide mit unterschiedlichen Herausforderungen zu kämpfen. Bo bereitet vor allem das Auswendiglernen Schwierigkeiten. Sein Nebenjob raubt ihm so viel Zeit, dass er jede freie Minute braucht, um sich Dinge einzuprägen und für die Hausarbeiten zu recherchieren. Wann immer wir Hausarbeiten oder Referate zu zweit abgeben dürfen, übernehme ich einen Großteil der Arbeit und lasse ihn seinen Namen daruntersetzen. Er braucht das Geld aus seinem Nebenjob dringend, und ich helfe ihm gern.

Mein Kampf mit dem Studium ist ein anderer: Wenn man die bunten Haare ausblendet und nur meine Noten betrachtet, wirke ich wie die perfekte Studierende. Auf dem Papier lebt Haley Bales für ihr Medizinstudium. Sie wurde quasi dafür geboren. Und ich glaube immer noch fest daran, dass ich mein eidetisches Gedächtnis für etwas Gutes nutzen sollte. Dass ich all den Lästernden dort draußen zeigen kann, dass mein vermeintlicher Makel, diese Absonderlichkeit, etwas Gutes ist. Dass ich den Fluch des Nichtvergessens nutzen will, um der Menschheit zu helfen.

Dank des Medizinstudiums ist meine Besonderheit nichts Groteskes mehr, sondern etwas Großartiges, das mir dabei hilft, ein wertvoller Teil der Gesellschaft zu werden. Ich will den Freak-Stempel abwaschen und die Stimmen meiner ehemaligen Mitschülerinnen und Mitschüler aus meinem Kopf verbannen. Die Erinnerungen daran, wie sie mich mit meinen perfekten Noten aufgezogen haben, mich schräg anguckten, weil ich eine Klasse übersprungen habe und immer die Jüngste und trotzdem die Beste in der Stufe war, endlich vergessen. Ich möchte all das hinter mir lassen und nach vorn sehen. Das klingt nach einem guten Plan.

Das Problem ist nur, dass sich hinter den biochemischen Vorgängen und Diagnoseschlüsseln immer noch Menschen verbergen. Schicksale. Und ich ertappe mich beim Ansehen von Dokumentationen viel zu oft dabei, dass ich mich eher für die Geschichten der Menschen als für ihre Therapien interessiere. Das wiederum macht mich zu einer lausigen Ärztin. Im Grunde kann ich mir selbst zwei Hauptprobleme attestieren.

Erstes Problem: Uns wurde schon zu Studienbeginn zu verstehen gegeben, dass wir lernen müssen zu abstrahieren. Es geht um Krankheiten, Therapien und das Geld, das die Therapien bezahlt – das am Ende auch uns bezahlt. Ärzte sind Menschen, die von etwas leben müssen, und ehrenwerte Absichten allein begleichen keine Rechnungen.

Zweites Problem: Menschen begehen Fehler, und manche Krankheiten sind bis heute schlichtweg unheilbar. Selbst der beste Arzt kann nicht jeden Patienten retten. Das zu akzeptieren, macht diesen Beruf für mich schwieriger als gedacht. Wenn es nur ums Auswendiglernen und Begreifen von theoretischem Wissen gehen würde, ja, dann wäre ich die perfekte Studierende, die ich auf dem Papier bin.

Aber noch sind Ferien, also konzentriere ich mich auf die schönen Dinge: Es ist Sommer in Fair Haven. Das bedeutet, dass es das Thermometer auf wohlige 25 Grad im Schatten schafft. Goldenes Sonnenlicht bringt die grünen Blätter der Bäume zum Strahlen und lässt Sonnenmuster über unsere Picknickdecke tanzen. An den Wochenenden ist es selbst bei schlechtem Wetter reichlich voll am Lake St. Clair, heute gleicht die Picknickdecken- und Handtuchdichte einer Briefmarkensammlung.

Kleine Kinder toben mit ihren Hunden am Badestrand um die Wette, und etwas abseits probiert sich eine Gruppe Jugendlicher im Slacklining. Es sieht abenteuerlich aus, wie sie auf dem gespannten Flachband balancieren. Die meisten Besucher sind allerdings nur hier, um auf dem Rasen zu liegen, möglichst viel Sonne zu tanken und vielleicht zwischendurch mal die Füße im Wasser abzukühlen.

Als ich Bo und July gefragt habe, ob wir gemeinsam an den See fahren wollen, bin ich nicht davon ausgegangen, dass sie gleich noch Cheerleaderkönigin Penelope Perez einladen würden. Da sie Julys beste Freundin ist, hätte ich wohl damit rechnen müssen.

Penny ist genau das, was ich mir unter einer typischen Cheerleaderin vorstelle. Sie hat die Fähigkeit, dermaßen charmant zu lächeln, dass die Sonne im Raum aufgeht – und das selbst an einem der statistisch wahrscheinlichen hundert Regentage in Michigan. An dem Tag, an dem das Charmant-Lächeln-Gen verteilt wurde, stand ich offensichtlich versehentlich am Schalter für Oberweite an – zweimal – und habe damit gleich noch die Ausgabe für stilvolles Auftreten verpasst.

Ganz im Gegensatz zu Penny. Sie ist immer so adrett herausgeputzt, als wäre sie direkt der *Wisteria Lane* oder *Stepford* entsprungen. Die Farben ihres karierten Sommerkleids passen perfekt zur Picknickdecke, die wiederum den klischeehaften Picknickkorb ergänzt, den Penny mitgebracht hat. Wie kann man, wenn man spontan eingeladen wird, innerhalb von einer halben Stunde noch einen Korb voller Salate und Häppchen zubereiten? Guacamole, Tacos, Quesadilla … Wir bekommen von ihr eine ganze Auswahl mexikanischer Spezialitäten serviert.

In meiner riesigen Vintage-Umhängetasche befindet sich nichts – außer Lipgloss, Sonnencreme, einer Flasche Wasser und Sand unbekannter Herkunft. Also ganz sicher keine Verpflegung, die ein ganzes Footballteam ernähren könnte. Dabei rührt Penny selbst kaum etwas an. Dass sie dem köstlichen Essen widerstehen kann, ist nicht das Einzige, was ich an ihr nicht verstehe.

Bis vor Kurzem war sie mit einem Quarterback namens Kyle zusammen, der bekanntermaßen an chronischer Untreue litt. Jeder am Campus wusste es, und ständig wurde sie darauf angesprochen. Es gibt mehr als nur einen Beitrag über Kyles »Leistungen bei Auswärtsspielen« auf *Clair's Candy*. Trotz diverser Partyfotos, die Kyle in eindeutig fremdgeherischer Pose zeigen, hat Penny Monate gebraucht, um sich von ihm zu trennen. Immer und immer wieder hat sie beide Augen zugedrückt. Warum ist mir ein Rätsel. Vielleicht hatte er ungeahnte Qualitäten? Dann wären seine Seitensprünge wohl wenigstens als *Trainingseinheiten* zu verbuchen. Oder Fräulein *Perfect* war der Schein wichtiger als ihr Glück, denn glücklich wirkte sie in seiner Nähe nie. Wirklich nachvollziehen kann ich ihre Beweggründe also nicht. Aber es ist ihr Privatleben und geht mich im Grunde nichts an.

Meinen Gedanken nachhängend betrachte ich July, die ihre grazilen Beine auf der Decke ausstreckt, sich auf die Hände stützt und zufrieden seufzt. Wenn unser kleiner Ausflug sie von ihren Problemen ablenkt, hat er seinen Sinn und Zweck erfüllt.

July hat vor ein paar Monaten beim Cheerleader-Training den Spruch »Hals- und Beinbruch« etwas zu wörtlich genommen und sich nicht nur das Bein, sondern auch gleich noch das Genick gebrochen. Mit riesigem Glück hat sie überlebt. Auf den ersten Blick wirkt sie, als wäre sie nach der Reha wieder ganz die Alte, doch die rosafarbenen Narben auf ihrer Haut sind vermutlich nicht das einzige Andenken an den Unfall. Und damit meine ich nicht die Schrauben, die ihre Knochen zusammenhalten.

Manchmal hinterlassen traumatische Geschehnisse tiefe Verletzungen und schmerzende Narben an Stellen, die man von außen nicht sehen kann. Auch wenn July der tapferste Mensch ist, dem ich je begegnet bin, kann ich mir nicht vorstellen, dass dieses Nahtod-Erlebnis vollkommen spurlos an ihr vorübergegangen ist.

Wie von selbst wandert mein Blick die Narbe an ihrem Bein entlang. Man kann genau sehen, an welchen Stellen ihr Schienbein verschraubt wurde. Als Medizinstudierende bin ich von den Möglichkeiten der Heilkunde immer wieder fasziniert, auch wenn ich mich unwillkürlich frage, wie sie sich wohl fühlt. Wie sie sich *wirklich* fühlt. Dass sie stets und ständig behauptet, dass es ihr gut ginge, zählt nicht.

»Sieht ja schon brutal aus«, murmle ich beim Betrachten der Narbe zu mir selbst.

Ebenso *brutal* wie mein Urteil über die Optik von Julys Bein trifft mich etwas heftig an der Schläfe. Noch bevor ich auch nur ansatzweise verstanden habe, was passiert ist, schießen mir Tränen in die Augen. Eine rote Frisbeescheibe fällt dumpf auf die Picknickdecke neben mir.

Autsch!

Mit geschlossenen Augen atme ich tief durch und massiere die pochende Schläfe. Zwar spüre ich kein Blut, dennoch wird mir kurz schwindlig. Nur am Rand meines Bewusstseins höre ich, wie sich Penny über irgendetwas beschwert.

Ich blinzle die Schmerztränen weg und erkenne, dass wir auf unserer Picknickdecke Besuch bekommen. Der untalentierteste Frisbeewerfer der Welt trabt herüber und schenkt mir ein Lächeln.

Mir erst wehtun und sich dann darüber lustig machen. *Was für ein Vollpfosten.*

Meinen schmerzenden Kopf reibend sehe ich Mateo an, der sich neben mir in die Hocke sinken lässt und seine Frisbeescheibe wieder einsammelt. Der Typ hat mir gerade noch gefehlt: *Der Footballspieler, der einem ungefragt eng auf die Pelle rückt und einen auf dem Flur mit Lebensweisheiten beglückt.*

Oder wie ich nach einem Jahr Studium und dem Lesen diverser Artikel über ihn weiß: *Mateo Ortega – der Footballspieler, der jedes süße Häschen rammelt.*

Er ist am ganzen Campus dafür bekannt, nichts anbrennen zu lassen. Angeblich verlässt er jede Party mit einer anderen Frau. Da ich einen Bogen um Menschenansammlungen dieser

Art mache, bin ich nie dazu gekommen, das zu überprüfen. Im Grunde nehmen er und Kyle sich kaum etwas. Der einzige Unterschied ist, dass Mateo sich nicht die Mühe macht, sich eine Cheerleaderin als Scheinfreundin zu halten, um sein Image aufzubessern.

Es gibt am Campus einen ganzen Haufen Frauen, die es darauf anlegen, seine Aufmerksamkeit zu erregen. Wobei *erregen* durchaus wortwörtlich gemeint ist. Warum ich die Berichte über ihn überhaupt verfolge, kann ich mir selbst nicht erklären, denn jedes Mal, wenn wir uns in der medizinischen Fakultät über den Weg laufen, geraten wir aneinander.

Das ist wie eine Art Naturgesetz und in etwa so explosiv, als würde man Wasser in kochendes Öl schütten. Kaum treffen wir aufeinander, gibt es eine Stichflamme. Kein Wunder, dass die meisten Leute inzwischen einen großen Bogen um uns machen, wenn sie sehen, dass Mateo und ich zufällig im selben Raum sind. Es liegt nicht in meiner Absicht, mich mit ihm zu streiten, es passiert einfach, weil es offenbar kein einziges Thema gibt, bei dem wir einer Meinung sind. Dass er mit den Typen befreundet ist, die Bo so runtermachen, trägt auch nicht dazu bei, dass ich ihn sympathischer finde.

Als Footballspieler sollte man ihm jedoch zutrauen können, besser zu werfen. Vermutlich war sein Wurf also kein Ausrutscher, sondern ein Attentat. Als wären die Schmerzen nicht bereits unangenehm genug, hat er auch noch seinen Freund Joshua im Schlepptau. Ausgerechnet den Joshua, der Bo so mies behandelt hat. Ist man denn nirgendwo vor denen sicher?

Und jetzt spricht er sogar mit Bo. Doch meine Aufmerksamkeit wird vor allen Dingen von meiner immer noch pochenden Schläfe in Anspruch genommen.

»Sorry, Meerjungfrau«, entschuldigt sich Mateo mit einem Grinsen, das mich sehr an der Ernsthaftigkeit seiner Worte zweifeln lässt. Es wird auch nicht besser, als er mir mit seiner dusseligen Plastikscheibe Luft zufächelt.

»Wie bitte?« Ich verharre mit der Hand auf der Beule und sehe ihn genervt an. Hat er mich gerade ernsthaft Meerjungfrau genannt? Als meine Haare noch rosafarben waren, hat er mir auf dem Flur einmal *Princesa piñata* nachgerufen. Ich weiß nicht, welchen der beiden Spitznamen ich schlimmer finde, und begreife nicht, warum er seine Pick-up-Lines nicht an einer anderen testen kann.

»Meerjungfrau«, wiederholt Mateo mit einem Schulterzucken und deutet flüchtig auf meine türkis-blauen Haare. »Heißt die Farbe nicht so?«

Selbst wenn es so wäre, würde ich ihm am liebsten die Plastikscheibe aus der Hand reißen und damit auf den Hinterkopf schlagen, um mich für die Schmerzen zu revanchieren. Hat er bei dem guten Wetter nichts Besseres zu tun, als mich zu nerven?

»Nimm deine bescheuerte Frisbeescheibe und verzieh dich«, schlage ich vor und ernte dafür ein nervöses Blinzeln von Penny.

»Wenn man euch so reden hört, glaubt kein Mensch, dass ihr halbwegs intelligente Studierende seid«, mischt sie sich ein.

Genervt sehe ich Mateo an. Ich spüre seinen Blick warm auf meiner Haut prickeln und könnte mir fast einreden, dass es nicht nur Belustigung ist, die in seinen Augen funkelt, während er meinen Körper in dem dünnen Sommerkleid mustert.

Falls ihm gefällt, was er sieht, beruht das auf Gegenseitigkeit. Ja, wozu soll ich es leugnen? Jede Faser seines Körpers erzählt davon, wie hart er trainiert, um so gut in Form zu sein. Ich verstehe, was die anderen Frauen an ihm finden. Zumindest, bis er erneut den Mund öffnet und damit jede Illusion zerschlägt.

»Ich könnte dich auf ein Schlumpfeis einladen.«

Autsch. Natürlich könnte ich mir einreden, dass Mateo es nett gemeint hat, aber das wäre reichlich naiv. Wenn ich jemanden suche, der dumme Kommentare über meine Haarfarbe abgibt, muss ich nur einmal durch unsere Nachbarschaft laufen. Bei den ganzen wohlsituierten Rentnern findet sich immer einer, der gerade gelangweilt im Vorgarten seine Blumen gießt und ungefragt Lebensweisheiten von sich gibt.

Abwehrend hebt Mateo die Hände, als wäre das Schlumpfeis keine weitere Anspielung auf meine Haarfarbe gewesen. »Das war nicht böse gemeint.«

»Ich kenne dich gut genug, um zu wissen, wie du das gemeint hast.«

Wie auch immer.

Ich beschließe, ihn und die wachsende Beule schlichtweg zu ignorieren.

Nach ein paar Worten Small Talk mit July zieht er endlich Leine und pfeift seinen Kumpel zurück. Wahrscheinlich ist Mateo diese Begegnung nach zwei Sekunden wieder entfallen. Mir leider nicht. Verfluchtes Gedächtnis!

Erst als der Schmerz nachlässt, wird mir bewusst, dass Joshua noch immer neben der Decke steht und krampfhaft versucht, Bo in ein Gespräch zu verwickeln. Doch der hat nicht vergessen, wie Joshua ihn die letzten Monate behandelt und den Campus-Wölfen zum Fraß vorgeworfen hat. Statt sich mit Joshua zu unterhalten, schließt er die Augen und wendet sein Gesicht der Sonne zu.

Als Bos Freundin sehe ich mich gezwungen, ihm beizuspringen – und nach einem kurzen Wortwechsel verzieht sich Joshua wieder.

Zumindest eine gute Sache hat dieser Nachmittag: Im Laufe der nächsten Stunden lerne ich Penny etwas besser kennen.

»Wann genau hast du eigentlich all die Snacks zubereitet?«, frage ich, als ich meine Neugierde nicht länger zügeln kann.

»Ich hatte vielleicht ein wenig Hilfe von der Haushälterin meiner Eltern«, gesteht sie und schenkt mir ein verlegenes Lächeln. »Oder etwas mehr Hilfe.«

Und spätestens ihr Eingeständnis macht sie mir sympathischer. Das und die Tatsache, dass das Essen unglaublich lecker ist.

4. KAPITEL

M + L = SB
(Mateo + Lagerfeuer = Schräge Begegnung)

Es gibt laue Sommerabende, die einem auf ewig in Erinnerung bleiben, selbst wenn man kein fotografisches Gedächtnis hat, weil sie einfach perfekt sind. Dieser gehört dazu. July und Bo haben mich zu ihrer Geburtstagsparty eingeladen. Vielleicht entspricht *gemeinsames Sitzen am Lagerfeuer* nicht exakt einer Definition von Party, aber das hier ist um vieles besser.

Und das nicht nur weil Partys bekanntermaßen davon leben, dass sich viele Menschen auf wenig Platz tummeln und mit jeder Stunde betrunkener werden. Die einzig nüchterne Person im Raum zu sein, hat natürlich einen ganz eigenen Reiz, allerdings auch nur bis zu einem gewissen Grad. Irgendwann ist es nur noch anstrengend.

Dieses *Irgendwann* kann erreicht sein, wenn alle um einen herum zu lallen beginnen oder wenn man ihnen die Haare halten darf, während sie sich übergeben. Ein gemütlicher Abend unter Freunden ist mir da sehr viel lieber.

July, ein paar ihrer Freundinnen und einige Kommilitonen von Bo und mir sitzen gemeinsam in ihrem Garten.

Rote Funken steigen knisternd in den Nachthimmel, weiße Lampions im Ahornbaum und den Sträuchern tauchen alles in weiches Licht. Die Beleuchtung ist gerade ausreichend, damit man die Getränke noch findet und sein Gegenüber erahnen kann, aber wenn man sich vom Feuer abwendet, funkelt einem das Licht der Sterne entgegen. Aus mehreren transportablen Lautsprechern singt eine Männerstimme zu Gitarrenklängen von Sommer und Freiheit. Als wäre all das noch nicht genug, gibt es hausgemachte Zitronenlimonade und Marshmallows, die wir in den Flammen des Lagerfeuers rösten. Wie gesagt: Dieser Sommerabend ist perfekt. Zumindest wenn man von den nervigen Mücken absieht.

Da July seit Kurzem mit Drew – dem aktuellen Starting-Quarterback der Otters – zusammen ist, sind die beiden vor lauter Süßholzraspelei den ganzen Abend über kaum ansprechbar. Drew ist gehörlos und kommuniziert mit July vor allem mittels einer Mischung aus Textnachrichten und Gebärden. Die beiden sind süß zusammen, wie sie da kuschelnd am Lagerfeuer sitzen und ein Handy hin und her reichen.

Es ist bestimmt schon fast Mitternacht, als es an der Gartenpforte läutet. Während July und Bo sich um die Neuankömmlinge kümmern, helfe ich, Feuerholz nachzulegen, fülle meinen Becher mit Limo und ziehe mich in die Wärme des Feuerscheins zurück. Jemand löscht das künstliche Licht der Lampions in den Bäumen und Büschen, wodurch es am Feuer noch gemütlicher wird.

Meine Kommilitonen plaudern gerade über Vorlesungen und Klausuren, die sie nicht bestanden haben und demnächst wiederholen müssen. Da ich in den Semesterferien nichts darüber hören will, setze ich mich auf den freien Klappstuhl neben Penny, die gedankenverloren in die tanzenden Flammen starrt und eine Ameise von ihrer nackten Wade schnipst.

Selbst an einem Abend, an dem wir stundenlang an einem Feuer sitzen, trägt sie ein Poloshirt und einen Jeansmini. Während ich meine Haare irgendwann lose zusammengesteckt habe, weil sie mich genervt haben, liegen Pennys seidige Haare noch immer perfekt. Was nicht zuletzt daran liegen dürfte, dass sie sie bestimmt einmal in der Stunde durchbürstet. Wie kann man nur so diszipliniert sein?

»Ist es nicht anstrengend?«, frage ich, als sie zum wiederholten Mal ihren Lipgloss erneuert.

Fragend schaut sie mich an und schenkt mir ein schüchternes Lächeln. »Alte Cheerleader-Angewohnheit«, gesteht sie. »Die Leute erwarten immer, dass sie perfekt aussehen. Irgendwann denkt man gar nicht mehr darüber nach, Fingernägel, Zähne und Haare ständig zu kontrollieren. Es wird genau so alltäglich wie das Kalorienzählen.«

»Dass *sie* perfekt aussehen?« Ich hebe eine Augenbraue.

Penny sieht mich flüchtig an, dann ins Feuer. »Ich habe die Semesterferien genutzt, um nachzudenken. Ich höre mit dem Cheerleading auf. Ich habe es nie so sehr geliebt wie July. Ich dachte, es wäre mir wichtig. Vor allem das Drumherum. Beliebt zu sein und den Quarterback zu daten. Und jetzt? Hat July sich das Genick gebrochen, und mein vermeintlicher Traumtyp lässt sich dabei erwischen, wie er Groupies in der Umkleide vögelt. Ich will das alles nicht mehr. Ich habe mir eingeredet, dass es für mich in Ordnung wäre, wenn Kyle mit anderen schläft, solange er mir versichert, dass ich die Einzige bin, die ihm etwas bedeutet. Aber wenn ich July und Drew zusammen sehe, habe ich das Gefühl, dass ich mich selbst belogen habe. Keine Ahnung, was das zwischen uns war, aber Liebe war es nicht.«

»Kennst du diesen Spruch? Eine Entschuldigung ohne die Absicht, etwas zu ändern, ist eine Manipulation.«

»Bisher habe ich nie davon gehört, aber vielleicht trifft er es ganz gut.« Noch immer nachdenklich schaut sie in die Flammen.

»Meine Mom sagt immer: Du bist der wichtigste Mensch in deinem Leben, also behandle dich auch so.«

»Willst du wissen, was meine Mom sagt?« Penny entfährt ein abfälliges Schnauben. »Kyle ist so ein hübscher Junge, gib ihm doch noch eine Chance.«

»Was du hoffentlich nicht tun wirst?«

Sie schüttelt den Kopf. »Nein. Aber ich glaube, ich verstehe langsam, was Bo an dir mag, obwohl deine Ausdrucksweise manchmal echt abschreckend wirkt.«

Wahrscheinlich hat sie recht und ich könnte charmanter zu meinen Mitmenschen sein, aber ich will es gar nicht. Meine Worte sind ein Teil der mentalen Mauer, die ich in den letzten Jahren sorgsam errichtet habe. Sie schützt vor Eindringlingen. Die können ihre Beleidigungen wie *Freak* einfach von außen dagegensprühen und gut ist.

Kaum kommt July aus dem Haus zurück, setzt sie sich zu Drew und schmiegt sich mit einer Kuscheldecke an ihn. Sie beginnen erneut, einander Textnachrichten zu schreiben. Es sieht zwar innig und vertraut aus, aber alles schriftlich klären zu müssen, stelle ich mir auf die Dauer umständlich vor. Ich weiß, dass Drew recht gut darin ist, von den Lippen abzulesen, trotzdem kommt es ab und an zu Missverständnissen. Als ich ihn vor Kurzem gefragt habe, ob es wohl in Ordnung ist, wenn ich meinen VW-Bus im Vorgarten parke, meinte er, ich müsste nicht auf den Bus warten, er könnte mich nach Hause fahren, sobald ich aufbrechen möchte. Das war zwar nicht ganz das, was ich wissen wollte, ist aber ein weiterer Beweis dafür, dass Drew ein Schatz ist. Wer nicht glauben kann, dass gutes Aussehen, Talent, Fürsorglichkeit und reiche Eltern auf einen Fleck fallen können, der kennt Drew noch nicht.

»Kommuniziert ihr immer so?«, frage ich neugierig, nachdem ich die beiden eine Weile beim Nachrichtenschreiben beobachtet habe.

»Öfters. Die Gebärdensprache ist schwieriger, als ich dachte«, gesteht July und kann ein Seufzen nicht unterdrücken.

»Wem sagst du das?«, stöhnt jemand und setzt sich neben meinem Stuhl ins Gras.

Ausgerechnet Mateo.

»Dank McDaniels dürfen wir eine Menge neuer Gebärden lernen«, redet er weiter. »Wenn Kyle weiterhin sein Selbstmitleid in Gin ertränkt, verlängert Brooks seine Sperre. Dann wird es eine lustige Saison für uns alle. Nichts gegen McDaniels. Wenn man versteht, was er will, läuft es echt gut. Aber in fünfzig Prozent der Fälle ist entweder er oder der Rest des Teams verwirrt. Ich schwöre euch, wenn das so bleibt, werdet ihr einiges zu lachen haben.«

»Du weißt, wie traurig das klingt?« Ich sehe ihn forschend an. »Drew beherrscht die Gebärdensprache, kann von den Lippen ablesen und schreiben, obwohl er kein Wort hören kann. Und ihr seid überfordert mit ein paar zusätzlichen Gebärden?«

»Er muss eure Spielzüge schließlich auch auswendig lernen. Ein bisschen gegenseitige Rücksichtnahme hat noch niemandem geschadet«, stimmt Penny zu.

»He!« Mateo hebt abwehrend die Hände. »Ich habe höchsten Respekt vor McDaniels. Er ist gut. Wenn ich seine Ansage verstehe, harmonieren wir perfekt. Und er muss irgendwas richtig gemacht haben, um Summers zu knacken. Ist ja nicht so, als wäre er der Erste von uns, der es probiert hat.«

»Sie hat dich also abblitzen lassen«, schlussfolgere ich.

Julys Aufmerksamkeit wird gerade abgelenkt, trotzdem wirkt Mateo unangenehm berührt. Unruhig knibbelt er am Etikett der Flasche in seiner Hand und weicht meinem Blick aus. Sein Schweigen interpretiere ich als Geständnis.

Interessant. So sieht der große Ortega also aus, wenn er verlegen ist. Es ist irgendwie niedlich, wie er nach den passenden Worten sucht.

»Ich bin ohnehin nicht der Beziehungstyp«, murmelt er. »Es ist für alle besser, wenn ich allein bleibe.«

»Das klingt echt traurig.«

»Du könntest mich trösten.« Er sieht lächelnd zu mir auf. Irgendetwas blitzt in seinen Augen auf, das selbst im fahlen Schein des Lagerfeuers sagt: *Ich bin mit dem Auto hier. Falls du mich willst, lass es mich wissen.*

Und obwohl bei dieser Fantasie der Reiz des Unbekannten auf meiner Kopfhaut kribbelt, kann ich mir gleichzeitig nichts Abschreckenderes vorstellen. Mateos Ruf als Frauenheld eilt ihm so weit voraus, dass er vermutlich schon ohne ihn Silvester gefeiert hat, obwohl noch nicht mal Halloween war.

»Nein danke«, schnaube ich.

»Aber du hast darüber nachgedacht«, behauptet er immer noch lächelnd. »Deine Antwort hat viel zu lange gedauert.«

»Vielleicht. Wie kommt es eigentlich, dass du ausgerechnet neben mir sitzt?«

»Das ist eine Fangfrage.«

»Wie kommst du darauf?«

»Dann gibt es also eine Antwort, die mich nicht a) wie einen Vollpfosten oder b) sehr bedürftig aussehen lässt?«

»Ich weiß nicht. Wir könnten uns einfach zwanglos unterhalten. Ich sage nichts darüber, dass mir dein lockeres Liebesleben Sorgen bereitet, und im Gegenzug flirtest du mich nicht an.«

»Klingt fast zu gut, um wahr zu sein«, spottet er. Zumindest nehme ich an, dass er sich über mich lustig macht. »Aber was genau bereitet dir Sorgen? Wenn es der Artikel über den Dreier im Mannschaftshotel ist – der ist frei erfunden.«

»Gut zu wissen«, bringe ich irgendwie hervor. Den Artikel habe ich tatsächlich gelesen und sofort wieder verdrängt. »Als Medizinstudierender kennst du dich mit den Regeln der guten Hygiene und Safer Sex sicher aus, aber … Keine Ahnung. Allein die Vorstellung davon, so vielen verschiedenen Menschen auf diese Art näherzukommen … Es wäre einfach nichts für mich. Und ich kann mir nicht vorstellen, dass … Egal. Jetzt weißt du es und hast keinen Grund mehr dazu, dir noch weitere Spitznamen für mich auszudenken.«

Er lacht leise und räuspert sich. »Verstehe. Welchen Grund sollte ich sonst haben, um dich anzusprechen? – Außer Sex natürlich.«

»Wenn du es so sagst, klingt es lächerlich«, gestehe ich kleinlaut.

»Du möchtest also einen rationalen Grund dafür, warum ich mich ausgerechnet hierhin gesetzt habe? Ans Feuer. In die Nähe der Marshmallows, die ich offiziell natürlich nicht esse, von denen aber eventuell gleich einer unauffällig verschwinden könnte.«

»Du bist also gar nicht mir, sondern den Verlockungen des Zuckers erlegen?«

»Noch so eine Fangfrage.« Er greift zwei Marshmallows aus der Schüssel und bietet mir einen davon an. »Möchtest du mir noch weitere unangenehme Fragen stellen, aus denen ich mich dann rausrede? Ich bin hier und habe Zeit.« Er hebt provozierend eine Augenbraue.

»Nein, ich werde meine Neugierde zügeln«, verspreche ich, obwohl mich seine Antworten interessieren würden. Er hat mir in diesem Themengebiet nicht nur einiges voraus, sondern wirkt vollkommen entspannt. Das ist etwas, was mir im zwischenmenschlichen Bereich definitiv fehlt, aber im Grunde geht mich sein Lebenswandel gar nichts an.

Ich betrachte seine langen, schlanken Finger, die die Flasche festhalten. Seine sehnigen Arme. Die Muskeln, die ich unter seinem Shirt erahnen kann. Ob ich will oder nicht: Mein Körper findet Mateo immer noch gut aussehend und könnte Stunden damit verbringen, ihn zu betrachten.

Weiß er, wie unfassbar attraktiv er aussieht, wenn er einfach nur gedankenverloren dasitzt? Natürlich weiß er das. Andernfalls hätte er wohl kaum so viel Erfolg bei den Frauen.

»Darf ich dich noch etwas fragen?«, bitte ich und rede erst weiter, nachdem er mit einer Schulter gezuckt hat. Selbst diese Geste erweckt den Eindruck, als wüsste er genau, wie er auf Menschen wirkt. Sie war kein Ausdruck von Gleichgültigkeit, sondern eine Aufforderung weiterzusprechen. »Warum studierst du ausgerechnet Medizin? Es gäbe doch sicherlich leichtere Studienfächer auf dem Weg zur NFL.«

»Sicherlich. Und wenn ich es nicht in die NFL schaffe, habe ich einen Job, den ich nie wollte? Was sind ein paar Jahre Zähne zusammenbeißen im Vergleich zum Rest meines Lebens?«

»Du siehst das Studium also nicht nur als notwendiges Übel?«

Mateo lacht erneut und nimmt einen Schluck aus seiner Flasche. Noch immer schmunzelnd schüttelt er den Kopf. »Das ist das, was die Leute immer hören wollen. Oder nicht? Da ist dieser Typ, der im Talente-Ranking so viele Punkte hat, dass er sicher in die NFL durchmarschiert. Wozu studiert der überhaupt? Aber was ist, wenn es andersherum ist? Wenn ich Football spiele, weil ich darin so gut bin, dass es mir das Studium finanziert? Wenn ich es mir ohne das Stipendium gar nicht leisten könnte?«

»Wenn du die Wahl zwischen Footballstar oder Arzt hättest, würdest du Letzteres wählen?«, frage ich verwundert.

»Weißt du, warum ich mir diese Frage nicht stelle? Weil ich keine Wahl habe. Ohne Stipendium kein Studium. Ohne Studium weder Football noch Medizin.«

»Das klingt vernünftiger, als ich es erwartet hätte«, gestehe ich. »Was sagen deine Eltern dazu?«

»Wozu genau?«

»Ich weiß nicht. Zu allem halt. Football ist nicht gerade ungefährlich.«

»Lass uns ein anderes Mal über meine Eltern reden«, bittet er. »Für diese Art von Gespräch bin ich gerade nicht in der Stimmung.«

»Wofür dann? Ein wenig zwanglosen Spaß zu haben? Wärst du wirklich darauf eingegangen, wenn ich angeboten hätte, dich *zu trösten?*«

»Das war lediglich ein dummer Spruch. Vergiss es.«

»Das kann ich nicht«, antworte ich mit Nachdruck.

»Dann sind wir schon zu zweit«, behauptet er in einem Tonfall, den ich nicht deuten kann. Er erhebt sich und klopft sich Gras von der Hose. »Ich denke, ich sollte mich lieber von der zuckrigen Versuchung der Marshmallows fernhalten, und wünsche dir noch einen schönen Abend.«

»Dir auch«, erwidere ich verwirrt.

Habe ich etwas Falsches gesagt? War ich zu direkt? Ich wollte ihn nicht vertreiben und hätte mich gern noch mit ihm unterhalten, weil ich für einen kurzen Moment den Eindruck hatte, dass hinter seiner attraktiven Fassade noch mehr schlummert. Doch offensichtlich endet sein Interesse an Gesprächen, sobald man ernste Themen anschneidet.

Mateo hat sich kaum drei Schritte entfernt, da wird er von ein paar Kommilitonen abgefangen. Sie interessieren sich vermutlich eher weniger für sein Aussehen als für seine Qualitäten auf dem Feld.

Erschrocken fahre ich auf, als sich ein Ellbogen in meinen Oberarm bohrt.

»Du starrst ihm nach«, flüstert Penny.

Mir war bis eben gar nicht bewusst, dass sie uns zugehört hat. Ich atme tief durch und schüttle den Kopf, als könnte ich dadurch meine Gedanken und Gefühle wieder in Einklang bringen.

»Mach dir keinen Kopf. Ich kenne Mateo seit einem Jahr. Keines unserer Gespräche dauerte länger als fünf Minuten«, gesteht Penny.

»Du meinst, wenn man kein Interesse signalisiert, zieht er weiter?«

»Nein. Ich meine, dass es eine Kunst ist, aus ihm irgendwas Privates herauszubekommen. Es gibt Dinge in seiner Vergangenheit, die er nicht einmal Kyle oder Joshua anvertraut.«

»Und woher weißt du dann davon?«

Flüchtig leckt sie sich über die Unterlippe und sieht zu Mateo hinüber. »Weil Kyle mir alles erzählt hat, was er wusste. Er war vielleicht untreu, aber ehrlich.«

»Apropos untreu: Hattest du nie Angst, dass Kyle irgendwelche Krankheiten übertragen könnte, die er sich bei einer seiner Eroberungen eingefangen hat?«

Penny sieht mich so überrascht mit ihren Rehaugen an, als wäre es komplett abwegig. »Eigentlich nicht. Ich hatte ehrlich gesagt eher Angst davor, was die anderen Leute wohl über uns denken. Oder über mich. Es macht keinen guten Eindruck, wenn du deinen Freund nicht halten kannst.«

»Du meinst, wenn du ihn nicht bei der Stange halten kannst?«, frage ich.

Statt mir direkt zu antworten, streicht sie sich eine tiefschwarze Haarsträhne hinters Ohr. »Ich traue Kyle und Mateo zu, auf ihre Gesundheit zu achten. Ihr Körper ist ihr

Kapital, und sie unterliegen ständigen Gesundheitskontrollen. Davon abgesehen, dass Kyle und Mateo beide ... Na ja, du weißt schon ...«

»Gern Sahne in den Kaffee gießen? Torten eine Cremefüllung verpassen? Liebe machen? Such dir etwas aus«, schlage ich vor, da sie unruhig auf ihrer Lippe kaut, statt den Satz zu beenden.

»Du und deine Ausdrucksweise«, tadelt sie mich.

»Glaub mir: Wenn die Leute dich ohnehin für seltsam halten, musst du wenigstens nicht mehr auf jedes deiner Worte achten.« Jedenfalls ist das meine bisherige Erfahrung.

Allerdings bin ich auch keine allseits beliebte Cheerleaderin, die ihr Image wahren muss. Bis ich July kennengelernt habe, war mir überhaupt nicht bewusst, wie wichtig all diese Dinge sind, um als Cheerleaderin erfolgreich zu sein. Neben Sportlichkeit und einer Figur, die man wahrscheinlich nicht als zierlich bezeichnen würde, erfordert es einen tadellosen Ruf. Zumindest wenn man den Sport auf Wettkampfniveau betreiben und den Hauch einer Chance auf einen NFL-Vertrag haben möchte.

»Kyle ist anders als Mateo«, holt mich Penny aus meinen abschweifenden Gedanken zurück. »Mateo macht keinen Hehl daraus, dass er nur One-Night-Stands sucht. Wenn ich mit Kyle zusammen war, hat er mir immer wieder beteuert, dass ich die Einzige bin, die ihm wirklich etwas bedeutet. Aber dass ... er die anderen braucht, weil ich ihm nicht geben kann, was er will. Weil ... Ich weiß nicht. Vielleicht war ich ihm nicht experimentierfreudig genug.«

»Sekunde«, unterbreche ich sie. »Wenn dein Freund notorisch fremdvögelt, dir dafür die Schuld gibt, sieht, wie du darunter leidest, und dich dann noch anbettelt, dass du ihn nicht verlassen darfst, weil er dich sonst so schrecklich vermisst, ist er mit großer Wahrscheinlichkeit ein egoistischer Arsch. Und nichts weiter als das. Dich trifft keine Schuld an seinem unmöglichen Verhalten. Und schon gar nicht, weil du schlecht im Bett bist – oder was auch immer er dir einreden wollte. Hast du verstanden?«, entgegne ich.

Dabei geht es mich gar nichts an. Warum habe ich überhaupt den Wunsch, ihr beizustehen? Wahrscheinlich, weil ich weiß, wie ätzend es sich anfühlt, wenn die Leute hinter deinem Rücken über dich lästern. Es braucht nicht einmal besonders viel Fantasie, um sich vorzustellen, wie man sich über Penny das Maul zerrissen hat. Egal, wie perfekt sie aussehen und sich verhalten mag, Kyles Eskapaden haben sie angreifbar gemacht. Er hat sie zum Gespött gemacht. Das hat niemand verdient – auch keine Penelope Perez.

Sie seufzt so schwer, dass sich ihre schmalen Schultern heben und senken. Einen Moment lang ist nur das Knistern der Flammen zu hören. »Mein Dad sagt immer, dass junge Männer sich nur die Hörner abstoßen müssen, bevor sie bereit sind, sich fest zu binden. Aber er sagt auch, dass eine Frau ungeeignet dafür ist, seine Firma zu übernehmen. Ich bin mir also nicht sicher, ob seine Meinung unbedingt erstrebenswert ist«, gesteht sie widerwillig.

»Klingt, als wäre das Verhältnis zwischen dir und deinem Dad etwas schwierig?«, frage ich vorsichtig.

»Etwas. Ich habe erst überlegt, Journalismus zu studieren, und mich dann ihm zuliebe für BWL eingeschrieben. Ich kann nicht behaupten, dass mein Herz daran hängt, aber ich gebe mir alle Mühe. Und was ist? Er denkt immer noch, dass ich seine Firma auf keinen Fall übernehmen kann, weil sie mit Autos zu tun hat und Autos ein Männerding sind.«

»Väter. Man muss sie einfach lieben.« Wahrscheinlich klinge ich sarkastischer als beabsichtigt. Ich bin mir sicher, dass es da draußen unzählige wundervolle Dads gibt, auch wenn Penny und ich momentan nicht glücklich mit den Entscheidungen unserer eigenen Väter sind.

Im Laufe des Abends ertappe ich mich des Öfteren dabei, zu Mateo hinüberzusehen. Wahrscheinlich fühlt er sich von mir beobachtet. Warum sonst sollte sein Blick immer wieder zu mir wandern?

Glücklicherweise sind ausreichend hübsche Cheerleaderinnen hier, um ihn abzulenken. So fahre ich am Ende dieses Abends allein nach Hause – er allerdings nicht.

Das sollte mich beim besten Willen nicht stören, nagt aber irgendwie dennoch an mir. Nur den Grund dafür will mir mein Unterbewusstsein nicht verraten. Mateo hat mir angeboten, dass ich ihn begleiten könnte – und ich habe abgelehnt. Es ist vollkommen in Ordnung, dass er sich stattdessen mit einer anderen vergnügt.

Dass es sich nicht so anfühlt, ist eine eigenartige Gefühlsverwirrung, die ich auf den übermäßigen Konsum von zuckrigen Marshmallows zurückführe.

5. KAPITEL

$M + N = MK$

(Mateo + Nähe = mangelnde Konzentration)

Heute

Wer möchte morgens nicht davon geweckt werden, dass das Handy klingelt und es dann mit nichts Besserem als Nachrichtenspams aufwarten kann?

Unbekannte Nummer: *Hola Señorita.*
Unbekannte Nummer: *Gut geschlafen?*
Unbekannte Nummer: *Ich habe ein privates Anliegen.*
Unbekannte Nummer: *Ruf mich an, sobald du Zeit hast.*

Letzteres werde ich sicher nicht tun, sondern stattdessen die unbekannte Nummer blockieren. Keine Ahnung, wo die Spinner immer meine Handynummer herbekommen, aber ich sollte dringend mal andere Fotos für meinen Instagramkanal schießen. Bisher modelt ausschließlich July für meine Modekollektion, was schon öfter dazu geführt hat, dass irgendwelche Typen dachten, dass ich sie wäre. Und wenn ich etwas nicht bin, dann zierlich und blond. Oder niedlich und Cheerleaderin.

Nach diesem Start in den Tag kann es nur besser werden. Zumindest glaube ich das, als ich mich mittags mit Bo in die

Mensa setze. Obwohl um uns herum lautes Geplauder und Gelächter die Luft erfüllen, herrscht an unserem Tisch idyllische Ruhe. Das einzige Geräusch stammt von meinem über das Papier kratzenden Bleistift, während ich in meinem Skizzenbuch einen neuen Entwurf zeichne und zwischendurch ein Sandwich esse.

Ich sehe kurz von dem Kleiderentwurf auf und betrachte Bo, der konzentriert ein Fachbuch liest. Geistesabwesend knabbert er an seinen Pommes und zieht eine Augenbraue so hoch, dass sie unter seinem schrägen Pony verschwindet. Dabei zuckt er mit dem Kopf, um sich die blonden Haare aus der Stirn zu schütteln, aber sie fallen ihm immer wieder sofort vor die Augen.

»Falls das nicht die schlechteste Headbanging-Darbietung des Jahrhunderts werden soll, könntest du dir einfach die Haare schneiden lassen«, schlage ich vor und widme mich wieder meiner Zeichnung. »Oder eine niedliche rosafarbene Schleife reinmachen, wie bei so kleinen Schoßhunden.«

Bos Antwort ist ein unverständliches Gemurmel, das er mit einer weiteren Pommes erstickt. Je weiter das Semester voranschreitet, umso häufiger wird aus dem dauerlächelnden Charmebolzen ein grüblerischer Eigenbrötler mit dem Gesprächsbedarf eines Steins. Aber mir ist die Stille recht, denn so kann ich in der Pause meinen eigenen Gedanken nachhängen.

Unsere einvernehmliche Ruhe endet abrupt, als uns July, Drew und eine kleine Gruppe von Footballspielern an unserem Tisch Gesellschaft leisten.

Kurz nach Julys Geburtstag waren sie und Drew für eine Weile getrennt, doch jetzt sind sie nicht nur wieder zusammen, sondern haben auch gemeinsam mit Bo eine WG gegründet. Die meisten Footballspieler meiden Bo nach der Sache mit

Joshua jedoch noch immer. Womit haben wir also diesen Besuch verdient?

»Hey, Haley«, schnurrt Mateo und lässt sich auf den freien Stuhl neben mich gleiten.

»Hey, du Held.«

Haley an Hirn: Held? Eine bessere Erwiderung ist dir heute nicht eingefallen? Ernsthaft?

»Womit habe ich es verdient, dass du mich mit meinem Vornamen ansprichst?«, hake ich nach, lege die Hände auf das Skizzenbuch und klopfe mit den Fingerspitzen darauf.

Statt mir zu antworten, zwinkert Mateo mir zu. Es ist nur eine winzige Geste, und dennoch legt mein Herz einen Hüpfer hin, als hätte sie irgendetwas zu bedeuten.

»Nachdem du mir zu verstehen gegeben hast, wie wenig du Spitznamen magst? Außerdem ist es ein wunderschöner Name. Warum sollte ich ihn nicht benutzen?«, erwidert er lächelnd.

Bo schlägt so energisch sein Buch zu, dass ich erschrocken zusammenzucke. Er schiebt seiner Schwester das Tablett mit den restlichen Pommes entgegen und erhebt sich. »Wir sehen uns später«, verspricht er. »Ich gehe irgendwo hin, wo es ruhiger ist.«

Vielleicht will er auch nur mehr Abstand zwischen sich und Joshua bringen, der sich gerade zu uns an den Tisch setzt und so tut, als hätte er Bos Worte nicht gehört – oder als würden sie ihn nicht interessieren. Ich bin mir sicher, dass keines von beiden der Fall ist.

»Ich empfehle dir die Bibliothek«, schlägt July vor und nimmt sich einen Kartoffelstreifen. »Der mit Abstand schönste Ort, um in Ruhe zu lesen.«

Mit einem Nicken schultert Bo seine Umhängetasche, greift das Buch vom Tisch und verschwindet mit großen Schritten aus der Mensa.

Erst als mich ein Ellbogen anstößt, bemerke ich, dass ich ihm noch immer nachstarre.

»Ich sitze neben dir und du siehst ihm nach?«, fragt Mateo übertrieben vorwurfsvoll.

»Entschuldige diese Unaufmerksamkeit, Mr Universum. Was kann ich für dich tun? Was verschafft mir die Ehre deiner erlauchten Gesellschaft, wo doch jeder weiß, dass du sonst in erleseneren Gewässern als der Mensa fischst?« Liebreizend blinzle ich ihn an.

Mateo stützt einen Unterarm auf die Tischplatte und rückt so nahe an mich heran, dass ich mich nur schwer zusammenreißen kann, ihn nicht wegzuschieben. Seinem selbstsicheren Lächeln nach zu urteilen, ist mein Sarkasmus vollkommen an ihm abgeperlt.

»Ehrlich gesagt, bin ich nicht ganz freiwillig hier, um mir eine weitere Abfuhr abzuholen. Professor Hudgens schickt mich zu dir«, gesteht er und betrachtet mein Gesicht so aufmerksam, als erwarte er irgendeine Reaktion. »Seine genaue Beschreibung lautete: Die blitzgescheite Haley, die im zweiten Jahr Medizin studiert – und die ich an ihren blauen Haaren erkennen kann. Auch wenn das eine wunderschöne Farbe ist, gibt es auf dem Campus doch ziemlich wenig Mädchen mit blauer Mähne, die Haley heißen.«

»Was du natürlich weißt, weil du vermutlich 90 Prozent der jungen Frauen an diesem College mit Vornamen kennst«, stimme ich zu. »Bevor ich dich frage, ob du sie an ihren Intimfrisuren wiedererkennen würdest, sag mir lieber, warum Hudgens dich schickt.«

»Weil besagte blauhaarige Haley unglaublich klug sein soll. So klug, dass sie mir Nachhilfe geben kann, damit ich das dritte Studienjahr bestehe«, erklärt er geradeheraus. »Ich habe leider nicht nur eine Schwäche für schöne Frauen, sondern auch in Biochemie. Wenn die nächsten Testate nicht besser laufen, verbringe ich den Rest des Jahres auf der Ersatzbank. Ich verliere vielleicht mein Stipendium und das St. Clair den besten Runningback, den es seit Langem hatte. Das kann Haley nicht wollen.«

»Interessant, dass du so genau weißt, was Haley nicht will«, antworte ich.

»Du hast mir schließlich oft genug zu verstehen gegeben, was du nicht möchtest. Sekunde, du hast da eine Wimper auf der Wange, die mich die ganze Zeit ablenkt. Darf ich?«, bittet Mateo unvermittelt und hebt langsam die Hand.

»Sicher.« Ich versuche, entspannt zu klingen, obwohl mich die plötzliche Nähe irritiert. Sie ist nicht unangenehm, nur ungewohnt. Instinktiv schließe ich die Augen, spüre kurz darauf seine warmen Finger auf meiner Haut. Es ist nur eine winzige Berührung, doch sofort richten sich all meine Sinne darauf. Als wäre das flüchtige Streicheln auf meiner Wange wahnsinnig aufregend, schlägt mein Herz einen anderen Takt an.

»Hab sie schon«, verkündet er und beendet den Moment noch bevor ich Gefahr laufe, rot zu werden.

Als ich die Augen wieder öffne, hält er das Beweisstück zwischen Daumen und Zeigefinger, bevor er es vorsichtig auf der Kuppe seines Zeigefingers platziert.

»Wenn du möchtest, darfst du dir etwas wünschen.«

Auch wenn ich mir dabei seltsam vorkomme, puste das feine Härchen von seiner Fingerspitze.

»Falls du dir gewünscht haben solltest, dass ich dich von nun an allein lasse, muss ich dich vorerst enttäuschen«, gesteht Mateo und nimmt die Hand herunter. »Diese Sache ist mir wirklich wichtig.«

Konzentration, ermahne ich mich. Worum ging es noch gleich, bevor ich mich von seiner Geste habe einlullen lassen?

Biochemie, hilft mir mein Gedächtnis auf die Sprünge.

»Okay, aber leider studiert die blauhaarige Haley erst im zweiten Jahr und kann dir mit dem Stoff des dritten nicht helfen«, sage ich entschieden.

»Sicher?«, fragt er und rückt so dicht an mich heran, als hätte er noch nie etwas von der intimen Distanzzone gehört.

Der schrumpfende Abstand zwischen uns drängt mich dazu, zurückzuweichen, aber ich unterdrücke das Bedürfnis. Mateo streicht sich lässig eine Locke aus dem Gesicht, die wieder zurückfällt. Sofort richtet sich meine Aufmerksamkeit darauf.

Was haben die nur alle mit ihren Haaren? Gehen die nie zum Frisör?

Dabei muss ich gestehen, dass Mateo ausgesprochen schöne Haare hat. So dichte schwarze Locken, die dazu einladen, die Hände darin zu vergraben … Und schon wieder begeben sich meine Gedanken auf Wanderschaft. Das muss aufhören!

»Hudgens meinte, dass diese Haley so unglaublich intelligent ist, dass sie mir trotzdem helfen kann. Mir fehlt nämlich Grundlagenwissen. Und ein paar der Inhalte aus dem zweiten Jahr sind irgendwie auch an mir vorbeigegangen.«

»Weil du deine Prioritäten nicht gerade aufs Lernen gelegt hast«, wirft Joshua ein.

Mateo macht eine Geste, die Joshua zum Schweigen bringen soll, doch der schnaubt lediglich und erhebt sich, ohne auch nur einen Bissen gegessen zu haben.

»Hör nicht auf Simons«, bittet Mateo und schenkt mir ein Lächeln, das zwar charmant aussieht, mich aber nicht berührt – zumindest wenn ich mein schneller schlagendes Herz ignoriere. Es hat sich hier rauszuhalten! Es ist klein und naiv und soll sich nicht von einem Typen wie Mateo Ortega brechen lassen. Denn genau das tut Mateo: Er flirtet mit Frauen, um seine

Ziele zu erreichen – und dann lässt er sie so schnell fallen wie die Frauen ihre Höschen.

So oder so habe ich kein Interesse daran, ihm Nachhilfe in irgendetwas zu geben. July ist der Typ Mensch, der anderen Nachhilfe gibt. Sie trainiert auch mit unbändiger Leidenschaft die Neuzugänge der Cheerdancer. Ehrenamtlich.

So bin ich nicht. Ich war einmal bei einem Probetraining der Cheerleaderinnen, weil Mom es für eine gute Idee hielt. Ich weiß bis heute nicht, wie sie darauf gekommen ist, dass mir dieser Sport Spaß machen könnte. Ein Mannschaftssport, bei dem man Sätze schreit und dabei Pompons schwingt? Und das in kurzen Röckchen? Ich muss unwillkürlich die Nase rümpfen, wenn ich daran denke. Dabei habe ich nichts gegen Cheerleaderinnen. Wirklich nicht. Ich bin nur absolut nicht der Cheerleading-Typ.

»Schau mich nicht so angewidert an«, bittet Mateo, der meine Miene offensichtlich auf sich bezieht. »Ich kann mir vorstellen, dass du Besseres zu tun hast, als mit mir biochemische Vorgänge durchzukauen. Aber wenn du ablehnst, wird Professor Hudgens dich persönlich anflehen, mir zu helfen. Mit den Otters geht es langsam bergauf. Frag Drew. Er braucht mich, und ich brauche dich, wenn ich weder mein Stipendium noch meinen Platz in der Mannschaft verlieren will.«

Ich brauche dich. Diese Worte aus seinem Mund zu hören, gefällt mir viel zu gut.

Eigentlich sollte ich ablehnen. Wirklich. Ich habe keine Lust darauf, irgendjemandem Nachhilfe in Irgendetwas zu geben. Dennoch kommt mir kein *Nein* über die Lippen. Es ist ein kurzes, simples Wort, aber ein Teil von mir bringt es nicht übers Herz, ihm eine weitere Abfuhr zu erteilen. Immerhin geht es hier nicht um belanglose Flirtereien, sondern um seine Zukunft.

»Denkst du wenigstens darüber nach?«, fragt er, als hätte er hinter meine Stirn geblickt und meine Zweifel erkannt. »Ich mag nicht die hellste Kerze auf der Torte sein, aber ich brenne, wenn es darauf ankommt.«

Sofort habe ich einen von Moms Motivationssprüchen im Ohr: *Du musst selbst brennen, um in anderen einen Funken zu entfachen.* Ich sehe Mateo an, dass seine Bitte ernst ist, trotzdem wünschte ich, dass er eine andere Kommilitonin gefragt hätte. Dass wir ein gutes Lernteam abgeben würden, kann ich mir beim besten Willen nicht vorstellen.

»Gibst du mir ein wenig Zeit, darüber nachzudenken?«, bitte ich.

»Ich würde gern sagen: So viel du brauchst, aber der Docht dieser Kerze ist schon ziemlich weit runtergebrannt. Ich kann es mir nicht erlauben, mir an den nächsten Testaten die Finger zu versengen, falls du verstehst.«

Natürlich tue ich das, trotzdem habe ich das Gefühl, dass er sein Problem gerade zu meinem macht. Die Vorstellung davon, meine Freizeit mit jemandem zu verbringen, mit dem ich ziemlich offensichtlich nichts gemeinsam habe, ist alles andere als verlockend.

Glücklicherweise enthält sich July jeden Kommentars, obwohl ich mir recht sicher bin, dass sie uns mit mindestens einem Ohr zuhört. Normalerweise hat sie zu allem eine Meinung und ist nicht besonders gut darin, sie für sich zu behalten. Doch diesmal schweigt sie.

Dass sie tatsächlich gelauscht hat, erfahre ich, als wir wenig später gemeinsam aus der Mensa schlendern. Eigentlich möchte ich sie fragen, ob ich sie demnächst noch einmal als Modell für ein Foto meines nächsten Kleiderentwurfs buchen darf, aber ich komme kaum dazu, den Mund zu öffnen, da fällt sie mir ins Wort.

»Ich weiß nicht, warum ich mich hier einmische, aber Mateo hat das Herz am rechten Fleck. Zumindest wenn es nicht um Herzensangelegenheiten geht.«

»Und wenn er einen nicht gerade mit Frisbeescheiben abschießt?«, vermute ich.

»Oder mit einem Football«, stimmt sie halbherzig zu. »Aber er ist Drew und Joshua echt ein guter Freund. Als Kyle versucht hat, Drew den Einstand zur Hölle zu machen, hat Mateo sich dafür eingesetzt, dass das Team Drew die Chance gibt, die er verdient hat. Ich bin mir ganz sicher, dass er auch zu Joshua halten würde, falls er sich jemals outet. Er würde dem Team wirklich fehlen, wenn er ausfällt. Er ist nicht nur ein verdammt guter Runningback – und damit einer von Drews wichtigsten Mitspielern –, sondern hält die komplette Offense zusammen.« Sie schenkt mir einen flüchtigen Seitenblick. »Er ist nicht umsonst so beliebt bei den meisten auf diesem Campus. Außer dir.«

»Ich habe nichts gegen ihn. Zumindest nichts, was akut helfen würde«, scherze ich lahm.

July zieht den Träger ihres weinroten Tops wieder hoch, bevor sie uns die Tür zum Campus öffnet. Augenblicklich verschlägt uns eine Wand warmer Luft die Sprache. Es ist September, aber ein außergewöhnlich heißer. Er schenkt uns einen wunderschönen Spätsommertag, trotzdem lässt sich nicht leugnen, dass es bereits auf Herbst zugeht. An den Bäumen auf dem parkähnlichen Campusgelände des St. Clair hängen nur noch vereinzelte Blätter, die meisten liegen bereits auf den breiten Wegen zwischen den efeuüberwachsenen Backsteingebäuden und rascheln bei jedem unserer Schritte. Mit der Spitze meiner Sandale wirble ich absichtlich Laub auf, nur um dabei zuzusehen, wie es wieder zu Boden segelt.

»Denkst du zumindest mal darüber nach, ihm zu helfen?«, bittet July.

Dass sie mich so drängt, kann nur bedeuten: Mateo hat nicht gelogen. Er braucht Hilfe – und wenn er ausfällt, ist das Team in Schwierigkeiten. Aber ich musste noch nie jemandem Nachhilfe in Irgendetwas geben und wüsste nicht einmal, wo ich beginnen soll.

»Ich habe in etwa so viel Lust dazu, Mateo zu helfen, wie ein Ferkel auf eine Kastration. Wusstest du, dass die armen Schweine dafür nicht einmal betäubt werden? Einfach schnipp-schnapp, Eier ab.«

»Es gibt sehr gute Gründe dafür, dass ich Vegetarierin bin«, stimmt sie zu, aber ihr Blick sagt eindeutig: *Haley, ich mag dich, aber manchmal bist du anstrengend.*

»In Ordnung«, gebe ich mich geschlagen. »Ich werde darüber nachdenken.«

»Du wirst es nicht bereuen«, verspricht sie. »Zumindest solange du dich nicht für ihn ausziehst.«

Da kann sie ganz unbesorgt sein. Das wird nicht passieren. Wenn ich auf etwas keine Lust habe, dann auf eine Lovestory ohne Happy End. Es gibt Filme, da reicht schon ein Blick auf das Titelbild, um zu wissen, dass sie tragisch ausgehen werden. Wäre mein Leben eine Teenie-Serie, gehörte diese Episode eindeutig dazu. Mateo und ich sind eben wie zwei gleich gepolte Magnete: Wir stoßen einander ab. Weitere Experimente unnötig.

6. KAPITEL

M + PH = N
(Mateo + Professor Hudgens = Nachhilfe)

»Schokolade?«, biete ich Bo an und halte ihm eine Tüte mit bunten Schokolinsen vor die Nase, aber er winkt dankend ab.

»Ich brauche jetzt dringend einen Kaffee.« Bo streckt sich, als das Licht im Hörsaal angeht. Nach einer Vorlesung von Professor Hudgens kann man beides brauchen, um Energie und das Nervenkostüm wieder aufzuladen. Schokolade und Kaffee.

Professor Hudgens hat gerade erst die Dreißig hinter sich gelassen und sieht nach allen gängigen Maßstäben recht gut aus, wenn man auf drahtige Männer in eng anliegenden Hemden und polierten Lederschuhen steht. Intelligent, gut aussehend – mit Stock im Hintern. So habe ich ihn meiner Mom beschrieben. Die Studierenden, die sich auf dem Flur nach ihm umdrehen, würden vermutlich noch »verdammt sexy« ergänzen. Vielleicht würde ich ihnen zustimmen, wenn er nicht so dermaßen schlechte Vorlesungen halten würde. Das kostet ihn in meinen Augen eindeutig einige Sexappeal-Punkte.

»Auf zum Kaffeemobil«, schlage ich vor und packe meinen Laptop ein, während Bo den Stapel seiner Notizen zu ordnen versucht und dann doch alle zusammen in seine Umhängetasche stopft.

»Du bist ein Chaot«, tadele ich.

»Hast du dir diese Notizen mal angesehen?«, fragt er und zieht eines der Blätter aus der Tasche hervor. Die Beschriftung gleicht einer abenteuerlichen Berg- und Talfahrt. »Ich darf die eh noch dreimal abschreiben und ordnen, bevor ich sie zum Lernen gebrauchen kann. Keine Ahnung, wer in dem Tempo leserlich mitschreiben soll.«

Ich schenke ihm ein leidvolles Nicken. Professor Hudgens mag so etwas wie ein Genie sein, aber Genie und Wahnsinn liegen ja oft nah beieinander.

Ich steige mit Bo die Stufen der Sitzreihen hinab und bestelle in Gedanken bereits den Kaffee. Caramel Macchiato klingt ganz gut in meinen Ohren. Eine Mischung aus Koffein und Zucker ist genau das, was ich brauche, um für den Rest des Tages gewappnet zu sein.

»Haley Bales!« Professor Hudgens verstellt mir schnellen Schrittes den Weg zur Tür. »Ich würde Sie gern kurz sprechen«, erklärt er das Offensichtliche.

Bo verharrt ebenfalls in der Bewegung, bis Hudgens ihm bedeutet weiterzugehen.

»Wenn Sie uns einen Moment allein lassen würden?«, bittet unser Professor.

Mit skeptischem Blick wendet sich Bo zum Gehen. Seinem Handzeichen nach wird er beim Kaffeemobil auf mich warten.

»Was kann ich für Sie tun?«, frage ich und sehe zu Hudgens auf.

Er räuspert sich kaum merklich. »Es geht um Mateo Ortega.« Er schiebt seine Brille bis zur Nasenwurzel hinauf, nur damit sie beim Heben einer Augenbraue wieder nach unten rutscht. »Ich bin mir sicher, dass Sie in Ihrer Freizeit Besseres zu tun haben, als einem jungen Mann Nachhilfe zu geben, aber das gesamte College wäre Ihnen sehr verbunden, wenn Sie es zumindest versuchen würden. Mister Ortega ist ein Ausnahmetalent, wenn es um schnelles Laufen geht. Am schnellen Verständnis chemischer Zusammenhänge hapert es allerdings. Ich kann meine Vorlesung bedauerlicherweise nicht seinem Tempo anpassen, aber ich könnte mir vorstellen, dass jemand wie Sie es schafft, ihn von der Wichtigkeit des Lernstoffes zu überzeugen.«

»Warum ausgerechnet ich?«

»Nun, Ihre Noten sprechen für sich, und Sie wirken vernünftig genug, um sich von ihm nicht ablenken zu lassen. Falls Sie verstehen, was ich meine.«

»Ich glaube, jeder an diesem College kennt Mateos Ruf.«

»Vermutlich nicht nur an diesem«, seufzt Hudgens. Sein Blick verliert sich irgendwo zwischen den Stuhlreihen. »Mittlerweile hat der Hype um College Football selbst Europa erreicht. Unfassbar, dass man die Spiele auch dort live verfolgen kann.«

»Und ich soll dafür sorgen, dass man Mateo auch weiterhin aus aller Welt zusehen kann, während seine Füße auf dem Boden der Tatsachen bleiben?«

»Es sollte auch etwas für Sie herausspringen. Ich bin mir sicher, dass wir eine Regelung finden, die Ihnen zugutekommt. Ich werde bestimmt etwas für Sie tun können. Ein Empfehlungsschreiben für ein Praktikum beispielsweise. Sie verstehen schon.«

»Natürlich.« Nickend beobachte ich, wie Hudgens an sein Pult eilt und fahrig seine Sachen zusammenpackt.

Offensichtlich hat Mateo nicht gelogen: Man hat an diesem College tatsächlich ein Interesse daran, dass er auch zukünftig auf dem Feld steht. Was ich davon habe, ihm zu helfen? Theoretisch nichts. Außer den Unmut meines Professors am Hals, wenn ich aus akuter Unlust ablehne. Und vielleicht Beruhigung für mein schlechtes Gewissen, dem es widerstrebt, Menschen zu enttäuschen.

Professor Hudgens greift seinen Laptop, schultert seine Umhängetasche und nickt mir zu, während er sich zum Gehen wendet. Er wirkt, als könnte er den Raum nicht schnell genug verlassen.

Seufzend betrachte ich die leeren Stuhlreihen.

Wieso nur habe ich langsam das Gefühl, dass es mir das gesamte College übel nehmen wird, wenn ich diesem wuschelhaarigen Footballwunder nicht dabei helfe, seinen Stammplatz im Team zu behalten?

Ach ja. Weil gefühlt alle Welt diesem Sport viel zu viel Bedeutung schenkt. Was ist nur so toll daran, wenn ein Haufen Typen in alberner Montur sich gegenseitig zu Boden rempeln?

Mit einem Stöhnen verlasse ich den Hörsaal, um Bo nicht länger warten zu lassen. Unser Kaffee ruft. Nach diesem eigenartigen Gespräch lauter denn je.

Nach der letzten Vorlesung für diesen Tag steige ich in unseren VW-Bus, als mein Handy eine neue Nachricht anzeigt.

July: *Ich bin im Stadion. Mateo steht neben mir und bittet mich, dir zu schreiben. Er hat versucht, dich zu erreichen.*

Hat er das? Mein Handy zeigt gar keine entgangenen Anrufe an.

Haley: *Kann er eigentlich niemanden aus seinem Fanclub um Hilfe bitten? Wenn er so beliebt ist, sollten die Leute doch Schlange stehen, um Zeit mit ihm verbringen zu können.*
July: *Er sagt, dass er auf Hudgens' Empfehlung vertraut.*

Ich kann ein Augenrollen nicht unterdrücken. Es gilt eher dem Drängen meines Gewissens als Mateos Antwort. Wonach würde ich jemanden aussuchen, der mir Nachhilfe geben soll? Nach Qualifikation. Offensichtlich ist Hudgens leider noch nicht aufgefallen, dass Zwischenmenschliches keine meiner Stärken ist. Mein Zeigefinger klopft unruhig gegen das Telefon, bis ich widerwillig nachgebe.

Haley: *In Ordnung. Sag ihm, dass er mir seine Adresse und eine Uhrzeit schicken soll.*
July: *Er schlägt Sonntag um 15 Uhr bei ihm vor. Ich schicke dir die Adresse und seine Handynummer, falls ihr noch etwas zu klären habt.*

Gran-di-os, ist alles, was mir dazu einfällt. Dann gebe ich wohl einem Footballspieler Nachhilfe.

Erst als July mir seine Nummer schickt, wird mir klar, dass ich diese Nummer vor Kurzem wegen Spamverdachts blockiert habe. Eigentlich hätte ich mir denken können, dass die Nachrichten von Mateo waren. Ganz ehrlich: Welcher Mensch, der eine Nachhilfelehrerin sucht, würde sonst die Nachricht mit *Hola Señorita* beginnen? – Außer dem König der Spitznamen versteht sich.

7. KAPITEL

HB + JS = P
(Haley Bales + Joshua Simons = Pizzadate)

Ich gleiche die Adresse aus Julys Nachricht mit der Hausnummer des vor mir liegenden Gebäudes ab. Nun gut. In meiner Vorstellung hat Mateo anders gewohnt. Vielleicht in einem Wohnheim oder einer winzigen WG, aber sicherlich nicht in diesem hochmodernen Wohnkomplex. Glas, Metall und Beton vereinen sich zu einem lichtdurchfluteten Wunderwerk der Baukunst. Alles sieht glänzend und hell aus.

Das Geräusch der Absätze meiner Sandalen hallt viel zu laut von den kahlen Wänden wider, denn das einzige Bild, das die Flurwände ziert, ist der Fluchtplan. Gemütlich fühlt sich anders an.

Während ich an der Wohnungstür die Klingel mit der Beschriftung *C./O./S.* drücke, bin ich mir selbst nicht ganz sicher, warum ich mir das hier antue. Am Erfolg des Footballteams liegt mir nichts. Vielleicht habe ich ein zu weiches Herz. Oder auch nur keine Lust darauf, noch einen weiteren Tag allein zu Hause zu sitzen, weil alle meine Kommilitonen mit Lernen beschäftigt sind und meine Mom schon wieder verreist ist.

Einerseits bin ich stolz auf sie und ihre Erfolge als Heilpraktikerin, andererseits hätte ich es auch schön gefunden, in meiner Jugend nicht gleich mit allen Nachteilen des Erwachsenseins konfrontiert zu werden. Einkaufen, aufräumen, Wäsche waschen, Gartenarbeit, putzen, kochen … Ich kann dankbar sein, dass ich neben dem Studium nicht noch arbeiten gehen muss, sonst wäre ich vollkommen überfordert.

Seufzend klingle ich erneut, zähle bis dreißig, doch nichts passiert. Auch nicht, als ich den Klingelknopf noch einmal drücke. Ich rücke den Schulterriemen meiner vollgestopften Umhängetasche zurecht und versuche es ein viertes und letztes Mal, nur um einsehen zu müssen, dass niemand öffnen wird. Vielleicht hat Mateo unsere Verabredung vergessen. Vielleicht hat er doch Besseres zu tun als zu lernen. Vielleicht tue ich ihm Unrecht und er wurde über Nacht von Aliens entführt. Wer weiß das schon?

Und dafür bin ich jetzt durch die halbe Stadt gefahren und habe mir von July Tipps zum Thema Nachhilfe *geben lassen?*

Mit einem letzten Tritt gegen die Tür wende ich mich zum Gehen. In einem Film hätte sich natürlich prompt in der Sekunde die Tür geöffnet, damit ich dem strahlenden Helden rein aus Versehen gehörig gegen das Schienbein treten kann – aber in der Realität bleibt die Tür fest verschlossen.

Noch auf dem Weg zur Treppe höre ich Schritte von quietschenden Turnschuhen auf den steinernen Stufen. Für einen Sekundenbruchteil rechnet mein Unterbewusstsein mit Mateo, stattdessen kommt mir Joshua auf halber Strecke entgegen.

Verdutzt sehe ich ihn an. Seinem verschwitzten Sportoutfit nach zu urteilen, ist er eine Runde laufen gewesen. Schwer atmend nimmt er sich die AirPods aus den Ohren, verstaut sie in einer Tasche seiner Jogginghose und absolviert auf dem Flur ein paar Dehnübungen. Es dauert einen Moment, bis er in der Bewegung innehält und mich ansieht.

»Ach, hallo, Haley, kann ich dir irgendwie helfen?« Er fährt sich mit einer Hand durch die dunkelblonden Haare und sieht mich aufmerksam an.

»Ich wollte zu Mateo«, gestehe ich, bevor er andere Schlüsse ziehen kann. Ich bin nicht hier, um mit ihm über Bo zu reden und mich in sein Privatleben einzumischen.

Einen Moment lang mustert er mich überrascht; betrachtet mein geblümtes Maxikleid, meine weinroten Sandalen und bleibt skeptisch an meiner geflochtenen Hochsteckfrisur hängen.

Ganz offensichtlich entspricht mein Äußeres nicht Mateos üblichem Beuteschema. Ich sehe förmlich, wie es angestrengt hinter Joshuas Stirn arbeitet.

»Die Nachhilfe«, erinnert er sich schließlich. Es scheint nicht viel zu fehlen und er hätte sich mit der flachen Hand vor den Kopf geschlagen. »Er müsste eigentlich zu Hause sein. Wahrscheinlich schläft er noch und hat dich nicht gehört.« Er zieht ein Schlüsselband unter dem Shirt hervor.

Bis eben war mir nicht bewusst, dass die zwei zusammen wohnen, aber Joshua öffnet kurzerhand die Tür und winkt mich herein. Damit weiß ich, wofür das O. und das S. an der Klingel stehen: Ortega und Simons.

Ich überlege, ob ich gehen sollte, aber dann hätte ich den Weg umsonst gemacht, und das würde mich auch nicht weniger nerven als die Tatsache, dass von Mateo jede Spur fehlt. Vielleicht spricht das doch für die Alienentführungstheorie?

Mit einem weiteren Seufzen folge ich Joshua ins Innere der Wohnung.

Vor mir erstreckt sich ein sehr weitläufiger Raum, der an ein Loft erinnert. Links eine offene Küche, rechts eine Wohnlandschaft mit riesigem Fernseher – und in der Mitte ist noch ausreichend Platz für eine Tischtennisplatte und einen massiven Esstisch. Goldenes Sonnenlicht fällt zur großen Fensterfront herein und offenbart, dass die Balkontür mal wieder geputzt werden könnte. Die dreckigen Fenster sind das Einzige, was diese Wohnung nicht perfekt aussehen lässt. Bis auf eine Bierflasche auf dem Küchentresen sieht die Wohnung so unbelebt aus, als wäre sie direkt einem Einrichtungskatalog entsprungen. Sie ist nicht unbedingt das, was ich mir unter einer typischen Junggesellenbude vorstelle.

»Mat?«, ruft Joshua beim Betreten der Wohnung, aber es folgt keine Antwort. »Du bist dir ganz sicher, dass ihr heute verabredet seid? Es sieht ihm nicht unbedingt ähnlich, dich zu versetzen.«

»Ziemlich sicher.« Nur für den unwahrscheinlichen Fall, dass mir mein Gedächtnis einen Streich gespielt haben sollte, ziehe ich das Smartphone hervor und lese Julys Nachrichten erneut.

»Hast du seine Nummer? Rufst du ihn an oder soll ich?«, schlägt Joshua vor und schlüpft aus seinen staubigen Sportschuhen.

Unsicher folge ich ihm und schaue aufs Handy. »Ist es nicht komisch, wenn ich ihn jetzt anrufe?«

Joshua sieht mich irritiert an und lächelt nachsichtig. »Schon gut. Ich rufe an.«

Bevor ich widersprechen kann, geht er zu einer Kommode nahe der Tür und greift nach seinem iPhone. Er bedeutet mir zu warten, aber es dauert keine drei Sekunden, bis sich jemand meldet. »Ich habe keine Ahnung, wo du dich im Moment herumtreibst, aber der jungen hübschen Frau nach, die in unserem Wohnzimmer steht, solltest du jetzt gerade hier sein und lernen.«

Der Fluch am anderen Ende der Leitung ist so laut, dass ich ihn hören kann, aber der Rest von Mateos Worten ist ein für mich unverständliches Gemurmel. Was auch immer er sagt, entlockt Joshua ein Schnauben.

»Es ist Sonntagnachmittag, natürlich hat sie nichts Besseres zu tun, als hier auf dich zu warten, bis du aus Ann Arbor zurück bist.«

Ann Arbor? Das liegt etwa eine Autostunde entfernt. Seufzend setze ich mich auf die Rückenlehne des Sofas und lasse meine schwere Tasche zu Boden sinken. Etwa genau so hatte ich mir meinen Sonntag vorgestellt. Ich fahre durch die Stadt, um pünktlich bei jemandem zu sein, der nicht einmal in Fair Haven ist.

Genervtheit, ich heiße Haley.

»Jetzt, da du es sagst, sehe ich auch, dass mein Autoschlüssel fehlt. Danke für den Hinweis.« Joshua reibt sich mit Daumen und Zeigefinger über die Nasenwurzel. »Also soll ich deiner Nachhilfelehrerin sagen, dass du mit einem anderen Mädchen versackt bist, oder wie stellst du dir das vor? ... Sicher. Kein Problem.« Mit den Augen rollend legt er auf und legt das Telefon zurück an seinen Platz.

»Lass mich raten«, sage ich. »Er hat mich vergessen, und ich soll hier auf dem Sofa warten.«

»So ähnlich«, antwortet Joshua ausweichend. »Aber das werden wir nicht tun. Hast du zufällig Hunger?«

Mein Blick wandert unwillkürlich zur Kochzeile, die aussieht, als wäre sie noch nie von jemandem benutzt worden.

»Wir gehen auswärts essen. Ich mache mich nur kurz frisch und zieh mir etwas anderes an. Wir haben einen echt guten Italiener gleich unten an der Ecke. Ich lade dich ein.«

»Sicher. Warum nicht?« Alles ist besser, als hier zu warten. Als ich nicke, verschwindet Joshua in einen angrenzenden Flur.

Verflucht! Joshua kann richtig aufmerksam sein.

»Nett von dir, dass du Mat helfen willst!«, ruft er aus dem vermeintlichen Badezimmer herüber.

»Nett von dir, dass du mich davon abzulenken versuchst, dass er die Zeit vergessen hat.«

»Kein Ding!« In Jeans und grauem T-Shirt kommt er zurück. Er fährt sich mit einer Hand durch die Haare und verschwindet in einem anderen Raum. Sekunden später kehrt er abermals, dieses Mal mit hellbraunen Lederflipflops, wieder. »Ich hoffe, wir können so gehen.« Im Vorbeigehen wirft er einen flüchtigen Blick in den Flurspiegel und ordnet sich erneut die Haare.

»Ich weiß nicht«, werfe ich ein, erhebe mich und greife nach der Tasche auf dem Boden. »Das kommt darauf an, ob du was essen gehen oder einen Modelcontest gewinnen möchtest.«

Grinsend sieht er mich an. »Ich verstehe, was Benjamin an dir mag.«

»Tatsächlich?«, hake ich nach und folge ihm zur Tür. »Was er an dir mag, dürfte ziemlich offensichtlich sein.« Ich deute flüchtig von Joshuas Gesicht zu seinen sehr gepflegten Füßen. Als er mich irritiert ansieht, schiebe ich ein Lächeln hinterher, das hoffentlich entschuldigend wirkt. »Sorry, das geht mich nichts an. Ich bin einfach wahnsinnig schlecht darin, den Mund zu halten.«

Statt zu antworten, greift er sein Handy und einen Schlüssel von der Kommode und verstaut beides in seinen Hosentaschen. »Es ist dieses Jahr außergewöhnlich lange warm«, plaudert er, während er die Tür hinter uns zuzieht.

»Reden wir jetzt ernsthaft über das Wetter?« Ich kann ein Lachen nicht unterdrücken.

Er zuckt nur mit der Schulter.

Joshua und ich schlendern Seite an Seite die Straße hinunter und wissen anscheinend beide nicht, worüber wir sprechen sollen. Die im Wind flatternden Markisen der anliegenden Restaurants bilden die einzige Geräuschkulisse.

»Auf welcher Position spielst du eigentlich?«, biete ich ein unverfängliches Gesprächsthema an.

»Wide Receiver«, antwortet er knapp.

»Cool. Und was macht ein Wide Receiver so?«, erkundige ich mich unbedarft.

»Wie der Name sagt, fängt er im Idealfall weite Pässe ab. Es sei denn, Drew passt den Ball an Mat, der damit zu laufen versucht. Oder Drew läuft selbst«, erklärt Joshua.

»Ah. Okay. Und Drew entscheidet, was ihr macht?«, vermute ich und bringe Joshua zum Lachen.

»Eher nicht. Die Trainer entscheiden, was wir machen und legen die Spielzüge fest. Drews Aufgabe ist es, uns die Ansagen zu übermitteln. Es war anfangs etwas ungewohnt, dass alles über Gebärden läuft, aber mittlerweile funktioniert es so gut, dass wir uns fragen, warum wir das nicht schon eher probiert haben.«

»Schön zu hören. Ich erinnere mich noch daran, wie ich bei Bos Geburtstag neben Mateo am Lagerfeuer saß und er gejammert hat, wie schwierig es ist, sich die ganzen Handzeichen zu merken.«

»Oh. Du warst also auch da?«, fragt Joshua kleinlaut.

»Ja, aber falls es dich beruhigt: Ich habe von deinem Aussetzer nichts mitbekommen. Bo hat mir erst später erzählt, dass du mitten in der Nacht betrunken aufgetaucht bist, um ihn zu küssen, dann auf dem Sofa zusammenzubrechen und deinen Rausch in seinem Bett auszuschlafen, nur um kurz darauf wieder so zu tun, als würdet ihr euch nicht kennen.«

»Hat er das so gesagt?« Joshua reibt sich mit der Hand über die Stirn. Seine Körpersprache verrät, wie unangenehm ihm das Thema ist.

Ja, vielleicht hat Bo es wortwörtlich so zusammengefasst, aber ich hätte es nicht aussprechen sollen. Ich fühle mich augenblicklich wie eine schreckliche Freundin, die Bos Geheimnisse ausplaudert. Dabei kann ich mir denken, warum

Joshua tut, was er tut. Er hat gute Gründe, und ich habe nicht das Recht, ihn dafür zu verurteilen. Ich weiß, dass es für ihn schwierig ist, sich zu outen, und kann nachvollziehen, dass er Angst vor möglichen Folgen hat – vor allem für seine sportliche Karriere. Man sieht seinem Körper an, wie verdammt hart er für seinen Traum von der NFL trainiert. Schon seit Jahren.

Ich spüre das drängende Verlangen, das Thema zu wechseln. Aber worüber könnten wir reden?

»Football«, ist das erste Wort, das mir in den Sinn kommt.

Super, Haley. Wie überaus elegant du die Kurve gekriegt hast ... Du solltest echt einen von Julys Rhetorikkursen besuchen.

»Wie wäre es, wenn du mir noch etwas über Football erzählst?«, schlage ich auf seinen verwirrten Blick hin vor. »Oder über Haustiere?«

Das ist der Moment, in dem ich am liebsten einen Anruf meiner in Not geratenen Grandma vortäuschen würde, um auf dem Absatz kehrtzumachen. Ich bin kein Menschen-Mensch und Joshuas Wohnung sieht nicht ansatzweise danach aus, als wäre er ein Haustiermensch. Warum nur bin ich so verdammt schlecht beim Small Talk?

»Wir hatten mal einen Golden Retriever«, beginnt er zögerlich und entlockt mir ein Seufzen. Es klang vielleicht eine Spur zu erleichtert, da er mir ein nachsichtiges Lächeln schenkt.

Uns reicht ein Blick, um uns darüber auszutauschen, dass wir beide keine Ahnung davon haben, was genau wir hier gemeinsam tun, aber uns Mühe geben werden, die Situation in Würde durchzustehen.

Kurz darauf steuert Joshua auf einen unscheinbaren Eckladen zu, den ich garantiert übersehen hätte, wenn ich allein unterwegs gewesen wäre. Er unterscheidet sich von keinem anderen in der Straße, außer vielleicht durch besonders geschmacklose Deko. Neben dem Eingang stehen Pflanzkübel mit kahlen Olivenbäumchen, die jemand mit Lichterketten und bunten Plastikschleifen versehen hat.

»Das Restaurant macht von außen nicht viel her, aber die inneren Werte machen das wieder wett«, verspricht Joshua und springt eine Stufe hinauf, bevor er uns eine schmale grüne Holztür öffnet.

Doch auch das Innere sieht nicht vielversprechender aus: kleine runde Holztische, so weit das Auge reicht. Auf jedem steht ein Gesteck aus Plastikblumen und einer farbigen Kerze. Rote, grüne, gelbe, blaue. Es wirkt, als hätte man wahllos eine bunte Mischung Restposten-Kerzen gekauft. Die meisten Tische sind von jungen Leuten besetzt, deren Geplauder beinahe die Musik von Eros Ramazzotti übertönt. Das einzig Einladende: Der Geruch von frischem Kaffee und Pizza liegt in der Luft.

»Mit inneren Werten meine ich die auf dem Teller«, ergänzt Joshua beinahe kleinlaut, als hätte er mich dabei beobachtet, wie ich die Einrichtung analysiere.

Wir setzen uns an einen Tisch am Fenster, der die perfekte Aussicht über die Straße und auf einen kleinen Park bietet. Wenn man in einem klimatisierten Lokal sitzt und mit italienischer Musik beschallt wird, ist das Wetter gleich viel besser auszuhalten.

Ich habe kaum meine Tasche abgestellt, da steht eine lächelnde Kellnerin am Tisch und überreicht uns Speisekarten. Sie verschwindet ebenso schnell und lautlos, wie sie erschienen ist.

»Warum blau?«, fragt Joshua. Statt durch die Karte zu blättern, zieht er sein iPhone hervor.

Es dauert einen Moment, bis ich begreife, dass er meine Haarfarbe meint. »So kann ich jeden Tag blaumachen«, antworte ich halbherzig, weil auch ich Dinge mit mir herumtrage, über die ich nicht gern rede.

Reflexartig streiche ich mit dem Daumen über das Tattoo am anderen Unterarm. Jenes Tattoo, das ich mir zum achtzehnten Geburtstag habe stechen lassen, um genau diese Dinge hinter mir zu lassen.

Joshuas aufmerksamer Blick folgt meiner Geste. »Du musst es mir nicht sagen.« Er dreht mir das Display seines Handys zu und zeigt mir auf Pinterest ein Bild von gewellten Haaren mit einem Farbverlauf von meerblau zu weiß. »Ich war nur fasziniert. Bisher kenne ich so exklusive Farben lediglich von Fotos.« Er scrollt weiter durch die Bilder und zeigt mir eins von pastelllilafarbenen Haaren. »Total abgefahren, was alles geht.«

»Ja, das ist es«, antworte ich etwas lahm, bevor sich ein unangenehmes Schweigen am Tisch ausbreitet.

»Das hier ist komisch.« Joshua legt sein iPhone mit dem Display nach unten auf dem Tisch ab, atmet tief durch und sieht mich unverwandt an. »Du bist Benjamins Freundin. Ich weiß nicht, was er dir erzählt hat, aber wenn du irgendetwas loswerden willst, sag es. Wir sind allein, und du hast jetzt die Gelegenheit dazu.«

Die Zähne zusammenbeißend schüttle ich den Kopf. Natürlich habe ich ab und zu das Bedürfnis, ihm ins Gesicht zu sagen, dass sein Verhalten Bo verletzt, aber er wirkt intelligent genug, um das selbst zu wissen. Alles, was ich sagen könnte, würde nur dazu dienen, ihn vorzuführen oder ihm ein schlechtes Gewissen einzureden. Aber das wäre nicht richtig. Es wäre nicht fair.

»Was auch immer da zwischen euch läuft, geht nur Bo und dich etwas an«, versichere ich ihm.

»Das ist alles, was dir dazu einfällt?«, hakt er nach. »Dann warst du damals nicht diejenige, die Lex Smith im Flur eine Ansage gemacht hat? Er war ziemlich beeindruckt.«

»Beeindruckt?« Das Wort höre ich eher selten. »Es ist nur … Ich weiß, dass die Frage übergriffig klingt, aber stimmen die Gerüchte? Also, dass Homosexualität für die NFL immer noch ein Problem ist? Sollte das Thema heutzutage nicht langsam erledigt sein?«

Nickend schaut Joshua aus dem Fenster. »Sollte es wohl. Es gab schon immer schwule Spieler in der NFL, aber die meisten outen sich erst nach ihrer Profikarriere. Wenn du dich vor dem Draft geoutet hast, standen deine Chancen lange Zeit so gut wie bei null, in einen Club aufgenommen zu werden. Viele Spieler, die sich im Laufe ihrer Karriere geoutet haben, bekamen anschließend keine Vertragsverlängerungen mehr. Ein Spieler hat es mal nach seinem Outing in einen Club geschafft und wurde sofort suspendiert, als er aus Freude darüber seinen Freund vor laufenden Kameras geküsst hat. Er hat es danach nie wieder in den Hauptkader geschafft.«

»Das klingt grauenvoll«, bringe ich wenig eloquent hervor. »Also haben diese Spieler ihre gesamte Karriere über einen Teil von sich selbst …« Mir fehlt das richtige Wort. »Unterdrückt? Verleugnet? Du weißt, was ich meine. Wenn sie sich nicht outen durften, konnten sie sich nie unbeschwert mit ihrem Freund zeigen? Sie mussten ständig Angst haben, erwischt zu werden?«

Wir werden von der Kellnerin unterbrochen, die unsere Getränkewünsche aufnimmt. Ich habe fast Angst, dass wieder dieses unangenehme Schweigen eintritt, aber es ist Joshua, der fortfährt, sobald sie uns den Rücken zukehrt.

»Viele Spieler gehen Scheinehen ein«, bestätigt er meine Gedanken.

Mir läuft es eiskalt den Rücken hinunter, wenn ich mir vorstelle, wie sehr jemand einem vorgeschriebenen Bild entsprechen muss, um in dieser Gesellschaft Erfolg zu haben.

»Ein paar der Clubs nehmen mittlerweile männliche Cheerleader auf und arbeiten an ihrem Image, aber es ist noch ein langer Weg, bis alle so weit sind.«

»Nur mal angenommen, ich hätte einen schwulen Freund – rein theoretisch. Und er würde Football spielen und möchte es in die NFL schaffen. Du meinst, er sollte sein Privatleben bedeckt halten?«, frage ich vorsichtig und habe Angst, zu indiskret gewesen zu sein, aber Joshua nickt.

»Dein fiktiver Freund schmälert mit einem Outing nicht nur seine Chance auf die NFL, sondern wahrscheinlich auch auf das Erbe seiner Eltern. Sein Dad ist ein erfolgreicher New Yorker Anwalt und vertritt vor allem Prominente, die sich bei ihren Scheidungen an ihrem Geld festklammern. Ich könnte mir vorstellen, dass einige seiner konservativen Klienten von einem Outing seines Vorzeigesohns nicht begeistert wären.«

»Verstehe«, murmle ich. »Wenn er sich outet, verliert er vielleicht so gut wie alles. Tut er es nicht, verliert er nur Bo.«

»Das *Nur* hast du gesagt«, wirft er ein.

Als ich Joshua auf seine Äußerung hin fragend ansehe, winkt er die Kellnerin heran. Damit ist dieser Teil unseres Gesprächs offensichtlich beendet.

Nachdem die Kellnerin unsere Getränke serviert hat, bestelle ich eine Pizza Capricciosa.

»Das Gleiche wie immer, und ich zahle alles zusammen«, erwidert Joshua vollkommen gelassen und überreicht der Angestellten die Speisekarten.

»Du musst nicht für mich zahlen«, versichere ich ihm, kaum dass die Kellnerin sich abwendet.

Halbherzig zuckt er mit der Schulter. »Nachdem Mat dich so hängen gelassen hat, ist es wohl das Mindeste.«

»Ja, aber Mateo hat mich versetzt, nicht du.«

Bis vorhin habe ich nicht einmal gewusst, dass sie zusammenwohnen. Dass Joshua prompt in dem Moment vom Joggen zurückkam, als ich gehen wollte, war nichts weiter als ein Zufall. Es gibt für ihn keinen Grund, sich schuldig zu fühlen oder mich einzuladen.

»So oder so ist es kein schönes Gefühl, versetzt zu werden«, antwortet er schlicht. »Da sind Pizza und ein freier Nachmittag ein schwacher Trost.«

»Freier Nachmittag? Du meinst, Mateo und sein Date sind noch den restlichen Tag beschäftigt?«, frage ich irgendwo zwischen genervt und resigniert.

»Wo er war und was er getan hat, kann er dir selbst erzählen, aber an deiner Stelle würde ich mir trotzdem den restlichen Nachmittag freinehmen und ihm Geld für die Anfahrt berechnen. Du bist extra zu ihm gefahren, um ihm zu helfen, nur damit er dich hängen lässt? Er hat es nicht verdient, dass du auf ihn wartest. Er will etwas von dir – und nicht andersherum. Je eher ihm das klar wird, umso besser für euch beide.«

Ich sehe zu der Kellnerin auf, mit geschickten Bewegungen serviert sie jedem von uns einen kleinen Teller mit Bruschetta. Die habe ich zwar nicht bestellt, sieht aber lecker aus und duftet verführerisch nach geröstetem Brot, frischen Tomaten und Knoblauch. Offensichtlich ist die Vorspeise Teil von Joshuas *Wie immer.*

»Guten Appetit«, wünscht er und greift nach Messer und Gabel, um das Brot klein zu schneiden. »Und auch auf die Gefahr hin, dass der Coach dich dafür hasst: Lass Mat ruhig einige Tage zappeln, bevor du erneut Zeit für ihn hast. Er ist es zu sehr gewohnt, dass Mädchen springen, wenn er schnipst. Du bist keine seiner Flirtgelegenheiten, du bist seine Lehrerin. Mach ihm das klar.«

»Wieso denkst du, dass ich mich erneut überreden lasse, ihn zu treffen?«, hake ich nach.

»Weil du Benjamins beste Freundin bist«, antwortet er schlicht. »Was bedeutet, dass du ein guter Mensch sein musst. Und gute Menschen neigen dazu, zu nett zu sein.«

»Apropos nette Menschen: Danke für die Einladung.«

»Sehr gern, Haley.« So wie er es sagt, klingt es tatsächlich, als würde er es ernst meinen.

»Und du bist dir sicher, dass ich einfach fahren soll?«, vergewissere ich mich und bleibe neben unserem VW-Bus stehen. Unwillkürlich sehe ich zu dem Balkon hinauf, der meiner Meinung nach zu Joshuas und Mateos Wohnung gehört. Irgendwie ist mir nicht ganz wohl dabei, unverrichteter Dinge wieder abzuhauen. Ich komme mir vor, als hätte ich ein Versprechen gegeben, das ich nun breche. Ganz gleich wie irrational dieses Gefühl wirken mag, es lässt sich nicht abschalten.

Joshua vergräbt die Hände in den Hosentaschen und nickt. »Sei das Mädchen, dem er nachläuft. Lauf ihm nicht nach. Das tun schon mehr, als seinem Ego guttut.«

»Du weißt, dass das kein Date war, oder?«, frage ich sicherheitshalber nach, weil Joshuas Worte klingen, als würde er mir Beziehungsratschläge geben.

»Eben. Ihr habt eine Geschäftsbeziehung. Mat muss lernen, dass die gewissen Regeln unterliegt. Eine davon lautet: Verlässlichkeit. Je früher er das verinnerlicht, desto besser. Im Leben geht es nicht immer nur darum, zwanglosen Spaß zu haben. Für jedes Ausnahmetalent im College Football gibt es auf den Highschools Dutzende engagierter Typen, die nur auf ihre Chance warten, um uns in der nächsten Saison unseren Startplatz streitig zu machen. Typen, die noch talentierter sind oder noch härter trainieren. Typen, die sich nicht ablenken lassen oder die nicht Gefahr laufen, durch einen falschen Kuss alles zu verlieren. Die Highschool war dazu da, Spaß zu haben. Auf dem College hat der Ernst des Lebens längst begonnen. Es wäre gut, wenn du Mateo das irgendwie vermitteln könntest.« Damit ist für ihn offensichtlich alles gesagt, denn mit einem halbherzigen Winken wendet er sich zum Gehen.

»Hey, Joshua. Du bist echt in Ordnung«, rufe ich ihm nach und ernte nur ein Schulterzucken, bevor er im Gebäude verschwindet.

Zu Hause angekommen schließe ich die Haustür auf und trete in den Flur. Im Gegensatz zur WG wirkt unser Haus dunkel und erdrückend. Jeder Zentimeter beherbergt irgendeine Dekoration. Manche sind Erinnerungsstücke an Dads Reisen, andere Geschenke von Moms Patienten und Patientinnen oder wurden von ihr gekauft, weil sie geradezu magische Wirkung haben sollen. Es beginnt schon im Eingangsbereich mit Traumfängern und Fruchtbarkeitsstatuen, die auf die meisten Besucher eher abschreckend als aphrodisierend wirken.

Gewohnheitsgemäß stelle ich Mr Snuggles Futter und Wasser raus, falls er sich mal wieder hierher verirren sollte. Um das Haus mit Geräuschen zu füllen, setze ich mich an meine Nähmaschine und arbeite an meinem aktuellen Entwurf weiter. Das monotone Rattern hat etwas Beruhigendes an sich. Zumindest bis ich lautstark fluche, weil der Unterfaden schon wieder ein sonderbares Eigenleben führt. Secondhand und Recycling hin oder her – die nächste Nähmaschine besorge ich sicher nicht auf dem Flohmarkt. Sachen neu zu kaufen schont vielleicht weder Natur noch meinen Geldbeutel, aber definitiv meine Nerven.

Mein Handy reißt mich aus der Flucherei.

Eine ungelesene Nachricht.

Sie stammt von Mateo. Ich kann mir sehr gut vorstellen, worum es darin geht. Wahrscheinlich hat er mir einen wütenden

Text geschrieben, in dem er mir vorwirft, dass ich ihn versetzt habe. Ich bin einfach gefahren, ohne auf ihn zu warten. Aber Joshua hat recht: Mateo will etwas von mir, nicht umgekehrt. Es war mein gutes Recht, wieder zu fahren. Wäre er nicht anderweitig beschäftigt gewesen, wäre ich schließlich geblieben. Aktion und Reaktion.

Das erneute *Pling* meines Handys lässt mich zusammenzucken.

Widerwillig öffne ich den Chatverlauf.

Mateo: *Hey, Haley.*
Mateo: *Sorry.*

Mehr nicht.

Noch während ich zur Kenntnis nehme, dass es kein Vorwurf ist, schreibt Mateo weiter.

Mateo: *Simons hat gesagt, dass du vorhin hier warst.*
Mateo: *Ich hatte leider was Dringendes zu tun und habe die Zeit vergessen.*
Mateo: *Ich habe mich beeilt, nach Hause zu kommen, aber du warst schon wieder weg.*

Wenn mich etwas wirklich nervt, sind es Menschen, die für jeden einzelnen Satz eine Nachricht schicken, statt ihre Gedanken erst mal zu sortieren und dann einen sinnvollen Text zu verfassen. *Pling, Pling, Pling*, verkündet mein Handy im Sekundentakt. Es wird nicht besser, als er mir statt weiteren Textfragmenten eine Sprachnachricht sendet.

»Hey … hier Mateo. Hör zu. Das tust du ja offensichtlich, wenn du diese Sprachnachricht abhörst. So viel zu der Kerze und der Torte. Also … Was ich sagen wollte, war … Es tut mir unfassbar leid, dass ich dich verpasst habe. Das war vollkommen uncool. Ich habe nicht auf die Zeit geachtet. Keine Ahnung, wie mir das passieren konnte. Wahrscheinlich habe ich nicht daran geglaubt, dass du tatsächlich erscheinen würdest. Aber ich brauche deine Hilfe. Wirklich. Wäre super, wenn du mir eine zweite Chance geben würdest. Sag einfach, wann es dir passt. Ich richte mich nach dir. Melde dich mal, ja? Das Team und ich zählen auf dich. … Und Haley? Ich bin einfach ein Vollpfosten, okay?«

Ich höre mir die Worte ein zweites Mal an. Mateo macht mir keine Vorwürfe. Im Gegenteil: Er entschuldigt sich. Jetzt ist es an mir, mich zu melden. Oder vielleicht hat Joshua recht und es tut Mateo gut, ihn ein wenig schmoren zu lassen? So wie er mich vor der geschlossenen Wohnungstür hat stehen lassen.

Ich werde darüber nachdenken, ihm eine zweite Chance zu geben, aber Mateos Entschuldigung erfüllt mich mit einer gewissen Zufriedenheit. Wenigstens sieht er ein, dass sein Verhalten nicht nett war.

Meine Laune wird wieder schlechter, denn die Nähmaschine streikt schon wieder. Was stimmt nicht mit diesem Ding?

»Haley?«

Ich fahre herum, als mich Mateo am nächsten Morgen auf dem Parkplatz des St. Clair abfängt. Bevor ich etwas sagen kann, streckt er mir eine Papiertüte mit dem Aufdruck des *Hazelcup* entgegen, als wollte er mich damit besänftigen.

»Ich möchte mich hiermit noch einmal aufrichtig dafür entschuldigen, dass ich dich gestern versetzt habe. Es ist mir sehr unangenehm. Ich habe Drew geschrieben und ihn gebeten, Summerboy zu fragen, wie ich dir eine kleine Freude machen kann – zur Wiedergutmachung. Angeblich magst du die Zitronenmuffins aus dem *Hazelcup*. Also …« Demonstrativ sieht er auf die Tüte.

Stirnrunzelnd nehme ich sie entgegen. Er bringt mir also eine Art Friedensangebot? Das ist in etwa ebenso verzweifelt wie nett. Noch beim Öffnen der Tüte steigt mir der Duft ofenwarmer Muffins in die Nase und entlockt mir ein Lächeln. »Nett von dir, aber ich fürchte, Bo hat dich angelogen. Wenn du mir Frühstück mitbringst, rettest du vor allem seinen Tag, weil ich ständig zu essen vergesse, hungrig ziemlich schlechte Laune bekomme und er das ertragen muss.«

Mateo wippt auf und ab und steckt sich die Hände in die Gesäßtaschen seiner Jeans. »Wenn es irgendetwas anderes gibt, womit ich dich motivieren kann, mir zu vergeben, sag es.«

»Ist okay, aber versetz mich nächstes Wochenende nicht wieder«, schlage ich vor und wende mich zum Gehen. »Um diesen Vormittag zu überstehen, brauche ich dringend noch einen Kaffee.« Ich schlage den Weg zum Kaffeemobil ein, und Mateo folgt mir auf dem Fuße. Es sollte mich wohl nicht wundern, immerhin haben wir denselben Weg.

»Möchtest du auch etwas?«, frage ich, als ich bestellt habe, und überreiche ihm die Muffintüte, damit ich die Hände frei habe, während ich schon einmal das Portemonnaie in der Tasche suche.

»Ein warmes Wasser, bitte«, sagt er an die Barista gewandt.

»Du bist also im Team Tee?«, vermute ich, doch Mateo schüttelt lächelnd den Kopf.

»Eigentlich wäre ich Goldmitglied im Team Kaffee, aber während der laufenden Saison halte ich mich zurück. Ich war vorhin auch schon sehr versucht, einen der Muffins zu stibitzen. Aber Zucker und Weizenmehl … Du verstehst?«

»Eure Ernährung klingt echt grausam«, bestätige ich und kann das dusselige Portemonnaie immer noch nicht finden. Ich versuche mich daran zu erinnern, wo ich es zuletzt gesehen habe: im Ablagefach der Mittelkonsole des VW-Busses. Mir kommt ein leiser Fluch über die Lippen. Dass Mateo mich auf dem Parkplatz angesprochen hat, hat mich so sehr abgelenkt, dass ich es prompt habe liegen lassen. »Kannst du mir eventuell drei Dollar leihen? Ich habe mein Portemonnaie vergessen«, bitte ich kleinlaut an Mateo gewandt, weil mir durchaus bewusst ist, wie ironisch es klingt. Die Frau mit dem eidetischen Gedächtnis kann also doch etwas vergessen.

»Leider nein. Ich meine, ich würde, aber ich habe gerade mein letztes Kleingeld im *Hazelcup* ausgegeben.«

Ich spüre, wie mir die Röte ins Gesicht steigt und wende mich kleinlaut an die Barista. »Kann ich den Kaffee vielleicht kurz hier lassen? Ich muss noch einmal zum Parkplatz mein Geld holen. Ich verspreche, dass ich gleich wiederkomme und bezahle.«

»Oder aber …«, beginnt Mateo und holt einen der Muffins aus der Tüte, »Kate ist so lieb, den Kaffee anzuschreiben, damit du ihn morgen bezahlst, weil du sonst viel zu spät zu deiner Vorlesung kommst. Wir Mitglieder im Team Kaffee müssen schließlich zusammenhalten, oder was meinst du?« Mit einer eleganten Handbewegung bietet er besagter Kate den Muffin an.

Abschätzend schaut sie zwischen Mateo, mir und dem Muffin hin und her, bevor sie resigniert seufzt und mir den Becher überreicht. »Wer könnte schon *Nein* sagen, wenn einen Mateo Ortega mit einem Muffin aus dem *Hazelcup* besticht?«

»Wir sollten diesen magischen Moment nicht damit zerstören, dass ich diese rhetorische Frage ehrlich beantworte«, erwidert er zwinkernd.

Interessant. Offensichtlich zeigt es nicht nur bei mir Wirkung, denn Kates Lippen zeigen den Ansatz eines Lächelns.

Prompt entfährt dem Studierenden hinter mir ein Stöhnen. »Ernsthaft? Jetzt schläft Ortega schon mit der Kaffeefrau?«

Mateo und ich drehen uns zeitgleich zu ihm um.

Mateo mustert den jungen Mann und hebt eine Augenbraue. »Die Kaffeefrau heißt Kate und studiert hier auf dem Campus. Wie wäre es mit etwas mehr Respekt?«

»Und selbst wenn Mateo und Kate miteinander schlafen würden: Was zum Geier geht dich das an?«, frage ich. »Ich werde meinen Kaffee bezahlen, du deinen, und keiner steckt die Nase in den Becher des anderen.«

»Weißt du was? Der Kaffee geht auf mich.« Kate bedeutet dem Studierenden, weiterzuziehen. »Und du kannst deinen Kaffee zukünftig woanders kaufen. Zufälligerweise kann ich mir selbst aussuchen, wen ich bediene und wen nicht. Auf welche Weise auch immer.«

»Richtig so!«, ermutige ich sie und nippe an meinem Getränk.

Dass weder Kate noch Mateo abstreiten, miteinander geschlafen zu haben, ist mir irgendwie zu viel Information an einem Montagmorgen.

»Wir sollten weiter, wenn wir nicht zu spät kommen wollen«, drängt Mateo und reicht mir meine Muffintüte.

»Und ich dachte, ein Mateo Ortega kommt niemals zu spät, sondern immer genau dann, wenn er es beabsichtigt«, stichle ich.

»Sehe ich etwa aus wie Chuck Norris?«, fragt er und entlockt mir ein Geräusch, das viel zu sehr nach einem Kichern klingt. Aber was soll ich tun? Ich mag es, wenn Menschen schlagfertig sind.

Seite an Seite gehen wir zur medizinischen Fakultät hinüber.

»Danke dir für deine Kaffeehilfe. Du hast mir wirklich den Morgen gerettet«, gestehe ich und stoße mit ihm an. »Bo hat nicht gelogen. Ohne Frühstück bin ich zu nichts zu gebrauchen. Schmeckt dein Wasser eigentlich?«

»Wenn ich meine Augen schließe und mir ganz fest einrede, dass es Kaffee ist, dann …«, beginnt er und kneift beide Augen zu.

»… rennst du gegen eine Tür.« Ich kann ihn gerade noch davon abhalten, mit der Eingangstür zu kollidieren.

Irritiert sieht er mich an, dann auf meine Hand, die noch immer an seinem Oberarm liegt. »Es ist das erste Mal, dass du mich nicht auflaufen lässt.«

Die Augen rollend öffne ich uns die Tür. »Der war echt flach.«

»Ich habe schon mitbekommen, dass das nicht unbedingt die Art von Spruch ist, auf die du stehst. Herauszufinden was dir gefällt, ist die größere Herausforderung.«

»Was mir bei Männern gefällt?«, überlege ich laut, um Zeit zu schinden. Seine Aussage irritiert mich. Bin ich tatsächlich so gut darin, nicht durchblicken zu lassen, dass er mir optisch sehr wohl gefällt? »Intelligenz«, kontere ich schließlich.

»Also würde dich ein Auszug meiner Notenübersicht mehr beeindrucken als ein Blick auf mein Sixpack?«, hakt er nach und schlendert noch immer neben mir durch den Flur.

»In Anbetracht der Tatsache, dass dein Sixpack quasi legendär ist und du Nachhilfe brauchst, bin ich mir da nicht so sicher«, erwidere ich lächelnd und stutze, als er amüsiert schnaubt. »Was möchte mir dieses Geräusch sagen?«

»Finde es heraus. Ich muss hier nach rechts. Sehen wir uns am Sonntag?«

»Wenn du mich nicht wieder versetzt.«

»Wird nicht passieren«, verspricht er mir.

Bevor ich reagieren kann, küsst er mich flüchtig auf die Wange und wendet sich zum Gehen.

Vollkommen überrumpelt sehe ich ihm nach. Was soll ich mit dieser Geste anfangen?

Die war doch süß, behauptet mein Herz, aber es hat auch keine Ahnung von der Welt.

8. KAPITEL

F = A

(Flohmärkte = Ausgangsmaterial)

»Das ist schön.« Ich halte July ein himmelblaues Jeanskleid-chen mit Stickereien hin, das ihr mit Sicherheit stehen würde. Zögerlich greift sie danach und rümpft kaum merklich die Nase, als ihr der Geruch von Mottenkugeln in die Nase steigt. Schmunzelnd bedeutet Bo uns, dass er schon einmal weiter-geht, da er sich nicht für Vintagekleidung interessiert.

»Schau nicht so«, bitte ich an July gewandt und schiebe sie vor einen klapprigen Standspiegel, um ihre Vorstellungskraft zu aktivieren. »Flohmarktkleidung braucht ein wenig Fan-tasie. Stell dir vor, es wäre frisch gewaschen, duftend, gebügelt und ich hätte es angepasst, damit es an deiner winzigen Taille richtig sitzt.«

»Ja. Nein. Nicht meins.« July hängt das Kleid wieder zurück und wartet geduldig, bis ich mich durch einen Pappkarton alter Kleider gewühlt habe.

Ich liebe Flohmärkte. Vor allem, wenn es um das Organisie-ren von Stoffen und Kleidung geht, die ich für meine Nähpro-jekte verwenden kann. Ich mag es, wenn Kleidungsstücke eine Geschichte erzählen. July und Bo sind hingegen auf der Suche nach Schnäppchen, um ihre WG einzurichten.

Bisher beschränkt sich Julys Ausbeute auf ein Nudelsieb für ein paar Cents und zwei Bücher. Es sind Schmuckausgaben irgendwelcher Klassiker, die ihr Literaturstudierendenherz höher schlagen lassen.

Auch wenn July das Kleid nicht möchte, nehme ich es mit. Mir gefallen die Stickerei und die Art, wie die Taille geschnitten ist. Leider wird es bei mir gefühlt einen halben Meter zu kurz sein, aber vielleicht fällt mir irgendetwas ein, um das zu ändern.

Zwei weitere Kleider wechseln die Besitzerin, bevor wir weiterschlendern. Ich sehe genau, dass July in ihnen höchstens einen Fall für die Altkleidersammlung sieht, aber was das betrifft, ist sie recht einfallslos. Jeans und Shirt – das ist July. Vielleicht noch ein gestreiftes Jerseykleid und eine Jeansjacke – aber experimenteller wird es bei ihr nie.

Dabei hat sie eine Figur, mit der sie eigentlich alles tragen könnte. Generell bin ich zwar dafür, dass ohnehin jeder alles tragen dürfen sollte, ohne dass jemand dumme Kommentare dazu abgibt, aber für manche Figuren finde ich es einfacher zu schneidern als für andere. July ist schlank und hat gleichmäßige Proportionen. Für sie zu nähen fällt mir leichter, als Kleidung für mich selbst anzufertigen. Wahrscheinlich liegen meine Schwierigkeiten vor allem daran, dass ich das Nähen nie richtig gelernt habe, sondern vor mich hin experimentiere.

Eigentlich bin ich mit meinem Körper im Reinen, nur beim Schneidern wird er für mich zu einer einzigen Problemzone. Zu große Brüste im Vergleich zur Taille. Theoretisch kann man bei Schnittmustern zwischen Größen gradieren, aber in den meisten Fällen mache ich irgendetwas falsch, und das Resultat ist unförmig statt maßgeschneidert. Wie sagt man? Es ist noch kein Meister vom Himmel gefallen – und meine Nähkünste sind sehr weit vom Meistertitel entfernt.

Aber vielleicht ist es genau das, was für mich den Reiz an diesem Hobby ausmacht. Dass es mir eben nicht leichtfällt, dass man keine Abkürzung nehmen kann und die Theorie nicht ohne die Praxis funktioniert.

Wir schließen zu Bo auf, der an einem Stand Playstationspiele gesichtet hat, und schlendern zwischen den Zelten und Pavillons am Lake St. Clair hindurch. Das gute Spätsommerwetter hat anscheinend auch die letzten Einwohner aus ihren Häusern gelockt. Die meisten führen ihre Hunde aus und riskieren nebenbei mal einen kurzen Blick auf die Stände. Eltern, die ihren Kindern ein wenig Bewegung an frischer Luft verschaffen wollen, laufen plaudernd unter den bunten Bäumen hindurch. Die Atmosphäre ist entspannt. Genau das liebe ich an Fair Haven: Großstadtleben mit dem Flair einer Kleinstadt.

»Wie war eigentlich die Nachhilfe?«, fragt July zu beiläufig, um wirklich nebensächlich zu sein.

Wahrscheinlich liegt ihr die Frage schon die ganze Woche auf der Zunge, allerdings haben wir uns in den letzten Tagen ständig verpasst. Mal haben Bo und ich auf das Mittagessen in der Mensa verzichtet und uns nur einen Kaffee geholt, weil unser Dozent überzogen hat, mal musste July zur Bibliothek, und einen Tag hat sie in der WG auf den Klempner gewartet. Wäre Drew heute nicht bei einem Auswärtsspiel, hätte ich sie diese Woche vermutlich gar nicht mehr gesehen.

»Die Nachhilfe ist ausgefallen, weil Mateo es doch lieber mit irgendeiner Frau aus Ann Arbor getrieben hat, statt mir die Tür zu öffnen«, gestehe ich.

July gibt ein eigenartiges Geräusch zwischen Lachen und Stöhnen von sich. »Ernsthaft?«, ist alles, was ihr dazu einfällt.

»Das ist Haleys Vermutung«, wirft Bo ein.

»Ich habe ihn nicht danach gefragt«, stimme ich zu. Aber bei seinem Ruf und dem, was Joshua am Telefon gesagt hat, liegt die Schlussfolgerung nahe.

Wir werden unterbrochen, als ein junger Mann auf Bo zugeht und ihm einen regenbogenfarbenen Flyer in die Hand drückt. Da Wurfblätter wie dieses gelegentlich auf dem Campus verteilt werden, kommt es mir bekannt vor. Offensichtlich haben wir soeben den Pavillon der Saints Too passiert. Sie ist die LGBTQ+-Community unseres Colleges. Wie von selbst strecke ich die Hand aus, als mir der junge Mann mit einer beiläufigen Geste ebenfalls einen Flyer überreicht. Während mein Blick über den Text wandert, gilt seine gesamte Aufmerksamkeit Bo.

»Du bist doch Benjamin Summers«, sagt er so entschieden, dass Leugnen zwecklos wäre. »Vielleicht magst du mal bei einem unserer Treffen vorbeischauen? Die nächsten Termine sind auf der Rückseite des Flyers aufgelistet. Wir würden uns freuen.«

»Vielleicht«, antwortet Bo knapp, schenkt ihm ein schmales Lächeln und lässt den Flyer in der Jackentasche verschwinden.

Der Fremde scheint noch etwas sagen zu wollen, aber Bo wendet sich bereits zum Gehen.

»Er schien nett zu sein«, plaudert July möglichst zwanglos und sieht zu ihrem Bruder auf, kaum dass wir den Stand hinter uns gelassen haben.

»Na ja«, werfe ich ein. »Er verteilt Flyer. Da gehört es quasi zur Stellenbeschreibung, nett zu sein.«

Meine Aufmerksamkeit gilt noch immer dem Faltblatt. Genauer gesagt dem Glossar im Innenteil, der ausführlich erklärt, wofür das Plus in der LGBTQ+-Community steht. Es beginnt bei I wie intersexuell. Dass ich davon noch nie gehört habe, zeigt mir mal wieder, wie wenig ich mich bisher mit dieser Thematik auskenne.

Mir fällt jetzt erst auf, dass Bo noch immer schweigt.

»Wenn du zu einem dieser Treffen gehen magst, sag einfach Bescheid. Ich könnte dich begleiten«, biete ich mit Blick auf die Rückseite des Flyers an. »Nur falls du das möchtest«, schiebe ich hinterher und meine damit sowohl meine Gesellschaft als auch die Teilnahme an dem Treffen an sich.

»Falls ich das Verlangen dazu verspüren sollte, sage ich dir Bescheid.«

»Du hast mal gesagt, dass du dich nicht outen willst, solange Dad am College arbeitet«, erinnert ihn July. »Und jeder versteht das. Aber Dad ist mittlerweile weit weg – in Ohio –, vielleicht würde es dir guttun, wenn du zu einem dieser Treffen gehst?«

Ich weiß, dass July versucht, ihm Mut zu machen, aber es verfehlt seine Wirkung vollkommen.

»Und dann?« Schon allein an der Art und Weise, wie er den Blick abwendet, erkenne ich, dass Bo im Moment keine Lust auf dieses Gespräch hat.

July greift nach seinem Unterarm, damit er stehen bleibt. »Bo, ich will nur, dass du weißt, dass ich dich liebe. Okay?«

Und Bo liebt Joshua, ergänzen meine Gedanken ihren Satz. Aber er kann für Joshua nicht mehr sein als eine heimliche Affäre. Das hat niemand verdient. Ich mag Joshua. Und ich mag Bo. Aber ich weiß nicht, wie ich ihnen helfen kann. Vermutlich gar nicht. Wobei ich wohl ohnehin die Letzte sein sollte, die irgendjemandem Beziehungstipps gibt. Wann bin ich denn selbst das letzte Mal in jemanden verliebt gewesen? In Anbetracht der Tatsache, dass Liebe auf irgendeiner Art von Nähe basiert und ich den Menschen lieber aus dem Weg gehe, kann ich wohl festhalten: Noch nie.

»Ich besuche einen Aktzeichenkurs«, platzt es aus mir heraus. Viel zu laut. Bestimmt fünf Passanten drehen sich erschrocken zu mir um und werfen mir argwöhnische Blicke zu.

»Was?«, fragen July und Bo unisono und klingen in etwa gleich verwirrt.

»Ich zeichne in meiner Freizeit nackte Menschen«, bekräftige ich, und zumindest einer der beiden scheint für den – etwas sehr abrupten – Themenwechsel dankbar zu sein.

»Bei dir sollte mich wohl gar nichts mehr wundern, aber wie bist du bitte darauf gekommen?«, fragt July irritiert.

»Ich dachte, der Kurs wäre gut, um Anatomie mal anders zu lernen. Fürs Studium und das Schneidern. Meine Mom war total begeistert und hat gehofft, ich würde ihr jetzt schicke Bilder von nackten Männern mit nach Hause bringen. Soll ich euch verraten, wer die letzten drei Wochen Modell stand? Beziehungsweise lag? Eine Frau, die locker so alt ist wie meine Grandma.«

»Oha«, ist alles, was July dazu einfällt.

»Schau nicht so skeptisch. Irgendwann wirst du auch so aussehen. Von oben bis unten faltig und mit Haaren an den falschen Stellen.«

»Wenn das der lausige Versuch sein soll, mich dazu zu überreden, euch vorher noch mal Modell zu stehen – vergiss es«, erwidert July entschieden und bleibt an einem Stand mit kitschigem Porzellan stehen.

»Du könntest auch Drew mitnehmen. Dann skizzieren wir sexy Pärchenbilder«, schlage ich vor und hake mich bei Bo unter, als er mir den Arm anbietet.

»Warte. Lass mich darüber nachdenken … Auf keinen Fall! Das werde ich ihn nicht einmal fragen«, lehnt sie entschieden ab.

»Du willst nur seinen heißen Körper nicht mit uns teilen«, seufze ich theatralisch.

Sie beschließt offensichtlich, das Thema zu beenden, indem sie mich ignoriert und übertrieben interessiert ein Tässchen mit Blumenmuster bestaunt.

Spielverderberin.

July dreht die Tasse noch einen Moment lang in der Hand, ehe sie sie beiseitestellt und am nächsten Stand einen Pappkarton voller Bücher durchschaut.

Ich hingegen stecke den Flyer in die Umhängetasche und beschließe, für den Rest des Tages einfach nur die bestgelaunte Version meiner selbst zu sein. Als könnte ich damit all die Ungerechtigkeiten aus der Welt verbannen, die oft mit den Begriffen auf diesem Stück Papier einhergehen.

9. KAPITEL

S + M = N
(Sonntag + Mateo = Nachhilfe)

Es ist einer dieser warmen Tage mit strahlend blauem Himmel und klarer Luft, an denen sich die Sonne große Mühe gibt, einem trotz des nahenden Herbstes noch einmal einen schicken Sonnenbrand zu verpassen. Zumindest dann, wenn man nichts Besseres zu tun hat, als sich draußen in die Sonne zu legen. Mein Tagesplan sieht etwas anderes vor.

»Mom?«, rufe ich die Treppe hinauf und schultere meine Tasche. »Ich fahre jetzt los.«

»Sekunde!« Ihre Latschen kündigen sie schon an, bevor sie die Treppe hinabsteigt. »Fährst du zu Bo? Ich habe ihm das Rosenwasser besorgt, um das er gebeten hat. Sag ihm, dass ich unbedingt eines seiner Marzipanhörnchen probieren möchte.«

»Soll ich dich darauf hinweisen, dass du schon fünf Kilo zugenommen hast, seitdem du seinen Backblog kennst? Deine Worte«, erinnere ich sie und ziehe den Riemen der Tasche zurecht. »Ich bringe ihm das Wasser morgen mit. Ich gebe gleich Nachhilfe. Falls mich der Typ versetzt, bin ich in spätestens einer Stunde zurück. Oder warte. Gib mir das Rosenwasser. Falls Mateo mich erneut hängen lässt, fahre ich bei Bo vorbei.«

»Mateo?« Meine Mutter durchsucht erst ihre Arbeitstasche, dann die Taschen diverser Jacken und Mäntel, bis sie das Fläschchen gefunden hat. »Erstsemester? Sieht er gut aus? Wo wohnt er?«

»Mom.« Tadelnd sehe ich sie an. »Ich gebe ihm nur Nachhilfe, also fahr deine Neugierde eine Stufe zurück. Mateo Ortega studiert im fünften Semester, spielt Football, wohnt in einer der überteuerten Neubauten in der Innenstadt – und ist einfach überhaupt nicht mein Typ. Mehr musst du über ihn nicht wissen.«

»Nicht dein Typ?«, fragt sie hilfsbereit, während sie mir das Rosenwasser reicht.

»Du kennst doch diesen Lästerblog? Etwa zwei Drittel der Beiträge sind über ihn. Jeder soll so lieben, wie er mag, aber ich möchte dort keinen Beitrag über mich lesen. Danke der Nachfrage.«

»Ach, *der* Mateo.« Mom scheint einen Moment darüber nachzudenken und zuckt mit der Schulter. »Du könntest sicherlich interessante Erfahrungen mit ihm sammeln.«

»Mom. Aus! Ich will nicht, dass du auch nur darüber nachdenkst.«

»Du hast selbst gesagt, dass …«, beginnt sie, doch ich unterbreche sie.

»Dass du das auch nur in Betracht ziehst, macht mich sehr traurig«, versichere ich ihr und stopfe das Fläschchen in die Tasche. »Ich fahre jetzt los und verbiete es dir, auch nur eine Sekunde lang über Mateo nachzudenken!«

»Aber eines Tages musst du ja mal einen jungen Mann – oder eine Frau – mitbringen!«, ruft sie mir nach.

Ich verzichte darauf, ihr zu antworten. Wenn ich mal jemanden nach Hause mitbringe, dann mit Sicherheit nicht Mateo. Und schon gar nicht zum Sammeln von Erfahrungen.

Alles beginnt wie die Wiederholung von letzter Woche: Ich bin mit unserem VW-Bus durch die ganze Stadt gefahren und hieve meine schwere Tasche vom Beifahrersitz. Da ich mir nicht sicher bin, ob Mateo über Notizen verfügt, habe ich zusätzlich zu meinem Laptop meinen Ordner mit den wichtigsten Zusammenfassungen mitgenommen.

Ein Passant mit dunkelblauem Anzug und Krawatte beäugt mich skeptisch. Vermutlich passen mein Auto und ich nicht in diese Wohngegend. In der Spitzenbluse, der Skinny Jeans und den Bikerstiefeletten sehe ich eher aus, als wollte ich Mateo zu einem Festival entführen, statt ihm Nachhilfe zu erteilen.

Dies ist der zweite Versuch, seine Wissenslücken aufzufüllen. Ich fürchte schon, dass er wie der vorherige endet, aber kurz nach dem dritten Klingeln an der Wohnungstür tut sich tatsächlich etwas.

Mateo öffnet mir die Tür – nur mit Boxershorts bekleidet, die kaum etwas der Fantasie überlassen. Er kratzt sich am Hinterkopf, während Joshua am Küchentresen Obst schneidet und mir nur ein flüchtiges »Guten Morgen« herüberruft. Er gibt das Obst in einen Mixer, dessen Lautstärke uns zu einer Gesprächspause zwingt, bis Joshua seinen Smoothie in ein Glas gießt.

»Hallo, Haley.« Mateo schenkt mir ein Lächeln, als wäre es gar nichts Ungewöhnliches, fast nackt die Tür zu öffnen.

Das ist zumindest ein Anblick, für den sich die Fahrt fast schon gelohnt hat. Als das Wort *Sahneschnittchen* durch meinen Kopf geistert, muss ich mich selbst zensieren.

Aus, Haley! Pfui! Das geht zu weit!

Appetitlich ist der Anblick dennoch. Mein Blick folgt unwillkürlich einer Linie dunkler Haare, die unterhalb seines Bauchnabels beginnt und in seiner Boxershorts verschwindet. Das Einzige, was ich von Mateo jetzt nicht gesehen habe, ist das, wofür er am Campus berühmt ist. Zumindest neben seinen sportlichen Aktivitäten auf dem Footballfeld ...

»Ich zieh mir kurz was über, dann bin ich bereit für dich«, verspricht er mir und holt mich aus meinen abschweifenden Gedanken zurück. Mit einem Zwinkern lässt er mich herein und verschwindet im Badezimmer.

»Tu dir keinen Zwang an«, antworte ich mit gespielter Leichtigkeit. »Für mich brauchst du dich nicht extra anzuziehen.«

»Ich bleibe so, wenn du dich im Gegenzug auszieht!«, ruft er durch die angelehnte Tür. »Gleiches Recht für alle!«

»Eine strippende Nachhilfelehrerin kannst du dir nicht leisten«, erwidere ich, obwohl ich mir beim Anblick der Wohnung gar nicht so sicher bin, wie es um seine Finanzen bestellt ist. Er hat zwar gesagt, dass er auf das Sportstipendium angewiesen ist, aber diese Wohngegend ist nicht gerade für günstige Mieten bekannt, und die Einrichtung wirkt auch nicht, als müssten die Bewohner Hunger leiden.

Statt etwas über Mateos Outfit zu sagen, schüttelt Joshua nur den Kopf und zieht sich mit seinem Smoothie auf eines der cognacfarbenen Sofas zurück. »Er hat bis eben geschlafen. Der Typ ist sein eigener Untergang«, murmelt er ins Glas.

»Hast du Hunger?«, dröhnt Mateos Stimme durch die ganze Wohnung.

»Ich habe schon vor fünf Stunden gefrühstückt!«, lehnt Joshua ab, der so abgeklärt klingt, als wäre er danach joggen gegangen, hätte geduscht und die Wohnung geputzt ...

»Du wohnst hier, Simons. Mach dir gefälligst selbst Essen!«, gibt Mateo zurück und lässt Joshua herumfahren.

Als Mateo ins Wohn-Ess-Zimmer geschlendert kommt, trägt er ein hautenges Shirt und eine viel zu tief sitzende Jogginghose, die einen Blick auf seine Boxershorts erlaubt. Es ist eine Kombination, die man eigentlich nicht außerhalb einer Sporthalle tragen sollte und bei ihm übertrieben sexy aussieht.

»Dann hast du Haley gerade Frühstück angeboten?«, fragt Joshua entgeistert. »Du? Einem weiblichen Wesen? In unserer Wohnung?«

»Ich habe Hunger. Wenn ich Hunger habe, kann ich nicht lernen. Und sie ist meine Nachhilfelehrerin. Das verschafft ihr automatisch das Privileg von ...« Er sieht mich fragend an. »Pancakes? Rührei? Müsli?«

»Gern«, stimme ich zu. Tatsächlich habe ich mal wieder zu essen vergessen und wäre für jede Art von Snack dankbar. Was, ist mir egal, ich bin nicht wählerisch. Da bin ich auch bereit, darüber hinwegzusehen, dass ich kurz nach drei für eine reichlich seltsame Zeit zum Frühstücken halte.

»Drei-Gänge-Frühstücksmenü. Kommt sofort. Also in zwanzig Minuten. Die ich dir natürlich nicht bezahle«, plaudert er auf dem Weg zur Küchenzeile und ignoriert Joshuas entsetzten Blick.

»Du bezahlst mich hierfür?«, hake ich nach, weil wir bisher nicht über meinen Lohn gesprochen haben. »Was ist dir denn die Rettung des Mannschaftsfriedens wert?«

»Was verlangst du?«

»Mir reicht es, wenn du mich regelmäßig mit Essen versorgst. Ich mache mir nichts aus Geld«, gestehe ich. »Bevor du fragst: Ja, ich trage gern Secondhandkleidung. Eher der Umwelt als meinem Geldbeutel zuliebe.«

»Dass ich noch mal erlebe, wie du einer Frau Frühstück machst. Ohne mit ihr geschlafen zu haben«, bringt Joshua sichtlich irritiert hervor.

»Das, mein Freund, ist der Unterschied. Mein Interesse an Haley ist rein und unschuldig. Sie rettet mir den Arsch und damit unserem ganzen Team. Dafür hat sie sich Frühstück verdient. Oder jede andere Mahlzeit, die sie sich von mir wünscht. Aber Sex und Frühstück? Auf keinen Fall. Das führt nur zu Missverständnissen, falschen Hoffnungen und gebrochenen Herzen.«

»Okay«, sage ich gedehnt. »Lektion eins: Niemand redet in Haleys Gegenwart in der dritten Person über Haley – außer Haley selbst.«

»Wie heißt Haley eigentlich mit Nachnamen?«, hakt Mateo nach und sucht Zutaten aus dem Kühlschrank, als hätte er mir gar nicht zugehört.

»Bales«, antworte ich knapp und verzichte darauf, ihn daran zu erinnern, dass ich mich ihm schon einmal mit komplettem Namen vorgestellt habe.

»Okay. Dann werde ich dich von nun an Bales nennen.«

»Muss das sein?«, frage ich genervt.

»Ja. Die Jungs im Team nennen sich auch beim Nachnamen. Es ist ein Zeichen des gegenseitigen Respekts. Man vögelt niemanden, den man als Kumpel respektiert, Bales.«

»Du brauchst eine Erinnerung daran, dass sie tabu ist?«, fragt Joshua und zieht eine Augenbraue hoch.

Mateo verharrt in der Bewegung und spart sich dann doch jede Antwort.

Die Stimmung im Raum fühlt sich mit einem Mal vollkommen eigenartig an. Als wäre ich ein Fremdkörper, den die beiden irgendwie in ihren Männerkosmos zu integrieren versuchen, aber noch nicht so recht wissen, wie ich am besten eingebaut werden kann.

»Keine Sorge, ich werde schon keine Frau aus dem Freundeskreis unseres Quarterbacks anrühren«, verspricht Mateo nach einer gefühlten Ewigkeit eigenartigen Schweigens. »Obwohl es eine gibt, für die ich eine Ausnahme machen würde.«

»Redest du von seiner Freundin oder seiner Schwester?«, hakt Joshua nach.

»Allein dass du mir diese Frage stellst, zeigt schon, dass es der Typ eindeutig zu gut hat. Ich meinte aber keine von beiden.« Mateo widmet sich wieder der Zubereitung unseres Frühstücks. »Davon mal abgesehen, ist July süß, aber Drews ältere Schwester spielt in einer ganz anderen Liga.«

»Definitiv«, bestätigt Joshua. »Du bist College Football, sie ist NFL-Niveau. Ihr großer Bruder und ihr Ex-Freund sind Footballstars. Etwas, das du nie wirst, wenn du dich nicht bald zusammenreißt. Die Coaches lassen dich nicht mehr aufs Feld, wenn du deine Noten bis zu den Midterms nicht in den Griff bekommst. Wir wissen beide, dass es das Ende deiner Sportkarriere wäre.«

»Ich weiß«, murrt Mateo. »Wir bekommen das schon hin.« Er schenkt mir einen Blick, den ich nicht deuten kann.

Soll es eine Frage sein? Erwartet er eine Bestätigung?

»Ich finde es süß, wie du *wir* sagst, aber am Ende hast allein du es in der Hand.« Erst als ich es laut ausgesprochen habe und Mateo mich überrascht ansieht, wird mir bewusst, dass es vollkommen falsch klang. Nicht ganz wie das, was ich eigentlich sagen wollte. Aber nun ist es zu spät.

»Solche Worte aus dem Mund einer Dame, Bales?«, zieht er mich spöttisch auf.

Ich knie mich aufs Sofa, drehe mich zu ihm um und stütze die Unterarme auf der Rückenlehne ab. »Den Haley-benimmt-sich-wie-eine-Dame-Aufschlag kannst du dir nicht leisten, Ortega«, versichere ich ihm, woraufhin er mir zuzwinkert.

Ich weiß, dass er das ständig tut und es nichts zu bedeuten hat, trotzdem löst es ein überraschendes Herzstolpern aus, das ich ignoriere. Entweder neige ich neuerdings zu Herzrhythmusstörungen oder bin nicht annähernd so immun gegen den

Ortega-Charme, wie ich es gern wäre. Ersteres bezweifle ich. Als Medizinstudierende kam ich bei diversen Übungen oft genug in den Genuss, meinen Puls und Blutdruck überprüfen zu lassen. Alles bestens. Sollte Zweiteres der Fall sein, ist eine dringende Immunisierung anzustreben! Ich sollte das im Blick behalten.

»Ich mag Frauen, die sagen, was sie denken«, sagt Mateo.

»Und ich mag generell Männer, die nachdenken.«

Joshua gibt ein Geräusch von sich, das sehr nach einem genervten Stöhnen klingt. Als ich ihm über die Schulter hinweg einen Blick zuwerfe, verdreht er die Augen und erhebt sich.

»Ihr kommt zurecht? Ich bin in meinem Zimmer.«

»Oh, Josh«, witzelt Mateo. »Ich *komme* immer zurecht.«

Dafür habe ich selbst nicht mehr als ein Augenrollen übrig. Mit einem Nicken verabschiede ich mich von Joshua. Mateo und ich werden uns schon irgendwie arrangieren.

Ich knie noch immer auf dem Sofa und beobachte Mateo dabei, wie er ein ausgiebiges Frühstück zubereitet.

»Du kannst Zeit schinden, so viel zu willst, aber der Lernstoff wartet trotzdem«, erinnere ich ihn.

»Der läuft auch in zwanzig Minuten nicht weg. Leider«, seufzt er und gibt Teig in die Pfanne. Während der Pancake brät, bereitet Mateo zwei Smoothies zu. Das scheint er öfter zu tun. Ich habe selten jemanden gesehen, der so schnell und präzise Obst und Gemüse klein schneiden kann.

»Jetzt hast du es versaut«, sage ich, als er grüne Blätter in den Mixer gibt, die dem Ganzen eine unappetitliche Farbe verleihen. Ob sie Spinat oder Grünkohl sind, macht keinen Unterschied. Es ist ja schön und gut, wenn etwas gesund ist, aber es muss nicht auch noch danach schmecken.

»Vielleicht bin ich gern versaut, Bales«, gibt Mateo leichtfertig zurück. »Aber ich erwarte, dass du diesen Smoothie wenigstens probierst, bevor du ihn beleidigst. Man sollte nichts verurteilen, das man nicht kennt.«

»Was für ein schönes Lebensmotto«, stichle ich. »Hast du das auf einem Magneten an deinem Kühlschrank stehen?«

»Noch nicht.« Demonstrativ dreht er sich um und deutet auf die blank polierte Tür. »Ich fürchte, dass Joshua ein Veto einlegen würde. Kühlschrankmagneten entsprechen nicht ganz seinem Sinn für Ästhetik. Als Hauptmieter dieser Wohnung hat er noch immer das letzte Wort.«

»Also ist er derjenige, der hier für Ordnung sorgt?«, vermute ich.

Mateo lacht laut auf und schüttelt so entschieden den Kopf, dass seine Locken wippen. »Das macht ein Reinigungstrupp, den seine Eltern angeheuert haben. Einmal in der Woche putzen sie hier gründlich durch, damit es immer vorzeigbar aussieht.«

»Wie gemütlich.« Ich kann ein Naserümpfen nicht unterdrücken. Die Vorstellung davon, dass einmal in der Woche Fremde durch meine komplette Wohnung wirbeln, klingt alles andere als verlockend.

»Wenn du jemals bei Joshuas Eltern zu Hause warst, wirst du es hier urgemütlich finden«, versichert er mir. »Gemütlich und dreckig.«

»Sie leben also in einem Vakuum?«

»In vielerlei Hinsicht.«

Als er kurze Zeit später mit einem Tablett zum Couchtisch herüberkommt, frage ich mich, wann ich zuletzt ein dermaßen üppiges Frühstück gesehen habe: Pancakes, frisches Obst, Smoothie, Müsli mit Joghurt, Rührei. Für jemanden, der nichts davon hält, mit Frauen zu frühstücken, hat er sich wirklich Mühe gegeben.

»Und du meinst nicht, dass du es etwas übertrieben hast?«, ziehe ich ihn auf.

»Es ist faktisch unmöglich, das Frühstück zu übertreiben«, insistiert Mateo und lässt sich neben mir auf das Sofa fallen. So dicht, dass ich versucht bin, zurückzuweichen. Es scheint seine Art zu sein, einem zu dicht auf die Pelle zu rücken. Vielleicht ist er auch ein Mensch, dem Nähe generell nichts ausmacht. Beim Football und seinen Liebeleien gehört Körperkontakt wohl einfach dazu.

Ich nehme meinen Teller mit Pancakes entgegen und lasse mir ein Kännchen mit Ahornsirup reichen, um sie darin zu ertränken. Daneben häufe ich eine Portion Obstsalat an. Dieses Frühstück macht wirklich jedem Hotelbuffet Konkurrenz. Nicht nur optisch. Ich nehme eine Gabel vom Tablett und zerteile meinen in Sirup gebadeten Pancake. Mir reicht ein Bissen, um mich davon zu überzeugen, dass fehlende Kochkünste nicht der Grund dafür sein können, dass Mateo seine Affären am nächsten Morgen vor die Tür setzt. Der Pancake ist verdammt lecker.

»July hat mal erwähnt, dass deine Familie aus Mexiko stammt?«, frage ich unvermittelt und vollkommen zusammenhangslos. Small Talk liegt mir einfach nicht.

»Mein Dad«, stimmt er zu und greift mit den Fingern einen Pancake vom Teller. »Meine Mom kam aus Wisconsin.«

»Kam?«

»Kommt. Sie lebt noch. Denke ich. Wir haben seit ein paar Jahren keinen Kontakt mehr«, erzählt er stockend. Er betrachtet seinen Teller, als sollte der ihm etwas zuflüstern.

Als ich seine Eltern das letzte Mal erwähnt habe, hat er abgeblockt. Auch dieses Mal weicht er meinem Blick aus und zieht es vor, nicht weiterzusprechen. Offensichtlich möchte er nicht über seine Mutter reden. Um Zeit zu schinden, schiebe ich mir schnell eine Gabel voll Obst in den Mund und wechsle das Thema. Unser gemeinsames Studienfach scheint eine unverfängliche Option zu sein. »Wo genau hast du denn Wissenslücken?«

Mateo stopft sich den Rest seines Pancakes auf einmal in den Mund und blinzelt mich an, als würde ihn der plötzliche Gedankensprung überfordern. »Wie bitte?«, hakt er nach, als wäre er geistig sehr weit weg gewesen. Vielleicht in Wisconsin.

»Warst du letztes Jahr beim Präpkurs?« Ich probiere etwas von seinem tatsächlich gar nicht so widerlichen Smoothie. Im Gegensatz zu den Saftkreationen meiner Mom schmeckt der hier weniger nach schon einmal Gegessenem, sondern angenehm fruchtig.

»Ja, ich erinnere mich an den Präpkurs«, antwortet er so gedehnt, dass ich schon auf das *Aber* warte. »Sezieren und Mikroskopieren waren nicht das Problem, auch wenn mir Menschen lebendig sehr viel lieber sind als tot.«

»Dein einziges Problem ist also Biochemie?«, vergewissere ich mich.

»Problem klingt so hart. Sagen wir mal, dass unsere Beziehung eine Paarberatung braucht«, schlägt er vor.

»Wenn ich kann, helfe ich euch natürlich gern bei eurem Happy End. Nur du, ich und Biochemie«, säusle ich. »Willst du dich für die Sitzungen mit dem Chemiebuch auf die Couch legen? Soll ich währenddessen Protokoll führen?«

Statt weiter mit mir zu witzeln, starrt Mateo erneut auf seinen Teller hinab. Offensichtlich habe ich gerade eine Grenze überschritten, die ich nicht einmal habe kommen sehen. Die eben noch lockere Stimmung ist mit einem Mal eigenartig bedrückt. Habe ich da einen wunden Punkt getroffen? Das täte mir leid. Das war nicht meine Absicht.

»Ist alles in Ordnung?«, frage ich kleinlaut. »Das war nur ein Scherz. Ich hätte das nicht sagen sollen. Ich weiß, dass mein Humor eigenartig ist, aber ich kann versuchen, mich zusammenzureißen und eine etwas professionellere Nachhilfelehrerin zu sein.«

Mateos Antwort ist ein halbherziges Schulterzucken. Als hätte er damit irgendetwas von sich abgeschüttelt, erobert wieder das charmante Aufreißerlächeln sein Gesicht.

»Nur du, ich und die Couch … klingt gut«, versichert er mir mit einer Wärme in der Stimme, die mein Herz schon wieder seinen Takt vergessen lässt.

Ich muss das dringend behandeln lassen.

Reiß dich zusammen und erwidere irgendetwas Intelligentes, ermahne ich mich.

»Also darf ich euer Valenzelektron sein?«, hake ich nach und hebe abwehrend die Hände, kaum dass es mir herausgerutscht ist.

Das war nicht intelligent, das war nerdy, tadele ich mich selbst.

»Ich reiße mich zusammen«, verspreche ich mit Nachdruck.

»Erklär mir lieber, was ein Valenzelektron sein soll«, schlägt er vor.

»Ein Elektron eines Atoms, das für die chemische Bindung verantwortlich ist«, erkläre ich leise. »Weil ich dich und Biochemie verbinden soll. Du verstehst?«

»Dann war das ein Chemiewitz?« Er sieht mich forschend an, bis ich zögerlich nicke. »Oh Mann. Den habe ich nicht einmal ansatzweise verstanden. Ich bin echt eine Chemieniete.«

»Das werden wir herausfinden«, beschwichtige ich. »Gleich nachdem ich diesen ganzen Berg köstlicher Pancakes gegessen habe.«

»So wie ein Makrophage die Mikroorganismen«, stimmt er

zu und rümpft die Nase, sobald er es ausgesprochen hat. »Sorry, der war vollkommen daneben. Ich wollte nicht sagen, dass du eine Fresszelle bist. Wir sollten die Biologie- und Chemiewitze lassen.«

Er sieht so betreten aus, dass ich nicht anders kann, als zu lachen. »Fresszelle ist die netteste Beleidigung, die ich jemals gehört habe«, beruhige ich ihn. Und das ist traurigerweise nicht mal gelogen.

Mateos Wissenslücken in Biochemie sind so groß, dass er es nicht einmal durch das erste Semester hätte schaffen dürfen. Wie er die Highschool bestanden hat, will ich lieber auch nicht wissen. Wahrscheinlich hat es etwas mit seinem Talent für Football und zwei zugedrückten Augen zu tun.

Wenn man jahrelang schikaniert wurde, lernt man, Menschen schnell einzuschätzen. Es ist quasi überlebenswichtig, wenn man die Schulzeit halbwegs unbeschadet überstehen will. Nach kurzer Zeit Nachhilfe lautet meine Einschätzung: So wie es aussieht, scheint July recht gehabt zu haben. Wenn Mateo kein Interesse an einem hat, ist er tatsächlich nett.

Er ist charmant, hört aufmerksam zu und stellt intelligente Rückfragen. Er wäre der perfekte Nachhilfeschüler, wäre er nicht so verdammt schnell abzulenken. Sobald Joshua durch das Zimmer läuft, sein Handy klingelt oder ihm eine vollkommen abwegige Football-Anekdote einfällt, die er dringend erzählen muss, braucht es mehrere Minuten, bis wir wieder halbwegs beim Thema sind. Dabei interessiert es Mateo nicht im Geringsten, wenn ich nicht einmal mit einem höflichen »Aha« reagiere, sondern demonstrativ schweige, bis seine Geschichte beendet ist.

Daher weiß ich also nun, welcher Spieler in welcher Saison, in welcher Minute, welchen Pass vergeigt hat. Wenn ich meine interne Festplatte mit unnützen Daten vollmüllen lassen wollen würde, dann sicherlich nicht mit Football-Fakten.

»Ich bewundere dich ehrlich dafür, dass du einen Sport gefunden hast, den du so sehr liebst. Aber was genau hat deine Geschichte damit zu tun, dass der Zitronensäurezyklus amphibol ist?«, frage ich nach einer weiteren der unzähligen Anekdoten, die nun durch meinen Kopf geistern.

»Ist das nicht selbst erklärend?« Er gießt mir Kaffee nach, den ich dankend entgegennehme. »Amphibol heißt, es finden sowohl abbauende als auch aufbauende Prozesse statt. Richtig? Es werden Moleküle zersetzt und als neue organische Substanzen wieder zusammengebaut. Als unser letzter Quarterback beschlossen hat, sich selbst zu zerstören und damit das Team auseinanderzureißen, brauchten wir einen neuen. Nach einem Umbau haben wir uns anders wieder zusammengesetzt.«

»Ah, ja. Ich glaube nicht, dass das unbedingt den Kern der Sache trifft, aber so, wie du es erklärst, klingt es trotzdem bemerkenswert logisch.«

»Bemerkenswert logisch?«, zieht er mich auf und kann ein Grinsen nicht unterdrücken. »Weil wir Sportler ja bekanntermaßen dumm sind. Oder wie soll ich das verstehen?«

»Ich halte euch nicht für dumm.«

»Aber?«

»Kein Aber. Ich bewundere es, dass ihr eurer Leidenschaft nachgeht. Du hast ein Talent dafür, Menschen für dich zu begeistern, und verfolgst deinen Traum. Das ist cool. Deine Denkweise funktioniert nur irgendwie vollkommen anders als meine. Ich wäre nie auf die Idee gekommen, irgendetwas zu lernen, indem ich eine Eselsbrücke baue, die dreimal komplizierter als die Ausgangslage klingt. Aber wenn es dir hilft.« Schulterzuckend nippe ich an meinem Kaffee.

»Machst du eigentlich irgendeinen Sport?«, fragt er.

»Frage: Sehe ich so aus?« Ich schenke ihm ein liebreizendes Blinzeln.

»Gegenfrage: Wie sieht deiner Meinung nach jemand aus, der Sport macht?« Er klingt vollkommen aufrichtig und ohne Sarkasmus in der Stimme.

»Du weißt, was ich meine«, murre ich, aber Mateo sieht mich nur weiterhin erwartungsvoll an. »Ich hasse Sport schon seit meiner Schulzeit. Ich war immer diejenige, die man zuletzt in eine Mannschaft gewählt, und die Erste, die man mit dem Ball abgeworfen hat. Es war ätzend. Manchmal habe ich noch immer Albträume davon. Ich werde nie vergessen, wie schmerzhaft es ist, einen Ball gegen den Kopf geworfen zu bekommen. Du hast meine Hochachtung dafür, dass du dir das freiwillig antust.«

»Wir tragen nicht umsonst Helme.« Er sieht mich einen Moment schweigend an, bevor er mit der Schulter zuckt. »Okay. Sport war also nicht dein Lieblingsfach in der Schule. Meins auch nicht. Aber wie sieht es mit anderen Sportarten aus? Segeln? Tanzen? Yoga?«

In meine Tasse schauend schüttle ich den Kopf.

»Dog Dancing? Capoeira? Cheerleading?«, zählt er scheinbar wahllos auf.

»Sieh es ein. Ich bin der unsportlichste Mensch der Welt.«

»Das müssen wir erst prüfen. Wir könnten gemeinsam nach einer Sportart suchen, die dir Spaß macht«, schlägt er vor, als hätte er mir gar nicht zugehört.

»Ich hasse Sport«, wiederhole ich mit Nachdruck.

»Deinem Körper zuliebe könntest du zumindest versuchen, deine Abneigung zu überdenken«, wirft Mateo ein und fängt langsam an, mich zu nerven. Aber er unterbricht mich, bevor ich auch nur zu einer Antwort ansetzen kann. »Du studierst

Medizin. Daher solltest du wissen, dass Bewegung gut für das Herzkreislaufsystem ist und diversen Krankheiten vorbeugt.«

»Du sorgst dich also um meine Gesundheit?«, frage ich sarkastisch.

»Ich bin Medizinstudierender. Worum sollte ich mich sonst sorgen? Deine Kleidergröße?«

Das ist eine gute Frage. Warum sollte er sich überhaupt um mich sorgen? Dass wir uns über die Gesundheit des jeweils anderen Gedanken machen, ist auf jeden Fall eine Parallele, mit der ich nicht gerechnet habe. Allerdings studieren wir dasselbe Fach, es ist also nicht vollkommen ausgeschlossen, dass wir Gemeinsamkeiten haben. Wie klein die auch immer sein mögen.

Gegen 22 Uhr ist meine Konzentration aufgebraucht. Mir schwirrt schon der Kopf von Mateos Geschichten und dem ständigen Geklingel seines Handys.

»Wer schreibt dir eigentlich alle zwei Minuten? Das ist echt lästig«, stöhne ich und reibe mir die Schläfen. Meine Energie für soziale Interaktionen ist mittlerweile verbraucht.

Er greift nach seinem iPhone und scrollt durch die Messenger-App. Eigentlich war es eher eine rhetorische Frage, aber Mateo gibt mir sehr bereitwillig Auskunft.

»Unter anderem die Nachrichtengruppe der Footballmannschaft. Ursprünglich, um Details des nächsten Auswärtsspiels zu besprechen, aber irgendwie driftete es ab, und jetzt beschweren sich alle über das miese Essen in der Mensa. Dem schließe ich mich an. Seitdem der Kantinenchef gewechselt hat, ist das Essen echt schlecht geworden. Wenn das Chili genau wie der Rindereintopf schmeckt, ist irgendetwas schiefgelaufen. Einmal hat July geschrieben, um sicherzugehen, dass ich mich benehme. Alles in allem war nichts Wichtiges dabei.«

Er streckt sich der Länge nach, und ich konzentriere mich

darauf, währenddessen nicht seine durchtrainierten Arme zu bewundern.

Mateos Körper wäre ein schönes Anschauungsbeispiel, um im Anatomieunterricht Muskeln, Sehnen und ihre Verläufe auswendig zu lernen. Alternativ wäre er auch ein perfektes Modell für den Aktzeichenkurs. Nur mal so zur Abwechslung zu den sonstigen Modellen, die ihre Rente aufzubessern versuchen.

»Wie wär's, wenn wir es für heute gut sein lassen?«, frage ich und reiße mich von seinem Anblick los. »Hast du übermorgen Zeit? Dann machen wir da weiter. Bei mir zu Hause, damit wir unsere Ruhe haben. Und du schaltest währenddessen dein Handy lautlos.«

»Ich bin dir echt dankbar dafür, dass du dir Zeit für mich und meine geliebte Biochemie nimmst, aber gleich übermorgen?« Sein Naserümpfen spricht Bände: Seine Lust, das Ganze zu wiederholen, hält sich in Grenzen. Vielleicht sind Wiederholungen generell nicht so sein Ding.

»Oder wann auch immer du Zeit und nicht wieder alles vergessen hast. So schaffst du es nie im Leben durch die nächsten Testate«, warne ich. »Und das ruiniert nicht nur deinen Ruf, sondern auch meinen als deine Nachhilfelehrerin.«

»Ich werde dafür sorgen, dass nichts und niemand an deinem Ruf kratzt«, versichert er mir und guckt mich dabei so ernsthaft und intensiv an, dass es mich alle Selbstbeherrschung kostet, nicht rot anzulaufen.

Manchmal, wenn er solche Sachen sagt, legt mein Herz einen eigenartigen Hüpfer ein, um danach doppelt so schnell weiterzuschlagen. Zumindest bis mir wieder einfällt, wer mir gegenübersitzt, und es traurig in seinen gewohnten Trott zurückfällt. Welche Gefühle Mateo auch immer in mir hervorruft: Sie müssen vor der Mauer bleiben. Oder hinter der

Mauer verschlossen bleiben? Ich bin mir gerade nicht mehr so sicher, in welche Richtung sie funktioniert. Dass mich ein Blick so dermaßen durcheinanderbringt, ist auf jeden Fall nicht akzeptabel.

»Das Einzige, wofür du zu sorgen hast, ist das hier.« Ich tippe entschieden auf seinen Notizblock. Die Erinnerung gilt für ihn und mich gleichermaßen.

Einen Moment lang sieht er mich eindringlich an, dann gibt er sich geschlagen. »Also übermorgen nach dem Training bei dir.«

1:0 für Bales.

10. KAPITEL

M + A = HAL
(Montag + Aktzeichenkurs = Handy auf lautlos!)

Der Nachrichtenton meines Handys lässt mich so heftig zusammenzucken, dass ich dem Bild des armen Modells vor mir eine neue Intimfrisur verpasse. *Pling. Pling. Pling.*
»Sorry«, murmle ich kleinlaut unter dem tadelnden Blick unserer Zeichenlehrerin Galina und suche mein Handy aus der Tasche, um den Ton abzuschalten. Mateos Name auf dem Display irritiert mich so sehr, dass ich die Nachrichten in einem akuten Anfall von Neugierde überfliege.

Mateo: *Hey, Bales.*
Mateo: *Was machst du heute Abend?*
Mateo: *Ich könnte auch jetzt zum Lernen vorbeikommen.*
Mateo: *Ich hab Zeit.*
Mateo: *Wir sind mit dem eigentlichen Training früher durch und schauen im Gemeinschaftsraum ein Spiel zweier gegnerischer Mannschaften, um ihre Spielweise zu analysieren.*

Ich lasse mich dazu hinreißen, zu antworten.

Haley: *Keine Zeit.*

»Haley, du kennst die Regeln«, tadelt Galina mit russischem Akzent.

»Sorry«, entschuldige ich mich erneut und nicke. Zum Dank dafür, dass ich vergessen habe, den Ton auszuschalten, darf ich nach dem Kurs alle Staffeleien in den Nebenraum zurückräumen. Ich werfe einen flüchtigen Blick in die Runde. Das dürften heute in etwa zwanzig Stück sein. Selbst schuld. Da mir normalerweise höchstens July und Bo schreiben und beide wissen, dass ich noch anderthalb Stunden mit nackten Menschen beschäftigt bin, habe ich nicht mit Nachrichten gerechnet. Dass Mateo nicht eine, sondern immer gleich eine ganze Armada losschickt, macht es nicht besser.

Ich habe kaum mein Handy weggesteckt, da startet die nächste Zeichenrunde. Unser Modell ändert die Position und uns bleiben fünf Minuten, um die Pose einzufangen. Ich spitze den Kohlestift an und suche eine freie Ecke meines Blatts, um die Silhouette zu verewigen.

»Gibt es eigentlich einen Grund dafür, dass wir immer nur alte Frauen zeichnen?«, flüstert Ava neben mir.

»Wahrscheinlich, weil sich niemand anders für diese lausige Bezahlung ausziehen will?«, mutmaße ich.

»Und da sagt man, dass Studierende immer Geld brauchen. Ich habe hier noch kein männliches Modell gesehen«, murmelt sie mit verdrießlicher Miene.

»Lass mich raten, am liebsten wäre dir einer aus dem Basketball- oder Footballteam«, stichle ich.

»Lieber Basket- als Football«, erwidert sie, legt die Zeichenkohle beiseite und säubert die staubigen Fingerspitzen. »Ich will die Mannschaftskameraden meines Cousins gar nicht nackt sehen. Das wäre einfach nur seltsam, wenn ich sie das nächste Mal auf einer Party treffe.«

»Ava und Haley«, tadelt unsere Kursleiterin. »Ich weiß nicht, was heute mit Ihnen los ist, aber ein wenig Konzentration auf die wesentlichen Dinge wäre angebracht.«

»Sie sind auch die Einzige, die Brüste *die wesentlichen Dinge* nennen darf, ohne dass es anrüchig klingt«, scherze ich und habe damit soeben eingewilligt, dass ich nach dem Wegräumen der Staffeleien auch noch den Kohlestaub vom Boden des Zeichensaals fegen werde. Ich sollte dringend lernen, meinen vorlauten Mund zu halten.

Nach dem Kurs und meiner Aufräumaktion verabschiede ich mich bis zur nächsten Woche und tippe noch auf dem Weg zum VW-Bus eine Antwort auf Mateos letzte Frage: *Was machst du heute?*

Haley: *Ob du es glaubst oder nicht, ich war bis eben bei einem Aktzeichenkurs.*

Er scheint mittlerweile ebenfalls beschäftigt zu sein, denn er schreibt mir nicht zurück.

Erst als ich im Bett liege und mir eine Reportage über seltene Erbkrankheiten auf dem Tablet ansehe, meldet sich mein Handy erneut.

Mateo: *Du stehst Modell in einem Aktzeichenkurs?*
Mateo: *Ich weiß nicht, wie ich dich je wieder ansehen soll, ohne dich mir nackt vorzustellen.*
Haley: *Tut mir leid, dich enttäuschen zu müssen, Ortega. Ich stehe nicht Modell, sondern zeichne.*
Mateo: *Sekunde.*
Mateo: *Du zeichnest in deiner Freizeit nackte Menschen???*
Haley: *Ich schätze, das ist der Sinn eines Aktzeichenkurses ... Überrascht, dass wir etwas gemeinsam haben? Wir interessieren*

uns beide für nackte Menschen. Wer hätte das gedacht? Falls du magst, kannst du mich gern mal begleiten. Momentan beschäftigen wir uns mit der weiblichen Anatomie.

Dass unser Modell etwa 75 Jahre alt ist, verschweige ich wohlweislich.

Mateo: *Ich beschäftige mich in meiner Freizeit auch gern mit der weiblichen Anatomie.*

Mateo: *Allerdings würde ich meine zukünftigen Doktorspiele lieber mit dir als irgendeiner Fremden spielen.*

Haley: *Und du fühlst dich als angehender Arzt wirklich kein bisschen schäbig dabei, wenn du das so schreibst?*

Mateo: *Doch.*

Mateo: *Ich hatte beim Schreiben tatsächlich einen kurzen Moment des Fremdschämens.*

Mateo: *Beziehungsweise der Eigenscham – oder wie auch immer man das dann nennt.*

Mateo: *Also danke für deine Einladung – aber ich belasse es lieber bei der Fantasie von dir und einer nackten Frau und wie du jeden Zentimeter ihres Körpers auf Papier bannst ...*

Haley: *Es ist schön, wie du es schaffst, dass etwas so Harmloses wie ein Zeichenkurs bei dir wie etwas Perverses klingt.*

Mateo: *Nicht pervers, sondern erotisch.*

Mateo: *Das ist ein Unterschied.*

Haley: *Danke für die Aufklärung.*

Mateo: *Aufklärung ist quasi mein Fachbereich ;)*

Mateo: *Falls du da Nachhilfe brauchst, sag Bescheid.*

Haley: *Nein danke. Im Gegensatz zu dir habe ich in der Schule aufgepasst.*

Mateo: *Jetzt sag nicht, dass all dein Wissen nur aus Büchern stammt?*

Ja. Doch. Aber das ist sicherlich nichts, das ich ihm schreiben werde. Ich weiß ohnehin nicht, warum wir uns Nachrichten schicken. Es gibt überhaupt keinen rationalen Grund dafür.

Haley: *Leidet dein Handy heute an akuter Langeweile, oder warum schreibst du mir? Normalerweise kann es sich vor Anfragen doch kaum retten.*
Mateo: *Vielleicht schreibe ich dir einfach gern?*

Das ist ein guter Einwurf, aber warum sollte er das tun? Kopfschüttelnd lege ich das Handy beiseite und schaue die Doku weiter. Der Bruch zwischen Mateos lockeren Nachrichten und den tragischen Erzählungen junger Eltern, die ihr Baby an seltene Erbkrankheiten verloren haben, fühlt sich nicht richtig an. Diese ergreifenden Geschichten haben meine gesamte Aufmerksamkeit verdient. Ohne dass ich mich in einer Dauerschleife frage, warum zum Geier sich Mateos Nachrichten lesen, als würde er mit mir flirten?

Dabei liegt die Antwort eigentlich auf der Hand. Ich meine: Er ist Mateo Ortega. Jeder weiß, dass er fließend *Flirterei* spricht.

Ich atme tief durch und beschließe, mich vollkommen auf die Doku zu konzentrieren, bis mein Handy erneut eine Nachricht von Mateo anzeigt.

Soll ich sie lesen oder ignorieren? Am Ende siegt meine Neugierde.

Mateo: *Ich liege im Bett und langweile mich.*

Wie bitte? Naserümpfend betrachte ich das Display. Ist das sein Ernst?

Haley: *Was genau soll ich jetzt mit dieser Information anfangen?*

Es dauert einige Sekunden, bis Mateo zurückschreibt.

Mateo: *Was auch immer du möchtest ...*

Was ist das für eine komische Antwort? Ich zögere, bevor ich schließlich doch etwas erwidere.

Haley: *Ist das so etwas wie eine Einladung zum Sexting, die ich nicht verstehe?*
Mateo: *Ist nicht so dein Ding, oder?*

Ich habe keine Ahnung, denn bisher musste ich mir über so etwas noch keine Gedanken machen. Und ich will wirklich nicht davon fantasieren, was er gerade treibt. Noch weniger will ich, dass mich diese Vorstellung anmacht. Aber verdammt! Das tut sie. Auf eine sehr schräge Art und Weise gefällt mir die Vorstellung davon, wie ein Chatverlauf mit mir Mateo um den Verstand bringen könnte. Aber irgendetwas sagt mir, dass es keine gute Idee wäre, darauf einzugehen.

Haley: *Ich bin mir sicher, dass du ausreichend Nummern für eine Nummer zur Verfügung hast, die dir gegen deine akute Langeweile hilft.*

Daraufhin erhalte ich keine Antwort mehr.

Vielleicht hat Mateo am Ende des Abends eine andere Beschäftigung gefunden, dafür kenne ich nun unter anderem das Potter- und das DiGeorge-Syndrom. Ob ich das Wissen in meinem Leben jemals brauchen werde, weiß ich nicht. Aber das Sammeln von schlüpfrigen Nachrichten macht sich auch nicht gerade gut im Lebenslauf, von daher verbuche ich auch das als Punkt für mich.

2 : 0 für Bales.

Wobei ich mich gerade frage, wie die Punkte beim Football überhaupt gezählt werden?

II. KAPITEL

N ≠ DKBVS
(Nett ≠ der kleine Bruder von scheiße)

Ich hätte Mateo vielleicht fragen sollen, wie lange sein Training dauert. So sitze ich den ganzen Dienstagabend auf dem Sofa und warte. Ich ertappe mich dabei, alle paar Minuten auf die Uhr zu sehen. Es ist schon nach 21 Uhr, als es endlich an der Haustür klingelt.

»Ich geh schon!«, rufe ich durch das Haus, auch wenn ich bezweifle, dass Mom das Türklingeln überhaupt gehört hat. Ihre Meditationsmusik ist schon wieder so laut, dass ich mich frage, wie man sich dabei entspannen kann.

Mit feuchten Haaren, in Shirt und Jogginghose steht Mateo vor der Tür und schenkt mir sein bezauberndstes Lächeln – was auf einer Skala von 1 bis 10 schon fast an einer 11 kratzt. Über einer Schulter trägt er seine Trainingstasche, in der Hand hält er eine braune Papiertüte mit dem Logo des *Hatcat.*

»Magst du Burger?«, fragt er unvermittelt und lässt mir gar keine Zeit mehr, um ihm zu antworten. Er spart sich jede Begrüßung, lädt sich einfach selbst ein und drängt sich an mir vorbei in den Hausflur. Der Duft der mitgebrachten Speisen begleitet ihn.

Da es bei uns zum Abendbrot Dinkelbratlinge mit Sour Cream gab, ist es wohl besser, dass er sich selbst etwas zu essen mitgebracht hat. Ich kann mir zumindest nicht vorstellen, dass ihn die Reste unseres Essens glücklich gemacht hätten.

»Falls du Vegetarierin bist, bleibt mehr für mich. Wir hätten über die Rahmenbedingungen deiner Bezahlung verhandeln sollen«, ergänzt er, während sein Blick die Deko in unserem Flur streift.

Mateos Aufmerksamkeit gilt einem Traumfänger, der über der Tür zum Wohnzimmer hängt. Irgendwann einmal sahen die weißen Fäden und schillernden Federn faszinierend aus. Mittlerweile wurde *faszinierend* durch *fadenscheinig* ersetzt – und *staubig* nicht zu vergessen.

»Bei uns hing dort immer ein Kreuz.« Sein Tonfall ist für mich nicht zu deuten.

Ist es eine schöne Kindheitserinnerung, oder macht er sich über Moms Dekogeschmack lustig?

»Und es roch im ganzen Haus nach Zwiebeln statt Lavendel.«

Lavendel? Wahrscheinlich ist es der Geruch von Moms Räucherstäbchen oder Aromaölen, der durch die Räume zieht. Ein unüberhörbares *Ommm* schwebt zusammen mit der Melodie mehrerer Klangschalen durch die Flure. Wenn es Mateo bisher noch nicht bewusst war: Normalität wird bei uns nicht unbedingt großgeschrieben.

Meine Hochbegabung ist nicht der einzige Grund dafür, dass ich in der Schule oft gehänselt wurde. Die meisten potenziellen Schulfreunde haben mich genau einmal zu Hause besucht – und dann lieber nie wieder. Meine Eltern sind beide unverbesserliche Optimisten, Weltenbummler und Realitätsverweigerer. Entweder das, oder sie wurden schlicht und ergreifend mit dem »Mir-egal,-was-die-Nachbarn-sagen«-Gen geboren. Das wird offenbar rezessiv vererbt, denn an mir ist es vorbeigegangen. Allein so zu tun, als wäre mir grundsätzlich immer alles egal, kostet mich an manchen Tagen einige Kraft. Wahrscheinlich bin ich auch deswegen kein Menschen-Mensch.

»Mom meditiert«, erkläre ich die eigenartige Geräuschkulisse. »Aber in spätestens einer halben Stunde ist sie verschwunden. Sie gibt ein Mitternachts-Gongkonzert in der Innenstadt. Und bevor du fragst: Ja, so etwas gibt es, und es ist genauso schräg, wie es klingt, aber manche Menschen schwören auf die entspannende Wirkung. Du weißt ja, wie das mit Placebos funktioniert.«

»Wir haben also sturmfrei«, erwidert Mateo und schafft es, mit einer Augenbraue zu wackeln.

Das ist nicht ganz die Reaktion, die ich bei dem Wort *Gongkonzert* erwartet habe. Aber vielleicht gibt es einen Unterschied zwischen Leuten, die in Erwägung ziehen, mit mir befreundet zu sein, und Menschen, die verzweifelt genug sind, mich um Hilfe zu bitten.

Seine Sporttasche lässt Mateo im Flur achtlos zu Boden fallen, dann drückt er mir die Tüte mit Fastfood in die Hand. »Wo essen wir?«

»Wie klingt Wintergarten?«, schlage ich vor und bedeute ihm, mir zu folgen.

Wir gehen durch das Wohnzimmer bis in den gläsernen Anbau. Von hier aus hat man einen hervorragenden Ausblick in den Garten, der einem Urwald gleicht. Mom hält nichts von Gartenarbeit, und mir ist der Zustand der Gewächse zu egal, um allein das Unkraut zu jäten und die Pflanzen zurechtzustutzen. Unsere Nachbarn haben es längst aufgegeben, uns mit gut gemeinten Ratschlägen auf den Pfad des gepflegten Rasens führen zu wollen.

Meine Bücher und Unterlagen liegen bereits auf dem Tisch. Dass Mateo nichts mitgebracht hat – außer etwas zu essen –, wundert mich kaum.

»Ich esse übrigens alles. Nur July ist Vegetarierin«, gestehe ich.

»Wie kommt es eigentlich, dass ihr befreundet seid? Ihr passt überhaupt nicht zusammen«, behauptet Mateo.

»Keine Ahnung. Ich mag July einfach. Sie ist nett und unkompliziert, aber wenn Bo nicht wäre, hätten wir wahrscheinlich keinen Kontakt.«

»Also ist Summerboy derjenige, der eure Clique zusammenhält?«, hakt Mateo nach.

Wenn wir so etwas wie eine Clique haben, ist es vielleicht so.

»Wenn du ein falsches Wort über ihn sagst, ist die Nachhilfe übrigens beendet«, warne ich ihn. »Wer schlecht über Bo redet, hat meine Zeit nicht verdient.«

Ich teile die Burger und Pommes zwischen uns auf. Von Mateo kommt kein Protest, er greift schlichtweg nach einem Burger, wickelt ihn aus dem Papier und verschlingt mit einem Bissen die halbe Portion. Beeindruckend. Besonders für jemanden, der sich sonst nicht einmal Muffins oder Kaffee gönnt.

Als hätte er meine Gedanken erraten, schluckt er und sieht zwischen mir und dem Burger hin und her. »Cheat Day. Einmal in der Woche esse ich heimlich Fastfood, weil ich sonst irgendwann durchdrehen würde.«

»Dein Geheimnis ist bei mir sicher«, verspreche ich und finde es süß, wie erleichtert er aufatmet.

»Ich habe übrigens nichts gegen Summerboy. Er ist ...« Er schaut in den Garten hinaus und scheint nach dem richtigen Wort zu suchen. »Cool. Im wahrsten Sinne des Wortes.«

»Wie meinst du das?«

»Komm schon, Bales. Bo sieht gut aus, und er weiß es. Das macht ihn so tiefenentspannt. Hast du ihn mal im *Hazelcup* kellnern sehen? Selbst ich habe ihm Trinkgeld gegeben, nur weil er mich angelächelt hat.«

»Ja, ich bin ehrlich. Unter anderen Umständen hätte ich ihn längst um ein Date gebeten.«

»Du könntest stattdessen mich ums eins bitten«, schlägt er unvermittelt vor und bringt mich dazu, zu schnauben.

»Sicher nicht«, erwidere ich prustend.

»Warum nicht?«

»Weil das Wort ›Date‹ für dich wahrscheinlich nicht das Gleiche bedeutet wie für mich.«

»Was steht denn im internen Haley-Lexikon für ein Eintrag zu diesem Wort?«

»Vielleicht so etwas wie Eis essen oder bowlen gehen, Schlittschuhlaufen oder ein Kinobesuch. Nichts, wofür man sich ausziehen müsste.«

Unser Gespräch wird von meiner Mom unterbrochen, die auf dem Weg in den Wintergarten meinen Namen auf eine Art und Weise trällert, die verboten gehört.

»Haiiiliiii.«

Ich bin achtzehn Jahre alt, und meine Mom singt meinen Namen, als wäre ich drei und hätte mir ein Bonbon verdient.

»Haley? Ich bin gleich unterwegs. Es könnte später werden, warte nicht auf …« Sie unterbricht sich, als sie den Wintergarten betritt und Mateo erblickt. Lässig schiebt sie die Hände in die großen Taschen ihrer grünen Tunika und neigt lächelnd den Kopf zur Seite. »Wen haben wir denn da?«, fragt sie, als wäre sie eine Katze, die gerade eine Maus gefangen hat.

»Guten Abend, Mrs Bales«, bringt Mateo hervor und schenkt ihr ein so charmantes Lächeln, dass man den Ketchupfleck auf seiner Wange beinahe übersehen könnte.

Statt etwas zu antworten, tritt meine Mom ein paar Schritte zurück und lehnt sich gegen den Türrahmen.

Ich habe angekündigt, dass Mateo zum Lernen vorbeikommen wird, doch offensichtlich hat sie es vergessen oder nicht ernst genommen. Zumindest wirkt sie hochgradig verwundert, während sie ihn mustert.

»Du bist also Mateo. Haley sagte, dass sie Nachhilfe geben muss. Stellt sich nur die Frage, worin«, lautet ihr abschließendes Urteil. Ein Lächeln erobert ihr Gesicht, und ich hoffe sehr, dass Mateo den eigenartigen Tonfall überhört.

»In Biochemie«, antworte ich rasch und werfe ihr einen warnenden Blick zu.

»Oh«, säuselt meine Mutter und schürzt die Lippen. Ein amüsierter Funke tritt in ihre Augen. »Biologie und Chemie. Wie überaus interessant. Zwei Dinge, die Menschen so wunderbar miteinander verbinden.«

»Normalerweise bin ich auch ein Fan von biologischen Vorgängen und der Chemie zwischen zwei Menschen«, versichert Mateo ihr, der die Anspielung also sehr wohl verstanden hat, »aber Haley ist …« Er stockt, als wollte er gerade etwas sagen, das nicht für die Ohren meiner Mutter bestimmt ist. »… meine Nachhilfelehrerin.«

Autsch.

Während ich überlege, ob ich ihm für sein widerlich charmantes Lächeln unter dem Tisch einen Tritt verpassen soll, kichert meine Mom sehr unangebracht. Ich möchte nicht wissen, was in ihrem Kopf vor sich geht. Wahrscheinlich eine zutiefst unrealistische Szene aus irgendeinem Teenie-Film. Leider teilen wir diese Vorliebe für seichte Unterhaltung.

Glücklicherweise muss sie los, bevor sie dazu kommt, ihre Fantasien zu vertiefen.

»Deine Mom ist nett«, sagt Mateo, kaum dass sie ins Wohnzimmer verschwunden ist.

»Nett«, wiederhole ich. Ja, das ist sie. Und sie ist eine hervorragende Heilpraktikerin. Aber ich weiß genau, was die meisten

Leute denken, wenn sie Mom sehen. *Nett* lautet das Urteil in den seltensten Fällen.

»Womit habe ich diesen angewiderten Blick verdient? Es ist mein Ernst.« Er stopft alle Verpackungsreste in die braune Take-away-Tüte und lässt sie achtlos neben seinem Stuhl zu Boden fallen.

»Jeder weiß, dass *nett* der kleine Bruder von *scheiße* ist«, behaupte ich.

»Tatsächlich? Wusstest du, dass Drew der kleine Bruder von Aron McDaniels ist?«, plaudert Mateo unbeirrt und schenkt mir seine nächste Football-Anekdote: Vom NFL-Profi Aron, der der große Bruder unseres Quarterbacks Drew ist und irgendwo in der Defense irgendeiner Mannschaft spielt.

Es ist bemerkenswert, wie er es schafft, Football so in all seine Vergleiche einzubauen, dass sie irgendwie logisch klingen.

»Also ist Aron jeden einzelnen Cent wert und garantiert alles andere als scheiße. Womit wohl bewiesen wäre, dass *nett* nicht der kleine Bruder von *scheiße*, sondern von *mega* ist«, beendet er seine Erzählung und holt mich aus meinen abschweifenden Gedanken zurück. »Für diese absolute Meisterleistung in logischer Herleitung habe ich mir ein Highfive verdient.« Er hebt die Hand und sieht mich auffordernd an. »Komm schon, Bales. Lass mich nicht hängen.« Als ich nicht reagiere, klatscht er sich selbst ab. »Schau. So einfach geht das.«

Die Augen rollend gebe ich ihm sein Highfive und versuche angestrengt, das Lächeln zu unterdrücken, das sich auf mein Gesicht mogeln will. Mateos beinahe kindliche Freude über diesen Minisieg ist irgendwie ansteckend.

»Du hast da übrigens einen Fleck«, gebe ich mir einen Ruck und deute auf seine Wange.

Statt nach einer Serviette zu greifen, dreht er mir den Kopf zu, als würde er erwarten, dass ich ihn entferne.

»Du bist es wirklich zu sehr gewohnt, umsorgt zu werden.«
Seufzend strecke ich eine Hand aus und reibe mit dem Daumen über seine warme Haut. Als ich mich etwas weiter vorbeuge, umhüllt mich der Duft seines Aftershaves und kribbelt mir angenehm in der Nase.

Was ist das für ein Duft? Sandelholz? Und täusche ich mich, oder neigt er sich meiner Berührung entgegen? Vorsichtig streiche ich mit den Fingerspitzen über seine glatt rasierte Wange.

»Irrtum«, murmelt Mateo leise und schluckt schwer. »Ich …«
Den Kopf zur Seite neigend sehe ich ihn fragend an, aber er weicht meinem Blick aus, streift meine Hand ab und zwingt sich ein Lächeln aufs Gesicht.

»Ich bin ein großer Junge und kümmere mich um mich selbst«, erklärt er und räuspert sich, bevor er nach einer Serviette greift und sich so unsanft über die Haut reibt, dass sie anschließend rot ist.

Hastig ziehe ich die Hand zurück und wende den Blick ab.

Habe ich gerade über Mateos Wange gestreichelt, als wäre er ein Kätzchen? Was bitte stimmt nicht mit mir?

Anscheinend hat er die Hälfte aller Sachen, die wir vorgestern besprochen haben, schon wieder vergessen.

»Der Zitronensäurezyklus«, stöhne ich. »Das, was du dir merken wolltest, indem du an eure neue Mannschaftskonstellation denkst. Du erinnerst dich? Kyle geht, Drew kommt, ihr baut euch um?«

Mateo sieht mich an, als würde ich eine fremde Sprache sprechen. In seinem Blick liegt nicht der Hauch einer Erinnerung.

»Komm schon. Lass mich nicht so hängen.« Ich reibe mir mit den Fingern über die Stirn, weil ich das Gefühl habe, eine lausige Nachhilfelehrerin zu sein. Wie kann es sein, dass ihm vom letzten Treffen gar nichts in Erinnerung geblieben ist?

»Ich weiß, dass ihr viel um die Ohren habt. Ihr musstet die Gebärden und eure Spielzüge auswendig lernen, aber das hier ist – verdammt noch mal – wichtig.«

»Habt ihr eigentlich Eis da?«, fragt er unvermittelt.

»Nein.« Wie zum Geier kommt er jetzt auf Eis?

»Ich könnte jetzt eine Pause vertragen«, verkündet er und zieht kurzerhand sein Smartphone hervor. »Und du siehst aus, als bräuchtest du ein Eis, Bales.«

»Was tust du da?«

»Ich bestelle uns ein Eis hierher.«

»Es wäre mir lieber, du würdest dich konzentrieren.«

»Entspann dich«, bittet er. »Bis es hier ist, lernen wir artig. Dann machen wir eine Pause und lernen danach weiter.«

»Es ist fast 23 Uhr«, werfe ich ein.

»Hast du ein Problem mit Nachtschichten? Gestern haben wir uns um diese Uhrzeit noch geschrieben.« Er zieht so provozierend die Augenbrauen hoch, als wollte er sagen, dass er Schlafentzug gewohnt ist. Nur nutzt er die Nachtstunden offensichtlich für andere Tätigkeiten als für das Anwenden chemischer Formeln.

»Der Unterschied zwischen uns ist, dass ich um die Uhrzeit eine Doku gesehen habe, während du nach Wegen gesucht hast, deine sexuelle Anspannung zu lösen«, erinnere ich ihn. »Und wehe du sagst jetzt, dass ich bessere Laune hätte, wenn ich das auch getan hätte.«

»Unwahrscheinlich. Ich bezweifle, dass ein so kurzes Hochgefühl dich bis jetzt darüber hinwegtrösten würde, dich mit mir herumquälen zu müssen.«

»Es wäre keine Qual, wenn du dir wenigstens Mühe geben würdest, dir die Sachen zu merken.«

»Glaub es oder nicht, aber ich gebe mir Mühe, dich zu befriedigen.«

»Heb dir deine zweideutigen Anspielungen für andere auf und konzentrier dich auf deine Notizen«, bitte ich.

Die nächsten Minuten ist Mateo tatsächlich ein aufmerksamer Schüler. Er reißt sich zusammen, bis es an der Haustür klingelt und ein Lieferant zwei Eisbecher und eine Cola light bringt. Der Bote drückt Mateo alles in die Hände, macht bereits auf dem Absatz kehrt und wünscht uns einen schönen Abend.

Ich schließe rasch die Tür, um die kühle Nachtluft auszusperren.

Mateo fängt mich auf dem Weg in den Wintergarten ab.

»Wir haben Pause, Bales. Wir essen nicht dort, wo wir arbeiten. Wie wäre es mit dem Sofa?«

Ich bin kurz versucht, ihm stattdessen meinen Lieblingsplatz vorzuschlagen. Den Ort, an dem ich normalerweise Pausen mache und vollkommen abschalten kann. Aber ich reiße mich zusammen. Bisher durfte nur Bo mich dorthin begleiten, also muss das Sofa im Wohnzimmer reichen.

Die Situation nimmt eine eigenartige Wendung, als Mateo einen Stoffstreifen aus der Sofaritze fischt. Glücklicherweise handelt es sich dabei weder um einen verirrten Socken noch um einen Slip. Es ist einfach nur der Stoffrest eines verworfenen Nähprojekts.

Er hält ihn unschlüssig in der Hand, bevor er ihn behutsam auf dem Wohnzimmertisch ablegt, als wäre er eine Kostbarkeit.

»Möchtest du lieber Cookie oder Erdnuss?«, fragt er anschließend und hält mir beide Eisbecher hin.

Ich entscheide mich für Nuss und versenke den mitgelieferten Plastiklöffel darin.

»Mal angenommen, du dürftest Eis von irgendeinem Körperteil irgendeines Menschen lecken. Wer wäre es? Tote Menschen eingeschlossen.«

»Das ist widerlich«, bringe ich hervor und kann ein Naserümpfen nicht unterdrücken.

»Ich meinte natürlich bereits Verstorbene, wenn sie noch leben würden«, korrigiert er.

»Zu spät. Jetzt bekomme ich bestimmt Albträume.«

»Albträume? Nur du, ich und eine Packung Eis. Das wären mit Sicherheit keine Albträume«, schnurrt er.

Eine Gänsehaut kriecht meinen Körper hinab. Vielleicht kommt sie vom Eis. Vielleicht von Mateos Tonfall, der noch so viel verheißungsvoller ist als seine Worte. Wie ich mich dafür hasse, nicht annähernd so immun gegen seine Anspielungen zu sein, wie ich es gern wäre.

»Das war ein Scherz, Bales«, tadelt er mich, als hätte er hinter meine Stirn geblickt und all die Fantasien gesehen, für die ich mich schäme. »Aber mal im Ernst. Wenn du mit einem der Jungs aus dem Footballteam auf ein Date gehen müsstest … Wen würdest du auswählen?«

»Drew«, antworte ich, ohne darüber nachzudenken.

»Autsch.« Er presst sich eine Hand auf die Brust, als hätte ich ihn verletzt.

»Tu nicht so. Wir wissen beide, dass du an der Stelle kein Herz hast.«

»Dann erzähl dem herzlosen Dummkopf lieber, wovon er dich gerade abhält. Was würdest du normalerweise um diese Uhrzeit machen? Schlafen? Eine weitere Doku sehen? Etwas nähen? Einem anderen Typen texten?«, fragt er nach und legt den Deckel seines Eisbechers beiseite. Vorsichtig kratzt er mit der Löffelspitze Muster in die Oberfläche. »Woran arbeitest du momentan, wenn du nicht gerade einem gefühl-

losen Vollpfosten Nachhilfe gibst?« Er deutet auf den Stoffstreifen.

»Warum interessiert dich das?«

Er zuckt mit der Schulter und probiert eine winzige Löffelspitze Eis. »Ich stehe auf deine Entwürfe. Ehrlich gesagt habe
ich letztes Jahr nur angefangen, dir auf Instagram zu folgen,
weil die Fotos von Summers echt heiß sind«, gesteht er geradeheraus. »Du bist gut darin, sie in Szene zu setzen. Und ich war
echt ein wenig neidisch auf das Drew-Fan-Shirt. Keiner der
anderen Jungs aus dem Team hat eines bekommen. Oder dieses Kleid aus dem alten Basketballshirt. Wenn es nur der obere
Teil wäre, würde ich es tragen. Das sieht Hammer aus.«

»Sehr witzig«, murmle ich.

»Kein Witz. Wenn du mir ein Shirt nähst, ziehe ich es an.
Oder aus. Wie es dir lieber ist.«

In dem Moment packt mich die Neugier. »Okay. Apropos
Ausziehen. Ich frage es nur dieses eine Mal: Wie läuft das normalerweise ab? Sprichst du die Frauen an, oder kommen die
ernsthaft auf dich zu und zerren dich zu dem nächsten Ort, an
dem ihr ungestört sein könnt?«

»Unterschiedlich. Aber ich hätte ab und an auch nichts
gegen ein nettes Gespräch. Ironischerweise wollen manche
Frauen mir nach einem Spiel am schnellsten an die Wäsche.
Dabei sind das die Abende, an denen mein Körper so schmerzt,
dass ich lieber nur auf dem Sofa liegen würde. Allein.«

Seine Antwort verblüfft mich.

»Sollen wir jetzt weiterlernen?«, bietet er von sich aus an.

»Aber du hast dein Eis noch gar nicht aufgegessen.«

»Ich bin ehrlich gesagt kein großer Eisfan«, gesteht er und
stellt den Becher auf dem Wohnzimmertisch ab. »Aber du hast
ausgesehen, als bräuchtest du dringend eines.« Beim Aufstehen
tätschelt mir Mateo den Kopf, als sei ich ein kleines Kind. Oder

ein Hund. »Nimm den Rest mit rüber. Vielleicht hebt das Eis deine Laune, während du dir ansiehst, wie ich an den Strukturformeln verzweifle.«

»Du hast Eis bestellt, um mich zu besänftigen?«, frage ich ungläubig.

»Komm schon, Bales. Ich bin vielleicht ein herzloser Vollpfosten, aber ein netter. Ich besitze genug Menschenkenntnis, um zu sehen, wenn jemand von mir genervt ist. Und du warst definitiv sehr genervt.« Um seine Worte zu untermauern, hält er mir eine Hand hin. »Alles, was ich bisher über dich aus Bo herausbekommen habe, ist, dass du eine Schwäche für Süßes hast. Und es tut mir leid, das zugeben zu müssen, aber ich werde dieses Wissen einsetzen.«

Ich habe seine Hand kaum ergriffen, da zieht er mich so energisch auf die Beine, dass ich beinahe gegen ihn stolpere und mich gerade noch abfangen kann. Meine Nase hätte fast Bekanntschaft mit seiner Brust gemacht. Einer sehr durchtrainierten Brust, wie sein enges T-Shirt verrät. Nicht dass mir das nicht eher aufgefallen wäre, aber so dicht vor Mateo zu stehen und seine Körperwärme zu spüren, fühlt sich befremdlich an.

»Ich …« Als ich zu ihm aufsehe, vergesse ich tatsächlich den Rest des Satzes.

Sein Blick wandert so eindeutig von meinen Augen zu meinen Lippen, dass mein Kopf wie leer gefegt ist. Ob er darüber nachdenkt, mich zu küssen? Aber warum sollte er? Vermutlich habe ich lediglich irgendwo Eis kleben. Hastig reibe ich mir mit dem Handrücken über den Mund und wende mich von ihm ab.

»Du hast erzählt, dass du Football unter anderem für das Stipendium spielst, aber wie bist du eigentlich darauf gekommen? Wie hat es angefangen?«, wechsle ich spontan das Thema, um die eigenartige Situation zu beenden.

Ich brauche dringend mehr Abstand zwischen uns. Mateo so nahe zu sein, fühlt sich falsch an – weil es sich viel zu richtig anfühlt. Verwirrende Gedanken, die keinen Sinn ergeben? Sind offensichtlich eine neue Fähigkeit, die mein Gehirn freischaltet, wenn ich Mateo zu nah komme. Mich an mein Eis klammernd gehe ich voran in den Wintergarten. Ob es auffällt, wenn ich mir den Becher vor die Stirn halte, um einen kühlen Kopf zu bekommen?

»Es hat sich herausgestellt, dass ich ein schneller Läufer bin, und Football erschien mir lukrativer zu sein, als Hürdenläufer zu werden«, behauptet Mateo mit einem Schmunzeln in der Stimme. »Unsere Nachbarin hatte einen Hund, der keine Kinder mochte. Nachdem er mich das erste Mal gebissen hat, beruhte es auf Gegenseitigkeit, aber er hat mich das Laufen gelehrt. Also sollte ich ihm wohl dankbar sein.«

»Jetzt machst du Scherze.« Ich setze mich zurück auf meinen Stuhl und beobachte, wie Mateo das Hosenbein hochschiebt.

»Ist mein absoluter Ernst«, versichert er mir und deutet auf eine Narbe am Knöchel. »Die Zahnspuren waren gar nicht das Schlimmste. Das ganze Schienbein war wochenlang blau. So ein Hund hat wirklich Kraft im Kiefer.«

»Was war es für ein Hund?« Ich hänge an seinen Lippen, während ich mein Eis löffle.

»Toddles war ein kleiner weißer Terrier – mit einer hellblauen Schleife im Fell«, gesteht er mit einem amüsierten Funkeln in den Augen.

»Autsch. Ich weiß schon, warum ich eher ein Katzenmensch bin«, sage ich. »Aber noch mal zurück zum Sport: Spielst du Football nur für das Stipendium, oder würdest du es gern in die NFL schaffen?«

»Ich würde einen Vertrag nicht ablehnen, sollte man mir einen anbieten. Vielleicht würde ich mit Mitte dreißig in Rente gehen, meine medizinischen Kenntnisse auffrischen und von meinem Ersparten eine eigene Praxis eröffnen – sollte es sich ergeben. Warum etwas als reines Hobby betreiben, das einem nicht nur Spaß macht, sondern auch eine Menge Geld einbringt? Hast du eigentlich je darüber nachgedacht, deine Entwürfe zu verkaufen?«

»Ich nähe aus Spaß, nicht um damit Geld zu verdienen«, lehne ich ab.

»Das eine muss das andere nicht ausschließen.«

Wahrscheinlich hat er recht, aber mit meinen Kleidern auf diese Weise in die Öffentlichkeit zu treten würde so vieles mit sich bringen. Ich bräuchte einen Shop, müsste mich um die Bestellungen kümmern, Rechnungen schreiben, mit schlechten Rezensionen und Kritik leben … Es würde mich auf eine weitere, neue Art angreifbar machen – und dazu bin ich nicht bereit. Vielleicht noch nicht. Vielleicht nie. Denn im Gegensatz zum Football lockt mein Hobby nicht mit Reichtum.

Mateo setzt sich auf den Stuhl und widmet sich seinen Strukturformeln, während ich mein Skizzenbuch heraushole, Eis löffle und auf der Suche nach Inspiration durch Pinterest stöbere.

»Warum Footballtrikots?«, durchbricht Mateos Stimme die Stille.

Fragend sehe ich ihn an.

»Du hast gesagt, du hasst Sport. Also warum machst du unter anderem neue Mode aus alten Footballtrikots?« Er klingt tatsächlich interessiert, klopft mit dem Kugelschreiber in der Hand auf den Block und beobachtet, wie ich mir den Bleistift hinter ein Ohr klemme.

»Keine Ahnung«, gestehe ich. »Ich habe ein Faible für Upcycling und Recycling. Sachen wegzuwerfen erscheint mir so sinnlos, wenn man sie noch für irgendetwas benutzen kann. Ich glaube, den Tick habe ich von meiner Mom. Und Footballtrikots …« Ich zucke mit der Schulter. »Sie sind ein Inbegriff für Männlichkeit. Der Gedanke, daraus Frauenmode zu machen, hat mich einfach gereizt.«

»Cool.« Das ist alles, was Mateo dazu sagt, bevor er sich wieder seinen Unterlagen widmet. »Weißt du, was auch sexy wäre? Kleider aus alten Herrenanzügen.«

»Sexyness ist nicht das Ziel meiner Kleidungsstücke. Mir gefällt es nur einfach, zu experimentieren. Menschen folgen alle demselben Bauplan. Schon kleinste Abweichungen davon bedeuten unseren Tod. Auch für Klamotten gibt es Baupläne: Schnittmuster. Wie weit kann man von ihnen abweichen, sodass man ein Kleidungsstück noch immer als solches erkennt? Und wie kann man mit menschlichen Formen spielen? Wie kann Kleidung Silhouetten und die Außenwahrnehmung verändern? Farben und Formen sind mein Spielplatz. Aber ich erwarte nicht, dass das irgendjemand versteht.«

»Irgendjemand«, wiederholt Mateo mit Blick auf seine Notizen.

Es sollte keine Beleidigung sein, aber für einen Moment wirkt es, als hätte ihn meine unbedachte Äußerung tatsächlich getroffen.

»Danke dir für deine Hilfe«, verabschiedet er sich zwei Stunden später an der Haustür, dabei habe ich kaum etwas getan.

Wir haben ein paar der Sachen vom letzten Mal wiederholt, aber er ist die Lernabschnitte größtenteils allein durchgegangen, während ich in mein Skizzenbuch gekritzelt und online ein gebrauchtes Basketballshirt ersteigert habe.

»Wir sehen uns?« Ich kann selbst nicht deuten, ob es Feststellung oder Frage sein soll und ebenso unentschlossen klingt auch mein Tonfall.

»Wir sehen uns«, wiederholt er meine Worte und küsst mich auf die Wange, wie er es auch auf dem College-Flur getan hat.

»Warte«, bitte ich, kaum dass er die Veranda vor unserem Haus betreten hat. »Meintest du das vorhin ernst? Also, dass du einen meiner Entwürfe tragen würdest?«

»Jederzeit.« Er schenkt mir ein Lächeln. »Auch wenn ich glaube, dass July die Miniröcke besser stehen als mir.«

»Ich dachte nicht an ein Kleid«, gestehe ich und kann selbst nicht fassen, dass ein Teil von mir darüber nachdenkt, ihm ein Kleidungsstück zu nähen.

»Du machst mich neugierig, Haley Bales.«

»Gib dich keinen allzu großen Hoffnungen hin. Manche meiner Kleidungsstücke sind schon bei der Anprobe in ihre Einzelteile zerfallen.«

»Die Hoffnung auf ein besseres Morgen ist das, was uns am Leben hält.«

»Sagt welcher Philosoph?«

»Das war frei nach Mateo Ortega.«

»Verstehe.« Wenn mir nicht längst aufgefallen wäre, dass sich unter seinen Locken ein ziemlich kluger Kopf verbirgt, hätte ich es spätestens jetzt bemerkt. »Komm gut nach Hause und gib die Hoffnung nicht auf.«

»Ich bin eh nicht so der Typ fürs Aufgeben.«

»Das ist mir schon aufgefallen.« Lächelnd schließe ich die Tür hinter ihm und lehne meine heiße Stirn gegen das kühle Holz. Warum nur kriege ich das lästige Grinsen nicht mehr aus dem Gesicht?

12. KAPITEL

P + M = MK
(Pfütze + Mateo = mangelnde Koordination)

»Hast du mir dein Anschreiben per E-Mail geschickt?«, frage ich Bo und durchforste mein Postfach. Ich finde nur ein paar Newsletter, die über anstehende Flohmärkte und neue DIY-Anleitungen informieren, aber nichts mit dem Absender *Benjamin Oliver Summers.*

»Ist bestimmt wieder im Spamordner gelandet«, ruft er mir über die Schulter hinweg zu und räumt den Geschirrspüler des *Hazelcup* aus.

»Korrekt.« Da ist seine E-Mail. Gleich über Dutzenden Nachrichten von Prinzen und Geschäftsmännern, die mir dringend ihre Millionen vererben wollen. Bis es so weit ist, werde ich Bos und mein Anschreiben in einem Schwung korrigieren, damit wir demnächst unsere Praktikumsbewerbungen für nächstes Jahr versenden können.

Einen besten Freund zu haben, der in einem Eiscafé arbeitet und Gratiseis verteilen darf, macht das Leben definitiv süßer. Oder zumindest diesen Tag, an dem es zusätzlich frisch gebackene Waffeln gibt.

Das ganze *Hazelcup* duftet danach und lockt unzählige Passanten herein. Vielleicht suchen sie auch nur eine trockene Zuflucht vor dem plötzlich einsetzenden Spätsommerregen. Bo hat alle Hände voll zu tun. Seine einzige Unterstützung ist

Mr Palmer. Der ältere Herr ist der Inhaber, allerdings ist er mindestens genauso kontaktfreudig wie Bo und bleibt ständig plaudernd an irgendwelchen Tischen stehen, statt sie abzuräumen. Wäre Bo nicht so aufmerksam und fähig, gefühlt alles gleichzeitig im Griff zu haben, wäre das *Hazelcup* längst im Chaos versunken.

»Ich wünschte, er würde wenigstens ab und zu den Boden an der Eingangstür trocken wischen, bevor jemand ausrutscht und sich verletzt«, sagt Bo seufzend, stellt ein Tablett leerer Eisbecher auf dem Tresen ab und schnappt sich den Wischmopp, ehe ich geantwortet habe.

Wie gesagt: Bo hat alles im Griff, und wird für seine Hilfe gar nicht schlecht bezahlt. Mr Palmer weiß sehr gut, dass er ohne ihn vollkommen aufgeschmissen wäre.

Statt weiterhin Mr Palmer zu beobachten, wie er sich mit der Geschwindigkeit eines Faultiers durch das Café bewegt, widme ich mich wieder meinem Laptop. Ich korrigiere unsere Texte und gleiche unsere Listen mit interessanten Praktikumsstellen gegeneinander ab.

Bos Auswahl irritiert mich. Ich bin immer davon ausgegangen, dass er vorhat, in die Fußstapfen seines Vaters zu treten. Der ist Physiotherapeut an einem College in Ohio und hat vorher unter anderem die Footballmannschaft am St. Clair betreut. Zumindest etwas in der groben Richtung hätte ich erwartet.

Tatsächlich sind die Stellen, auf die sich Bo bewerben möchte, vollkommen bunt gemischt. Ob kleine Praxis oder städtisches Krankenhaus, ob Schönheitschirurgie oder Kindermedizin: Bo scheint sich noch nicht entschieden zu haben, in welche Richtung ihn sein Studium führen soll.

»Dir ist schon bewusst, dass du dein Anschreiben und deine Motivation für jede Bewerbung anpassen musst, wenn du dich für so unterschiedliche Richtungen interessierst?«, hake ich nach und lasse mir von ihm einen weiteren Milchkaffee servieren.

Seine einzige Antwort ist ein flüchtiges Lächeln.

Heißt das nun, dass er das weiß? Oder dass es ihm egal ist?

Seufzend greife ich nach meinem Becher und sehe die Menschen kommen und gehen: Studierende, Familien, Anzugträger. Das *Hazelcup* zieht Menschen jeden Alters an. Bos charmantes Aussehen und sein Händchen für Desserts aller Art tun vermutlich ihr Übriges.

Neuerdings lässt Mr Palmer Bo ab und an seine eigenen Nachtischkreationen anbieten. Die Fotos und das Feedback sammelt Bo dann auf seinem Back-Blog. Heutiges Experiment: eine Art Crêpes aus Waffelteig, gefüllt mit Vanilleeis. Dazu gibt es frisches Obst und Schokosoße. Die Reaktionen sind so begeistert wie immer.

Wenn ich nicht wüsste, wie engagiert Bo für das Studium lernt, würde ich vermuten, dass er es eines Tages abbricht und seine Leidenschaft zum Beruf macht, sobald er davon leben kann. Ob Arzt oder Pâtissier – für beides braucht man ein ruhiges Händchen und Stressresistenz. Zumindest, wenn man als Arzt in den Krankenhausdienst möchte. Bos Unterlagen nach möchte er vielleicht auch lieber Ohren- oder Hautarzt werden.

Seine Unentschlossenheit macht mich unterschwellig nervös. Es dauert einen Moment, bis ich analysiert habe, woran es liegt. Je länger ich darüber nachdenke, umso eher sehe ich, wie Bo sich im *Hazelcup* um die Kundschaft kümmert, statt im OP-Kittel einen Blinddarm zu entfernen. Wenn er das Studium hinwirft, muss ich mich die nächsten Semester allein durch Hudgens Vorlesungen quälen. Das kann er mir nicht antun!

Er reißt mich aus den Gedanken, indem er die Unterarme auf dem Tresen abstützt und sich zu mir hinüberbeugt. »Reg dich jetzt nicht auf«, bittet er leise. Seine himmelblauen Augen funkeln mich geheimnisvoll an. »Aber da hinten sitzt dieser Typ, der dich pausenlos anstarrt, seitdem er hereingekommen ist.«

Ich bin mir sicher, dass es an meiner auffälligen Haarfarbe liegt. Ständig werde ich deswegen angesehen. Aber wenn die Leute wegen dieser Oberflächlichkeiten lästern, ist es mir immer noch lieber, als wenn sie einen zweiten Blick riskieren, um dann über etwas herzuziehen, was mich mehr verletzt. Dinge, die sich nicht mit einer Packung Haarfärbemittel ändern lassen.

Meiner Neugierde folgend drehe ich mich um. Das Café ist voller Menschen, und trotzdem sehe ich ihn sofort: Mateo. Er sitzt an einem Tisch, hat einen Unterarm auf die Tischplatte gestützt und schaut zu mir herüber.

Ich kann seinen Blick nicht deuten. Ist er irritiert, weil ich hier bin? Hat er sich mal einen Tag erhofft, an dem er mich nicht sehen muss? Überlegt er, ob er die Location wechseln soll? Denn im Gegensatz zu mir ist er nicht allein, sondern sitzt neben einer jungen Frau, die unschlüssig in der Eiskarte vor- und zurückblättert. Vor. Und zurück. Vor. Und zurück. Immer wieder, als würde sich das Angebot dadurch ändern.

Ich winke ihm kurz zu und bekomme dafür ein unverbindliches Nicken. Nicht mehr und nicht weniger. Wir sehen einander noch einen Moment lang an, bevor seine Begleiterin Mateos Aufmerksamkeit auf sich lenkt, indem sie sanft über seinen Unterarm streichelt.

Prompt schenkt er ihr ein Lächeln und beginnt ein Gespräch, das ihn total vereinnahmt. Das rettet mich zumindest vor der Frage, ob ich rübergehen und vernünftig »Hallo« sagen sollte. Die Antwort lautet offensichtlich: Nein, ich würde die zwei nur stören.

Und das wiederum sollte *mich* nicht stören. Mir sollte vollkommen egal sein, was Mateo in seiner Freizeit tut. Gut, vielleicht könnte er sich um seine Studieninhalte kümmern, wenn er schon die Gelegenheit dazu hat. Aber das geht mich nichts an.

Ich trinke in Ruhe meinen Kaffee und beobachte Bo beim Arbeiten, als ein spitzes Lachen die Luft zerreißt. Es ist so affektiert, dass es unmöglich echt sein kann. Ich muss mich eigentlich gar nicht umdrehen, um zu wissen, dass es von Mateos Date stammt. Ein Blick über die Schulter bestätigt es: Die Fremde tätschelt immer noch seinen muskulösen Oberarm und lächelt ihn an.

Aber statt zurückzuschauen, betrachtet Mateo so konzentriert sein Wasserglas, als wären die Kohlesäurebläschen die interessanteren Gesprächspartner. Je länger er in sein Glas starrt, umso engagierter witzelt die junge Frau an seiner Seite, spielt mit ihren Haaren und lässt die Hand unter dem Tisch verschwinden.

Ich will wohl eher nicht wissen, was sie dort tut.

Mit einem Augenrollen wende ich mich an Bo.

»Ah-ha-ha. Bo. Du bist so witzig«, äffe ich den Tonfall der Fremden nach und werfe die Haare mit einer übertriebenen Geste über die Schulter.

»Ich weiß«, stimmt er mit einem Lächeln zu und sieht zu Mateo hinüber. »Jeden Tag kommen junge Menschen ins *Hazelcup* und versuchen bei einem Milchshake herauszufinden, ob sie zueinanderpassen. Und bei den meisten kann ich dir schon vorher sagen, ob sie am Ende gemeinsam oder getrennt zahlen werden. Möchtest du wissen, wie dieses Date endet?«

»Ein Hoch auf deine Menschenkenntnis, aber nein danke.«

Statt einer Antwort schenkt mir Bo ein belustigtes Kopfschütteln und räumt das benutzte Geschirr vom Tresen.

Ich für meinen Teil habe für diesen Tag genug menschliche Interaktionen beobachtet und widme mich lieber wieder meinem Laptop. Krampfhaft versuche ich mich auf das Lesen zu konzentrieren, doch keines der Wörter schafft es von meinen Augen in mein Gehirn. Ständig wird es durch das Gekicher von Mateos Begleitung abgelenkt. Das Wort »Bewerbung« lese ich mehr als ein Dutzend Mal.

Ich kann so nicht arbeiten! Weil mich das affektierte Gelächter nervt. Und weil mich nervt, dass es mich nervt. Mateos Flirtverhalten sollte mir komplett egal sein. Was stimmt nicht mit mir? Warum habe ich das Verlangen, zu ihm hinüberzugehen und ihm den Kopf zu waschen? Wenn er seine Testate nicht besteht, ist es nicht mein Problem. Oder leider doch zum Teil, weil es auf mich als Nachhilfelehrerin zurückfällt.

Das klingt auf jeden Fall nach einer rationalen Begründung für meinen Unmut. Die kann ich mir selbst durchgehen lassen, ohne an der Stabilität meiner mentalen Mauer zu zweifeln.

Zumindest bis erneutes Gekicher erklingt und mich dazu bringt, wieder mit den Augen zu rollen. Ich weiß, dass die meisten von Mateos Dates intelligente junge Frauen sind. Sie wissen, worauf sie sich einlassen. Es ist nichts Verkehrtes an einvernehmlichem Spaß. Aber das Lachen der jungen Frau nervt mich dennoch.

»Ich geb's auf und lese den Rest in Ruhe zu Hause. Bis morgen, Bo-Boy«, verabschiede ich mich knapp und schlage entschieden den Laptop zu.

»Soll ich dir ein Sandwich für den Weg einpacken?«, bietet er hilfsbereit an.

Vielleicht ist es eine Anerkennung dafür, dass ich seine Bewerbungsunterlagen gegenlese, aber das hätte ich auch so für ihn getan. Vielleicht ahnt er auch nur, dass ich sonst wieder das Essen vergesse. Ich komme nicht dazu, den Mund zu öffnen, bevor er abwehrend die Hand hebt.

»Mit doppelt Käse, ich weiß«, versichert er zwinkernd.

Dafür liebe ich Bo: Egal, wie viel er um die Ohren hat, er ist und bleibt der aufmerksamste Mensch, den ich kenne.

Zum Dank für das Sandwich hauche ich ihm einen Kuss auf die Wange und mache mich auf den Weg. Dummerweise muss ich direkt an Mateo und seinem Date vorbei, um zur Tür zu gelangen.

Tief durchatmend werfe ich die Haare zurück und beschließe, Mateo im Vorbeigehen ein freundliches, aber unbestimmtes »Hey, Mat« zukommen zu lassen. Einfach super cool, mit wehenden Haaren und ebenso wehendem Tüllrock an ihm vorbeigehen und ihm ein smartes Lächeln schenken. Mehr nicht. Das ist der Plan.

Leider versagt irgendwie meine Hirn-Bein-Koordination. Statt an ihm vorbeizuschreiten, rutsche ich im nassen Eingangsbereich aus und kann mich gerade noch abfangen, um nicht den Boden zu küssen. Nur mit Glück schaffe ich es, den Laptop vor einer unfreiwilligen Bruchlandung zu bewahren. Meine Begrüßung klingt so erschrocken und tonlos, dass es ein Wunder ist, dass er sie überhaupt hört.

»Hey, Mat«, keuche ich und bleibe unschlüssig stehen, um meine Gliedmaßen zu ordnen, bevor ich den Rest des rutschigen Wegs hinter mich bringe.

Seine Antwort ist ein sehr lang gezogenes: »Hey … Bales.«

Das klang jetzt noch unentschlossener als mein durch die Stunt-Einlage unterbrochenes Hauchen. Wie soll ich diesen Tonfall verstehen?

»Geht es dir gut?«, schiebt er hinterher und macht Anstalten aufzustehen.

Die Frau an seiner Seite greift entschieden nach seinem Arm, als wäre Mateo ein Hund an der Leine, den sie zur Raison ruft.

»Kennt ihr euch?«, fragt sie in einem lauernden Tonfall, dessen Zwischentöne eindeutig sagen: *Steht sie etwa auf der Liste der Frauen, mit denen du diese Saison schon im Bett warst? Von deiner Antwort hängt der Verlauf des Abends ab. Also überleg dir gut, was du sagst.*

Mateos Antwort lautet: »Flüchtig von Instagram.«

Wie bitte?

Ich kann ein unelegantes Blinzeln nicht unterdrücken. Ist das sein Ernst? Wir kennen uns – *von Instagram?* Das fühlt sich fast so unangenehm wie mein Beinahe-Sturz an.

»Ich folge ihr schon seit einer Weile«, ergänzt er und wirft mir einen flüchtigen Vermassel-mir-nicht-die-Tour-Blick zu.

Zumindest würde ich seinen eindringlichen Blick so interpretieren.

Cool. Eine noch unpersönlichere Art und Weise, jemanden von irgendwoher zu kennen, ist ihm wohl spontan nicht eingefallen. Instagram. Wir folgen uns virtuell. Mehr nicht. Wenn es ihm so dermaßen peinlich ist, mich zu kennen, hätte er eigentlich erst gar nicht zurückgrüßen müssen. Es ist ja nicht so, dass ich es nicht gewohnt wäre, von Leuten verleugnet zu werden. Seinen Dackelblick kann er sich auch sparen. Bis eben hatte ich nicht vor, ihm eine echte Szene zu machen. Aber jetzt hat er es nicht anders verdient.

»Klar. Ich folge Magic-Mat auf Instagram«, stimme ich zu und verschränke die Arme vor der Brust. »Ich meine … Wie könnte ich nicht? Wenn ich abends nicht einschlafen kann, dann öffne ich die App und betrachte schmachtend die Fotos seines sexy Sixpacks.«

»Soll das ein Witz sein?«, hakt sein Date nach und betrach-

tet mich zweifelnd, während Mateo mühsam ein Grinsen unterdrückt.

*Wie schön, dass er sich amüsiert. Auch wenn ich keine Ahnung
habe, worüber.*

»Warum genau folgst du ihr?« Absolut verwirrt sieht Mateos
Date ihn an.

»Berechtigte Frage«, stimme ich zu. »Weswegen folgen wir
uns doch gleich?«, wende ich mich fragend an Mateo.

»Haley macht coole Kleidung aus alten Sporttrikots und
sehr ästhetische Fotos«, behauptet er.

»Ja. Ich lege großen Wert auf *sehr ästhetische Fotos*«, stimme ich zu und lächle Mateo charmant an. »Vielleicht mag deine Begleitung auch mal für meine Fotos posieren?« Ich hole
mein Portemonnaie aus der Tasche und ziehe eine Visitenkarte
hervor.

Da die Frau meinen Humor offensichtlich nicht versteht,
setze ich noch einen drauf: »Falls du dich für Mateo-Fan-
Shirts interessierst, schau unbedingt auf meinem Kanal vorbei.
@Hey_Haley, total einfacher Username. Bisher gestalte ich nur
Shirts für den super elitären Drew-Fanclub, aber ich plane, das
Sortiment zu erweitern. Mit Sprüchen wie … *Meet me in my
Endzone.* Oder … *I love his Tight End.* Etwas in der Art.«

Mateos Date starrt mich so eindringlich an, dass es für mich
höchste Zeit wird, die beiden allein zu lassen. Es sei denn, ich
möchte bei lebendigem Leib von ihrem Blick tiefgefroren werden. Ich lege die Visitenkarte auf den Tisch und schiebe sie
dezent in ihre Richtung. »Wie gesagt. @Hey_Haley auf Instagram. Schau vorbei.«

Mit einem freundlichen Winken lasse ich die beiden allein
zurück und schaffe es tatsächlich, das *Hazelcup* ohne weitere
Unfälle zu verlassen. Ich spüre die Blicke der beiden in meinem
Rücken, aber das ist nicht das einzig unangenehme Gefühl, das

mich begleitet. Es dauert einen Moment, bis ich es zuordnen kann.

Mateo.

Natürlich sind wir keine Freunde. Ich gebe ihm Nachhilfe, das ist alles. Vielleicht gibt es eine winzige Überlappung unserer Freundeskreise, aber mehr auch nicht. Wobei mein Freundeskreis wohl ohnehin eher eine Gerade ist, wenn ich ehrlich zu mir selbst bin. Aber muss Mateo mich deswegen gleich in der Öffentlichkeit verleugnen? Und warum stört es mich? Ich sollte das gewohnt sein. Es sollte mir nicht wehtun. Tut es aber dennoch.

Frustriert gehe ich durch den Regen und verschränke die Arme vor der Brust, als könnte mich das vor dem Regen schützen. Oder vor den unangenehmen Gefühlen, die darin brodeln. Mein Blick streift die Schaufenster der umliegenden Restaurants und Bistros auf der Slate Street. Dicke Regentropfen verfangen sich in meinen Haaren. Unwillkürlich bleibe ich stehen und betrachte mein Spiegelbild in einem Schaufenster.

Die blauen Haare, das petrolfarbene Oberteil und den langen puderfarbenen Tüllrock. Natürlich könnte ich meine Haare braun färben, aber dann wäre ich wieder das Mädchen mit dem eigenartigen Gedächtnis und nicht einfach *die mit den blauen Haaren.* Meine Haarfarbe kann ich jederzeit ändern, mein Wesen nicht. Ein Schaf in einem Wolfskostüm bleibt in seinem Inneren eben noch immer ein Schaf.

»Hales!«

Ich drehe mich irritiert um, aber ich habe mich nicht verhört. Das war Mateos Stimme. Wieso kommt er mir im Regen nachgelaufen? Habe ich bei meinem Beinahe-Sturz noch etwas verloren außer meiner Würde? Und warum bin ich nicht mehr Bales? Weil ich für ihn weder nur Haley noch Bales bin, oder was? Fragend sehe ich zu ihm auf.

»Du warst großartig«, versichert er mir lächelnd. »Entschuldige die dumme Geschichte. Ich bin nicht der kreative Part von uns beiden. Mir ist so schnell nichts anderes eingefallen, das nichts mit Nachhilfe zu tun hat und auf keinen Fall so klingt, als hätten wir eine Nacht miteinander verbracht.«

»Wie umsichtig von dir«, spotte ich und blinzle mir ein paar Regentropfen aus den Wimpern.

»Ich habe dir versprochen, deinem Ruf nicht zu schaden, und ich gebe mir Mühe.« In seine Augen tritt ein warmer Glanz, der aussieht, als wäre er tatsächlich stolz auf seine Lüge.

Er entschuldigt sich also. Das ist nett.

»In Ordnung«, seufze ich. »Schreib mir nachher, dann folge ich dir und schmachte deine Bilder an, sobald ich Gelegenheit dazu habe.«

»Du wirst sie anschmachten«, stimmt er zu und lächelt noch breiter. »Sie werden dir gefallen. Die meisten zeigen etwas zu essen. Ich stehe nicht drauf, meinen Prachtkörper im Netz zu zeigen. Meine Grandma würde sich im Grab umdrehen, wenn ich mein Sixpack mit der ganzen Welt teile.«

»Wie umsichtig.«

»Aber wenn du etwas zum Anschmachten willst, schicke ich dir gern ein Bild. Privat«, bietet er an.

»Ja. Wieso kann ich mir vorstellen, dass du eine beträchtliche Auswahl an Dick-Pics auf deinem Handy hast?«

»Davon war nie die Rede. So etwas versende ich prinzipiell nicht. Ich habe gern die volle Kontrolle darüber, wo mein bestes Stück landet.«

»Wie *umsichtig* von dir«, wiederhole ich zum dritten Mal irgendwo zwischen Spott und Ernst.

»Also bleibt es bei der Nachhilfe nachher?«

»Sicher. Mr Wir-kennen-uns-von-Instagram.«

»Nimm es nicht persönlich. Okay?«, bittet er.

Ehe ich verstehe, was passiert, beugt er sich zu mir hinab und drückt mir einen Kuss auf die Schläfe. So ähnlich, wie ich es bei Bo getan habe. Nur dass diese flüchtige Berührung ganz andere Gefühle in mir hervorruft. Es ist, als würden sich all meine Sinne auf die Stelle ausrichten, an der sein warmer Atem meine Haut streift.

»Ich muss zum Training«, wispert er, zögert und küsst mich erneut, bevor er sich einfach zum Gehen wendet, als wäre nichts gewesen.

Verwirrt sehe ich ihm nach.

Das war seltsam. Schön, aber seltsam. Und es wird nicht weniger eigenartig, als die junge Frau, mit der er eben noch im Café saß, an mir vorbeigeht und mich abfällig ansieht.

Ich kann verstehen, dass Mateo nicht gleich auf dem Campus herumerzählen will, dass er Nachhilfestunden nimmt. Das ist nichts, womit man unbedingt hausieren geht. Zumindest, bis am späten Nachmittag ein Artikel auf *Clair's Candy* veröffentlicht wird. Ohne Mateos Nachricht hätte ich davon so schnell gar nichts mitbekommen.

Mateo: *Bin noch beim Training. Ich kümmere mich später darum.*
Haley: *Worum?*

Seine einzige Antwort ist ein Link zu einem lausigen Artikel.

Mateo Ortegas Geschmacksverwirrung.
Wohl jeder am College kennt es: das Mädchen mit den blauen Haaren und dem eigenwilligsten Modegeschmack seit Lady Gaga. Manche bewundern sie, manche belächeln sie, kaum einer kennt ihren Namen, aber jeder weiß, wen ich meine. Was Mateo

Ortega dazu gebracht haben mag, sie auf offener Straße zu küssen, können wir nur mutmaßen. Wir nehmen an, es war die Kombination aus regenbedingtem Wet-T-Shirt-Contest und zwei unschlagbaren Argumenten. Entweder das – oder Ortega hat sein Beuteschema geändert. Also Achtung, Mädels, vielleicht schlägt eure Zeit. Ihr habt dieses Jahr verpasst, an eurer Bikinifigur zu arbeiten? Eventuell werdet ihr dafür belohnt ...

Mateo: *Lange nicht mehr so viel Mist auf einem Haufen gelesen. Ich habe der Redaktion geschrieben, dass du meine Nachhilfelehrerin bist und sie den Rotz löschen sollen.*
Haley: *Du hast mich geküsst? Ist mir gar nicht aufgefallen. Wann soll das gewesen sein?*
Mateo: *Eben. Wenn ich dich geküsst hätte, wüsstest du es.* ;)

Damit habe ich meine Bestätigung, dass die Berührung seiner Lippen tatsächlich nicht mehr war als die Art von Kuss, die ich Bo gebe. Rein und unschuldig.

Am Abend kommt Mateo wie abgesprochen vorbei. Ich weiß nicht, warum ich zögere, bevor ich mich dazu durchringen kann, ihm ein Geschenk zu überreichen. Vielleicht weil das Ganze eine selten dämliche Idee ist.

»Was ich vorhin im *Hazelcup* gesagt habe, war keine Lüge. Ich arbeite wirklich an einer neuen Reihe von Entwürfen«, gestehe ich und greife ein Paket vom Stuhl neben mir. Unschlüssig halte ich es in der Hand, dann lege ich es auf Mateos Unterlagen.

Er sieht mich interessiert an. »Aber ich habe erst nächste Woche Geburtstag.«

»Hast du?« Das wusste ich nicht. Wahrscheinlich hätte ich den auf seinem Spielersteckbrief der Otters nachlesen können, doch auf die Idee bin ich bisher nicht gekommen. »Es ist nicht zum Geburtstag, sondern einfach so. Sieh es als Motivation fürs Lernen.«

Noch immer verwundert öffnet Mateo das alte Zeitungspapier, in das ich sein Geschenk eingewickelt habe. Als er erkennt, was sich darin befindet, erobert ein Lächeln sein Gesicht. »Ist das dein Ernst?« Er steht auf und hält das Shirt hoch. Es ist ein ehemaliges NBA-Fan-Shirt, das ich ein wenig umgearbeitet habe. Ein paar Schlitze, Fake-Sicherheitsnadeln und Knoten später wird es im besten Fall so sitzen, dass es wie zufällig ein wenig seines perfekten Körpers erahnen lässt, ohne zu offensichtlich zu wirken.

»Es ist grün, weil ich dachte, dass es zu deiner Augenfarbe passt. Praktischerweise lässt es sich zu Sporthosen und Jeans kombinieren. Und auf der Rückseite steht *Catch me, if you can*, weil du immer behauptest, der Schnellste zu sein. Nicht sehr einfallsreich, ich weiß. Die Sicherheitsnadeln sind nicht echt, nur Deko, damit du dich nicht versehentlich verletzt, wenn du es trägst. Was nicht heißen soll, dass du es tragen musst.«

»Machst du Witze?« Er schlüpft aus seinem Shirt und zieht das Geschenk über. »Wie sieht's aus?«

»Fast perfekt. Darf ich kurz Hand anlegen?«, frage ich. Ich höre zwar, wie doppeldeutig es klingt, aber erst nachdem ich es ausgesprochen habe. Dankenswerterweise macht Mateo sich nicht darüber lustig, sondern belässt es bei einem Nicken.

Ich stehe auf, ziehe einen der Knoten zurecht und betrachte das Werk von vorn und hinten. »Stört es dich, wenn es ein bisschen zu groß aussieht? Du bist schmaler, als ich dachte. Aber ich könnte es anpassen. Oder du tust einfach so, als müsste das so sein.«

»Du fasst hier gar nichts an.« Mateo macht eine abwehrende

Geste und schiebt sich lässig die Hände in die Hosentaschen, wodurch das Shirt ein wenig verrutscht und einen Teil seines Schlüsselbeins freigibt. »Deinem Blick nach sehe ich so gut aus, wie ich mich fühle«, zieht er mich auf und bringt mich zum Lächeln.

Dass er gut aussieht, liegt eher an seiner selbstbewussten Haltung als dem Shirt. »Du siehst aus, als wärst du ein Rockstar.«

»Das sagst du nur, weil du mit mir noch nie Karaoke singen warst.«

»Ich war generell noch nie Karaoke singen. Es ist nicht so richtig Julys und Bos Ding.«

»Mhm.« Mateo wendet sich der Glasscheibe des Wintergartens zu und betrachtet sein blasses Spiegelbild. »Das sollten wir ändern. Und ich werde dabei dieses Shirt anziehen, damit ich wenigstens cool aussehe, während ich versage.«

»Du möchtest freiwillig etwas tun, in dem du schlecht bist?«, frage ich verwirrt.

»Was spricht dagegen?«

»Nichts. Ich tue auch Dinge, in denen ich schlecht bin. Aber nicht unter Menschen.«

»Weswegen?«

Weil Menschen gemeine Dinge sagen. Weil Menschen einen verletzen. Weil Menschen die Macht dazu haben, einem das Leben zur Hölle zu machen.

»Also gehst du nächste Woche mit mir Karaoke singen?«

»Lädst du mich gerade zu deiner Geburtstagsfeier ein?«, frage ich zweifelnd.

»Eine Party unter der Woche? Während der Saison? Willst du, dass ich suspendiert werde?«, fragt er übertrieben pikiert. »Vielleicht gönne ich mir zur Feier des Tages einen Muffin, aber das ist auch alles.«

Das klingt bodenständiger, als ich es erwartet habe. »Wie alt wirst du eigentlich?« Ich setze mich wieder auf meinen Platz, während Mateo sein Shirt in der Tasche mit den Sportklamotten verstaut.

»Zweiundzwanzig.«

»Dann bist du mehr als drei Jahre älter als ich?«, schlussfolgere ich.

»Hält dich das davon ab, mit mir Karaoke zu singen?«

»Ich wüsste nicht wieso.«

Er schenkt mir ein Lächeln. Es ist keine dieser antrainierten Gesten, die er nutzt, um Leute zu umgarnen, sondern wirkt durch und durch ehrlich. »Danke. Ich bekomme nicht sehr oft Geschenke.«

»Sehr gern.«

Vielleicht irre ich mich. Wahrscheinlich sogar, denn mein Gefühl behauptet, dass sich etwas zwischen uns geändert hat. Dass sich zwischen Mateo und mir tatsächlich so etwas wie eine Freundschaft entwickeln könnte. Vielleicht bin nicht ich das Valenzelektron, sondern die Biochemie ist es.

13. KAPITEL

L + S = V
(Lernen + See = Verwirrung)

Eigentlich ist es kein Wunder, dass Mateo Probleme mit Biochemie hat. In Professor Hudgens' Vorlesungen zu sitzen und sich umzusehen, ist sogar ganz lustig – wenn man nicht auf seine Erklärungen angewiesen ist. Vorn steht also Professor Hudgens und wirft mit dem Beamer seine Präsentation an die Wand. Statt sie zu erklären, lässt er jede Folie zwei Sekunden stehen, murmelt ein »Mhm«, nickt und klickt dann weiter.

»Ist eigentlich selbst erklärend«, behauptet er am Ende der neunzigminütigen Folter, während er das Licht einschaltet.

Unter den Studierenden gibt es drei Gruppen. Die, die panisch versuchen, irgendetwas mitzuschreiben. So wie Bo. Die, die jede Folie mit dem Handy abfotografieren, um später zu versuchen, sie zu entschlüsseln. So wie der Großteil des Kurses. Und diejenigen, die schon nach fünf Minuten eingeschlafen sind und jetzt gegen das Licht anblinzeln. Ein allgemeines Stöhnen geht durch den Hörsaal, als Hudgens die Vorlesung offiziell für beendet erklärt.

»Nächste Woche, selber Ort, gleiche Uhrzeit«, entlässt er uns in den Nachmittag.

Das erleichterte Seufzen, das durch den Hörsaal schwebt, verkündet: Eine weitere Vorlesung überstanden.

»Ich muss los«, verabschiedet sich Bo knapp und schultert seine Umhängetasche. »Das *Hazelcup* ruft. Falls du heute Nachmittag Lust auf Crêpes hast, weißt du, wo du mich findest. Das gilt auch für den Fall, dass du dich über einen gewissen Blogbeitrag beschweren willst.«

»Ich überleg's mir.« Ich sehe ihm nach und habe großes Mitleid mit den Notizzetteln, die er im Laufen in seine Tasche stopft.

Statt mit den anderen aufzustehen, bleibe ich in der ersten Reihe sitzen, lege das Skizzenbuch beiseite und starte den Laptop. Eigentlich hätte ich den Rest des Nachmittags vorlesungsfrei. Normalerweise würde ich mir in der Mensa etwas zu essen holen und nach Hause fahren, um Hudgens' Vorlesung nachzubereiten und auf der Suche nach gebrauchter Kleidung durchs Internet zu stöbern. Aber heute werde ich mir freiwillig die Fortsetzung hiervon anhören: Klinische Chemie.

Professor Hudgens gönnt sich einen Schluck Wasser und wechselt die Präsentation. Erst als die Studierenden des dritten Studienjahrs den Hörsaal betreten, sieht er auf und schenkt mir einen verwirrten Blick. Er schiebt die Brille auf seiner Nase zurecht. Wenn er sich fragt, warum ich mir das hier antue, kann ich es auch nicht so recht beantworten.

»Sie bekommen keine Bonuspunkte, wenn Sie länger bleiben«, versichert er mir.

»Solange ich keine Minuspunkte bekomme, ist es okay«, antworte ich halbherzig und wende den Kopf prompt in der Sekunde zur Tür, als Mateo eintritt.

Anstelle der Sporttasche hat er eine lederne Collegetasche geschultert, womit er tatsächlich wie der Inbegriff eines Studierenden aussieht. Es ist ungewohnt, ihn in Jeans und Shirt statt Sportkleidung zu sehen.

Unwillkürlich fahre ich auf, als ich erkenne, dass er nicht irgendein T-Shirt trägt. Es ist meines. In der Öffentlichkeit.

Mit einem Lächeln streicht er sich durch die dichte Lockenmähne, als wären wir in einer Shampoowerbung. Natürlich setzt er sich in die letzte Reihe, wie es die coolen Kids in der Schule auch getan haben.

»Ich habe Ihre Anwesenheit also Mister Ortega zu verdanken?«, hakt Hudgens nach und reißt mich aus meinen Tagträumen. Sein Blick gilt Mateo. »Er zwingt Sie doch nicht dazu, seine Notizen für ihn zu übernehmen?«

»Er weiß gar nicht, dass ich hier bin«, widerspreche ich. »Ich dachte nur, dass ich ihm gewisse Sachen vielleicht besser erklären kann, wenn ich weiß, was er in den nächsten Semestern damit anfangen soll.«

»Verstehe. Wir beschäftigen uns heute mit Entzündungsparametern im Blut und sehen uns an, wie sich akute Pankreatitis, Sepsis und SIRS aus einem Laborbefund ablesen lassen.« Hudgens' Aufmerksamkeit gilt noch immer Mateo. »Vielleicht sollten Sie Mister Ortegas Fanclub ebenfalls Nachhilfe anbieten, sonst wird ein Großteil von denen diesen Kurs nicht bestehen.«

Ich bin kurz davor, ihm zu sagen, dass er alternativ an der Didaktik seines Kurses arbeiten könnte, um selbst dafür zu sorgen, dass sie nicht durchfallen. Da ich jedoch auf seine Noten angewiesen bin, verkneife ich es mir.

Als der Strom von Studierenden abnimmt, tritt Hudgens an das Pult und dimmt das Licht. Es wundert mich nicht, dass die ersten beiden Reihen komplett unbesetzt bleiben. Nach der Vorklinik brechen so viele das Studium ab, dass ausreichend freie Plätze zur Verfügung stehen.

Leider ist Professor Hudgens' zweite Vorlesung an diesem Tag ebenso schwierig zu verfolgen wie die erste. Sie ist zwar tatsächlich recht selbst erklärend, aber sich in dem Tempo Notizen zu machen, würde bedeuten, mir die Finger auf der Laptop-Tastatur zu verknoten. Also konzentriere ich mich auf die Inhalte, damit ich sie Mateo wenigstens wiedergeben kann, sollte er sie brauchen.

Das Bedauerlichste an Hudgens' Vortrag ist, dass das Thema eigentlich spannend ist. Nur so, wie er doziert, weiß das niemand zu schätzen. Ich fahre auf, als mich etwas am Nacken kitzelt. Vermutlich hat sich eine Fliege in den Saal verirrt. Genervt verscheuche ich sie und habe drei Sekunden Ruhe, bis sich das Kitzeln wiederholt.

»Hey, Hales«, raunt es nahe meinem Ohr.

Der samtige Unterton dieser Stimme lässt eine Gänsehaut meinen Rücken hinabkriechen.

Ich fahre herum und stoße beinahe mit Mateo zusammen. Wieso sitzt er hinter mir? War ich ernsthaft dermaßen von Hudgens' Vortrag gefesselt, dass ich ihn nicht habe kommen hören? Er kann doch nicht lautlos die Stuhlreihen hinuntergestiegen sein.

Mateo ist auf seinem Stuhl so weit nach vorn gerutscht, dass er die Unterarme auf meiner Rückenlehne abstützen kann, und streicht federleicht mit dem Zeigefinger an meinem Hals entlang. Es ist nur der Hauch einer Berührung, aber ich reagiere darauf wieder mit einer Gänsehaut – diesmal am ganzen Körper.

»Was?«, ist alles, was ich stimmlos hervorbringe. Mein Herz schlägt viel zu schnell. Ist es, weil ich mich erschreckt habe? Oder bringt mich seine Nähe dermaßen durcheinander? Flüchtig sehe ich zu seinem Fanclub hinüber. Die jungen Frauen beobachten uns aufmerksam.

Mateo richtet sich auf. Ein amüsiertes Funkeln tanzt in seinen Augen. »Du hast Hudgens gerade so fasziniert angestarrt, das konnte ich nicht ignorieren.«

»Ich starre Hudgens nicht an«, flüstere ich zurück. »Ich folge nur seiner Vorlesung. Also im Gegensatz zu dir und …« Ich deute demonstrativ auf die hinteren Reihen. »Dir ist schon klar, dass du gerade beobachtet wirst, als befänden wir uns im Zoo?«

»Und?« Er steht auf.

Ich traue meinen Augen kaum, als er mit einem gekonnten Satz über die Rückenlehne springt und sich auf den Sitz neben mir gleiten lässt.

»Ich werde ständig beobachtet. Und bevor du fragst: Ja, ich stehe drauf.«

»Nervtötend.« Ich kann seine Euphorie nicht teilen.

Ich bin diejenige, *die Modefotos auf Instagram postet.* Diejenige, *die mit dem Typ befreundet ist, der mit Joshua auf dem Klo erwischt wurde.* Diejenige, *die mit July und Drew abhängt.* Oder eben *die mit den blauen Haaren.* All das ist immerhin schon ein Fortschritt im Vergleich zu den Sachen, die mir in der Highschool an den Kopf geworfen wurden. Ich kann nicht nachvollziehen, wieso Menschen es mögen, überall erkannt zu werden. Warum sie Geld dafür bezahlen, möglichst viele Follower auf Instagram zu haben. Es gibt vieles, das ich trotz meiner Hochbegabung nicht begreife.

Im Gegenzug gibt es unzählige Menschen, die mich nicht verstehen. Meine Haare und Kleidung dienen nicht dazu, Aufmerksamkeit zu generieren. Ich will gar nicht im Mittelpunkt stehen. Ich nutze die äußerlichen Auffälligkeiten, um Beobachtern und Lästermäulern einen leichten Angriffspunkt zu bieten, damit sie nicht über Dinge reden, die mich tatsächlich ausmachen. Das ist alles.

»Man gewöhnt sich daran, ständig erkannt und um Autogramme gebeten zu werden«, unterbricht er meine Gedanken, klappt den Tisch vor sich herunter und stützt die Unterarme darauf.

Professor Hudgens sieht uns kurz warnend an, bevor er seinen Vortrag fortsetzt, als wäre nichts gewesen.

Erschrocken zucke ich zusammen, als Mateo mir den Ellbogen in den Oberarm rammt.

»Was?«, zische ich zurück. »Ich sitze nur deinetwegen hier und versuche mir das Zeug zu merken. Also hör auf, mich davon abzulenken.«

»Ich lenke dich ab?« Mateo bettet den Kopf auf den Unterarmen, neigt ihn zur Seite und schenkt mir ein Lächeln. »Mir würden da ein paar wirklich ablenkende Dinge einfallen, die sehr viel mehr Spaß als das hier machen.«

»Mister Ortega!« Professor Hudgens fährt herum und sieht ihn warnend an. »Entweder sind Sie nun ruhig oder nutzen Ihre studentische Freiheit und verlassen diesen Saal, damit der Rest lernen kann, wie man SIRS von einer Sepsis unterscheidet. Haben Sie mir lange genug zugehört, um mir sagen zu können, wofür die Abkürzung SIRS steht?«

»Systemisch inflammatorisches Response Syndrom«, antwortet Mateo, ohne den Kopf zu heben. Er sieht mich weiterhin lächelnd an und wirkt fast ein wenig stolz auf sich.

Hudgens presst die Lippen zu einem schmalen Strich zusammen und atmet so tief durch, dass sich seine Schultern heben und senken. »Das ist korrekt. Dennoch wird es den anderen Studierenden leichter fallen, der Vorlesung zu folgen, wenn Sie von nun an den Mund halten.«

Mateo zuckt desinteressiert mit der Schulter.

»Du weißt schon, dass er dir die Noten gibt?«, flüstere ich, als der Professor sich von Mateo abwendet und seinen »Mhm«-lastigen Vortrag fortsetzt. »Dein akademisches Schicksal hängt von ihm ab. Es ist keine gute Idee, ihn zu provozieren.«

»Wenn die Leistung stimmt, wird er mich schon nicht durchfallen lassen«, antwortet er zuversichtlich.

Wahrscheinlich ist das die Einstellung, mit der er es durch die gesamte Schulzeit geschafft hat.

»Bei deinem Aussehen denkt man gar nicht, dass du so eine Streberin bist, Hales«, behauptet er leise, aber nicht leise genug.

Professor Hudgens unterbricht seine Vorlesung erneut und deutet demonstrativ auf die Tür: »Ich denke, Bales und Ortega möchten den Saal nun verlassen und den Stoff in ihren Lehrbüchern nachlesen.« Seine Körperhaltung macht deutlich, dass dieser Punkt nicht zur Debatte steht.

Kleinlaut klappe ich den Laptop zu und raffe meine Sachen zusammen.

Mateo schultert seine Umhängetasche und winkt Hudgens halbherzig zu, als wären sie alte Freunde.

Noch während ich mit ihm den Saal verlasse, unter den Blicken aller anwesenden Studierenden, frage ich mich, wie es so weit kommen konnte. Vielleicht hat Joshua recht und Mateo ist sein eigener Untergang.

Ich verkneife mir jeden weiteren Kommentar, bis wir den Flur entlanggehen und die schwere Holztür hinter uns ins Schloss fällt.

»Deinetwegen sind wir gerade aus deinem eigenen Kurs geflogen!«

»Irrtum, Hales«, widerspricht mir Mateo. »Wir nutzen unsere studentische Freiheit, um einen schönen Nachmittag zu verbringen.«

»Wegen deiner Plauderei vor die Tür gesetzt zu werden ist noch schlimmer, als wenn du behauptest, mich nicht zu kennen«, fasse ich die letzten Minuten zusammen.

»Das, Hales, ist deine Sicht der Dinge. Wenn du mich fragst, haben wir hocherhobenen Hauptes gemeinsam den Saal verlassen, um eine Runde am See zu liegen und die Inhalte dort durchzugehen. Oder fällt dir etwas Besseres ein, um einen freien Nachmittag zu verbringen?«

»So bestehst du die Midterms nie«, warne ich ihn.

»Könntest du nicht wenigstens so tun, als würdest du an mich glauben?«, bittet er. »Als Nachhilfelehrerin sollte es Teil deines Jobs sein, mich zu motivieren. Also, wie sieht's aus mit den zwei großen L? Lake St. Clair und Lernen.« Mateo hält uns die Tür zum Innenhof auf.

Kaum habe ich sie durchquert, folgt er mir und zieht im Laufen das T-Shirt aus. Nachdem wir aus der Vorlesung geflogen sind, möchte er also noch mehr Aufmerksamkeit auf sich lenken? Oder soll das so etwas wie zusätzliche Motivation sein? Zu meiner Schande muss ich gestehen, dass sie funktioniert. Die Aussicht auf einen Nachmittag am See hat gerade an Reiz gewonnen.

»Wie wäre was?«, hake ich scheinheilig nach und bin damit beschäftigt, in meiner Tasche nach irgendetwas zu suchen, das mich von Mateos nacktem Oberkörper ablenkt. Lipgloss? Handy? Taschentücher? Tampons?

»Na, wir fahren zum See. Nur bis zum Trainingsbeginn«, schlägt er vor, verstaut das Shirt in seiner Tasche und vergräbt die Hände in den Hosentaschen. »Ich muss in drei Stunden wieder hier sein. Aber bis dahin bin ich ganz dein. Ist dir aufgefallen, dass sich das gereimt hat?«

»An dir ist wirklich ein Poet verloren gegangen.« Seufzend ziehe ich den Autoschlüssel aus meiner Jackentasche. »Hast du einen Wagen?«

»Bedaure. Simons hat einen. Wir haben so wenig Freizeit, dass wir uns seinen Lexus teilen. Meistens fahren wir eh gemeinsam.«

»Also gut«, gebe ich nach und bedeute ihm, mir zum Parkplatz zu folgen.

»Gutes Mädchen.« Er wuschelt mir mit einer Hand durch die Haare, als wäre ich ein Haustier. »Ich hatte schon Angst, dass meine Überredungskünste bei dir nicht wirken.«

»Du bist eine elendige Nervensäge.« Ich stöhne und weise seine Hand ab.

Ob seine Überredungskünste bei mir nicht wirken? Schön wäre es.

Das Lustige am Parkplatz unseres Colleges ist, dass hier nichts unmöglich ist. Da steht ein 1960er VW-Bus zwischen einem Porsche und einem ebenso teuren Elektroauto. Man kann zwar erahnen, dass die durchschnittlichen Studierenden am St. Clair überdurchschnittlich reiche Familien haben, aber generell ist hier jeder willkommen. Wenn er sich mit dem Geld seiner Eltern, Stipendien oder harter Arbeit die Studiengebühren leisten kann, versteht sich.

Da der Bus keine Zentralverriegelung hat, öffne ich Mateo die Beifahrertür, bevor ich selbst einsteige und meine Sachen auf die Sitzreihe hinter uns werfe.

»Ich hoffe, du hast kein Problem damit, in Moms Bus zu fahren. Eine Berühmtheit wie du ist sicherlich anderes gewohnt«, stichle ich.

»Machst du Witze?« Er steigt so elegant auf den Sitz, als hätte er nie etwas anderes getan. »Das Teil muss ein Oldtimer sein.« Sein Blick wandert fasziniert über die sehr spartanische Innenausstattung.

»Mhm.« Ich öffne das Fahrerfenster. »Ohne Klimaanlage und sonstigen Luxus. Und bevor du fragst: Meine Mom hat dieses extravagante Vehikel nicht gekauft, sondern von ihrem Onkel übernommen, als er gestorben ist. Sie hat einen Reparieren-statt-wegwerfen-Tick.«

»Super cool und sehr sympathisch.« Er inspiziert die Fenster auf der Beifahrerseite.

»Ist ein Schiebefenster. Und vorn ist noch ein Aufstellfenster. Es klemmt ein wenig, aber ich nehme an, du dürftest stark genug sein, um es zu öffnen.« Ich starte den Motor, der dankenswerterweise sofort anspringt.

Mateo schiebt das Fenster auf, streckt die Nase der Sonne entgegen und stützt ein Knie am Armaturenbrett ab. So wie er dasitzt, sieht er aus, als wäre er dafür geschaffen, sich lässig in irgendwelchen Autos zu sonnen.

»Mom wollte schon seit Jahren eine der Sitzbänke ausbauen, um Platz für eine Liegewiese zu haben, damit sie und Dad durch die Gegend reisen können. Jetzt reist Dad allein, und sie arbeitet. Irgendwie schafft sie es einfach nicht, abzuschalten und mal nichts zu tun. Sie sind beide ständig unterwegs, nur eben nie gemeinsam. Ehrlich gesagt, weiß ich nicht einmal, ob sie noch zusammen sind. Sie tun beide so, als wäre es das Normalste der Welt, wenn man sich jahrelang nicht sieht«, plaudere ich und weiß selbst nicht, warum ich Mateo immer viel zu viele private Sachen erzähle, die ihn mit Sicherheit nicht interessieren.

»Klingt gut«, murmelt er, ohne die Augen zu öffnen. Er lässt den Wind durch seine Haare streichen.

Irgendwie erinnert er mich an einen dieser Hunde, die ihre Nasen in den Fahrtwind strecken. Meine Hand ist sehr versucht, ihn dafür hinter den Ohren zu kraulen, aber ich kann mich gerade noch zusammenreißen.

»Was klingt gut? Niemals Urlaub zu machen?«, hake ich nach und folge der Hauptstraße.

»Nein. Mit einem Bus durch die USA zu reisen und abzuschalten«, korrigiert er. »Wenn die ganzen Verpflichtungen nicht wären, würde ich sofort meine Tasche packen.«

»Wenn man dich so ansieht, wirkst du nicht gerade gestresst«, werfe ich ein.

Er lacht kurz auf und schüttelt den Kopf. »Das täuscht. Ich habe den halben Tag Vorlesungen, danach bis zu sechs Stunden Training. Wenn wir mal kein Training haben, erwarten die Trainer trotzdem, dass wir joggen gehen oder Übungen im Kraftraum absolvieren oder zumindest in der Küche stehen und uns etwas Gesundes kochen. Nachts habe ich dann Zeit, für die Klausuren zu lernen oder Hausarbeiten zu schreiben. Wenn irgendwo noch ein paar Minuten übrig bleiben, nennen sie das großzügigerweise Freizeit. Glaub mir. Wenn ich ein Privatleben hätte, wäre ich sofort an Bord.«

»O-kay«, antworte ich gedehnt. Das klingt in der Tat anstrengend. Um ehrlich zu sein, hat mich bisher nie interessiert, wie der typische Tagesablauf eines Sportlers aussieht.

»Semesterferien hatte ich auch schon seit Jahren nicht mehr, weil ich die in überteuerten Sportcamps verbracht habe«, fährt er fort und lässt sich noch immer die Nase von der Sonne wärmen.

»Dann sei dir der Ortswechsel gegönnt«, verkünde ich großzügig.

»Mach dich ruhig lustig, aber es sind genau solche Momente wie dieser, die mein Leben erträglich machen.«

»Wenn ich dein Leben erträglich mache, muss es wirklich traurig um dein Privatleben bestellt sein«, scherze ich, um die Stimmung zu heben.

»Du hast keine Ahnung, wie traurig«, murmelt er jedoch und richtet den Blick auf die Straße. Seine Miene ist unergründlich.

»Wenn ich dich fragen würde, was an deinem Leben so traurig ist, würdest du mir antworten?«

»Warum sollten wir freiwillig über traurige Dinge reden, wenn wir einen schönen Nachmittag haben könnten?«, wechselt er das Thema.

Das ist dann wohl ein Nein. Es ist nicht das erste Mal, dass er abblockt, sobald man auf sein Privatleben zu sprechen kommt. Auch wenn es mich nichts angeht, wüsste ich gern, was dahintersteckt. Was verbirgt der Mann, dessen Affären im Internet alles über ihn ausplaudern?

Ich sehe zu Mateo auf, der mir ein Softeis überreicht und sich zu mir auf die alte, kratzige Decke setzt, die immer im Kofferraum des Busses liegt. Eigentlich für den Transport sperriger Teile. Heute dient sie allerdings als improvisierte Picknickdecke und schützt uns und unsere Notizen vor Ameisen und Käfern.

Ich gebe Mateo meinen Laptop. »Ich habe keine Ahnung, womit ich dieses Eis verdient habe, aber die paar Notizen, die ich während Hudgens' Vorlesung geschafft habe, sind noch geöffnet.«

»Es ist warm, und du hast den Softeisstand so sehnsüchtig angesehen, das war richtig herzerweichend«, behauptet er zwinkernd, bevor er den Laptop aufklappt und seinen eigenen Block hervorzieht.

»Mhm. Find ich schön. Ich sitze hier und genieße mein Eis, während du lernst. Macht einen guten Eindruck.« Ich lecke mir flüchtig etwas Eis von der Oberlippe und sehe auf den See hinaus.

»Stört es dich eigentlich, was Fremde über uns denken? Ich bin mir nämlich ziemlich sicher, dass der Typ da hinten mich beneidet, weil ich beim Lernen die Gesellschaft einer jungen hübschen Señorita genieße, die es offensichtlich nicht nötig hat, ihre Nase in Bücher zu stecken.«

Ich folge seinem Blick zu einem Mann, der in Badehose am Seeufer liegt und uns viel zu interessiert beobachtet.

Vielleicht steht er auch einfach auf College Football und fragt

sich, was jemand wie du mit dem eigenartigen Mädchen treibt,
überlege ich.

»Hales?« Mateos Stimme hat einen Unterton, den ich nicht
kenne und der mich augenblicklich zurückholt.

Neugierig drehe ich mich zu ihm um.

»Wahrscheinlich ist es nicht klug, dir das zu sagen, aber
ich erinnere mich. An dich. An unser Zusammentreffen im
Hatcat vor einem Jahr«, gesteht er und schenkt mir ein ent-
schuldigendes Lächeln. »Ich weiß noch, wie du allein hinter der Eingangstür standest. Ich habe Joshua mein Glas in
die Hand gedrückt und etwas gesagt wie: *Wartet nicht auf
mich.* Nur um zwei Minuten später kleinlaut wieder zurück-
zukommen.«

»Ich erinnere mich, dass deine Freunde gelacht haben.«

»Ja, aber nicht über dich. Ich war ehrlich etwas gekränkt,
dass du mir eine Abfuhr erteilt hast, nur um kurz danach mit
diesem blonden Schönling zu flirten.«

»Redest du von Bo?« Ich weiß nicht, was mich mehr wundert: dass Mateo sich an mich erinnert oder dass ihn meine
Abfuhr verletzt hat.

Verlegen kratzt er sich am Nacken. »Ich dachte anfangs, dass
ihr zusammen seid, weil man euch fast immer gemeinsam gesehen hat. Ich hatte keine Ahnung, dass er …«

»Eine Vorliebe für Footballspieler hat?«, schlage ich vor und
sehe wieder auf die Wellen hinaus.

»Generell für Footballspieler oder nur einen speziellen?«,
hakt Mateo nach.

»Eventuell beides«, antworte ich unbestimmt. Es ist Bos
Privatleben und geht nur ihn – und vielleicht Joshua – etwas
an. Nachdenklich knabbere ich den Rest meiner Eiswaffel.
»Manchmal ist unsere Welt nicht gerecht.«

Als Mateo leise stöhnt, sehe ich ihn fragend an.

»Wenn die Welt gerecht wäre, wäre meine Nachhilfelehrerin nicht so eine wandelnde Versuchung«, schnurrt er in einem Tonfall, der mir eine wohlige Gänsehaut verursacht.

»Flirtest du etwa mit mir, Ortega?«, stichle ich und bin überrascht vom fiebrigen Glanz in seinen Augen. Meinte er das etwa ernst?

»Ich flirte nicht, ich leide leise vor mich hin«, widerspricht er und klopft mit dem Kugelschreiber auf seinen Block. »Ich würde gerade viel lieber mit dir in diesem See baden, als Hudgens' Stoff durchzukauen.«

»Und ich würde gerade auch vieles lieber tun, als mit dir zu lernen.«

»Sieht irgendeine dieser Sachen vor, dass wir uns dafür ausziehen?«

Bis eben habe ich nicht darüber nachgedacht. Aber von all den Sachen, die wir gemeinsam tun könnten, klingt ein Bad im See gerade am verlockendsten. Unter anderem deshalb, weil ich jetzt wirklich eine Abkühlung brauchen könnte.

Nickend stehe ich auf und werfe einen letzten Blick auf den Mann, der noch immer ab und an zu uns herüberschaut.

Soll ich mich wirklich ausziehen? Im Grunde ist nichts dabei, oder? Es baden schließlich ständig Menschen in diesem See. Ja, Mateo flirtet mit mir. Aber das tut er immer. Und ich bin weiß Gott nicht die erste Frau, die er in Unterwäsche sieht. Die Sachen, die ich heute trage, zeigen auch nicht mehr, als es ein Bikini tun würde. Allerdings habe ich mich noch nie auf diese Weise vor einem Mann ausgezogen. Macht mich das angreifbar? Was soll Mateo im schlimmsten Fall schon denken? Dass er nicht auf mich steht?

»Was hast du vor?« Er sieht interessiert zu mir auf.

Ganz sicher würde er nicht zögern, sondern sich vom Impuls leiten lassen.

Haley, entscheide dich, ermahne ich mich selbst, weil ich noch immer unschlüssig neben der Decke stehe. *Was soll's!*

Ich schlüpfe aus den Sandalen, streife mein Sommerkleid ab und sehe Mateo auffordernd an. »Wie wäre es, wenn du eine Runde im See weiter leidest? Danach unterhalten wir uns über Blutvergiftungen, und anschließend fahre ich dich zurück zum Campus?«

Ohne auf seine Antwort zu warten, gehe ich zum Ufer. Das lauwarme Wasser umspielt meine Knöchel. Ich hätte erwartet, dass es kälter ist, aber der lange Sommer hat den See angenehm erwärmt. Über die Schulter hinweg sehe ich Mateo an, der sichtlich mit sich ringt, wie ich es zuvor getan habe.

»Das Wasser ist wärmer, als es aussieht«, versichere ich ihm und lächle ihn an. Ich gehe noch ein paar Schritte weiter und zucke erschrocken zusammen.

Ein schneidender Schmerz pulsiert durch meine Fußsohle. Tränen schießen mir in die Augen. Auf einem Bein stehend will ich den Fuß ansehen, aber rote Schlieren ziehen sich durchs Wasser. Ein klägliches Wimmern entweicht meiner Kehle. Ich will nicht weinen, aber es tut so verdammt weh!

»Hales!«

Bevor ich ganz verstanden habe, was passiert ist, höre ich Mateo durch das Wasser waten.

»Halt still«, bittet er, aber ich habe ohnehin genug damit zu tun, auf einem Bein zu stehen. »Mist!«, flucht er und entschuldigt sich umgehend. »Nicht auftreten. Du hast eine Glasscherbe im Fuß. An den Wochenenden finden hier ständig Partys statt. Wahrscheinlich hat irgendein Vollpfosten seinen Müll im See entsorgt.«

Nickend klammere ich mich an seine Schulter, um nicht den Halt zu verlieren. Was jetzt?

»Komm her«, bittet er, legt sich einen meiner Arme um den Hals und hebt mich hoch. »Pass auf. Ich bring dich zum Bus, du ziehst dein Kleid über, dann hole ich unsere Sachen und fahre dich ins Krankenhaus. Wir lassen die Scherbe bis dahin drin, und die Wunde wird dort versorgt. Sie muss sicherlich genäht werden.«

Mir ist gerade alles egal. Das stechende Gefühl ist so stark, dass ich die Augen schließe und mich an Mateo klammere. Ich will nur, dass der Schmerz nachlässt.

Erst als wir im Bus sitzen und Mateo mit der altertümlichen Gangschaltung kämpft, bevor er den Bus vom Parkplatz lotst, wird mir die Ironie der Szene bewusst.

»Jetzt kannst du dich im Krankenhaus gleich live über Blutvergiftungen aufklären lassen«, scherze ich.

Doch statt zu lachen, sieht er mich ernst an. »Darüber macht man keine Witze.« Seine Finger umklammern das Lenkrad. Er beißt die Zähne so fest aufeinander, dass ein Muskel an seinem Kiefer zuckt.

»Entschuldige«, murmle ich kleinlaut. Er scheint es wirklich nicht amüsant zu finden.

»Versuch einfach, nicht zu sterben«, sagt er knapp.

»Ich werde schon nicht an einer Glasscherbe im Fuß sterben.« Zumindest bin ich fest entschlossen, es nicht zu tun.

Mateo hat die Glasscherbe mit Mullbindenpäckchen aus dem Autoverbandskasten gepolstert und locker verbunden. So werde ich während der paar Minuten bis zum Krankenhaus nicht verbluten.

»Denk an deine Worte«, murrt er. Sein gesamter Körper wirkt mit einem Mal vollkommen verkrampft.

»Mat?« Zögerlich lege ich die Hand auf seine. »Es ist alles gut.«

»Das sagen sie alle.« Er streift meine Hand ab und beißt so

fest die Zähne zusammen, dass ein Muskel an seiner Wange zuckt. Fluchend hält er an einer roten Ampel, sein Blick huscht gehetzt zwischen dem Lichtsignal und der Fahrbahn hin und her. »Sie sagen immer alle, dass alles gut ist – und dann sterben sie.«

Täusche ich mich, oder zittern seine Hände vor Anspannung? Was auch immer ihn beschäftigt, hat vermutlich nichts mit meiner Verletzung zu tun.

»Fahr rechts ran«, bitte ich.

»Wir können nicht anhalten«, widerspricht er.

»Dort vorn ist ein Parkstreifen. Dann halt dort an.«

»Wir können nicht anhalten! Wir müssen ins Krankenhaus!« Er redet viel zu laut und rutscht unruhig auf dem Fahrersitz hin und her. Die Ampel springt auf grün, doch Mateo würgt den Wagen ab. Erneut fluchend schlägt er mit der Hand auf das Lenkrad.

»Mat, bitte. Atme tief durch und halt dort vorn kurz an. Wir sind in zwei Minuten im Krankenhaus. Alles wird gut. Aber bitte fahr rechts ran.« Ich versuche mich zusammenzunehmen, aber seine Aufregung steckt mich an. »Mat!« Ich greife nach seiner Hand, als er Anstalten macht, einfach weiterzufahren. Sie ist eiskalt.

Nur widerwillig lenkt er doch noch ein und parkt den Wagen am Straßenrand.

Ich weiß nicht, was in seinem Kopf vorgeht, aber er wirkt vollkommen neben sich.

»Es ist alles gut«, versichere ich möglichst ruhig und leise, ignoriere, dass mein Fuß noch immer schmerzt. »Wir fahren jetzt ins Krankenhaus, sie desinfizieren die Wunde, nähen sie, und wenn es sein muss, gibt es noch eine Spritze, ein paar Schmerztabletten, und alles ist gut. Okay? Es ist doch nur eine kleine Glasscherbe.«

Er hält das Lenkrad noch immer umklammert. Viel zu fest. Erneut lege ich die Hand auf seine, streiche vorsichtig über seine Fingerknöchel.

»Wo auch immer du gerade bist, komm zurück zu mir«, bitte ich leise.

Er blinzelt träge, bevor er mich ansieht. »Was?«, fragt er verwirrt.

Ich schenke ihm ein Lächeln. »Ich weiß nicht, was gerade in deinem Kopf passiert, aber es hat sicherlich nichts mit einer Glasscherbe zu tun. Es ist alles gut.«

Er öffnet den Mund, aber kein Wort kommt ihm über die schönen Lippen. Als hätte er gespürt, dass ich sie ansehe, senkt er den Blick auf meine. Bevor ich weiß, was er tut, vergräbt er auch schon die Hand in den Haaren an meinem Hinterkopf und küsst mich.

Einfach so.

Mateos ganzes Verhalten ist so konfus, dass es mich überfordert. Ich zögere, schließe die Augen und lasse mich für ein paar Sekunden darauf ein. Seine Lippen teilen meine, bevor seine Zungenspitze meine sucht.

In Ordnung. Falls das neulich kein Kuss gewesen ist, das hier ist mit Sicherheit einer. Unter anderen Umständen würde ich mich vielleicht fallen lassen und Mateos Nähe genießen, aber ich kann nicht. Vorsichtig ziehe ich mich etwas zurück.

»Sei mir nicht böse, aber ich habe wirklich Schmerzen«, wispere ich gegen seine Lippen.

Die Worte reichen, um den eigenartigen Bann zu brechen. Was auch immer ihn in den letzten Minuten heimgesucht hat, hat ihn freigegeben.

Er rauft sich mit einer Hand die Haare und zieht sich nickend zurück. »Entschuldige.« Er räuspert sich und widmet sich wieder dem Auto. Ohne ein weiteres Wort parkt er aus und schafft es, uns sicher und ohne weitere Zwischenfälle zum Krankenhaus zu fahren.

Ich wende mich dem Fenster zu. Mateo Ortega hat mich gerade geküsst. Es war anders, als ich es mir vorgestellt habe. Und mit *anders* meine ich vor allen Dingen: sehr viel verzweifelter. Was mag in seiner Vergangenheit passiert sein, das ihn zu dem Menschen gemacht hat, der er heute ist?

»Du hättest zum Training fahren sollen, statt deine Zeit in der Notaufnahme zu verplempern«, sage ich und humple auf einer Gehhilfe zum VW-Bus. »Ich sagte doch, es ist keine große Sache. Nur ein paar Stiche, und in ein paar Tagen ist alles vergessen.«

»Das sagst du nur, weil die Schmerzmittel noch wirken«, warnt mich Mateo. »Heute Abend wirst du den Vollpfosten verfluchen, der seine zerbrochene Bierflasche im See entsorgt hat.«

»Möglich«, stimme ich zu. »Tust du mir einen Gefallen und fährst mich zur Slate Street? Von dort aus ist es für dich nur ein Katzensprung zum Stadion, und ich würde gern bei Bo im *Hazelcup* vorbeischauen.«

»Und wie kommst du dann nach Hause? Mit deinem verletzten Fuß solltest du vorerst nicht fahren.«

»Bo fährt mich.« Ich habe ihn zwar noch nicht gefragt, bin mir aber sicher, dass er nicht ablehnen wird.

»Bo«, seufzt Mateo. »Könntest du ihm vielleicht nichts von der Sache erzählen?«

»Wenn *die Sache* die Tatsache ist, dass ich Vollpfosten auf einer Krücke humple, weil ich barfuß in eine Scherbe getreten bin, muss ich dich enttäuschen. Das werde ich ihm nicht verheimlichen können«, plaudere ich und hoffe, möglichst zwanglos zu klingen. »Wenn *die Sache* der Kuss ist, werde ich ihn verschweigen, wenn du es möchtest.«

Weil er ganz klar eine Reaktion auf etwas Traumatisches war. Aber was? Was ist diese Sache in seiner Vergangenheit, an die er mich nicht heranlässt?

Ich habe noch immer nicht den Hauch einer Ahnung, was vorhin in Mateos Kopf vor sich gegangen ist. Er war vollkommen neben der Spur und ist zwei Stunden lang unruhig durchs Wartezimmer der Notaufnahme getigert, bis ihn ein Assistenzarzt erkannt hat. Ich gebe es nicht gern zu, aber ohne Mateo säße ich vermutlich immer noch leidend im Wartezimmer.

»Okay. Also bringe ich dich zum *Hazelcup*«, gibt er sich geschlagen.

Im Bus angekommen, frage ich mich, ob es wirklich eine gute Idee ist, nicht nach Hause zu fahren. Ich habe kaum den Kopf gegen die Beifahrertür gelehnt, da spüre ich, wie ich einschlafe. Und ich kann nichts dagegen tun.

»Aufwachen, Prinzessin«, höre ich Mateos Stimme, doch als ich die Augen öffne, stehen wir nicht vor dem *Hazelcup*. Nicht einmal in der Slate Street. Sondern vor meinem Haus. »Du solltest erst einmal deinen Schmerzmittelrausch ausschlafen, bevor du Bo besuchst«, erklärt er auf meinen irritierten Blick hin. »Nicht dass du schlafend vom Barhocker fällst und dir deinen hübschen Kopf anstößt.«

»Aber du solltest längst beim Training sein«, werfe ich mit Blick auf die Uhr ein. Der Weg bis hier raus hat viel zu lange gedauert.

»Ich rufe mir ein Taxi und hänge die verpassten anderthalb Stunden einfach dran«, schlägt er vor und steigt aus.

Umständlich folge ich ihm und presse die Lippen zusammen. Nicht vor Schmerz, sondern weil ich versuche, die folgenden Worte herunterzuschlucken. Aber ich kann nicht. »Du hängst die Zeit einfach dran? Funktioniert das so für dich?«

»Ich komme zu spät, weil es ein Notfall war«, antwortet er ruhig. »Nicht, weil wir die Zeit am See vergessen haben. Ich wäre ein lausiger Freund, wenn ich dich allein im Wartezimmer sitzen gelassen hätte, um zum Training zu fahren.«

»Sind wir denn Freunde, Mat? Oder gebe ich dir nur Nachhilfe, weil wir zufällig dasselbe studieren? Wenn wir Freunde wären, hättest du das einfach im *Hazelcup* sagen können, Mr Wir-kennen-uns-von-Instagram.«

»Ich sagte bereits, dass ich es nicht böse gemeint habe«, erwidert er. »Und dass es mir leidtut, dich gleich bei der ersten Gelegenheit versetzt zu haben.«

»Nur weil du dich für etwas entschuldigst, macht es die Sache nicht ungeschehen«, werfe ich ein und sehe auf, als Mateo zu mir herumkommt.

»Ich weiß das«, versichert er. »Wenn man eine Wunde näht, bleibt noch immer eine Narbe, aber ...«

Da er nicht weiterredet, sehe ich ihn erwartungsvoll an. »Aber was?«

»Vergiss es.« Kopfschüttelnd überreicht er mir den Autoschlüssel. »Das wäre eine echt schräge Metapher über Wundbrand geworden. Du solltest nicht dazu gezwungen sein, dich bis zu deinem Lebensende daran zu erinnern. Wobei ich ohnehin keine Ahnung habe, wie du es ständig schaffst, dir all meine Anekdoten besser zu merken als ich.«

»Wie ich schon bei unserem ersten Treffen sagte: Eidetisches Gedächtnis, und bevor du fragst, nein, ich kann mich nicht an alles-alles erinnern, nur an Dinge, die mich irgendwie interessieren.«

»Sollte ich jetzt beleidigt sein, dass du mich gerade Ding genannt hast, oder geschmeichelt, weil ich dich offenbar interessiere?« Provozierend hebt er eine Augenbraue.

Auch wenn ich mit den Augen rolle, kann ich ein Lächeln nicht unterdrücken.

»Ich wollte schon immer unvergesslich sein«, fährt Mateo fort.

»Das bist du bereits für viele Menschen auf der ganzen Welt. Reicht das nicht? Und es ist wirklich okay, wenn du zu spät kommst? Ich möchte nicht, dass du meinetwegen in Schwierigkeiten gerätst.«

»Vertrau mir, es ist okay. Kann ich dich jetzt allein lassen? Kommst du zurecht?« Auf mein zustimmendes Nicken hin, küsst er mich zum Abschied auf die Wange.

Es ist nur der Hauch einer Berührung, aber allein die Erinnerung daran, wie es sich angefühlt hat, von ihm richtig geküsst zu werden, lässt meinen Körper augenblicklich nach mehr verlangen.

Vielleicht hat Mateo recht und ich sollte meinen Schmerzmittelrausch ausschlafen.

»Aua«, fasst Bo meine Erzählung zusammen. Nachdem ich ihm von meinem Missgeschick erzählt habe, hat er sich nach Feierabend Drews Auto geliehen, um aus der Innenstadt bis zu uns rauszufahren. Er ist der Einzige, der jemals mit mir hier oben saß – auf dem Dach unserer Garage. Auch dabei haben die Nachbarn längst aufgegeben: unten zu klingeln, um uns darauf hinzuweisen, dass es keine gute Idee ist, mit den Klappstühlen auf einem geländerlosen Garagendach zu sitzen.

»Du hast mich übrigens gerettet«, gesteht Bo aus dem Nichts. »Als du angerufen hast, hatte ich eine Art Date mit einem Kunststudierenden, den ich bei einem dieser Saints-Too-Treffen kennengelernt habe. Ich dachte, ich gebe dem Ganzen mal eine Chance. Es war auch irgendwie nett, aber dann hab ich mich bequatschen lassen, meine Nummer rauszugeben, weil July und du doch immer behauptet, ich müsse mehr unter Leute, um mich abzulenken von ... du weißt schon.«

»Was?« Überrascht fahre ich auf. »Du hättest mir doch sagen können, dass du verabredet bist.«

»Hätte ich vielleicht getan, wenn das Date keine vollkommene Katastrophe gewesen wäre. Ich war eh kurz davor, einen Notfallanruf zu fingieren.« Er reibt sich mit der Hand über die Stirn. »Ehrlich. Ich habe Bilder im Kopf, die werde ich nicht mehr los, auch ohne eidetisches Gedächtnis.«

»Welche Bilder?«, hake ich nach, obwohl ich nicht so sicher bin, ob ich das wissen will.

»Es fing in der Küche bei dem dreckigen Geschirr an, das sich dort sicher schon seit einer Woche stapelt, und endete bei einem Glas auf dem Nachttisch, in dem irgendetwas verschimmelte, das in seinem früheren Leben hoffentlich einmal Milch war.«

»Hätte ich bloß nicht gefragt.« Lachend greife nach dem Limoglas, das ich neben dem Stuhl abgestellt habe, und rühre mit dem Metallstrohhalm die schmelzenden Eiswürfel um.

»Ein Hoch auf das Singleleben«, stimmt Bo missmutig zu, lehnt den Kopf zurück und sieht zu den Sternen hinauf. »Vielleicht sollte ich mit dem Daten einfach noch eine Weile warten. Was bringt es, wenn ich am Ende doch jeden einzelnen Typ mit dem vergleiche, der mir das Herz gebrochen hat?«

»Nicht jeder hat einen Putztrupp, der seine Wohnung in Schuss hält«, erwidere ich vorsichtig.

»Wem sagst du das?« Bo schweigt, aber ich sehe ihm an, dass Joshua für ihn noch immer mehr ist als nur *der Typ, der ihm das Herz gebrochen hat*. »Genug von mir. Gibt es irgendwas Neues aus deinem Privatleben?«

»Nein.« Ich sauge an meinem Strohhalm und ignoriere Bos bohrenden Blick.

»Dann ist es nur ein Gerücht, dass Mateo dich geküsst hat?«

Prompt verschlucke ich mich an der Limo und kann die Frage nur hustend hervorbringen: »Wer hat dir davon erzählt?«

»Der Artikel auf *Clair's Candy*?« Er sieht mich forschend an.

»Ach. *Der* Kuss. Ich erinnere mich. Natürlich tue ich das, aber es war kein richtiger Kuss«, versichere ich eilig. »Ich meine, wer glaubt schon den Artikeln auf diesem Blog?«

»Niemand. Deswegen frage ich ja dich.«

Mir auf die Unterlippe beißend schaue ich Bo an. Wir brauchen keine Worte, um das zu klären. Er sieht mir an, dass ich ihm etwas verheimliche, und ich weiß, dass er nicht danach fragen wird, wenn ich nicht darüber sprechen möchte. »Hast du eigentlich schon was von deinen Praktikumsbewerbungen gehört? Meine Absage vom General Hospital in Ann Arbor kam keine Stunde, nachdem ich die Bewerbung abgeschickt habe«, wechselt er das Thema.

»Ich habe noch keine Antwort bekommen. Oder sie ist im Spamordner gelandet. Der scheint neuerdings ziemlich gefräßig zu sein.«

»Weißt du zufällig, wo Mateo sein Praktikum absolviert hat?«, hakt er nach.

Bisher habe ich keine Sekunde daran gedacht, ihn danach zu fragen. Genau genommen habe ich ohnehin versucht, den Rest des Tages nicht mehr an ihn zu denken. Ich würde gern wissen, was Bo von der Situation im Bus hält. Nicht von dem Kuss, sondern von Mateos Verhalten davor. Irgendetwas scheint ihn heimgesucht zu haben. Etwas, das mit Sicherheit nicht mit einer Glasscherbe zu tun hat. Aber ich habe Mateo versprochen, nicht darüber zu reden, also werde ich mich daran halten. Vorerst.

»Kannst du dir Ortega als Arzt vorstellen?«, fragt Bo. Eigenartigerweise kann ich mir ihn eher in einem Arztkittel vorstellen als Bo. Ich kriege das Bild von Bo, wie er durch einen Krankenhausgang läuft, einfach nicht zusammen. Meine Vision von Mateo endet allerdings auch jedes Mal damit, dass er mit einer Krankenpflegerin im Ruheraum verschwindet. Vermutlich habe ich zu viele Krankenhausserien geschaut.

Ich liege im Bett und starre an die Zimmerdecke. Gibt es einen rationalen Grund dafür, nicht einschlafen zu können? An dem Glas Cola light am Nachmittag wird es wohl nicht liegen.

Als mein Fuß schmerzhaft zu pochen beginnt, werfe ich noch eine Schmerztablette ein. Doch egal wie oft ich mich von links nach rechts drehe: Es ändert sich nicht. Ich kann nicht abschalten.

Stöhnend schlage ich die Bettdecke beiseite, greife mein Handy vom Nachttisch und humple zum Fenster hinüber. Mit einer Hand öffne ich es, steige hinaus und über den Dachvorsprung auf das Flachdach der angrenzenden Garage. So wie ich es mit Bo getan habe. Wenn ich nicht schlafen kann, ist dieser Platz mein liebster. Irgendwie über allem und trotzdem so klein und unbedeutend. Aus Sicht der Sterne sind wir winzig und kurzlebig. All unsere Probleme haben für das Universum keine Bedeutung. Wir sind ein Teil von etwas Größerem, gebaut aus Sternenstaub.

Aber die Rätsel der Welt sind es nicht, die mich wach halten. Meine Gedanken kreisen um etwas viel Banaleres als die Sonne: *Mateo.*

Haley: *Hast du Ärger bekommen, weil du zu spät beim Training warst?*

Ich ziehe die Wolldecke bis zu den Ohren und sehe wieder zu den Sternen hinauf, bis das Handy auf meinem Schoß vibriert.

Mateo: *Nein, alles in Ordnung. Wie geht es dem Fuß? Brauchst du einen Krankenpfleger?*

Haley: *Mit Schmerzmitteln ist es erträglich.*

Mateo: *Schön, das zu lesen. Und wie geht es dir sonst? Mir geht der Kuss nicht mehr aus dem Sinn. Ich hätte dich nicht so überfallen dürfen. Es tut mir leid und wird nicht wieder vorkommen. Versprochen.*

Haley: *Wenn der Kuss gegen meinen Willen gewesen wäre, hätte ich dich abgewiesen. Falls es dir noch nicht aufgefallen ist: Ich bin gut darin, unliebsame Menschen auf Abstand zu halten. Der Kuss war schön.*

Statt mir eine neue Nachricht zu schreiben, klingelt mein Handy plötzlich wegen eines eingehenden Anrufs. Zögerlich nehme ich an.

»Hey, Hales.« Schon diese zwei Worte reichen, um mir eine kribbelnde Gänsehaut zu schenken.

»Hey, Mat.« Leider klingt meine Stimme sehr viel weniger nach Samt.

»Dir hat der Kuss also gefallen?«, schnurrt er in den Hörer.

Vielleicht redet er auch ganz normal, und es liegt an den Schmerzmitteln und allgemeiner Verwirrung, dass ich mir den eigenartigen Unterton einbilde.

»Theoretisch ja.«

»Und praktisch? Was hätte besser sein können? Von der Glasscherbe mal abgesehen.«

»Intimität scheint für dich bedeutungslos zu sein. Ich weiß, dass es viele Menschen gibt, die damit kein Problem haben, aber ich bin …« Soll ich ihm wirklich erzählen, dass das vorhin der erste Kuss meines Lebens war? Wahrscheinlich bekommt er einen Lachkrampf, wenn ich ihm die Wahrheit sage.

»Mhm?«, ist alles, was ich als Antwort erhalte.

Es ist so still in der Leitung, dass ich mich frage, ob Mateo noch am Telefon ist. »Erde an Mat?«

»Entschuldige, ich dachte, da kommt noch was. Der Kuss vorhin war vielleicht bedeutungslos, aber das heißt nicht, dass du mir nichts bedeutest.« Er klingt so abgeklärt, als hätte er minutenlang über die richtige Formulierung nachgedacht. »Ich habe einfach lieber Sex mit Frauen als mit mir selbst. Aber nur weil sie mir nichts bedeuten, heißt es nicht, dass sie mir egal sind. Verstehst du? Ich achte auf meine und ihre Gesundheit, und in dem Moment, in dem ich mit einer Frau schlafe, gibt es für mich keine wichtigere auf der Welt. Ich will, dass sie sich wohlfühlt.«

»Aber danach dürfen sie schnellstmöglich gehen«, werfe ich ein.

»Irgendwann würden sie so oder so verschwinden«, stimmt er zu. »Ich denke, du verstehst, was ich meine. Dein Dad ist immerhin allein unterwegs.«

»Du willst also keine Beziehung, weil du davon ausgehst, dass sie zum Scheitern verurteilt ist? Deswegen wiederholst du deine Dates nicht, um sicherzugehen, dass du keine Gefühle für sie entwickelst?«, fasse ich zusammen. »Das ist …« Mir fehlt das richtige Wort dafür.

»Egoistisch?«, schlägt er hilfsbereit vor.

»Wenn du denkst, dass man erst mit jemandem schlafen muss, um sich in ihn zu verlieben, und diese Sache für dich funktioniert: Viel Spaß. Mein Ding wäre es nicht.«

»Viel Spaß? Mein momentanes Vergnügen besteht darin, auf meinem Bett zu liegen und Artikel für eine Hausarbeit zu lesen. Was machst du gerade?«

»Auf meiner Dachterrasse sitzen und die Sterne anstarren.«

»Du kleine Romantikerin.« Mateo lacht.

»Ehrlich gesagt, ist es nachts doch schon ziemlich kühl.«

»Soll ich vorbeikommen und dich wärmen?«, bietet er an.

»Wieso extra vorbeikommen? Ich dachte, du bist der Profi für heiße Textnachrichten.«

»Klar. Sekunde.«

Es herrscht einen Moment Stille, bis mein Handy ein leises *Pling* von sich gibt. Ich lasse das Telefonat laufen und öffne im Hintergrund Mateos Nachricht.

Mateo: *Wenn es dich heiß macht, stell dir ruhig vor, dass ich nackt in meinem Bett liege. Meine Hand gleitet an meiner muskulösen Brust hinab, über meinen sexy Bauch, direkt in die Boxershorts. Gott, Haley. Du hast keine Ahnung, wie sehr ich auf dich stehe …*

»Bist du jetzt nackt oder trägst du Boxershorts?«, frage ich.

»Das eine schließt das andere irgendwie aus.«

»Du denkst eindeutig zu viel nach«, behauptet er. »Es spielt keine Rolle.«

»Aber du kannst in meiner Fantasie nicht erst nackt sein und dann wieder etwas anhaben«, widerspreche ich.

»Entscheide dich für das, was dir besser gefällt«, schlägt er vor. »Oder nein. Lass es. Telefonsex ist eine denkbar schlechte Idee.« Er räuspert sich, als seine Stimme eigenartig belegt klingt. »Ich habe dich vorhin in Unterwäsche gesehen und versuche schon den ganzen Abend angestrengt, die Erinnerung zu verdrängen. Gib mir besser keinen Grund dafür, an dich zu denken, während ich wirklich ekelhafte Dinge tue.«

Irgendetwas an seiner Stimme lässt mein Herz schneller schlagen. Eine Welle der Neugierde erfasst mich. Ich sollte das Thema auf sich beruhen lassen, aber ich kann nicht.

»Also hat dir gefallen, was du gesehen hast?«, frage ich leise.

»Scheiße, Haley. Natürlich hat es das. Du hast keine Ahnung, wie gern ich jetzt bei dir wäre.«

»Um was genau zu tun? Mit meinen harten Brustwarzen spielen?«, hake ich nach und beiße mir auf die Unterlippe, um das Pochen zwischen meinen Beinen zu ignorieren. Wo das plötzlich herkommt, ist mir schleierhaft. Wir sollten das Telefonat wirklich beenden. Es läuft in eine komplett verkehrte Richtung. Ich weiß das. Aber der Drang, Mateo zu reizen, ist stärker als mein Wunsch, anständig zu sein.

»Hör auf, Hales«, bittet er. »Deine Nippel sind sonst nicht mehr das Einzige, was hier hart ist. Es tut mir leid, dass ich dich geküsst habe. Wir sind beide durcheinander. Es war ein eigenartiger Tag. Wir beenden das Telefonat besser an dieser Stelle.«

Ich höre ihn noch ein leises »Verdammt« murmeln, ehe er auflegt.

Ich finde sein Fluchen sehr passend und frage mich: Habe ich wirklich beinahe Telefonsex mit Mateo gehabt? Und schlimmer noch: Hat es mir gefallen?

14. KAPITEL

M = FVL?

(Mateo = Fan von Liebesfilmen?)

»Ziehst du dieses Shirt jetzt jedes Mal an, wenn wir uns sehen?«, necke ich Mateo und bedeute ihm, einzutreten.

»Ich mag es halt«, erwidert er lächelnd.

»Dann freut es dich vielleicht zu hören, dass ich eventuell eine Erweiterung deiner Kleiderauswahl für dich habe. Happy Birthday«, wünsche ich und zögere, bevor ich ihn umarme.

Es ist als freundschaftliche Geste gedacht, aber als Mateo die Arme um mich legt und mich sacht an sich zieht, überwältigen mich vollkommen andere Gefühle. Warme, kribbelnde, nach Duschgel duftende Gefühle, die mich dazu verleiten, ihm einen Kuss auf die Wange zu geben. Sofort drängt die Erinnerung an unseren Kuss an die Oberfläche zurück. Das Gefühl von Mateos Lippen auf meinen. Seiner Hand in meinen Haaren.

Mir entweicht ein Laut, als er den Griff um meine Taille festigt. Seinen Körper an meinem zu spüren, fühlt sich viel zu aufregend an. Schon einmal ist mir aufgefallen, dass wir beinahe gleich groß sind. Ich bräuchte nur meinen Kopf zur Seite zu drehen, um ihn zu küssen. Das ist kein guter Gedanke. Es kostet mich ohnehin schon alle Selbstbeherrschung, meine Hüften nicht gegen ihn zu pressen, um herauszufinden, ob die

Härte an meiner Mitte nur Einbildung ist. Bereits die Vorstellung davon, dass meine Nähe Mateo gefallen könnte, macht mich neugieriger, als sie sollte.

»Karaoke?«, bringe ich irgendwie hervor und ziehe mich kaum merklich zurück.

Räuspernd lässt er die Arme sinken. »Sicher.«

»Ich hole nur kurz meine Tasche und dein Geschenk von oben. Mom ist übrigens im Wohnzimmer, falls du sie begrüßen möchtest.« Damit reiße ich mich von Mateo los, um die Sachen zu holen – und in meinem Zimmer ein paarmal tief durchzuatmen.

Was ist denn heute mit mir los? Wieso ist die Erinnerung an seinen Kuss mit einem Mal so präsent? Es ist doch alles okay zwischen uns. Die Nachhilfe läuft super. Ich will keine verwirrenden Gefühle für ihn entwickeln, die alles ruinieren.

»Reiß dich zusammen, Haley«, murmle ich mir selbst zu und greife nach den Sachen.

Auf dem Rückweg nach unten höre ich die Stimmen der beiden und bleibe in der Zarge zum Wohnzimmer stehen. Mit welchem Anblick habe ich gerechnet? Auf jeden Fall nicht damit, dass sie Seite an Seite auf dem Sofa sitzen, auf den Fernseher starren und sich Moms Popcorn teilen. Es sieht irgendwie süß aus, wie sie sich über Schauspieler austauschen.

»In dem sind sie eindeutig besser als in *Twilight*. Ich liebe diesen Film«, sagt Mateo andächtig.

»Was schaut ihr da?« Lächelnd stoße ich mich vom Türrahmen ab und lasse mich auf den Sessel fallen. Mein Blick gleitet zum Fernseher, dann zu Mateo. Ich hätte mit vielem gerechnet, aber nicht damit. Offensichtlich hat Mom einen ihrer Teeniefilme gestartet. Irgendwie hätte ich darauf gewettet, dass Mateo eher die Flucht ergreift, als sich dazuzusetzen und mitzuschauen.

»Ist das *Liebe gewinnt?*«

Es ist ein kitschiger Jugendfilm über einen jungen Sportler, der seinen Vater in einem Krieg verliert und in seiner Überforderung jähzornig fast alles zerstört: seine Karriere, seine Zukunft, sich selbst. Aber am Ende bekommt er die Kurve – und das Mädchen.

»Erde an Ortega?« Ich sehe ihn an, aber er ist vollkommen abgelenkt. »Wir können auch hierbleiben, den Film gucken und Pizza bestellen.«

»Klingt großartig«, behauptet er und greift erneut nach dem Popcorn, stutzt allerdings. »Ich meinte, wenn du fertig bist, können wir los, aber meinetwegen können wir auch hierbleiben.«

»Es ist dein Geburtstag. Du entscheidest.«

Mateo sieht zwischen mir und dem Fernseher hin und her. »Ich habe versprochen, mit dir auszugehen.«

»Das Karaoke-Singen läuft nicht weg.«

»Und es wäre wirklich okay, wenn wir hierbleiben?«

»Sicher.« Wenn ich ehrlich wäre, müsste ich zugeben, dass hierzubleiben mir sehr viel besser gefällt, als mich beim Singen zu blamieren, aber ich möchte Mateo die Entscheidung nicht abnehmen. »Bei uns gibt es eine Regel: Wer Geburtstag hat, entscheidet.«

»So ist es«, stimmt Mom zu, verkündet uns, Pizza zu bestellen, und zieht sich in die Küche zurück, während Mateo und ich mit Blicken unsere Abendplanung diskutieren. Einem Impuls folgend setze ich mich neben ihn aufs Sofa.

»Wir müssen nicht ausgehen. Wir können gern hierbleiben«, wiederhole ich, da er noch immer nicht überzeugt wirkt.

»Und du bist nicht enttäuscht?«

Den Kopf schüttelnd lehne ich mich gegen ihn und richte den Blick auf den Fernseher.

»Hales?«

»Mhm?« Da er nicht antwortet, sehe ich zu ihm auf.

»Ein Familien-Filmabend mit Pizza klingt für dich wahrscheinlich langweilig, aber …« Den Rest des Satzes lässt er unbeendet verklingen. Wie immer, wenn es um seine Familie geht, hüllt er sich in Schweigen.

»Bisher war mir in deiner Nähe nie langweilig«, gestehe ich.

Langsam, fast bedächtig, hebt er eine Hand und streicht vorsichtig über meine Wange.

»Nun noch viel weniger«, wispere ich.

Mateos Blick wandert von meinen Augen zu meinen Lippen, während er den Kopf zur Seite neigt.

Passiert das gerade wirklich? Ein Teil von mir kann es gar nicht erwarten, seine Lippen wieder auf meinen zu spüren. Aber was dann? Ich bin nicht naiv genug, mir einzureden, dass dieser Kuss ihm mehr bedeuten würde als all die anderen davor. Und vielleicht wäre es okay. Vielleicht hat mein kleines, naives Herz aber auch verdient, dass ich es davor schütze.

Ich weise Mateos Hand nicht ab, wende mich aber wieder dem Fernseher zu. Und er versteht es.

»Ich liebe den Film übrigens auch«, murmle ich und lehne den Kopf gegen seine Schulter. Im Gegenzug legt Mateo seinen Arm um mich und zieht ihn auch nicht zurück, als Mom uns wenig später wieder Gesellschaft leistet.

Wenn mir jemand vor einem Jahr gesagt hätte: Du wirst mit Mateo auf eurem Sofa sitzen, Teeniefilme schauen und zusammen mit deiner Mom Pizza essen, während er ein von dir gestaltetes T-Shirt trägt – ich hätte ihn ausgelacht.

Aber hier sitzen wir, und der Abend ist wirklich nett. Die »Der-kleine-Bruder-von-mega«-Art von nett.

Als Mom sich in ihr Zimmer zurückzieht und Mateo nach

Hause aufbrechen will, weil es schon spät ist und wir früh raus müssen, bin ich kurz versucht, ihn noch auf meine Dachterrasse einzuladen, aber am Ende siegt die Vernunft. Wir gehören beide ins Bett.

»Komm gut nach Hause«, bitte ich ihn an der Tür.

Statt mit einem flapsigen Spruch zu kontern, drückt er mir einen Kuss auf die Wange. Ich denke schon, dass er es dabei belässt, doch plötzlich spüre ich seine Lippen erneut an meiner Wange, wie sie langsam in Richtung meines Ohrs streichen. Sein warmer Atem kitzelt meine Haut, während er mir Worte zuflüstert, die mir eine wohlige Gänsehaut bereiten. »Wenn du das nächste Mal kommst, denk an mich.« Dann wendet er sich zum Gehen.

Es dauert einen Moment, bis mein Gehirn verarbeitet hat, dass er das tatsächlich gesagt hat. Aber als es so weit ist, rauscht eine ganze Welle blubbernder Glückshormone durch meinen Körper. Sie lassen mich alle Vernunft vergessen.

»Mat?« Ohne darüber nachzudenken, setze ich ihm nach. Noch während er sich zu mir herumdreht, vergrabe ich eine Hand in seinem Shirt, ziehe ihn an mich und küsse ihn. Härter und besitzergreifender, als ich es beabsichtigt habe. Es ist aufdringlich und unangebracht. Ein Teil von mir weiß das, aber er verstummt, als Mateo den Kuss erwidert. So ungestüm, dass ich rückwärts gegen das Geländer der Veranda stoße. Der dumpfe Schmerz genügt, um mich wieder halbwegs zur Besinnung zu bringen.

»Reicht dir das als Antwort?«, frage ich und versuche mein aufgeregt galoppierendes Herz wieder einzufangen.

Selbst im schwachen Licht der Verandabeleuchtung kann ich sehen, wie er sich auf die Unterlippe beißt.

»Filmabend, Pizza, ein Kuss. Vielleicht bin ich auf der Fahrt hierher tödlich verunglückt und im Himmel gelandet?«

»Wenn das dein Himmel wäre, wärst du echt anspruchslos«, behaupte ich.

»Du hast nur keine Ahnung, wie sehr ich auf Fastfood und Liebesfilme stehe«, widerspricht er.

»Macht sich beides nicht gut für deinen Ruf? Keine Sorge. Dein Geheimnis ist bei mir sicher.«

»Das weiß ich.« Er streicht erneut über meine Wange und küsst mich auf die Stirn.

Es ist eine Geste, die mich verunsichert, weil sie ihm nicht ähnlich sieht.

»Ich sollte jetzt gehen.«

Nickend lasse ich die Hände sinken, obwohl ich ihn lieber aufhalten würde. Aber jeder auf dem Campus weiß, dass man einen Mateo Ortega nicht halten kann.

Statt ihm nachzusehen, gehe ich zurück ins Haus, schließe die Tür hinter mir und lehne mich dagegen.

»Verdammt!« Wütend schlage ich mit der Hand gegen die Tür.

Ich hätte ihn nicht küssen sollen. Es war absolut bescheuert. Naiv. Unangebracht. Und vor allen Dingen eines: bedeutungslos.

Natürlich hat er mich nicht abgewiesen. Jeder weiß, dass Mateo körperliche Nähe nichts ausmacht. Dass er ständig mit einer anderen gesehen wird. Dass er viele an seinen Körper, aber niemanden wirklich an sich heranlässt. Ich weiß nichts über seine Familie. Gar nichts. Weil er mindestens so gut wie ich darin ist, Mauern zu errichten. Nur schirmen sie bei ihm andere Teile seines Selbst ab. Und solange er nicht bereit ist, mir eine Tür einzubauen, brauche ich mir gar nicht einzureden, dass das zwischen uns etwas Besonderes wäre. Das ist es nicht.

Meine Augen beginnen zu brennen, aber ich halte die Tränen zurück. Ich ärgere mich nicht über Mateo, sondern über mich selbst. Mein Verhalten war vollkommen bescheuert.

Bis wir uns das nächste Mal sehen, muss ich meine Gefühle sortiert haben. Es ist nicht okay, in seiner Gegenwart schwach zu werden. Für andere ist es okay. Daran ist nichts Verwerfliches. Aber ich möchte meine ersten Erfahrungen nicht mit jemandem machen, für den ich nicht mehr als eine Nummer auf einer langen Liste bin.

Obwohl ich das für mich geklärt habe, denke ich an Mateo, während ich wenig später im Bett liege und mir vorstelle, dass es nicht meine, sondern seine Hände sind, die mich berühren.

15. KAPITEL

M ≠ M
(Mateo ≠ Modell)

Mateo sitzt neben mir und macht sich Notizen, während ich in mein Skizzenbuch kritzle. Offensichtlich habe nicht nur ich beschlossen, über gewisse Dinge nicht mehr zu reden. *Dinge* ist in dem Fall ein Synonym für Küsse und Telefonate.

Von meinem eigenartigen Gefühlsleben abgesehen, könnte ich mich an unsere gemeinsamen Abende gewöhnen. Seit ein paar Tagen kommt Mateo ohne Absprache vorbei, als sei es selbstverständlich. Manchmal hat er Fragen, aber die meiste Zeit sitzt er an seinen Hausarbeiten oder lernt Begriffe auswendig. Er könnte es genauso gut zu Hause tun. Warum er beschlossen hat, es seit jenem Abend hier zu tun, weiß ich nicht. Natürlich könnte ich ihn fragen, aber es fühlt sich wie ein Bruch unseres Schweigegelübdes an, also verzichte ich darauf.

»Wo hast du eigentlich dein Pflegepraktikum absolviert?«, frage ich, während ich meine Unterlagen sortiere.

»In der Seniorenresidenz, in der meine Grandma gewohnt hat«, antwortet er, ohne aufzusehen. »Die Pfleger dort sind ziemlich engagiert, und ich wollte ihnen etwas zurückgeben. Ich dachte erst daran, alle Praktika am Stück in den Semesterferien in einem Krankenhaus zu absolvieren, aber habe es mir spontan anders überlegt. Im Nachhinein bin ich froh. Der

Krankenhausalltag ist nicht meins. Ich freue mich nicht darauf, da noch mal hin zu müssen.«

»Was gefällt dir daran nicht? Zu stressig?«, hake ich nach.

»Zu hektisch. Zu unpersönlich.« Er klopft einen Moment mit dem Stift auf den Notizblock, bevor er mich ansieht. »Ständige Schichtwechsel hast du zwar überall, aber im Pflegeheim herrscht weniger Fluktuation. Manchmal ist die Anonymität in einem Krankenhaus angenehm, aber ich kann mir nicht vorstellen, dort für den Rest meines Lebens zu arbeiten.«

»Dabei könnte ich mir so schön vorstellen, wie Dr. Ortega Krankenschwestern im Ruheraum vernascht«, stichle ich.

»Was für unanständige Gedanken. Lass dir deine Fantasien bloß nicht von der Realität zerstören«, erwidert er grinsend.

Seufzend sortiere ich die Zu- und Absagen. Mein Handy unterbricht uns, und ich kann nicht einmal behaupten, deshalb besonders traurig zu sein. Ich verbringe ohnehin schon zu viel Zeit damit, mir Mateo in den verschiedensten Situationen vorzustellen. Bevorzugt mit mir zusammen. Und das ist nicht okay.

Ich lese die Nachricht und kann ein weiteres Seufzen nicht unterdrücken.

»Na? Was macht dein Leben so schwer? Möchte noch jemand Nachhilfe?«, hakt Mateo nach und widmet sich wieder seinen Unterlagen.

»Nein. Der Aktzeichenkurs am Montag fällt aus. Das Modell hat sich die Grippe eingefangen.«

»Und ihr habt kein Ersatzmodell?«

»Bedaure. Die Bereitschaft, sich für 15 Dollar die Stunde auszuziehen, ist bei den meisten Menschen doch eher gering«, gestehe ich.

»Das kommt sicher auf die Motivation an«, wirft er ein. »Ich glaube, ich kenne da einen Studierenden, der sich gern für euch ausziehen würde.«

»Wage es nicht«, warne ich ihn, als schon wieder ein nackter Mateo vor meinem inneren Auge auftaucht. Die Art von Fantasie nimmt langsam überhand.

»Sag nicht, dass ihr etwas dagegen hättet, einen sexy Footballer zu zeichnen«, fährt er ungerührt fort. »Und ich glaube auch nicht, dass du etwas dagegen tun kannst. Wie heißt noch mal die Künstlerin, die den Kurs leitet? Oder warte. Sag's mir nicht. Ich finde es auf der Webseite des Colleges heraus.«

»Wage es nicht!«, wiederhole ich.

Ich hoffe sehr, dass sein Grinsen bedeutet, dass es nur ein Scherz ist. Ich will Mateo nicht nackt zeichnen! Vor allen Dingen, weil ich mir absolut sicher bin, dieses Bild nie wieder aus dem Gedächtnis löschen zu können.

16. KAPITEL

M + A = P
(Mateo + Aktzeichenkurs = Panik!)

»Wollen wir raten, welcher Bewohner der Seniorenresidenz uns heute Modell steht?«, schlägt Ava vor und deutet auf das leere Podest im Zeichensaal. Roter Samt verhüllt Matratze und Kisten, auf denen die Modelle nach Belieben posieren dürfen.

»Ich wäre mal für einen Mann«, gestehe ich. Mein Bedarf an von der Schwerkraft geformten Brüsten ist eigentlich gedeckt. Natürlich hat jeder Körper seine eigene Ästhetik, und gerade die vielen Falten sind eine spannende Herausforderung, aber ein wenig Abwechslung wäre mir recht.

Am Anfang des Aktzeichenkurses habe ich mich zwischen den Kunst- und Grafikdesign Studierenden irgendwie fehl am Platz gefühlt, mittlerweile freue ich mich, wenn ich am Montagabend den Zeichensaal betrete und vom Geruch der Acrylfarben und Lösungsmittel begrüßt werde. Meine Staffelei neben Avas aufzubauen und meine Kohlestifte anzuspitzen, hat etwas von einem meditativen Ritual. Vielleicht ist das Zeichnen für mich das, was für Mom ihre Klangschalen sind. Eine Möglichkeit, um zur Ruhe zu kommen und zu entspannen.

»Hey, Hales«, ruft eine Stimme durch den Raum, die ich mittlerweile aus allen auf der Welt heraushören könnte.

Ich reiße den Kopf herum. Ruhe und Entspannung sind augenblicklich verpufft, um einer unerklärlichen Anspannung zu weichen. Was zum Geier will Mateo hier? Das scheint sich auch der Rest des Kurses zu fragen.

Es ist einer dieser Momente, die mich daran erinnern, dass Mateo an unserem College eine Person des öffentlichen Lebens ist. Mehr als einmal höre ich, wie sein Name geflüstert wird. Alles, was mir dazu einfällt, ist, ihm ein stummes »Wage es nicht!« zuzuflüstern, während er grinsend zu unserer Kursleiterin geht.

»Zwei Fragen«, bittet Ava blinzelnd. »Hat sich gerade Mateo Ortega in unseren Kurs verirrt? Hat er dich dabei gegrüßt? Und – oh mein Gott – wird er sich gleich für uns ausziehen?«

»Ich hoffe nicht«, gestehe ich tonlos, ohne ihn und die Kursleiterin aus den Augen zu lassen. Ich weiß, wie er in Boxershorts aussieht. Ich will ihn nicht nackt sehen, wenn ich ihm jemals wieder Nachhilfe in irgendetwas geben soll. »Und das waren drei Fragen«, merkt mein Gehirn an, das gerade in Zeitlupe funktioniert.

»Gefühlt unser halber Squad war mit ihm im Bett. Das würde ich im Leben nicht wollen, aber mich würde ja schon interessieren, was mir entgeht«, gesteht Ava.

Mateos Blick sucht erneut meinen.

Ich schüttle entschieden den Kopf und zucke zusammen, weil irgendjemand »Ausziehen!« durch den Saal ruft. Als zustimmender Beifall ertönt, gibt Mateo ein beschwichtigendes Handzeichen, das mir viel zu sehr nach einem »gleich« statt einem »vergesst es« aussieht.

»Hast du dir nicht eben noch ein männliches Modell gewünscht?«, fragt Ava.

»Aber doch nicht ihn!«, antworte ich entsetzt.

Die Aussicht darauf, Mateo nackt zu sehen, macht mich unruhiger, als sie sollte. Aber warum? Warum stört es mich, dass er sich vor dem gesamten Kurs ausziehen könnte, obwohl es mich so gar nicht kümmern würde, wenn er sich vor mir auszieht? Für mich. Oder wie auch immer. Vielleicht liegt es an seinem Blick, der mich immer wieder neckt. Viel zu viele Kursteilnehmende sehen mich dafür zweifelnd an.

»Sag mir nicht, dass du eine von denen bist.« Vanessa links von mir seufzt theatralisch. Auf meinen fragenden Blick hin, hebt sie abwehrend die Hände. »Jeder soll so leben, wie er will. Ehrlich. Aber diese naiven Mädchen, die sich auf Mateo einlassen und dann ernsthaft hoffen, dass er sich für sie ändert … Diese ›Er-ist-ein-Badboy-und-nur-ich-kann-ihn-retten‹-Nummer funktioniert im wahren Leben doch nie. Der Typ ist offensichtlich einfach beziehungsgestört. Bestimmt nett für ein wenig zwanglosen Sex, aber für mehr nicht zu gebrauchen.«

»Gebrauchen?«, hake ich nach. »Er ist doch kein Gegenstand.«

»Wie du meinst«, antwortet sie, eine Spur zu abfällig für meinen Geschmack.

»In Ordnung. Genug getuschelt!«, verkündet unsere Kursleiterin und klatscht entschieden in die Hände. »Die Zeit läuft. Wir haben heute unter anderem ein Speedpainting vor uns. Das heißt eine Minute pro Pose. Eine sportliche Herausforderung. Vorher möchte unser Gast noch etwas loswerden.«

»Seine Klamotten!«, ruft eine Studierende und entlockt Mateo ein Zwinkern.

Ich weiß, dass das normalerweise die Art von Spruch ist, die ich auch bringen würde, aber ich kann gerade nicht reden. Mein Mund ist staubtrocken.

Mateo räuspert sich, dabei hängen bereits alle Blicke an ihm. Wenn man jemanden mit den Augen ausziehen könnte, wäre er längst nackt.

»Wunderschönen Abend, alle zusammen«, grüßt er. »Als Haley so lieb war, mir von dem Kurs zu erzählen, hatte ich nur

einen Gedanken. So ein Aktzeichenkurs ist genau das Richtige, um einen Prachtkörper auf Papier zu verewigen. Ich meine …«
Mateo zieht sein Shirt hoch und präsentiert uns seinen durchtrainierten Bauch.

»Danke, Haley!«, gluckst eine Studierende.

»Bitte gern«, rufe ich zurück. An wen auch immer. In meinen Gedanken ist Mateo bereits dabei, eine MagicMike-artige Stripshow abzuziehen.

Um mich davon abzulenken, schnitze ich an einem Stück Zeichenkohle, das bereits so spitz ist, dass es auch als Waffe durchgehen könnte.

»Ja, danke, Haley«, stimmt Mateo zu und zieht sich das Shirt über den Kopf. Zum Vorschein kommt ein Meisterwerk, das ich bereits bewundern durfte.

Ich – und all die anderen Frauen an diesem College, für die er sich bereits ausgezogen hat.

Flüchtig schaue ich mich um und frage mich, ob eine der Anwesenden dazugehört. Rein statistisch dürfte es wohl so sein.

»Haley?«

Widerwillig sehe ich zu Mateo zurück, dessen Hände gerade den Gürtel öffnen.

»Du erinnerst dich daran, was ich über mein bestes Stück gesagt habe?«

Wahrscheinlich tue ich das, aber ich habe nicht den Hauch einer Ahnung, worauf er hinauswill. Das fragen sich vermutlich auch alle anderen.

»Ich habe gern die Kontrolle darüber, wo es landet. Aber ich kenne jemanden, der wartet schon sehnsüchtig auf seinen Einsatz. Begrüßt Lex Smith!«

Mateo lässt endlich von seiner Hose ab und deutet auf die Tür, durch die ein Berg von einem Mann eintritt, der nur mit einem Handtuch bekleidet ist. Dass Lex in der Defense spielt und kein Läufer ist, ist unübersehbar, das ändert jedoch nichts an dem Jubel der Begeisterung, der ausbricht, als Lex das Podest betritt. Und sein Handtuch fallen lässt.

»Oh, nein«, haucht Ava, während ich dankbar zur Kenntnis nehme, dass Mateo sein Shirt wieder anzieht. »Zieh dich wieder an, Lex!«

Fragend schaue ich sie an.

»Das ist mein Cousin! Der kann sich doch hier nicht ausziehen.« Ava sieht aus, als wollte sie am liebsten den Raum verlassen – oder Lex sein Handtuch wieder überwerfen. »Seine Mom bringt ihn um, wenn sie davon erfährt.«

»Machen Sie es sich bequem«, bittet unsere Kursleiterin an Lex gewandt und holt mich auf den Boden der Tatsachen zurück. Er ist aus Linoleum und mit Kohlestaub bedeckt. »Wir fangen zum Aufwärmen mit einer lockeren Fünf-Minuten-Session an.«

Fünf Minuten sind nicht gerade viel, um Lex' Körper zu erfassen, aber eine gute Einstimmung für das anstehende Speedpainting.

»Dass Körper so aussehen können«, murmelt irgendjemand hörbar fasziniert und bringt Ava beinahe dazu, sie mit ihrer Zeichenkohle zu bewerfen.

Ich versuche zu ignorieren, dass Mateo sich einen Hocker nimmt, um sich damit direkt neben mich zu setzen.

»Und?«, fragt er. »Zufrieden mit eurem Ersatz? Du hast letzte Woche so traurig ausgesehen, als der Kurs wegen eures Mangels an Modellen ausgefallen ist, und Lex schuldete mir noch einen Gefallen.«

»Muss ein großer Gefallen gewesen sein«, werfe ich ein.

»Sehr groß«, stimmt Vanessa zu, die Lex nur verzückt mustert, statt ihn zu zeichnen.

Zum Dank bewirft Ava sie mit einem zusammengeknüllten Stück Papier. »Starr meinen Cousin nicht so an!«, murrt sie.

»Glücklicherweise hat die Defense montags Trainingspause. Er steht euch also den ganzen Abend zur Verfügung«, plaudert Mateo.

»Und was hast du vor?«, frage ich beiläufig und beobachte Lex dabei, wie er die Pose wechselt.

»Hales?« Mateo unterbricht sich, bis ich ihn ansehe. »Ich sagte Defense. Ich spiele in der Offense. Das heißt, ich werde gleich mit Drew und Joshua um die Wette laufen.«

»Klingt nach Spaß«, behaupte ich sarkastisch.

»Klingt, als hättest du gar keine Ahnung von Football.«

»Irrtum, Ortega. Ich habe gar keine Ahnung von überhaupt einem Sport.«

»Falls du darin Nachhilfe brauchst, sag Bescheid«, bietet er an und erhebt sich. »Ich muss los, wir sehen uns morgen. Bei mir?« Ehe ich reagieren kann, beugt er sich zu mir und drückt mir einen Kuss auf die Schläfe. »Wenn du Lex so ansiehst, werde ich fast eifersüchtig«, murmelt er, ohne die Lippen von meiner Haut zu lösen.

»Du findest schon eine, die dich tröstet«, flüstere ich zurück und beiße mir auf die Unterlippe, bis es schmerzt. Ich muss dringend damit aufhören, davon zu fantasieren, Mateo erneut zu küssen.

»Willst du wirklich, dass mich eine andere tröstet, wenn du es so viel besser könntest?« Als er sich zurückzieht, brauche ich all meine Selbstbeherrschung, um ihn nicht zurückzuhalten.

Ich will meine Hand erneut in seinem Shirt vergraben, ihn an mich ziehen und so küssen, wie er mich im Bus geküsst hat. Hart und verzweifelt. Statt ihn anzuflehen, nicht zu sterben, will ich ihm sagen, dass er damit aufhören soll, andere Frauen zu daten. Weil sie ihn überhaupt nicht zu schätzen wissen. Weil sie sich über ihn lustig machen. Weil sie ihn genauso benutzen wie er sie. Dabei hat er so viel mehr verdient. Ich meine: Hat er ernsthaft seinen Teamkameraden gebeten, hier zu posieren, nur um mir eine Freude zu machen?

Ich sehe ihm nach, wie er den Raum verlässt, und spüre ein Brennen in der Brust. Das ist nicht gut. Tief durchatmend reiße ich mich von seinem Anblick los und starre auf die Staffelei.

»Benimm dich, Smith!«, ruft Mateo im Gehen.

Auch ohne hinzusehen, kann ich mir vorstellen, wie ihm einige Blicke zur Tür hinaus folgen.

»Ich muss dringend checken, ob Lex einen Instagram-Account hat«, murmelt Vanessa.

»Und dann?«, fragt Ava provozierend.

Mit einem Schulterzucken wendet sie sich mir zu. »Ich hoffe, du hast Kondome gekauft, denn du bist eindeutig die Nächste auf Mateos Liste von zukünftigen Kurzzeiteroberungen.«

Dazu sage ich nichts. Ich habe es überhaupt nicht nötig, mich für irgendetwas zu rechtfertigen. Aber wenn es so weitergeht, muss ich mit jemandem darüber reden. Vorzugsweise mit Bo. Weil er Verständnis dafür hat, dass man manchmal sehr unvernünftige Gefühle für die falschen Männer entwickelt.

»Mach dir keinen Kopf«, schiebt Vanessa nach, als hätte sie meine Gedanken gehört. »Mateo hält zumindest, was er verspricht.«

»Wie meinst du das?«

»Ich meine es so, wie ich es sage. Jeder weiß, dass Joshua hingegen noch keine an seine Wäsche gelassen hat. Und das vermutlich nicht nur aus Höflichkeit.«

»Was macht dich so sicher, dass es nicht gute Erziehung ist, die ihn zurückhält?«, schalte ich in den Abwehrmodus, weil ich es nicht leiden kann, wenn Menschen hinter dem Rücken anderer über deren Privatleben herziehen. Entweder spreche ich

Menschen direkt darauf an oder ich lasse es. Lästereien sind nicht mein Ding. »Er hat mich auf eine Pizza eingeladen. Er ist nett.«

»Er hat was?«, fragt Ava so irritiert, dass ich bereue, überhaupt etwas gesagt zu haben.

»Sie waren Pizza essen«, wiederholt Vanessa gedehnt. »Sag Bescheid, sobald er dich ausgezogen hat. Das wäre mal eine Neuigkeit.«

Ich widme mich wieder meiner Skizze und werde nicht weiter über dieses Thema sprechen. Es geht absolut niemanden etwas an, wer an diesem Campus mit wem ins Bett steigt – oder nicht. Auch wenn dieses elendige Lästerportal *Clair's Candy* den Leuten offensichtlich anderes einredet.

17. KAPITEL

H + KF = ?
(Haley + keine Freunde = ?)

Ich sehe Mateo dabei zu, wie er ein Diagramm skizziert, und löffle mein Eis. Sein Sofa ist ausgesprochen gemütlich. Die Art und Weise, wie er auf dem Boden vor dem Wohnzimmertisch hockt, sieht eher nicht bequem aus, aber Joshua hat ihm schon etwa zehnmal angeboten, sich zu ihm an den Esstisch zu setzen.

»Wie hat dir eigentlich euer gestriges Aktmodell gefallen?«, fragt Mateo beiläufig.

»Wenn du mich fragst, war Lex eine willkommene Abwechslung. Aber ich glaube, Ava ist ein wenig wütend auf dich, dass du ihn dazu überredet hast.«

»Du hättest jetzt sagen müssen, dass du es bevorzugt hättest, wenn Mat eingesprungen wäre«, mischt sich Joshua ein.

»Auf gar keinen Fall!«, verneine ich, vielleicht eine Spur zu vehement, aber ich brauche wirklich keine Anreize dafür, ihn mir noch öfter nackt vorzustellen, solange ich ihm Nachhilfe geben soll. »Wenn er sich jemals vor mir auszieht, ist die Nachhilfe automatisch beendet.«

»Bring mich nicht noch mehr in Versuchung«, murrt Mateo.

»Wenn du mich loswerden willst, solltest du mich nicht zu dir einladen«, werfe ich halbherzig ein, weil ich mir recht sicher bin, dass er es nicht so gemeint hat, wie es klang.

»Wenn ihr mich fragt«, ruft Joshua herüber, »redet ihr gerade aneinander vorbei. Manchmal tut es wirklich weh, euch zuzuhören.«

»Wie auch immer. Das Eis ist übrigens längst nicht so gut wie im *Hazelcup*, aber essbar«, lautet mein großzügiges Fazit.

Mateo sieht kurz von seinen Notizen auf und schenkt mir ein flüchtiges Lächeln. »Könnte daran liegen, dass die *Nicecream* keinen Zucker enthält.«

»Setzt du mich etwa auf Diät?«, frage ich gespielt empört.

»Sag das nicht«, bittet er. »Du bist perfekt, wie du bist. Ich habe das Zeug gekauft, weil ich in letzter Zeit zu viel Fastfood gegessen und deswegen einen Rüffel von unserem neuen Physiotherapeuten bekommen habe. Er hat anscheinend auch eine Schulung zum Ernährungsberater gemacht und fühlt sich dazu berufen, unsere Diätpläne zu kontrollieren.«

»Dass du zugenommen hast, hätte ich dir auch so sagen können«, schnaubt Joshua.

»Hast du mich etwa in der Umkleide beobachtet, mein Freund?« Provozierend hebt Mateo eine Augenbraue.

»Sicher«, murrt Joshua. »Weil ich nach einem anstrengenden Training, wenn mir jeder Muskel und jeder Knochen in meinem Körper wehtut, auch nichts Besseres zu tun habe, als meine Teammitglieder abzuchecken und ihre Attraktivität zu bewerten.«

Mehr als ein »Mhm« fällt mir dazu nicht ein. »Gibt es echt Menschen, die so denken?«, hake ich nach. »Das ist albern. Ich stehe auch auf Männer und habe nicht das Verlangen, jeden von ihnen anzuspringen.«

»Du bist ja auch eine Frau«, entgegnet Joshua. »Männer sind in ihrem Inneren noch immer Primaten, die sich nicht zusammenreißen können.«

»Das erklärt einiges.« Kopfschüttelnd widme ich mich dem

Rest der Pseudoeiscreme, die diesen Namen eigentlich nicht verdient hat. »Den Rest der Packung darfst du übrigens allein essen«, versichere ich Mateo gnädig. »Aber wenn es dazu beiträgt, dass du ab und an richtiges Eis essen darfst, könnten wir versuchen, zukünftig gemeinsam etwas zu kochen. Ich habe nur keine Ahnung von eurem Ernährungskonzept.«

»Mateo auch nicht«, sagt Joshua. »Wenn er nicht so viel Sport machen würde, könntest du ihn irgendwann rollen. Meine Eltern haben mal gemeinsam einen Kochkurs besucht und meinten, dass es ganz nett war. Vielleicht wäre das etwas für euch?«

»Gemeinsamer Kochkurs«, pruste ich. Wenn es etwas gibt, das noch mehr nach klischeehafter Pärchenaktivität klingt, dann vielleicht ein Tanzkurs. »Kannst du dir ernsthaft vorstellen, dass wir zusammen Brokkoli dünsten?«

Er zuckt mit den Schultern und widmet sich wieder seinen Lernunterlagen. »Ich kann mir bei euch vieles vorstellen.«

Ich kann mir leider ebenfalls viel zu gut Sachen vorstellen, die ich mir nicht ausmalen sollte.

»Würdest du denn mit mir einen Kochkurs besuchen?«, frage ich an Mateo gewandt und klimpere liebreizend mit den Wimpern.

»Wenn wir Zeit dafür hätten, sicher.«

»Du merkst aber schon noch was, oder?« Joshua blättert scheinbar unbeteiligt durch seine Notizen. »Du machst ihr Frühstück. Ihr trefft euch fast jeden Abend. Du würdest mit ihr gemeinsam kochen.«

»Ist es denn wirklich so unvorstellbar, dass ich mit einer Frau befreundet bin?«, hakt Mateo nach.

»Die Frau ist anwesend und kann es immer noch nicht leiden, wenn man in der dritten Person über sie redet«, erinnere ich sie. Dass mir nun wirklich der Appetit auf Eis vergangen ist, ignoriere ich. Mein Magen hat keinen Grund dazu, wegen

Mateos Worten zu schmollen. Aber auch wenn ich das weiß, nage ich an meiner Unterlippe wie Mateos Worte an meinem Selbstbewusstsein. Oder was auch immer sich da gerade verletzt zu Wort meldet, weil es nicht mit ihm befreundet sein will. Oder zumindest nicht *nur*. Mein Handy unterbricht den Anfall von Selbstmitleid.

July: *Ich frage nicht gern, aber können wir uns über Halloween vielleicht den Bus deiner Mom ausleihen? Pennys Auto ist kaputt. Man sollte ja meinen, dass ihr Dad ihr einen Leihwagen zur Verfügung stellt, bis das Ersatzteil eingebaut ist, aber die zwei haben sich mal wieder zerstritten.* :-(

Da meine Mom ihren Bus so gut wie nie braucht, haben sie vermutlich freie Fahrt.

Haley: *Was habt ihr vor?*
July: *Pennys Dad feiert seinen Geburtstag in Ann Arbor, und sie braucht seelische Unterstützung, um das zu überstehen.*

Ich sehe flüchtig zu Mateo. Als hätte er es gespürt, schaut er von seiner Skizze auf und schenkt mir ein Lächeln.

»Wem schreibst du?«, fragt er interessiert.

»July. Sie möchte sich Moms Bus ausleihen, um an Halloween mit Penny zu deren Eltern zu fahren.«

»Okay«, sagt er knapp und zeichnet mit dem Stift kleine Kreise neben seine Notizen. »Fährst du mit?«

Ich schüttle den Kopf. Julys Frage klang nicht nach einer Einladung. »Kennt ihr eigentlich Pennys Eltern?«, folge ich meiner Neugierde. Immerhin war sie fast ein Jahr mit ihrem Ex-Mitbewohner Kyle zusammen, da liegt es zumindest im Bereich des Möglichen, dass sie sich mal getroffen haben.

»Flüchtig«, antwortet Joshua unbestimmt.

»Sagen wir mal, dass die Familie Perez nicht unbedingt dazu einlädt, sie näher kennenlernen zu wollen«, stimmt Mateo zu. »Deine Mom zum Beispiel – sie macht ihr eigenes Ding, sie ist cool. Pennys Mom kannte mich zwei Minuten und wollte mich gleich zum Frisör schicken, während ihr Dad den Eindruck macht, als hätte er am liebsten einen Kontoauszug, bevor er mit einem redet. Er hat sich hier in Fair Haven ziemlich unbeliebt gemacht, als die Familie vor ein paar Jahren hergezogen ist und erst einmal eine der alten Villen am See abgerissen hat, um sie durch einen riesigen Kasten aus Glas ersetzen zu lassen.«

»Penny hat mal angedeutet, dass die beiden sich nicht besonders verstehen«, erinnere ich mich.

»Er hat echt eine unangenehme Art an sich«, murmelt Joshua, ohne von seinen Notizen aufzusehen.

»Und das sagst du, als Vorzeigejunge aus gutem Hause«, gibt Mateo zu bedenken.

»Vorzeigejunge«, spottet Joshua.

Mateo reißt eines der Notizblätter aus dem Block, knüllt es zusammen und wirft es Joshua zielgenau an den Kopf. »Junge! Du siehst gut aus, bist sportlich und intelligent. Viel vorzeigbarer geht schon gar nicht mehr. Lass dir keinen Scheiß einreden.«

Joshua öffnet den Mund, als wollte er protestieren, und belässt es dann doch bei einem dankbaren Lächeln. »Es ist zwar noch ein paar Wochen hin, aber hast du schon Pläne für Halloween?«, wechselt er das Thema und sieht mich fragend an.

»Keine Ahnung. Vielleicht einen Gruselfilm schauen und Popcorn essen? Irgendwie kann ich damit nicht so viel anfangen«, gestehe ich. »Was macht ihr? Eine Kostümparty mit Gruselessen, während im Hintergrund Michael Jackson *Thriller* singt?«

»Klingt verlockend«, stimmt Mateo zu. »Verkleidest du dich dann für mich als sexy Krankenschwester?«

Statt ihm zu antworten, bewerfe ich ihn halbherzig mit meinem Löffel. »Bis zum Abschluss deines Studiums solltest du deine Fantasien echt in den Griff bekommen.«

»Ich werde ein Auge auf ihn haben«, verspricht Joshua. »Wir fliegen über das Halloween-Wochenende zu meinen Eltern und verbringen mit ihnen und meinem Bruder die Zeit in den Hamptons. Wahrscheinlich wird es am Strand genügend leicht bekleidete sexy Krankenschwestern geben, die Gefahr laufen, sich in ihren kurzen Röckchen eine Erkältung zu holen.«

»Und Dr. Mateo Ortega wird sie retten. Verstehe.« Während ich den Eisbecher auf dem Couchtisch abstelle, verdrehe ich die Augen.

»Es ist unser einziges spielfreies Wochenende in der Saison. Also gönn uns etwas Spaß«, erwidert Mateo. »Wenn du mich darum bittest, werde ich dabei auf Frauen verzichten.«

»Es wird kein Spaß«, widerspricht Joshua entschieden. »Mein kleiner Bruder Nicolas ist eine elendige Nervensäge. Ich verstehe echt nicht, wie du dir das immer wieder freiwillig antun kannst.«

»Es kann halt nicht jeder so cool wie wir sein.« Mateo seufzt theatralisch und widmet sich wieder seinen Unterlagen. »Außerdem sollte ich euch wohl dankbar sein, dass ihr mich die Feiertage über immer wieder ertragt.«

»Mach dir keinen Kopf, du bist quasi ein Teil der Familie. Nic hat übrigens beschlossen, sich dich zum Vorbild zu nehmen.«

»Seit wann interessiert er sich für Football?«, fragt Mateo sichtlich irritiert.

»Ich meinte nicht deine sportliche Karriere. Wobei Nicolas neuerdings Sport macht, weil er der Meinung ist, dass ihm ein Sixpack mehr Erfolg bei den Frauen verspricht. Er hätte eigentlich dieses Jahr mit dem College beginnen sollen, hat sich aber lieber eine Auszeit genommen, um an sich zu arbeiten«, erklärt Joshua und beißt die Zähne zusammen. Es scheint ihm nicht zu gefallen, dass sein Bruder seinen Collegebeginn verschoben hat, um sich auf seine Karriere als Frauenheld vorzubereiten.

Verständlicherweise.

»Und eure Eltern lassen ihm das durchgehen?«, vergewissere ich mich.

»Sie gönnen ihm ein Sabbatical, weil er sie davon überzeugen konnte, dass er es ja so schwer hat.« Man hört bei jedem von Joshuas Worten, dass er mit dieser Entscheidung nicht zufrieden ist.

»Ist er krank?«, frage ich vorsichtig. Oder was könnte es in seinem Leben für Probleme geben, dass seine Eltern so nachsichtig mit ihm sind? Jemandem frei zu geben, damit er Sport treiben und mit Mädchen flirten kann, finde ich schon ziemlich großzügig.

»Krankhaft eifersüchtig vielleicht«, wirft Mateo von der anderen Seite ein. »Er kommt nicht besonders gut damit klar, dass sein Bruder schon immer sportlich und beliebt war.«

Bisher habe ich nicht oft darüber nachgedacht, wie es wäre, Geschwister zu haben, obwohl ich mir manchmal gewünscht hätte, nicht allein zu sein und jemanden zu haben, der mit mir spielt, wenn es die anderen Kinder schon nicht wollten. Aber kleine neidische Geschwister, die sich bei Mom und Dad ausheulen und ein Jahr Auszeit erbetteln? Das habe ich bei meinen Fantasien nicht vor Augen gehabt.

»Stört es dich gar nicht, wenn sich andere ein Beispiel an deinem Liebesleben nehmen?«, hake ich am Ende meiner Überlegungen an Mateo gewandt nach.

»Warum sollte es?« Er sieht mich ernsthaft verwirrt an. »Ich habe nichts Verbotenes getan, sondern einfach nur Gelegenheiten wahrgenommen, wenn sie sich ergeben haben. Keine Verpflichtungen, keine Schuldgefühle. Wenn die Leute ein Vorbild in Sachen ewiger Liebe suchen, können sie sich an Drew oder einen der anderen Jungs wenden.«

»Du glaubst also nicht an die Liebe?«, frage ich irritiert. Wieso schaut er dann Liebesfilme, wenn er das Prinzip von Beziehungen so albern findet? »Die Liebe ist doch nicht der Weihnachtsmann.«

»Dann hat sie sich also bei dir vorgestellt? Oder hast du ihr ein Glas Milch und Kekse hingestellt und wartest noch?«, spinnt er meine Metapher weiter. »Du erzählst nie von deinem Liebesleben.«

Seine Worte fühlen sich an, als würde er mir einen Kugelschreiber direkt ins Herz bohren. Mit der Spitze kratzt er schön tief das Wort *naiv* hinein.

»Du willst also ewig so weitermachen?«, frage ich und ignoriere das Brennen hinter den Augen. »Es gab noch nie eine Frau, für die deine Gefühle tiefer reichten als etwa fünfzehn Zentimeter?«

»Das sage ich nicht. Ich sage nur, dass die meisten Beziehungen zum Scheitern verurteilt sind. Es erspart allen Beteiligten eine Menge Leid, wenn man sich nichts vormacht. Du weißt, was ich meine. Was ist mit deinen Eltern? Oder deinem Ex-Freund? Wie oft trifft man einen Menschen, der es bis zum Rest seines Lebens mit einem aushält? In guten wie in schlechten Zeiten klingt zwar nett, aber spätestens, wenn die schlechten Zeiten überwiegen, ist es für die meisten doch verlockender, bei Tinder mal wieder nach rechts zu wischen.«

Ich öffne den Mund, nur um ihn gleich wieder zu schließen, ohne etwas gesagt zu haben, weil ich darauf keine Antwort weiß.

»Sieh mich nicht so enttäuscht an, Hales«, bittet Mateo. »Du weißt, dass ich recht habe.«

»Ich …« Mir fehlen noch immer die Worte, um dem Chaos in meinem Inneren Ausdruck zu verleihen. Warum bin ich den Tränen nah, obwohl es keinen rationalen Grund dafür gibt, mich verletzt zu fühlen?

»Ich bin auf deiner Seite, Haley«, versichert mir Joshua. »Ich hätte auch nicht mit jedem geschlafen. Sex erfordert Vertrauen.«

»Das ist etwas anderes«, behauptet Mateo. »Wenn du dich mit dem Falschen einlässt, reicht ein Wort und deine Karriere ist beendet.«

»Das meine ich nicht.« Joshua legt den Kugelschreiber auf den Notizen ab und sieht zum Fenster hinaus. »Und ich rede nicht von den Frauen, mit denen ich es probiert habe. Es braucht Vertrauen, jemanden nicht nur an sich heranzulassen, sondern sich auf ihn einzulassen. Ihn hereinzulassen. Emotional und körperlich.«

»Zu viele Informationen, mein Freund«, warnt Mateo.

»Wisst ihr was? Ich fahre nach Hause«, beschließe ich und raffe meine Sachen zusammen.

Überrascht sieht mich Mateo an, während ich meinen Strickmantel überziehe und die Umhängetasche schultere. Wahrscheinlich gleicht mein Aufbruch einer Flucht.

»Habe ich etwas Falsches gesagt?«, fragt er und erhebt sich.

»Nein. Alles in Ordnung. Ich …« Ich habe noch immer keine Ahnung, was ich sagen soll.

Hey, Mat. Ich kann dir nichts über mein Liebesleben erzählen, weil ich keines habe. Noch nie hatte. Und offensichtlich wird sich das so schnell auch nicht ändern.

»Du denkst daran, dass sie erst achtzehn ist?«, wirft Joshua ein und widmet sich wieder seinen Lernzetteln.

Mateo hebt eine Augenbraue, als wüsste er nicht, worauf Joshua hinauswill.

Ich ahne es und beschließe, dass ich wirklich losmuss. Doch ich erkenne genau den Moment, in dem Mateo die Anspielung versteht – und kann mich nicht erinnern, wann ich mich zuletzt so unwohl gefühlt habe.

»Du hattest noch nie einen Freund.«

Nein. Hatte ich nicht. Und das Geständnis wäre nicht annähernd so unangenehm, wenn er mich nicht ansehen würde, als wäre ich ein Alien.

»Nein. Ja. Ich hatte an der Highschool generell keine Freunde. Also …« Ich richte noch schnell meine Haare und bin schon halb zur Wohnungstür raus, als Mateo aus seiner Starre erwacht.

»Hales, warte!«

Unschlüssig bleibe ich in der Zarge stehen, während er herüberkommt.

Er zögert einen Moment, bevor er in den Flur deutet und die Tür hinter uns schließt, kaum dass wir ihn betreten haben.

»Ich wusste das nicht«, versichert er mir und steht schon wieder viel zu dicht vor mir. »Also, dass du noch Jungfrau bist.« Er schweigt, als erwarte er, dass ich widerspreche, aber das kann ich nicht. Sein Blick ist so eindringlich, dass ich ihm ausweichen muss. »Sieh mich an«, bittet er und streicht mir vorsichtig eine Haarsträhne aus dem Gesicht. »Wenn ich das geahnt hätte, hätte ich mir in der Vergangenheit die ganzen dummen Sprüche verkniffen. Es tut mir leid.«

»Schon in Ordnung.« Ich wende mich zum Gehen, weil ich seinen flehenden Blick gerade nicht ertrage. Ich fühle mich auf eine Art und Weise nackt, die unangenehmer ist, als vor ihm in Unterwäsche am See zu stehen.

»Hales? Wir sehen uns?« Seine Worte klingen so verunsichert, wie ich mich gerade fühle.

Meine Antwort ist ein Nicken.

Es ist bereits nach Mitternacht, und ich sollte längst schlafen, stattdessen sitze ich auf dem Bett und sortiere Stoffmuster, um mich abzulenken. Vor allem von meinen eigenartigen Gefühlen für Mateo. Ich denke, wir haben alles geklärt, was es zu klären gab. Aber wenn ich mir vorstelle, dass er am nächsten Spielwochenende wieder eine andere abschleppt, so wie er es immer tut, wird mir trotzdem regelrecht übel. Wenn er dort nicht fündig wird, dann bestimmt auf dieser sagenumwobenen Strandparty an Halloween. Irgendein Wesen im niedlichen Kostümchen wird sich schon von dem Sportler anlocken lassen.

Was ist das bitte für ein schäbiger Gedanke? Doch auch wenn mir das bewusst ist, kann ich ihn nicht abschalten. Er nervt mich – und das sehr viel mehr, als er sollte. Selbst wenn ich mich mit anderen Sachen beschäftige, schwelt er im Hintergrund weiter, nur um dann wieder von Neuem zu entfachen, sobald ich an Mateo denke. Wenn ich ihn mir mit einer anderen Frau vorstelle, zieht sich alles in mir zusammen. Dummerweise passiert das auch, wenn ich mir vorstelle, dass er den Abend stattdessen mit mir verbringt. Ich will nicht Mateos nächste Ex-Eroberung sein, aber wenn ich mich daran erinnere, wie eindringlich er mich vorhin angesehen hat …

Haley, vergiss es.

Er hat doch selbst gesagt, dass er nichts von Liebe hält. Wem also mache ich etwas vor? Etwas für Mateo zu empfinden steht nicht zur Diskussion.

Stöhnend werfe ich die Stoffstreifen auf den Fußboden. Ich kann mich nicht konzentrieren. Ich will nicht, dass unsere Lernabende enden, aber dass ich darüber nachdenke, mit Mateo zu schlafen, nur damit er es mit keiner anderen tut, ist doch fatal falsch.

Oh Mann. Was bitte stimmt nicht mit mir? Von meinem eigenen Gedankenkarussell genervt greife ich nach dem Handy.

Haley: *Hey, July. Mom sagt, ihr könnt das Auto das ganze Halloweenwochenende über haben.*

Ich rechne um diese Uhrzeit nicht mit einer Antwort und bin erstaunt, dass July prompt zurückschreibt.

July: *Danke dir. Das ist großartig. Geht es dir gut? Seit wann bist du so lange wach?*
Haley: *Da wir in derselben Zeitzone leben, dürfte es bei dir genauso spät sein.*
July: *Bin in einem Buch versumpft und habe darüber die Zeit vergessen. ;-)*
Haley: *Schade. Und ich dachte, wenigstens eine von uns hätte ein aufregendes Sexleben, das sie vom Schlafen abhält.*
July: *Ich muss dich für den Moment enttäuschen. Drew schläft. Er will morgen extra früh raus und vor der Uni eine Runde am See laufen. Wenn er zurück ist, bin ich wahrscheinlich wach genug für eine gemeinsame Dusche. ;-)*
Haley: *Go Girl!*

Ein flüchtiger Blick auf die Uhr verrät, dass ich endlich schlafen gehen sollte. Also schalte ich das Licht aus, nur um im dunklen Zimmer zu liegen und weiterhin meinen kreisenden

Gedanken zu lauschen. Sie wispern zu oft den Namen eines gewissen Sportlers, und ich frage mich, ob ich tatsächlich so dämlich sein kann, etwas für jemanden zu empfinden, der ganz offensichtlich kein Interesse an der Liebe hat?

18. KAPITEL

B + C = GC
(Bo + Chat = Gefühlschaos)

Mateo: *Ich denke gerade an dich.*

»Hast du mir überhaupt zugehört?«, hakt Bo nach.

»Ja, entschuldige. Ich glaube, es war alles richtig«, versichere ich ihm und lege das Telefon auf seinen Esstisch. »Du hast nur den pH-Wert von Speichel und Magensäure vertauscht.«

»Und wer hat dir geschrieben? Es sah aus, als hättest du Zahnschmerzen.«

»Mateo«, murre ich und halte Bo das Handy hin. »Irgendwie macht es ihm Spaß, sich über mich lustig zu machen.«

»Warum sollte er nicht an dich denken?«, fragt er nach einem Blick auf das Handy.

»Wir reden von Ortega. Es ist Samstag, und er befindet sich am anderen Ende der USA. Wieso sollte er mir kurz vor Spielbeginn eine Nachricht schicken?«

»Das findest du nicht heraus, wenn du ihn nicht fragst.« Bo hält das Handy noch immer in der Hand und tippt irgendetwas, bevor er einen Stapel Bücher beiseiteschiebt und das Telefon zwischen uns auf dem Tisch platziert. Offensichtlich hat er Mateo geantwortet.

Haley: *Ich denke auch an dich. Macht sie fertig!*
Mateo: ;-)

»Ein Smiley?«, frage ich skeptisch. Was soll ich damit anfangen? Aber Bo schreibt ihm bereits zurück.

Haley: *Ruf mich an, sobald du wieder im Hotel bist.*

»Falls er anruft, kannst du entweder klarstellen, dass ich ihm geantwortet habe, oder du nutzt die Gelegenheit und ihr redet mal über etwas anderes als Biochemie«, schlägt er vor.

Vielleicht sollte ich mich darüber beschweren, dass er in meinem Namen Nachrichten versendet, aber ein Teil von mir ist ihm für diesen Anstoß dankbar.

Den Rest des Tages lernen wir und ordnen unsere Unterlagen, aber der Einzige, der anruft, ist mein Dad, um mir von den neusten Etappen seiner Reise zu erzählen.

Erst mitten in der Nacht meldet sich mein Handy zu Wort.

»Ja?«, frage ich verschlafen und schalte auf Lautsprecher, bevor ich mich wieder aufs Kopfkissen sinken lasse.

»Hast du schon geschlafen? Ich wollte dich nicht wecken«, sagt Mateo, der bemerkenswert heiser klingt. Entweder ist er krank oder er hat stundenlang gegrölt.

»Ist okay. Wenn ich nicht auf deinen Anruf gewartet hätte, hätte ich das Telefon stumm schalten können«, murmle ich und kann ein Gähnen nicht unterdrücken.

»Entschuldige. Ich hab's nicht eher geschafft. Hast du dir das Spiel angesehen?«

»Nein. Ich war vorhin bei Bo-Boy. Es hätte sich komisch angefühlt, ihn darum zu bitten, den Fernseher einzuschalten. Immerhin steht Joshua ebenfalls auf dem Feld, wenn du spielst.«

»Da ich weiß, wie wenig dich meine Football-Geschichten interessieren, bekommst du die Ultrakurzvariante: Es war ein hartes Spiel, wir haben gewonnen und waren ein wenig feiern. Wir sind jetzt erst wieder im Hotel.«

»Du langweilst mich nicht. Aber es scheint ja eine gute Party gewesen zu sein«, wende ich mit Blick auf die Uhrzeit ein.

»Es war nicht diese Art von Feier«, widerspricht er. »Es war eine Art Networking-Veranstaltung mit den Sponsoren unseres Colleges. Wir durften uns also mit den Menschen gut stellen, die uns beiden das Stipendium finanzieren.«

»Verstehe. Waren denn interessante Menschen dort?«

»Bestimmt. Leider konnten wir unsere Gesprächspartner nicht wirklich wählen.«

»Du klingst irgendwie nicht glücklich. Ziemlich müde, ehrlich gesagt.«

»Du kennst mich zu gut, Hales. Aber es war schon okay. Jemand mit meinem Ruf sollte sich wohl nicht wundern, wenn er eindeutige Angebote bekommt.«

»Sekunde«, bitte ich. »Vielleicht habe ich zu viele Teeniefilme gesehen, aber sag mir, dass du nicht gebeten wurdest, Dinge zu tun, die du nicht willst, nur damit keine Sponsoren abspringen.«

»Sponsorinnen«, korrigiert er. »Aber ich kann damit umgehen. Ein paar Fotos, ein wenig lächeln, nichts worüber du dich sorgen müsstest.«

»Das Einzige, worüber ich mir Sorgen mache, ist das Verhalten mancher Mitmenschen. Jemand, der sich professionell verhält, macht Studierenden keine eindeutigen Angebote.«

»Soll das heißen, du vertraust mir?«

»Du hast mir bisher keinen Grund dafür gegeben, es nicht zu tun.«

»Verdammt. Du hast keine Ahnung, wie gern ich jetzt bei dir wäre.«

»Tatsächlich? Um was zu tun?«

»Erzähle ich dir, sobald ich zurück bin. Drew kommt gerade aus dem Bad zurück. Sekunde.« Irgendetwas raschelt, bevor er Worte sagt, die offensichtlich nicht mir gelten. »Danke dir. Ich gehe gleich ins Bad. Ich telefoniere mit Haley. Warte, ich drehe die Nachttischlampe heller. Ich sagte: Ich telefoniere mit Haley. Ha-Ley. Ja. Bos Haley. Nein. Ja, ich mag sie auch.«

Ich vermute, dass er die Lampe aufgedreht hat, damit Drew von den Lippen ablesen kann, was er sagt, doch offensichtlich fehlt mir ein Teil der Unterhaltung. Mateo gibt einen erschrockenen Laut von sich. »Untersteh dich, mein Freund.« Irgendetwas scheppert. Es klingt beinahe, als hätte die Nachttischlampe soeben einen Unfall gehabt. »Verd...«

»Alles gut bei dir?«, frage ich besorgt.

»Ja, alles super. Liebe Grüße von Drew. Ich muss auflegen, bevor noch mehr Inventar zu Bruch geht. Oder er ans Telefon kommt. Wir sehen uns Montag?«

»Wenn du willst.«

»Ich will. Drew, nein! Haley, ich … Wage es nicht, mein Freund!« Es ist das Letzte, was ich höre, bevor das Freizeichen in der Leitung ertönt.

Keine Ahnung, was ich nach diesem Telefonat empfinden soll, aber ich bin verwirrt. Meine Verwirrung wird auch nicht weniger, als die Messenger-App eine neue Nachricht anzeigt.

Mateo: *Frag sie endlich nach einem Date!*

Aber kaum habe ich die Nachricht gelesen, wird sie wieder gelöscht. Vielleicht habe ich sie mir also nur eingebildet.

»Hat Mateo dich eigentlich angerufen?«, fragt Bo statt einer Begrüßung, kaum dass er am Montagmorgen aus Drews Auto gestiegen ist.

Ich ziehe den Schal höher und nicke July und Drew freundlich zu. Es reicht noch für ein »Morgen, Haley«, bevor sie sich ihrem Abschiedskuss widmen. Da sie in unterschiedliche Gebäude müssen, trennt sich hier ihr Weg. So innig, wie sie sich küssen, wirkt es, als hätte mindestens einer von ihnen eine Weltreise vor.

Ich hake mich bei Bo unter und schlendere mit ihm zusammen zur naturwissenschaftlichen Fakultät.

»Ja, Mateo hat angerufen. Und jetzt hör auf, mich so anzustarren.«

»Ich müsste dich nicht so anstarren, wenn du mal von dir aus erzählen würdest, was da zwischen dir und Ortega läuft.«

»Nichts!«, erwidere ich mit Nachdruck.

»Gut, dann erzähle ich dir, was Drew mir erzählt hat«, schlägt er vor. »Denn entgegen seinen sonstigen Flirtgewohnheiten soll Mateo schon seit Wochen sämtliche Avancen abgeblockt haben.«

Ich seufze ergeben. »Was soll ich mit dieser Information nur anfangen?«

Kaum im Hauptflur des Medizintrakts angekommen, fängt uns Professor Hudgens ab und beendet dieses Gespräch.

»Haley Bales!«

Bo und ich drehen uns gleichzeitig nach ihm um. Da wir heute keinen Kurs bei ihm haben, kann ich mir nicht erklären, worüber er reden möchte.

»Auf ein Wort unter vier Augen«, bittet er.

Womit ich Bos mitleidigen Blick verdient habe, weiß ich nicht. Er verabschiedet sich mit einem knappen Nicken, nur um sich einige Meter weiter gegen eine Wand zu lehnen.

»Was kann ich für Sie tun?«, frage ich.

Hudgens schiebt sich die Brille auf der Nase zurecht und schüttelt anschließend den Kopf, wodurch sie sofort wieder zurückrutscht. »Gar nichts. Dieses Mal würde ich gern etwas für Sie tun, falls Sie Interesse haben«, gesteht er. »Haben Sie schon Pläne für nächsten Sommer? Ich meine, für die Semesterferien. Falls Sie zufällig noch einen Praktikumsplatz suchen, könnte ich Ihnen eventuell helfen. Ein Freund von mir arbeitet am Ann Arbor Sanatorium, falls Ihnen das etwas sagt?«

Ich nicke. Soweit ich weiß, hat das Sanatorium einen hervorragenden Ruf – und bis heute nicht auf meine Bewerbung reagiert.

»Sie meinen die Privatklinik, in der sich die Prominenten dieser Gegend in psychologische Behandlung begeben?«, hake ich nach. »Sie steht auf meiner Bewerbungsliste, aber es soll nicht so einfach sein, dort einen Platz zu bekommen.«

»Schön, dass Sie davon gehört haben. Die Klinik ist in der Tat recht klein, beinahe familiär, aber das muss kein Nachteil sein. Sie werden dort exzellent betreut und gefördert werden.«

»Sie müssen keinen Köder auswerfen, ich bin bereits am Haken«, versichere ich.

»Das freut mich zu hören. Ich denke, dass es eine gute Gelegenheit wäre. Für Sie und das Sanatorium. Für Sie wäre es eine sicher sehr lehrreiche Erfahrung. Das Sanatorium nimmt nur unsere besten Studierenden – und wie Sie sich bei der Größe der Klinik vorstellen können, auch nicht allzu viele davon. Also erweisen Sie mir den Gefallen und denken Sie darüber nach, ob Sie sich vorstellen könnten, dort Ihr Praktikum zu absolvieren?«

»Natürlich«, antworte ich, während er etwas in seiner Tasche sucht.

»Wenn Sie noch Fragen haben, besuchen Sie mich jederzeit in meinem Büro oder rufen Sie mich an.« Er zieht eine Visitenkarte aus einem Seitenfach der Tasche hervor.

»Natürlich«, wiederhole ich leicht überrumpelt und nehme die Karte entgegen. Ich komme nicht einmal dazu, sie einzustecken, als mir jemand den Arm um die Taille legt.

»Hey, Hales«, höre ich Mateos Stimme an meinem Ohr, kurz bevor er mir einen Kuss auf die Schläfe drückt. »Störe ich?«, fragt er scheinheilig und streichelt mit dem Daumen über meine Hüfte.

Vielleicht würde mir die Berührung gefallen, wenn die ganze Situation nicht vollkommen absurd wäre. Ich lasse Professor Hudgens' Visitenkarte in der Tasche meines Kleids verschwinden.

»Mister Ortega.« Hudgens schenkt ihm ein knappes Nicken. »Ich denke, wir haben alles besprochen.« Er rückt den Riemen der Umhängetasche auf seiner Schulter zurecht und wendet sich zum Gehen, um sich mit Bo zu unterhalten.

Einerseits frage ich mich, ob er ihm auch einen Praktikumsplatz empfehlen will, andererseits bin ich zu abgelenkt von Mateos plötzlicher Nähe.

»Was genau wird das hier?«, frage ich.

»Vielleicht hatte ich einfach Sehnsucht nach dir?«, schlägt er vor und küsst mich erneut auf die Schläfe, bevor er die Hand zurückzieht. »Ich sagte doch, du hast mir gefehlt. Wieso schaust du so irritiert?«

»Ich frage mich, was diese Worte bei dir bedeuten.«

»Soweit ich weiß, sprechen wir dieselbe Sprache. Es bedeutet, dass ich gern Zeit mit dir verbringe und du mir fehlst, wenn ich es nicht kann.« Er legt einen Zeigefinger unter mein Kinn, streicht langsam an meinem Unterkiefer entlang und sieht mich so eindringlich an, dass ich nicht weiß, ob ich zurückweichen oder ihn küssen soll. »Ist dir immer noch nicht aufgefallen, dass ich schon seit Wochen versuche, nett zu dir zu sein?«

»Tatsächlich?« Können Worte einen zugleich beruhigen und enttäuschen? Meine Gefühle für Mateo sind vollkommen konfus, egal, ob wir uns sehen oder nicht. Ist es möglich, jemanden küssen zu wollen und allein den Gedanken daran zu bereuen?

Er räuspert sich kaum merklich, zieht die Hand zurück und küsst mich flüchtig auf den Haaransatz, bevor er sich zum Gehen wendet. »Wie auch immer. Ich muss ins Labor. Wir sehen uns heute Abend?«

»Mat, warte«, bitte ich und greife nach seiner Hand. Mir fällt jetzt erst auf, dass er das Shirt trägt, das ich ihm zum Geburtstag geschenkt habe. Vielleicht war es ein Fehler? Wir stehen mitten im Flur, umgeben von zu vielen Studierenden, die uns neugierig beäugen. Es wird Artikel geben, in denen man darüber philosophiert, warum er meine Entwürfe trägt. Warum er seinen Arm um mich gelegt hat. Warum ich seine Hand noch immer nicht losgelassen habe. Und wann wir aufgehört haben, uns an die Gurgel zu gehen.

Was auch immer ich ihm gerade noch sagen wollte, habe ich vergessen, weil ich in seiner Nähe zu oft über Dinge nachdenke, die für ihn sicherlich keine Bedeutung haben.

»Wir sehen uns«, stimme ich nachträglich zu, lasse ihn los und gehe zu Bo hinüber, der sein Gespräch mit Hudgens soeben beendet hat.

19. KAPITEL

H = F
(Haley = Freak)

»Haley?«

Ich drehe mich instinktiv um, als ich Joshuas Stimme höre.

Er kommt über den von Laub gesäumten Hauptweg zu mir herübergetrabt. »Hast du einen Moment Zeit?«

»Sicher. Ich wollte mir gerade einen Kaffee holen.«

»Gut.« Er schenkt mir ein flüchtiges Lächeln. »Ich wollte dich um einen Gefallen bitten. Er klingt wirklich schräg, und ich kann verstehen, wenn du ablehnst.«

»Hau raus.« Ich bedeute ihm, mir zum Kaffeemobil zu folgen.

»Ich brauche deine Hilfe bei einer Sache«, gesteht er. »Weil du die einzige Person bist, mit der ich darüber reden kann.«

»Ich fühle mich geschmeichelt, aber wofür brauchst du ausgerechnet mich?«, frage ich zweifelnd.

»Ich sagte ja, es ist schräg«, gesteht er und kratzt sich am Hinterkopf. »Ich würde dich nicht fragen, wenn ich eine bessere Idee hätte. Hast du vielleicht kurz Zeit und kannst mich zum Parkplatz begleiten? Dann kann ich dir das besser erklären.«

Ich werfe einen flüchtigen Blick auf die Uhr. »Kurz. In einer halben Stunde beginnt die nächste Vorlesung, und ich muss dafür über den halben Campus.«

»Danke dir.«

Somit ist mein Kaffeekaufvorhaben wohl gestrichen.

Auf dem Parkplatz angekommen, steuern wir auf einen Lexus zu. Es ist eine schlichte schwarze Limousine. Ein schönes und stilvolles Auto, zumindest wenn man von den Buchstaben absieht, die jemand in pinkfarbener Schrift draufgesprüht hat. Neonfarben leuchtet uns das Wort *Homo* entgegen.

Fassungslos starre ich das Auto an, bevor ich hinübergehe und mit den Fingern über die Farbe streiche.

»Das wird nicht helfen. Ist wasserfest«, versichert mir Joshua, als hätte er es selbst schon versucht.

»Das ist … Sachbeschädigung. Wer war das?«, frage ich immer noch ungläubig. Wer tut so etwas? Und warum? Das ist demütigend und grausam!

Er macht eine weit ausholende Geste. »Irgendjemand an diesem Campus. Als ich heute Morgen geparkt habe, sah mein Auto noch nicht so aus.«

»Josh, das ist …« Mir fehlen die Worte. Ich starre kopfschüttelnd auf die Buchstaben aus Sprühfarbe. Was zum Geier geht es die Leute an, mit wem Joshua schläft? Und was bringt sie dazu, ihren Unmut darüber auf das Auto zu sprühen? »Wie auch immer ich dir helfen kann, ich mach es gern«, sage ich, ohne darüber nachzudenken.

»Ja«, antwortet er gedehnt. »Das sagst du so einfach, aber ich hatte ehrlich gesagt gehofft, dass …« Statt den Satz zu beenden, weicht er meinem Blick aus.

»Dass?«, hake ich nach.

»Dass du mich in Zukunft manchmal begleiten könntest? Zu Partys oder Events«, bringt er schließlich doch noch heraus. »Erinnerst du dich an unser Pizzaessen? Ich habe nicht viele weibliche Bekannte, denen ich vertraue, und wir müssten nicht gleich heiraten, aber …«

»Sekunde«, unterbreche ich sein Gestammel. »Nur damit ich dich nicht falsch verstehe. Du bittest mich, deine Freundin zu spielen?«

Er fährt sich mit einer Hand durch die Haare. »Es ist eine dumme Idee«, murmelt er. »Aber ich weiß nicht mehr, was ich sonst tun soll. Ich habe versucht, Bo aus dem Weg zu gehen, mich nicht mit ihm in der Öffentlichkeit zu zeigen, Mädchen zu daten und auf Partys mitzunehmen, aber die Gerüchte enden einfach nicht. Im Gegenteil: Die Mädchen reden untereinander, und jedes von ihnen, das ich am Ende eines Abends ohne Kuss vor der Haustür abgesetzt habe, ist eine weitere Bestätigung für …« Statt den Satz zu beenden, deutet er auf die krakeligen Buchstaben, die sein Auto verunzieren.

»Mhm«, ist alles, was mir dazu einfällt. Mein Blick wird von dem pinken Wort gefesselt. Was soll ich von Joshuas Bitte halten? Sein Plan kommt mir falsch vor, aber ich kann nachvollziehen, was ihn dazu bringt. Ich kann es förmlich *sehen*. »Generell ist eine Fake-Freundin wahrscheinlich die offensichtlichste Lösung für dein Problem, aber …«

Aber was?

Soll er eine andere fragen, weil es sich Bo gegenüber nicht richtig anfühlt? Weil ich keine Ahnung von diesen Date-Dingen habe? Wie verzweifelt muss er sein, um ausgerechnet mich um diesen Gefallen zu bitten?

»Wenn du das wirklich möchtest, würde ich dir helfen«, versichere ich zögernd, »aber ich bin nicht gerade eine typische Vorzeige-Fake-Freundin.«

»Du bist perfekt«, widerspricht Joshua. »Weil jeder weiß, dass du nicht käuflich bist oder mir aus Eigennutz helfen würdest. Wir müssten nicht einmal eine Kennenlern-Geschichte erfinden. Du warst die letzten Wochen so oft bei uns zu Hause, dass sie sich quasi selbst erzählt.«

Und obwohl jedes seiner Worte logisch klingt und einen Sinn ergibt, hinterlassen sie einen schalen Beigeschmack.

Aber Joshua sieht mich so hoffnungsvoll an, dass ich mich zu einer Antwort gezwungen fühle.

»Wenn du möchtest, kann ich dir Geld für deine Zeit zahlen«, bietet er an.

»Auf keinen Fall!« Nie würde ich Kapital aus seiner Not schlagen wollen. »Aber ich muss erst Bo fragen, was er von dieser Sache hält. Er ist mein bester Freund. Wenn ihn unsere Vereinbarung auf irgendeine Art und Weise verletzt, kann ich es nicht machen.«

»Natürlich, das verstehe ich«, antwortet Joshua etwas sehr rasch. »Und ich werde mit Mat reden. Es geht mir nicht darum, unsere Freunde anzulügen, es reicht mir, wenn die Öffentlichkeit die Geschichte glaubt.«

Unsere Freunde. Seine Worte fühlen sich ungewohnt an, gleichzeitig wie eine Chance, meine wirren Gefühle für Mateo zu überwinden.

»Abgemacht. Aber jetzt lass uns erst einmal acetonfreien Nagellackentferner kaufen«, schlage ich vor. »Ich habe mal gelesen, dass der helfen könnte. Zumindest bei Spindtüren funktioniert es. Wenn auch sehr mühselig.«

»Aber dein Kurs«, wendet er ein.

»Ich schreibe Bo kurz, dass mir etwas dazwischengekommen ist und frage ihn später, was ich verpasst habe«, erkläre ich und zücke mein Handy.

Joshua zögert, ehe er nickt. Er braucht nichts zu sagen, ich sehe ihm an, dass er dankbar ist und gerade eine riesige Last von seinen Schultern fällt.

»Lass uns dein Auto retten«, versuche ich ihn aufzumuntern.

In unserem Vorgarten zu stehen und das Auto mit Nagellack-entferner zu bearbeiten, ist eine Aufgabe, die ich nicht wieder-holen möchte. Und das nicht nur, weil unsere Nachbarn die Buchstaben sehr kritisch beäugen.

»Wer macht denn so etwas?« Mom wirkt entsetzt, als sie uns warmen Kakao nach draußen bringt.

»Irgendein Vollpfosten?«, schlage ich vor und nehme dan-kend einen Becher entgegen.

»Geht es dir gut?«, fragt sie in ihrem typischen Mama-Ton-fall an Joshua gewandt.

Er ringt sich ein schmales Lächeln ab.

»Was frage ich?« Sie drückt ihm einen Becher in die Hand. »Natürlich geht es dir nicht gut. Ich weiß noch, wie jemand das Wort *Freak* auf Haleys Spind geschmiert hat. Sie war deswe-gen wochenlang traurig.«

»Danke, Mom«, murmle ich in meinen Becher. »Diese Ju-nior-High-Anekdote wollte Joshua jetzt unbedingt hören. Außerdem kann man Mobbing und Diskriminierung nicht gleichsetzen.«

»Du bist also Joshua?« Sie übergeht meinen Einwurf voll-kommen und mustert ihn so auffällig, als wäre er tatsächlich eine Attraktion. »Ich habe schon viel von dir gehört. Allerdings eher von Bo als von meiner Tochter.«

»Sie sind wahrscheinlich kein Footballfan?« Joshua sieht aus, als wollte er sich in seinem Becher verkriechen.

»Noch nicht. Aber wenn ihr Jungs alle so gut aussieht, über-lege ich es mir.« Sie zwinkert ihm zu und geht dankenswerter-weise wieder ins Haus, bevor sie ihre Ausführungen vertiefen kann.

»Du musst mir nicht helfen«, sagt Joshua. Ob er das Auto oder sein Vorhaben meint, eine Fake-Freundin zu suchen, lässt er offen.

»Ich weiß. Aber wie du gerade gehört hast, weiß ich auch, wie scheiße es ist, wenn Leute einen für anders halten.« Ich stoße meinen Kakaobecher gegen seinen.

Das ist der Moment, in dem ich feststelle, dass Joshua so etwas wie ein Freund geworden ist. Ich habe es nicht kommen sehen, es ist einfach passiert.

Ich atme tief durch, drücke die Klingel mit der Beschriftung Є./O./S. und warte. Jemand hat mittlerweile das C durchgestrichen, sich aber noch nicht die Mühe gemacht, das Schild zu ersetzen.

Komm zur WG. *Wir sollten reden.* Das sind Mateos Worte gewesen. Meinen Einwand, dass es quasi mitten in der Nacht ist, wollte er nicht gelten lassen.

Er öffnet mir die Tür in Shirt und Jeans, barfuß. »Komm rein«, ist alles, was er sagt. Sein Tonfall ist für mich ebenso wenig zu deuten wie sein Blick.

Joshua sitzt auf dem Sofa und klopft auf den Platz neben sich, doch solange Mateo hinter der Sofalandschaft auf und ab geht wie ein ruheloser Zootiger, werde ich mich nicht setzen.

»Joshua hat mir erzählt, was ihr vorhabt«, sagt er ohne Umschweife.

»Und warum müssen wir mitten in der Nacht darüber reden?«, hake ich nach und lasse meine Tasche an der Tür zu Boden gleiten.

»Weil wir morgen zu einem Auswärtsspiel aufbrechen und ich das vorher geklärt haben will«, antwortet er knapp. »Ihr haltet es wirklich für eine gute Idee, eine Beziehung vorzutäuschen? Ausgerechnet ihr beide?«

»Was soll das heißen? *Ausgerechnet wir beide?*«, äffe ich seinen Tonfall nach.

»Hast du darüber nachgedacht, was es bedeutet, mit einem

Stammspieler der Otters zusammen zu sein? Beziehungsweise *nicht* zusammen zu sein. Wenn ihr diese Sache offiziell macht, wird keiner von euch eine richtige Beziehung führen können. Ist es das, was du willst? Was ist mit Bo? Wie fühlt er sich bei dieser Farce? Was ist mit Joshuas Eltern? Denkst du, dass du eine so gute Schauspielerin bist, dass du sie überzeugen kannst? Das ist naiver, als ich es dir zugetraut hätte, Hales. Was wollt ihr den Leuten über eure Beziehung erzählen?«

»Wir bleiben möglichst nahe bei der Wahrheit«, schlägt Joshua gelassen vor. »Sie war die letzten Wochen oft hier, wir haben uns kennengelernt. Eines führte zum anderen, und jetzt sind wir glücklich. Ja, es ist nur eine oberflächliche Täuschung, aber du kennst die Leute: Sie sehen immer nur das, was sie sehen wollen.«

»Manchmal reicht es schon, wenn man keine offensichtliche Angriffsfläche bietet«, steuere ich meine Highschool-Erfahrungen bei.

»Joshua, ich verstehe, dass du es nicht leicht hast, aber Haley in diese Sache hineinzuziehen …« Mateo schüttelt den Kopf und reibt sich mit den Fingerspitzen über die Stirn.

»Er zieht mich in nichts hinein. Es ist meine freie Wahl«, betone ich.

»Ihr wollt diese Sache wirklich durchziehen, und ich kann euch nicht davon abbringen?«

»Könntest du schon«, wirft Joshua ein. »Genau genommen haben wir dir davon erzählt, damit du Einwände erheben kannst, falls du einen triftigen Grund haben solltest, der gegen unseren Plan spricht.«

Mateo atmet tief durch und schüttelt den Kopf. Kein Einwand. Keine Gründe. Nur eine Bestätigung dessen, dass diese Fake-Beziehung die richtige Wahl ist.

»Es ist für einen guten Zweck«, werfe ich ein.

»Das magst du jetzt so sehen, aber die Leute werden über euch reden. Sie werden Fotos machen und Artikel schreiben, die auf *Clair's Candy* landen. Ist es wirklich das, was du willst? Denn ich kann dir versichern, dass manche der Artikel selbst mich getroffen haben. Und ich bin das Gerede der Leute mittlerweile gewohnt.«

»Ja, aber sie werden Haley nicht nachsagen, dass sie eines der naiven Mädchen ist, das nur mit dir ausgeht, weil es denkt, dass es *die Eine* für dich werden könnte«, sagt Joshua. »Sie wird für die Leute einfach nur das Mädchen sein, das mein Herz erobert hat.«

»Verstehe«, murmelt Mateo.

»Und ich verstehe, dass du dir Sorgen um Haley machst. Aber ich werde mein Bestes geben, damit sich die Sache mit dem Mobbing nicht wiederholt.«

»Mobbing?« Irritiert sieht mich Mateo an. »Wovon redet er? Du hast gesagt, dass du wenig Freunde hattest, aber von Mobbing war nicht die Rede.«

»Das eine hängt vielleicht mit dem anderen zusammen«, gestehe ich und versuche, möglichst unbeteiligt zu klingen.

Mateo lässt sich stöhnend auf das andere Sofa fallen und reibt sich mit den Händen übers Gesicht.

»Wie wäre es, wenn ich euch allein lasse?«, schlägt Joshua vor und erhebt sich, um in sein Zimmer zu gehen. »Wenn ihr mich braucht, wisst ihr, wo ihr mich findet.«

Mateo schließt die Augen und lehnt den Hinterkopf gegen die Lehne. Er massiert sich mit Daumen und Zeigefinger die Nasenwurzel, bevor er mich schweigend ansieht.

Wie soll ich diesen Blick deuten?

»Was jetzt?«, fragt er leise.

»Das weiß ich auch nicht.« Ich gebe mir einen Ruck, gehe zu ihm hinüber und setze mich neben ihn auf das Sofa. Meine

Füße lege ich auf dem gläsernen Couchtisch ab und starre vor mich hin. »Hast du mich wirklich in der Nacht hierher gebeten, nur um mich vor dem Gerede der Leute zu warnen?«

»Magst du mir von der Mobbingsache erzählen?«, übergeht er meine Frage und reibt mit der Hand über sein Knie. »Was ist damals passiert?«

»Nichts Besonderes«, versichere ich ihm und greife nach seiner Hand, weil mich seine Unruhe ansteckt.

Im Gegenzug streichelt er mit dem Daumen meinen Handrücken. Es ist nur der Hauch einer Berührung, aber er reicht, um einen Teil meines Schutzwalls einzureißen.

»Ich habe in der Junior High eine Klasse übersprungen – und es danach immer bereut. Als die anderen erfahren haben, warum es mir so viel leichter fällt, Sachen auswendig zu lernen, haben sie angefangen, hinter meinem Rücken zu lästern und Wörter auf meinen Spind zu sprühen. Besonders gern *Freak*. Es war egal, wie sehr ich mich bemüht habe, normal zu sein und mich anzupassen, es hat nicht funktioniert. Irgendwann blieb es nicht mehr bei den Lästereien hinter meinem Rücken. Ich wurde im Flur abgefangen, beleidigt, geschubst. Sie fanden immer neue Gründe, um sich über mich lustig zu machen. Die falschen Schuhe. Das falsche Pausenbrot. Die falsche Frisur. Meine Mom fuhr das falsche Auto. Einfach alles war falsch. Im Gegensatz zu den coolen Kids sind wir in den Sommerferien nie weggefahren, weil … Na ja. Mom arbeitet viel – und manchmal an Sachen, die andere eher schräg finden – und Dad …« Ich atme tief durch und kann selbst nicht fassen, dass ich Mateo davon erzähle. »Er war schon immer freiheitsliebend. In allen Bereichen seines Lebens. Wie du siehst, war also auch meine Familie in den Augen der anderen irgendwie falsch. Wenn ich versucht habe, meinen Eltern von den Problemen in der Schule zu erzählen, haben sie nur gelächelt und gesagt, ich solle mir das Gerede nicht zu Herzen nehmen. Darin sind meine Eltern echt gut. Also darin, das Gerede der Mitmenschen zu ignorieren. Ich bin ihnen nicht böse, sie sind wie sie sind, aber es hat mich einige Jahre gekostet, einen Weg zu finden, um allein zurechtzukommen. Mit einer Nähmaschine als bester Freundin, weil dank Moms Sammelleidenschaft immer genug Material im Haus war, um mich zu beschäftigen und auf andere Gedanken zu kommen.«

Es tritt ein eigenartiges Schweigen ein. Statt weiterhin meine Hand zu streicheln, schiebt Mateo seine Finger zwischen meine, als wollte er mir den Rückhalt geben, der mir damals gefehlt hat.

»Erst als ich mich geweigert habe, zum Abschlussball zu gehen, hat Mom wirklich begriffen, wie grauenvoll die Schulzeit für mich war. Sie hat beschlossen, dass wir vor Collegebeginn wegziehen. Weit weg, wo uns niemand kennt. Oder fast niemand. Meine Grandma wohnt ebenfalls in Michigan, aber wir hatten nie viel Kontakt.«

»Ich verstehe nicht, warum man dich für etwas ausgrenzt, das so bewundernswert ist«, wirft er ein.

»Das muss für Außenstehende keinen Sinn ergeben. Ich passte einfach nicht dazu.«

»Warum hast du mir nicht längst davon erzählt?«

»Wann denn? Zwischen Strukturformeln und Football-Anekdoten? Du bist ein Mensch, dem andere nachrennen, zu dem sie aufsehen, ihn sich zum Vorbild nehmen. Ich bin nicht davon ausgegangen, dass es dich interessiert. Außerdem rede ich nicht gern darüber. Nicht einmal Bo kennt die ganze Geschichte.«

»Mein Dad war ein mexikanischer Einwanderer. Denkst du, ich hätte in meiner Kindheit keine verletzenden Sprüche zu hören bekommen?«, fragt er leise. »Es waren vielleicht andere

Worte als *Freak* oder *Homo*, aber ich kann zumindest ansatzweise nachempfinden, was diese Worte in einem auslösen. Ich …«

Da Mateo nicht weiterredet, sehe ich fragend zu ihm auf.

»Vergiss nicht, ich bin auch nur ein Junge, der neben einem Mädchen sitzt und es bittet, ihn zu …«

Ich hasse mein Herz dafür, dass es sofort schneller zu schlagen beginnt, als würde es etwas ungeheuer Spannendes erwarten, aber Mateo lässt auch diesen Satz unvollendet.

»War das gerade der Ansatz eines Notting-Hill-Zitats?«

»Vielleicht«, stimmt er lächelnd zu.

Mateo befreit seine Hand aus meiner, um mir eine Haarsträhne aus dem Gesicht zu streichen. Wo sein Finger meine Haut berührt, hinterlässt er ein warmes Kribbeln. »Und wenn mein Gedächtnis nur annähernd so gut wie deines wäre, würde mir bestimmt noch eines einfallen. Darüber wie hübsch, intelligent, kreativ und hilfsbereit du bist. Tut mir leid, dass es in deiner Vergangenheit Menschen gab, die dir anderes einreden wollten.« Es wirkt, als wollte er noch etwas sagen, doch er belässt es bei einem Kopfschütteln.

»Ich verstehe langsam, was die anderen Frauen an dir finden«, gestehe ich und kann ein Lächeln nicht unterdrücken.

»Jetzt erst?« Tadelnd hebt er eine Augenbraue und tippt mir auf die Nasenspitze. »Entschuldige, aber das *intelligent* muss ich dann wohl streichen.«

»Witzbold.« Ich vergrabe, immer noch grinsend, die Stirn an seiner Halsbeuge.

Im Gegenzug legt er einen Arm um mich und küsst mich flüchtig auf die Schläfe. »Es war meine Mom«, sagt er leise.

Ich ziehe die Beine an und sehe fragend zu ihm auf.

»Sie war diejenige, die mich gelehrt hat, dass keine Beziehung bedingungslos und von Dauer ist.«

»Wie meinst du das?«, frage ich verwirrt. Wie kann eine Mutter ihrem Sohn das Herz brechen?

Er streckt zögerlich eine Hand nach meinem Unterarm aus und streicht mit den Fingerspitzen über das Tattoo an meinem Handgelenk. Seine Berührung erzeugt ein angenehmes Kribbeln auf meiner Haut. Sein Blick starrt ins Leere.

»Es ist eine lange Geschichte. Als mein Dad krank wurde, war ich acht Jahre alt. Alles, was für mich bis dahin normal war, ging nach und nach zu Bruch. Unser Alltag. Unser Haus. Unsere Familie. Sobald feststand, dass Dad nicht geheilt werden kann, ließ Mom uns allein zurück. Einfach so. Ich verlor sie, Dad, mein Zuhause und irgendwie das ganze Leben, das ich bis dahin kannte. Aber nicht von heute auf morgen. Dads Krankheit zog sich fast fünf Jahre hin. Irgendwann war sie ein ständiger Begleiter.«

»Sekunde. Deine Mom hat dich allein bei ihm zurückgelassen? Ein Kind bei einem sterbenskranken Vater?«, hake ich ungläubig nach.

»Hat sie. Meine Grandma hat uns unterstützt, so gut sie konnte, aber mein Dad war selbst schon nicht mehr der Jüngste, als er Vater wurde.« Er schließt die Augen und atmet tief durch. Ein Schauer fährt durch seinen Körper. »Es war …«

»Grausam«, beende ich den Satz. »Man kann sein Kind nicht einfach allein zurücklassen. Und noch dazu in so einer Situation. Hast du …? Ich meine, musstest du …?«

»Ich war dabei, als Dad starb«, bestätigt Mateo. »Ich war dreizehn. Obwohl es bald zehn Jahre her ist, erinnere ich mich an die seltsamsten Kleinigkeiten. Dass an dem Tag die Sonne schien und Grandma mir auf dem Weg ins Krankenhaus ein Eis gekauft hat. Ich glaube, als Dad starb, war das der Moment, in dem ich beschlossen habe, Arzt zu werden.«

Ich greife nach seiner Hand. Unfähig, etwas dazu zu sagen.

»Und ich glaube, an dem Tag starb auch meine Vorliebe für Eis«, murmelt er.

»Das wusste ich nicht. Hätte ich es geahnt, hätte ich dich nie nach deiner Familie gefragt«, versichere ich ihm.

»Ist schon okay. Ich habe lange nicht mehr darüber geredet. Ich glaube, Joshua und Kyle sind die Einzigen, die davon wissen. Und das auch nur, weil es Tage gibt, an denen ich zu nicht viel zu gebrauchen bin.«

»Und deine Mom hat sich nie wieder bei dir gemeldet?«

»Doch. Einmal stand sie hier vor der Tür.« Sein Blick gleitet unwillkürlich zur Wohnungstür, als könnte er sie dort stehen sehen. »Am Ende des ersten Studienjahrs hat sie wohl irgendeinen Artikel gelesen, in dem mein Name fiel. Angeblich sieht sie sich jedes meiner Spiele an. Aber …« Er verstummt und lässt den Hinterkopf wieder gegen die Sofalehne sinken. »Ich war unter anderem wegen ihr jahrelang in Therapie und will sie nicht zurück in meinem Leben.«

»Und ich Vollpfosten mache bei unserem ersten Treffen Witze über Psychotherapie«, erinnere ich mich. »Es tut mir leid. Hätte ich irgendetwas davon geahnt, hätte ich nichts gesagt.«

»Schon okay. Wäre doch eine schöne Nachhilfestunde gewesen. Du hättest so etwas gesagt wie: *Hey, Mat. Ich habe Vertrauensprobleme, weil ich jahrelang schikaniert wurde.* Und ich hätte gesagt: *Kein Problem. Meine letzte Hypnose wegen anhaltender Verlustängste ist auch erst ein Jahr her.*«

»Schön, dass du dich darüber amüsierst.« Mit einem Seufzen rücke ich dichter an ihn heran und lehne den Kopf gegen seine Brust. »Ist das zu viel?«

Lachend legt Mat den Arm um meine Taille. »Das musst du mich nicht fragen. Geh einfach davon aus, dass es nie genug ist.«

»Ich vergaß, dass du es gewohnt bist, dass man dir in dunklen Fluren die Kleider vom Leib reißt«, ziehe ich ihn auf und schmiege die Wange an ihn.

Mateos Finger gleiten durch meine Haare. »Der Sonntag, an dem ich dich versetzt habe … Ich war bei meiner Therapeutin. Mir ging es an dem Tag nicht gut. Es klingt vielleicht seltsam, aber die Kombination aus dem warmen Wetter und einem der Blumensträuße im Hotel hat mich an Dads Beerdigung erinnert. Weiße und violette Lilien. Wer kommt auf die Idee, damit ein Zimmer zu dekorieren?«

»Das klingt nicht seltsam.« Ich kann nachvollziehen, dass er mir nicht gleich davon erzählt hat, immerhin kannten wir uns kaum, aber ich muss an den Moment in Moms Bus denken. Er hat mir gestanden, dass sein Privatleben traurig aussieht, aber mit so viel Schmerz und Verlust habe ich nicht gerechnet.

Schweigend sitzen wir auf dem Sofa und tun nichts, außer abwechselnd über die Finger des anderen zu streichen.

»Magst du mir von deiner Grandma erzählen?«, frage ich schließlich.

»Als das St. Clair mich angenommen hat, ist sie hier in eine Seniorenresidenz gezogen. Wenn es mein eng gestrickter Tagesplan zuließ, habe ich sie besucht. Sie starb vor einem halben Jahr. Viel mehr gibt es da nicht zu wissen.«

»Vor einem halben Jahr«, wiederhole ich und lasse die Vergangenheit Revue passieren. »July hat mal erzählt, dass du es auf einigen Partys ganz schön hast krachen lassen. Sich zu betrinken passt gar nicht zu jemandem, der sich sonst nicht mal einen Kaffee gönnt.«

»Es war nicht die beste Art der Trauerbewältigung, aber mit Grandmas Tod starb auch der letzte Teil meiner Kindheit. Ich war dafür einfach nicht bereit.«

»Und was war, wenn es dein Trainingsplan nicht zugelassen hat, sie zu besuchen? Hast du Vorlesungen geschwänzt?«, vermute ich.

Mateo zuckt halbherzig mit der Schulter. »Vielleicht waren etwa die Hälfte meiner *Dates* Besuche bei meiner Grandma.«

»Immer, wenn ich glaube, etwas über dich zu wissen, bringst du mein Bild von dir erneut durcheinander.«

»Das beruht auf Gegenseitigkeit. Wer hätte gedacht, dass das blauhaarige Mädchen mit den frechen Sprüchen erst achtzehn und noch Jungfrau ist?«

»Findest du das seltsam?«, frage ich unangenehm berührt.

»Was soll daran seltsam sein? Das waren wir alle mal. Wenn auch nicht unbedingt zur selben Zeit.«

»Tut mir auf jeden Fall leid, dass du so viele Menschen verloren hast. Auf die eine oder andere Weise. Das hat niemand verdient.«

»Und du bist wirklich dazu bereit, dich auf eine Fake-Beziehung einzulassen?«, wechselt er plötzlich das Thema.

»Wenn es Joshua hilft, werde ich es versuchen.«

»Wie du willst. Apropos Hilfe: Wenn ich ehrlich sein soll, müsste ich noch Sachen für morgen vorbereiten.«

»Na dann.« Ich ziehe mich augenblicklich zurück. Was auch immer das eben gewesen sein mag, ist damit vorbei.

Doch kaum bin ich von ihm abgerückt, fehlen mir seine Wärme und das Gefühl seiner Finger auf meinen.

Mit einem Stöhnen erhebt er sich vom Sofa, um seine Lernunterlagen zu holen. Dann setzt er sich auf den Fußboden am Couchtisch und breitet Bücher und Notizen aus, als wäre nichts gewesen. Als wäre ich gar nicht hier.

»Soll ich nach Hause fahren?« Meine Stimme klingt so verunsichert, wie ich mich im Moment fühle. Weil ich nicht mehr weiß, wo wir stehen. Sind wir Freunde? Aber halten Freunde Händchen? Zählt das hier schon als *Freundschaft plus*? Gelegentliche Küsse haben für Mateo sicher kaum Bedeutung, immerhin ist er mehr gewohnt.

Er sieht mich aufmerksam an. »Willst du nach Hause fahren?« Als ich den Kopf schüttle, schenkt er mir ein Lächeln. »Dann bleib. So lange du willst.«

Auch bis zum Frühstück?, liegt mir auf der Zunge, aber ich sage es nicht.

Kurze Zeit später sitze ich mit einem von Mateos Protokollen auf dem Sofa und lese es für ihn Korrektur. Vorsichtig strecke ich die Hand aus und streiche durch seine seidigen Haare. Seufzend lehnt er sich der Berührung entgegen.

»Oh Gott, könntest du mir bitte öfter den Kopf massieren?«

Statt ihm zu antworten, überreiche ich ihm den Ausdruck. »Nur ein Tippfehler, ich habe ihn dir markiert«, lautet mein Fazit. »Aber Mat, es ist mittlerweile mitten in der Nacht. Kannst du um die Uhrzeit wirklich noch lernen?«

»Ich muss«, ist alles, was er sagt. Er zögert, ehe er meine Hand abstreift und sich zu mir umdreht. »Mir bleibt sonst keine Zeit. Es gibt in der NFL einen Guard, der beides geschafft hat. Medizinstudium und Profikarriere. Also ist es möglich.«

»Einer hat es geschafft? Von wie vielen?«, will ich wissen. »Selbst wenn du die ganzen Krankenhauspraktika in der Off-Season absolvierst, hast du dir nicht gerade das leichteste Studium ausgesucht, um nebenbei noch mindestens sechs Stunden am Tag zu trainieren.«

»Könntest du nicht wenigstens so tun, als würdest du an mich glauben?«, bittet er und sieht mit einem Blick zu mir auf, der jedem Hundewelpen Konkurrenz machen würde.

»Ich glaube an dich«, verspreche ich mit Nachdruck und streiche ihm erneut durch die Haare. »Aber deine Tage sind wirklich lang.«

»Ich bin es gewohnt«, versichert er mir. »Nicht aus den Gründen, die du im Kopf hast. Aber wenn du müde bist, leg dich ruhig eine Runde aufs Sofa und mach die Augen zu.«

Ich leihe mir eines seiner Lehrbücher und lese ein paar Kapitel, die bei uns demnächst anstehen, bis mir immer wieder die Augen zufallen.

Mateo macht sich noch immer Notizen und Skizzen, blättert durch die Bücher und markiert Stellen mit bunten Klebezetteln, als ich aufgebe und mich aufs Sofa lege, um die Augen zu schließen. Ich könnte nach Hause fahren, aber hier zu liegen und Mateo während des Eindösens zuzusehen, hat etwas Beruhigendes an sich. Irgendwann kann ich die Augen jedoch nicht mehr offen halten und schlafe ein.

Ich weiß nicht, wie spät es ist, als ich gähnend aufwache. Mateo sitzt noch immer an seinen Unterlagen, nippt an einem Wasser und streckt sich der Länge nach.

»Es ist fast drei Uhr morgens«, stelle ich mit Blick auf das Handy entsetzt fest und schicke meiner Mom schnell eine Nachricht, dass es mir gut geht und ich noch bei Josh und Mat bin, auch wenn sie mich bisher offensichtlich nicht vermisst gemeldet hat. Mein Handy zeigt keine entgangenen Anrufe an.

»Ich gehe gleich schlafen«, sagt Mateo. »Um sieben klingelt der Wecker. Vier Stunden Schlaf müssen reichen. Du kannst aber gern schon mal rübergehen.«

»Rüber?«, frage ich verunsichert.

»Du kannst in Kyles Zimmer schlafen, wenn du möchtest. Oder bei mir. Oder du fährst nach Hause, wenn du dafür nicht zu müde bist. Wie es dir am liebsten ist.«

Mateos Vorschlag sollte mich nicht überfordern, aber das tut er. Er macht mich nervös. Wenn auch nicht ängstlich nervös.

Es ist eher eine euphorische, kribbelnde Art, die mindestens genauso schlimm ist.

»Jetzt mal im Ernst.« Er klappt den Laptop zu, dreht sich zu mir um und sieht mich mit einem Blick an, der mich komplett gefangen nimmt. »Entgegen aller Gerüchte bin ich ein großer Junge und kann mich zusammenreißen, wenn du das willst.«

Ich versuche in mich hineinzuhorchen, finde aber keine eindeutige Antwort darauf. Wenn ich Mat so ansehe, möchte ich ihm nahe sein. Er gibt mir das Gefühl, dass ich ihm vertrauen kann. Doch all die Gerüchte, die über ihn existieren, spuken mir dennoch durch den Kopf. Selbst wenn ich wollte, könnte ich sie nicht abstellen.

»Ich sehe schon. Ich beziehe Kyles Bett für dich.« Er schenkt mir ein Lächeln, streicht mir beim Aufstehen flüchtig über den Kopf und verschwindet in Kyles ehemaligem Zimmer.

Als ich mich kurz darauf ins Bett lege, fühlt es sich richtig und falsch zugleich an. Ein Teil von mir würde nichts lieber tun, als dieses Zimmer zu verlassen und zu Mateo hinüberzugehen. Aber der Teil meines Verstands, der noch nicht im Meer von Mateos grünen Augen ertrunken ist, hält mich hier.

Es ist nicht so, dass ich ihm nicht vertraue. Ich glaube nicht, dass etwas passieren würde, das ich nicht wollte. Aber ich vertraue mir nicht. Ich meine: Habe ich mich ernsthaft vor ihm ausgezogen, um im See zu baden?

Im Bett liegend muss ich einsehen, dass ich nicht einschlafen werde, solange ich das drängende Verlangen verspüre, zu Mateo hinüberzugehen.

Seufzend schlage ich die Bettdecke zurück und gebe meinen Gefühlen nach – unwissend, was ich mir davon erhoffe.

Mit nackten Füßen laufe ich über den kalten Fliesenboden

zu Mateos Zimmer und klopfe zaghaft an. Ich hoffe sehr, Joshua nicht versehentlich zu wecken.

Ob Mateo mich überhaupt gehört hat? Zögernd lege ich eine Hand auf die Türklinke und verharre. Soll ich mich wirklich einfach in sein Zimmer einladen? Aber im Grunde hat er es vorhin selbst angeboten …

Erschrocken fahre ich auf, als sich die Tür öffnet.

»Haley?« Mateo blinzelt mich einen Moment verwirrt an, als würde er seinen Augen nicht trauen.

»Ja. Ich konnte nicht schlafen und …«

Und was, Haley?

»Komm rein«, bietet er an, ohne auf das Satzende zu warten. Er wendet sich zum Gehen, verharrt dann aber in der Bewegung. »Ich hätte wohl aufräumen sollen.«

Im Schein seiner Nachttischlampe offenbart sich ein Wäschemeer, das den kompletten Fußboden bedeckt.

»Hattest du nicht gesagt, ihr habt einen Putztrupp?«

»Ja, aber der räumt nicht unsere Zimmer auf«, erklärt er verlegen und schiebt mit dem Fuß einige Teile beiseite, um den Weg zum Bett freizuräumen.

»Wenn ich das nächste Mal wach liege, kann ich also deine Wäsche sortieren«, schlussfolgere ich und schließe die Tür hinter mir. »Räumst du dein Zimmer an den Wochenenden auf, oder lässt du deine Eroberungen alle dieses Chaos sehen?«

»Willst du darauf wirklich eine Antwort?«

Kopfschüttelnd gehe ich zu seinem Bett hinüber und setze mich auf die Kante der Matratze. »Darf ich dich etwas fragen?«

»Du sitzt um vier Uhr morgens auf meinem Bett. Du darfst alles.«

»Warum hast du mich geküsst?«, frage ich geradeheraus. »Im Bus.«

Mateo reibt sich mit der Hand über die Stirn und setzt sich neben mich. »Es tut mir leid, ich hätte das nicht tun sollen.«

»Darum geht es nicht«, widerspreche ich. »Warum hast du mich angefleht, nicht zu sterben?«

»Ich stand wohl etwas neben mir«, gesteht er.

»Würde es dir bei deinem riesigen Fanclub überhaupt auffallen, wenn ich nicht mehr da wäre?«

»Ja.«

Ich will ihn gerade mit seiner wortreichen Antwort aufziehen, da spüre ich seine Hand an meiner Wange. Fragend sehe ich zu ihm auf, und mein Herzschlag beschleunigt sich unter seiner Berührung.

»Du würdest eine dieser Lücken hinterlassen, die niemand füllen kann«, wispert er und klingt so verletzlich, dass ich alle Vorsicht vergesse.

Ohne einen weiteren Gedanken zu verschwenden, überwinde ich jeden Abstand zwischen uns. Vorsichtig streiche ich mit meinen Lippen über seine und warte auf eine Reaktion.

»Passiert das gerade wirklich?«, fragt er, ohne seine Lippen von meinen zu lösen. Bevor ich ihm antworten kann, legt er die Hand an meinen Hinterkopf und intensiviert unsere Berührung.

In meinem Leben habe ich nichts gespürt, was hiermit vergleichbar wäre. Mateos Kuss ist so vorsichtig und innig zugleich, dass mich eine Welle von Wärme erfasst, die meine Wangen zum Glühen bringt. Meinem Verlangen folgend setze ich mich rittlings auf ihn.

Er legt eine Hand an meinen unteren Rücken, als wäre es eine Einladung, noch näher an ihn heranzurutschen. Als ich dem Impuls folge und seinen ganzen umwerfenden Körper an meinem spüre, unterbricht er unseren Kuss und lehnt die Stirn gegen meine Wange.

»Du hast keine Ahnung, wie lange ich auf dich gewartet habe«, bringt er schwer atmend hervor.

»Wie meinst du das?«, frage ich verwundert.

»Was ich dir am See gesagt habe, war mein Ernst: Ich konnte dich nicht mehr vergessen, seitdem ich dich im *Hatcat* gesehen habe.« Er haucht mir einen Kuss auf den Hals, der mich erschaudern lässt.

»Wer sagt mir, dass du deine Meinung nicht änderst, sobald du bekommen hast, was du willst?«, frage ich mühsam beherrscht.

»Unwahrscheinlich.« Er senkt die Lippen erneut auf meine Haut.

»Mat.« Ich lehne mich leicht zurück. »Auch auf die Gefahr hin, dass diese Aussage wie aus einem schlechten Teeniefilm klingt, aber: Ich bin kein Spielzeug.«

»Wie kommst du darauf, dass ich dich so sehen könnte?« Irritiert hält er inne.

»Weil du Frauen für gewöhnlich wie Wegwerfartikel behandelst.«

»Wenn du Angst hast, dass ich mit dir schlafe und dich dann fallen lasse … Wir tun nichts, was du nicht möchtest.« Er lässt die Hände sinken.

»Aber du hast gerade gesagt …«

Sein Kopfschütteln unterbricht mich. »Ich meinte nicht, dass ich darauf warte, dass du zu mir ins Bett steigst. Ich habe darauf gewartet, dass du mir die Chance gibst, dir zu beweisen, dass ich nicht der Vollpfosten bin, den du in mir siehst.«

»Das tue ich nicht«, widerspreche ich, während ich mir all unsere Begegnungen durch den Kopf gehen lasse. All seine Taten. Alles, was ich für selbstverständlich gehalten habe. Keine Sekunde habe ich darüber nachgedacht, dass er vielleicht nur nach Möglichkeiten gesucht hat, mich kennenzulernen und mir sein Interesse zu zeigen. »Es sei denn, du wirfst mir noch mal aus voller Absicht eine Frisbeescheibe gegen den Kopf.«

»War nicht meine brillanteste Idee«, stimmt er zu und küsst mich auf die Schläfe.

Er hat zwar damals die andere Seite getroffen, aber ich verzichte, ihn darauf hinzuweisen.

»Also schläfst du heute hier?«

»Wenn es okay ist, dass ich bei dir, aber nicht mit dir schlafe.«

Mateo lacht leise. »Ich wäre ganz sicher ein Vollpfosten, wenn ich das ablehnen würde.«

Lächelnd vergrabe ich die Stirn an seiner Halsbeuge und kann selbst nicht fassen, dass ich hier bin.

Ein Schauer läuft mir den Rücken hinunter, als Mateo mir drei Worte ins Ohr flüstert: »Du passt hierher.«

Nach Fair Haven oder in deine Arme?, liegt mir auf der Zunge, aber ich schlucke die Worte hinunter.

Mit dem Kopf auf Mateos Schulter bin ich eingeschlafen, geweckt werde ich davon, dass er sacht über meinen Arm streichelt. Die ganze Nacht über haben wir eng umschlungen verbracht, aber er hat sein Versprechen gehalten und keine Annäherungsversuche unternommen.

»Hales?«, fragt er leise. »Wir sollten langsam aufstehen. Der Campus ruft.«

Ich atme tief durch, nicke und öffne die Augen. Das Erste, was ich sehe, ist Mateos Lächeln.

»Pancakes oder Müsli?«

»Bietest du mir gerade Frühstück an, nachdem ich bei dir übernachtet habe?«, ziehe ich ihn auf.

»Sieht so aus«, stimmt er zu.

»Ich nehme das, was du isst«, schlage ich vor, um ihm keine unnötige Mühe zu machen.

»Also Vollkornbrot mit Quark, Putenbrust und zwei rohen Eiern?«

»Dann doch lieber Pancakes«, ändere ich meine Meinung. Sein Frühstück klingt alles andere als verlockend.

»Kommen sofort«, verspricht er und zögert, bevor er mich sanft küsst. »Guten Morgen.«

Während Mateo das Zimmer verlässt, stiehlt sich ein Lächeln auf mein Gesicht – ich kann nichts dagegen tun. Irgendetwas an diesem Morgen macht mich glücklich. Seufzend lasse ich mich zurück auf das Kopfkissen fallen und genieße es, von der Wärme und Mateos Duft eingehüllt zu sein.

Tja, Haley. Da bist du nicht die Erste, erinnert mich mein Gedächtnis, aber in dem Moment ist es mir egal, weil es sich richtig anfühlt, hier zu sein.

Als Mateo kurz darauf frisch geduscht, mit feuchten Haaren, nacktem Oberkörper, Pancakes und Kaffee zurückkehrt, frage ich mich, ob das Leben tatsächlich so gut sein kann.

»Joshua richtet dir schöne Grüße aus und drängelt, dass wir langsam zum Mannschaftsbus müssen.«

»Er ist schon wach?« Unangenehm berührt nehme ich den Kaffee entgegen. »Hat er irgendwas gesagt? Ich meine, weil ich hier übernachtet habe.«

Mateo schüttelt den Kopf und sucht in dem Chaos seines Zimmers nach einem sauberen Shirt. »Ich glaube, es hat ihn weniger überrascht als mich.«

»Aber es war okay? Für dich, meine ich«, frage ich verunsichert und sehe zu ihm auf.

Er kommt zu mir, umfasst mein Gesicht mit beiden Händen und küsst mich. »Mehr als okay.« Er zögert und sieht den Kaffee so sehnsüchtig an, dass ich ihm den Becher reiche.

»Unser Physiotherapeut hat Kaffee endgültig von unserer Ernährungsliste gestrichen, also verrat ihm nichts.« Er zwinkert mir zu und kann unbesorgt sein.

Ich werde niemandem von dieser Nacht erzählen.

20. KAPITEL

H + J = GH
(Haley + Joshua = gebrochenes Herz)

»Hast du deinen spontanen Notfall gut überstanden?«, fragt Bo beim Öffnen der Wohnungstür.

»Mehr oder weniger.« Seufzend betrete ich den schmalen Flur, schlüpfe aus den Stiefeletten und hänge meine Tasche an die Garderobe.

Ich mag die Wohnung von July, Bo und Drew. Hier fühle ich mich immer wohl. Sie ist in einem der typischen Studierendenviertel von Fair Haven und unglaublich gemütlich eingerichtet. Eine eigenwillige Mischung aus Vintage und modernen Designermöbeln, die nur zusammenpasst, weil hier gar nichts zusammenpasst. Ich liebe es.

»Riecht es hier etwa nach Cheesecake?« Ich folge dem Duft ins Wohnzimmer. »Außerdem sollte ich wohl eher dich fragen, wie es dir geht. Du warst heute nicht am College. Ich war artig da.«

»Mr Palmer war krank – richtig krank. Ich musste ihn zum Arzt fahren. Der alte unvernünftige Mann wollte trotz Fieber hinter dem Tresen stehen. Manchmal macht es mir echt Sorgen, dass er keine Angehörigen hat.«

»Armer Mr Palmer. Wie geht es ihm?«, hake ich nach.

»Besser.« Bo seufzt und reibt sich mit der flachen Hand über die Stirn.

Ich sehe ihm an, dass er sich noch immer sorgt. »Ich verstehe, dass du dir Gedanken machst. Wirklich. Aber mir macht Sorgen, dass du seinetwegen deine Vorlesungen schwänzt. Ich habe auf jeden Fall alle Notizen dabei.«

Er geht durch das Wohnzimmer in die winzige Küche hinüber.

Eigentlich ist sie nicht viel mehr als eine Kochnische. Es erfordert einiges an Organisationstalent, dort für drei Leute zu kochen, aber wenn das einer im Griff hat, dann Bo.

»Okay.« Ich lasse mich auf den Ledersessel fallen und drehe mich zu ihm um. »Weswegen ich eigentlich hier bin: Wie hättest du es gern? Um den heißen Brei reden oder direkt auf den Punkt kommen?«

»Normalerweise stehe ich auf warme Süßspeisen, aber in dem Fall nehme ich es eiskalt serviert.« Er hantiert in der Küche herum, holt tatsächlich einen Cheesecake aus dem Backofen, garniert ihn mit farbenfrohen Blüten und ein wenig Puderzucker und macht schnell ein paar Schnappschüsse davon.

Ich warte geduldig, bis er dieses Kunstwerk von einem Kuchen auf dem Wohnzimmertisch serviert.

»Also rück schon raus, was so geheimnisvoll ist, dass du es mir unmöglich schreiben kannst«, bittet Bo.

»Es klingt ein wenig eigenartig«, gestehe ich und nehme einen Kuchenteller entgegen. »Aber was würdest du davon halten, wenn ich mit Joshua gehe?«

»Wohin?«, fragt er verwirrt und nimmt sich selbst ein Stück Kuchen, nur um erneut ein Foto davon zu machen.

»Ich meine, wenn ich mit Joshua zusammen wäre. Als seine feste Freundin«, korrigiere ich.

»Du verwirrst mich.« Bo lässt sich auf das Sofa fallen. »Seit wann hast du Gefühle für ihn? Und bisher war ich mir sehr sicher, dass er nicht bi ist.«

Bevor er ernsthaft an meinem Verstand oder meiner Loyalität ihm gegenüber zweifeln kann, erzähle ich ihm die ganze Geschichte. Von dem besprühten Auto und Joshuas Bitte.

Bo scheint nicht zu gefallen, was ich berichte. Er hat noch keinen einzigen Krümel seines Kuchens gegessen, stattdessen hat er ein Bein angezogen und zupft an seiner Jeans. Sein Gesichtsausdruck ist ausgesprochen ernst für jemanden, der sonst meist dauerlächelnd durch den Tag läuft.

»Also bist du dagegen«, schlussfolgere ich schon allein anhand seiner Körperhaltung.

»Nein«, antwortet er, doch sein Tonfall straft ihn Lügen. »Nein, natürlich nicht. Ihr könnt machen, was ihr wollt. Es ist ja nicht so, als hätte ich irgendwelche Ansprüche auf ihn. Oder als würdet ihr tatsächlich miteinander schlafen.«

»Natürlich nicht! Und ich lasse diese ganze Sache, wenn sie dich stört«, versichere ich rasch. »Deswegen bin ich ja hier. Ich will dich nicht verletzen. Ich habe keine Ahnung davon, wie es ist, wegen seiner Sexualität angefeindet zu werden, aber ich habe selbst erlebt, wie grausam es sich anfühlt, wenn Leute einen beschimpfen. Oder den Spind mit Schimpfwörtern beschmieren. Oder einem im Vorübergehen Zettel mit dummen Sprüchen an den Rucksack kleben. Ich weiß, dass man meine Erfahrungen nicht mit dem gleichsetzen kann, was Joshua erlebt und empfindet, aber ich erinnere mich daran, wie schlecht ich mich damals gefühlt habe, und wenn ich ihm irgendwie helfen kann, dann muss ich das einfach tun.«

»Ich verstehe das.« Bo fährt sich mit einer Hand durch die blonden Haare. Er atmet tief durch, bevor er leise weiterredet. »Wenn ihr das beide wollt, ist es für mich in Ordnung. Wirklich. Josh hat in den letzten Monaten ohnehin unzählige Frauen gedatet, um sein angeknackstes Image zu retten. Wenn es sein Weg ist, um sein Leben zu bestreiten, dann ist es so.«

»Aber?«, hake ich nach. »Ich sehe doch, dass dich irgendetwas beschäftigt.«

»Natürlich beschäftigt es mich.« Er reibt sich mit dem Unterarm über die Stirn, als könnte das dabei helfen, die richtigen Worte zu finden. »Ich habe nicht das Recht dazu, Josh zu irgendetwas zu drängen oder ihm Ratschläge zu geben. Ich weiß das. Also bleibt mir wohl nur, meine Gefühle für ihn endgültig zu begraben und mich auf meinen eigenen Weg zu fokussieren.«

»Und wohin führt der?«, frage ich vorsichtig.

»Zurück zu den *Saints Too*? Ich muss mich ja nicht gleich wieder verabreden, aber mir tut es gut, Leute zu treffen, die sich bereits geoutet haben.« Er klingt unentschlossen. »Ich glaube, ich brauche einfach etwas Zeit, um das alles zu verarbeiten.«

»Wohin auch immer du gehst, wenn du willst, begleite ich dich.« Ich stelle meinen Teller auf dem Wohnzimmertisch ab, bevor ich mich neben Bo auf das Sofa knie und die Arme um seine Schultern lege. Im Gegenzug schmiegt er sich in meine Umarmung.

Wir sitzen einfach nur schweigend da. Ich gebe ihm die Zeit, die er braucht. Irgendwann atmet er tief durch und greift nach seinem Teller.

»Isst du dann immer noch in der Mensa mit mir?« Seine Stimme klingt ungewohnt kratzig.

»Natürlich. Zwischen uns ändert sich nichts.«

»Hast du dir eigentlich überlegt, was du July über diese Sache erzählen willst?«, fragt Bo. »Oder Drew? Oder Mateo? Wie genau soll das mit eurer Lüge laufen?«

»Es reicht, wenn wir die Leute überzeugen, die Joshuas Auto mit Farbe besprühen. Euch anzulügen hat keinen Sinn, sonst hätte ich dich nicht um deine Meinung gebeten. Du weißt, wie das ist: Die Leute sehen nur, was sie sehen wollen. Sonst würden die ganzen Scheinbeziehungen der Profisportler ja auch nicht ausreichen, um den Anschein zu erwecken, heterosexuell zu sein.« Diese Worte vor Bo auszusprechen, fühlt sich unangenehm und falsch an. Als wäre Homosexualität ein Makel, der kaschiert werden muss. Aber Bo kennt mich gut genug, um zu wissen, dass das nicht ansatzweise meiner Denkweise entspricht.

Er blickt noch einen Moment schweigend auf seinen Teller, dann nickt er und probiert vom Kuchen.

»Möchtest du ein Stück für deine Mom mitnehmen?«, bietet er an. Damit ist das Thema vorerst erledigt. Aber auch nur vorerst.

Als sich Bo gerade ein zweites Mal vom Kuchen nimmt, ruft July per Videochat an. Sie ist bei einer freiwilligen Fortbildung für angehende Trainerinnen. Wenn ich mich nicht täusche, hat sie sich im Badezimmer eines Hotels eingeschlossen, um in Ruhe mit ihrem Bruder telefonieren zu können.

»Lässt du dich für die Sache bezahlen, oder was hast du davon?«, fragt sie verwirrt, als wir ihr von Joshuas Vorschlag erzählen.

»Du kennst Haley«, sagt Bo seufzend. »Sie hat auch von Mateo kein Geld für die Nachhilfe verlangt. Sie ist zu nett für diese Welt.«

Mehr als ein Schulterzucken kann ich darauf nicht erwidern. Freunde sollten meiner Meinung nach voneinander keine Gegenleistung für einen Gefallen erbitten. Geld von Joshua zu nehmen, um ihm zu helfen? Das erscheint mir nicht richtig. Ich käme mir vor, als würde ich aus seiner Notlage Kapital schlagen.

»Und was ist mit Mateo?«, hakt July nach und klappt den Toilettendeckel herunter, um sich draufzusetzen.

»Was soll mit ihm sein? Er weiß auch Bescheid«, gestehe ich

und verdränge den Gedanken daran, dass ich heute Morgen in seinem Bett aufgewacht bin.

»Er ist eingeweiht?« Sie blinzelt sehr unelegant in die Kamera. »Ihr versteht euch mittlerweile ganz gut, oder?«

»Wir kommen zurecht«, stimme ich zu. »Alle drei.«

»Hat er in letzter Zeit zufällig mal ein Mädchen erwähnt?«, plaudert July, während sie mit einer Hand ihre Haare ausbürstet.

»Welches Mädchen?«, frage ich verwirrt.

»Oh. Ich frage nur, weil ihr euch ja öfter seht. Drew sagte, Mateo hat letztes Wochenende einer jungen Frau eine Abfuhr erteilt, weil er mit den Gedanken angeblich woanders war. Fragt sich nur, wo.«

Ich kann ein Naserümpfen nicht unterdrücken. Es passiert ganz automatisch, wenn ich mir Mateo mit einer anderen vorstelle. Ich wünschte, ich hätte das besser unter Kontrolle.

»Wenn du wissen willst, wie es mit Mateos Liebesleben aussieht, musst du ihn schon selbst fragen«, verneine ich.

»Haley.« Sie verharrt in der Bewegung. »Wie kann es sein, dass ihr euch in jeder freien Minute trefft, und man aus euch beiden nicht mehr rausbekommt als: *Wir treffen uns zum Lernen.* So viel wie ihr lernt, müsstet ihr morgen euren Abschluss machen können. In was auch immer.«

»Du hast ihn danach gefragt?«, hake ich nach.

»Ja, schon ungefähr ein Dutzend Mal, wenn ich Drew beim Training abgeholt habe. Aber aus ihm ist ebenso wenig herauszubekommen wie aus dir. Letztens trug er ein Shirt, und ich sagte: ›Hey, das sieht verdächtig nach Haley aus.‹ Und möchtest du wissen, was er gesagt hat? Er sagte so etwas wie: ›Ja, Haleys Shirts sind supercool. Ich liebe sie.‹ Woraufhin ich ihn gefragt habe, ob er die Shirts oder dich meint. Möchtest du wissen, was er geantwortet hat? Er sagte: ›Kein Kommentar.‹

Was er für gewöhnlich nur dann tut, wenn ihm die Antwort zu privat ist.«

»Ist mir auch schon aufgefallen, er redet nicht viel über sein Privatleben«, bestätige ich und versuche zu verarbeiten, was July mir soeben erzählt hat. Aber im Gegensatz zu ihr bin ich mir recht sicher, dass er von den Shirts sprach. Seine Augen leuchten jedes Mal, wenn er eines von ihnen trägt.

»Nur mal rein theoretisch«, beginnt sie langsam. »Nur mal angenommen, ihr würdet miteinander schlafen – du weißt, dass du uns davon erzählen könntest. Wir würden dich nicht dafür verurteilen. Das ist klar, oder?«

»Klar.« Ich weiß, dass ich July und Bo absolut vertrauen kann. Aber was soll ich ihnen erzählen, wenn ich selbst nicht einordnen kann, was da zwischen mir und Mateo läuft? Oder eben auch nicht.

21. KAPITEL

$M = N^{\wedge}2$

(Montag = Neustart^2)

»Hallo, Schatz.« Joshua lässt sich in der Mensa auf den freien Stuhl neben mir fallen.

Nachdem ich ihm am Samstag Bos Okay ausgerichtet habe, beginnt unsere neu erblühte Beziehung offensichtlich gleich am Montagmittag. Wird es sich jetzt jeden Tag so seltsam anfühlen? So vollkommen falsch – vor allem vor Bo und Mateo? Habe ich mir das Ganze wirklich gut genug überlegt?

Tief durchatmend dränge ich den Gedanken weit hinter meine mentale Mauer. Zweifel kann ich mir jetzt nicht erlauben.

»Joshi, würdest du mich bitte nicht *Schatz* nennen?«, bitte ich und hauche ihm einen Kuss auf die Wange.

»Was wäre dir dann lieber?«, fragt er und verschränkt seine Finger mit meinen.

Bo nimmt die Geste mit erhobener Augenbraue zur Kenntnis, verkneift sich aber jeden Kommentar. Einen Moment hält er es aus, bevor er aufsteht und sein Tablett vom Tisch greift. »Ihr entschuldigt mich? Ich muss in die Bibliothek.«

Ich öffne den Mund, werde jedoch von Mateo unterbrochen.

»Meerjungfrau gefällt ihr auch nicht als Spitzname«, wirft er ein, klopft Bo aufmunternd auf die Schulter und setzt sich mit seinem Tablett auf den Platz, an dem Bo bis eben gesessen hat.

Das Team war das Wochenende über unterwegs. Mateo jetzt wiederzusehen, löst ein sehnsüchtiges Ziehen in meiner Brust aus, das ich unterdrücke. Ebenso wie den Impuls, aufzustehen und mit Bo mitzugehen. Ich habe dem hier selbst zugestimmt. Ich wusste, worauf ich mich einlasse. Vielleicht habe ich es nicht bis ins Detail durchdacht, aber rein rational halte ich es noch immer für die richtige Entscheidung, Joshua zu helfen.

»Ich finde noch immer, dass Mateo und Meerjungfrau nach einer überzeugenden Kombination klingt«, behauptet er und lenkt mich von meinen Gedanken an Bo ab.

»Wenn du mich noch einmal so nennst, färbe ich mir die Haare«, warne ich.

»Nur zu. Aber deine Augen hätten dann immer noch das faszinierendste Meerestürkis, das ich jemals gesehen habe«, antwortet Mateo schulterzuckend.

»Du hast dir ihre Augenfarbe gemerkt?«, fragt Joshua irritiert.

»Keine große Sache«, wiegelt Mateo ab.

Ich ziehe mein Handy aus der Tasche, um ihm eine Nachricht zu schreiben.

Haley: *Das heißt, deine Antwort auf die Frage »Was gefällt dir an mir am besten?« lautet: »Deine Augen.«*

Mateos Handy gibt ein verräterisches Piepsen von sich. Aber was soll's? Es ist nur Joshua in unserer Nähe. Dann weiß er eben, dass wir einander schreiben.

Mateo: *Überrascht es dich? Hast du ernsthaft gedacht, ich würde etwas schreiben wie »deine Titten«?*
Mateo: *Wobei mir dein Anblick am See so schnell nicht mehr*

aus dem Kopf geht. Du, in der grünen Unterwäsche, wie du in das Wasser watest und das Wasser deine zierlichen Knöchel umschmeichelt. Oder doch lieber schlafend in meinem Bett? Ich kann mich nicht entscheiden, was mir besser gefällt.
Haley: *Flirtest du gerade mit mir, während mein Freund neben mir sitzt? Wie unanständig von dir!*

Ich zucke erschrocken zusammen, als mich etwas am Schienbein berührt. Ist das Mateos Fuß, der langsam an meinem Bein hinaufstreicht?

Mateo: *Ich könnte noch viel unanständiger sein, wenn du neben mir sitzen würdest.*
Haley: *Gib's zu. Das macht dir Spaß.*
Mateo: *Oh, wir könnten noch so viel mehr Spaß haben. Hat dir noch niemand gesagt, dass dein neuer Freund auf Männer steht? Du wirst jemanden brauchen, der sich um deine Bedürfnisse kümmert. Wie praktisch, dass mein Schlafzimmer nur drei Schritte von seinem entfernt ist. Du kennst ja den Weg. ;-)*

»Haley?«
»Was?«, frage ich erschrocken und drehe mich zu Joshua um.
»Ich habe nur gefragt, ob du heute Abend bei uns vorbeikommst?«
Blinzelnd nicke ich und lege das Telefon mit dem Display nach unten auf den Tisch. Prompt meldet sich mein Handy erneut. Ich bin zu neugierig, um Mateos Nachricht zu ignorieren. Eine Entschuldigung murmelnd greife ich danach.

Mateo: *Heute ist doch aber Montag alias Aktzeichenkurs. Oh Hales, ich möchte, dass du mich so zeichnest wie die Mädchen in Frankreich, wenn ich das trage. Wenn ich nur das trage.*

Er schickt mir ein Foto von einem roten Tanga hinterher.
Ich kann ein unelegantes Schnauben nicht unterdrücken.

Haley: *War das gerade ein Titanic-Zitat? Ernsthaft?*
Mateo: *Sag du es mir. Du bist die mit dem Zaubergedächtnis.*

Die gesamte Mittagspause über schickt mir Mateo Nachrichten, bis ich die Frage nicht länger zurückhalten kann.

Haley: *Was soll das hier werden? Willst du etwa meine neu ge-
fundene Liebe sabotieren?*
Mateo: *Vielleicht habe ich gerade einfach nur festgestellt, wie
lustig es ist, mit dem Feuer zu spielen. Und es wird niemand
kommen, um es zu löschen. Weil dein Feuerwehrmann anderweitig im Einsatz ist. Soll ich dir sagen, was mir hieran am besten gefällt? Dass du die artige Freundin des tadellosen Joshua
spielst, während es absolut niemanden wundern würde, wenn
der böse Ortega dich in der Öffentlichkeit angräbt.*

Witzig. Statt Mateo zu antworten, stecke ich endgültig mein
Handy weg. Gerade rechtzeitig, da Penny sich zu uns setzt.
    »Hallo, ihr Hübschen«, säuselt sie in die Runde.
    »Was führt dich zu uns, Perez?« Mateo sieht sie an und ist
sichtlich gut gelaunt.
    »Ein Artikel für den Collegeblog. Ich nehme mal an, ihr
kennt die St.CC News? Keine Angst, ich will euch nicht lange stören. Mir kamen Gerüchte zu Ohren, dass wir ein neues
Traumpaar auf dem Campus haben. Aber ich würde nie einen
Artikel veröffentlichen, ohne vorher den Wahrheitsgehalt zu
überprüfen«, versichert sie und sieht zwischen mir und Joshua
hin und her. »Es gab mal eine Zeit, da wurden hässliche Artikel
veröffentlicht, um die Neugierde der Leute zu befriedigen. Ich

habe nicht umsonst die Schirmherrschaft über den Blog übernommen, um das zu verhindern. Artikel, wie sie damals über Joshua und Bo erschienen sind, findet ihr höchstens noch auf anonym verfassten Lästerseiten wie *Clair's Candy*, aber nicht mehr auf dem Collegeblog. Wenn ihr zwei wollt, dass ich etwas über euch schreibe, mache ich das gern. Wenn ihr es nicht wollt, wird auf unserer Seite kein Artikel erscheinen. Wie öffentlich hättet ihr eure Beziehung denn gern?« Sie sieht mich mit einem Blick an, den ich nicht deuten kann.

»Wir haben nichts zu verheimlichen. Schreib ruhig deinen Artikel«, antwortet Joshua und greift bestätigend nach meiner Hand.

Penny schenkt ihm ein gutmütiges Lächeln. »Das habe ich mir gedacht. Dann werden wir euch zu eurem Glück gratulieren und alle Kommentare über ein angeblich vollgeschmiertes Auto ebenso ignorieren wie das Gerücht, dass Haley und Mateo öfter gemeinsam gesichtet wurden.« Sie scheint noch etwas sagen zu wollen, schluckt die Worte jedoch herunter. Nach einem letzten Blick in die Runde steht sie auf und kann ihren Hinweis dann doch nicht länger zurückhalten. »Vielleicht könnte Mateo ein Foto von euch beiden machen und es mir für den Blog schicken? Ein Bild sagt bekanntlich mehr als tausend Worte, und bisher habe ich nur welche von Haley und Mateo – am See oder vor dem *Hazelcup*. Fair Haven ist voll neugieriger Augen, also passt auf euch auf.«

Mit diesem gut gemeinten Rat verlässt sie uns.

22. KAPITEL

L = H!
(Lagerfeuer = heiß!)

Anderthalb Wochen habe ich weder Joshua noch Mateo gesehen, da sie drei Auswärtsspiele absolvieren mussten und dazwischen noch diverse Pressetermine hatten. Als ich am Freitagabend zu ihnen fahre, sind sie quasi auch schon wieder auf dem Sprung, dennoch haben sie darauf bestanden, dass ich mal wieder vorbeikomme.

Mateos Nachrichten waren in den letzten Tagen so knapp, dass ich nicht einschätzen kann, wo wir stehen.

Vermisse dich. Denke an dich. Schlaf gut. Träum was Schönes. Es waren nie mehr als drei Worte am Stück und gänzlich ohne Smileys. Wie soll ich das deuten? Vor allem die Wortknappheit des Meisters des Nachrichtenspams verunsichert mich mehr, als sie sollte.

Mein Herz schlägt viel zu schnell, als ich die Klingel der WG drücke.

Mir entfährt ein Lachen, als Mateo mir öffnet. Er trägt nur Boxershorts und eine blaue Schärpe, auf der in Großbuchstaben *SEXY BOY* steht.

»Hast du eine Wette verloren? Möchtest du so für meinen Instagram-Beitrag abgelichtet werden? Wird das dein Halloween-Kostüm?«, äußere ich meine Vermutungen, während Mateo die Tür hinter mir schließt, kaum dass ich eingetreten bin.

»Die Schärpe war ein Geschenk des Teams«, ruft Joshua vom Esstisch herüber, wo er mal wieder über seinen Lernunterlagen brütet. »Mateo wurde in einem aktuellen Ranking zum zweitsexyesten College-Footballer der Saison gewählt. Gleich hinter Ian Thorne aus Alabama.«

»Steht dir«, versichere ich an Mateo gewandt. Mein Blick streift über seinen nackten Oberkörper, der den Titel *sexy* definitiv verdient hat. »Trägst du die jetzt immer?«

»Mehr fällt dir dazu nicht ein?« Er setzt sich auf die Sofalehne, die Arme neben sich aufgestützt. Seine ganze Haltung wirkt vollkommen unnatürlich und dient einzig und allein dazu, sein Sixpack in Szene zu setzen. Er weiß genau, wie attraktiv er ist.

Ich werde mich hüten, ihm das auch noch zu bestätigen.

»Was mir dazu einfällt?«, frage ich, um Zeit zu schinden, und lasse die Tasche auf das Sofa fallen. »Wisst ihr zufällig, ob dieser Ian aus Alabama noch Single ist?«

Mateos Gesichtsausdruck nach zu urteilen ist das nicht ganz die Reaktion, die er sich erhofft hat.

»Erwartest du wirklich, dass ich dir nach all den Frauen und dem Titel jetzt auch noch bestätige, wie anziehend du bist?«, hake ich nach. »Wie wird diese Auszeichnung überhaupt vergeben? Sitzt da ein Gremium und philosophiert über eure Knackhintern?«

»Es ist ein Onlinevoting des Senders, der die Spiele überträgt«, erklärt mir Joshua.

»Sekunde. Das heißt, es gibt eine Webseite mit einer Bildergalerie, auf der Menschen eure Körper bewerten? Euer Leben ist echt schräg.«

»Alles klar. Ich geh mich anziehen.« Mateo stößt sich vom Sofa ab. Jede seiner verkrampften Bewegungen zeugt davon, dass er enttäuscht über meine Reaktion ist.

Auch wenn ich die ganze Sache lächerlich finde, war das nicht meine Absicht. Also folge ich ihm und klopfe, bevor ich mir selbst die Tür öffne.

Mateo hat die Schärpe aufs Bett geworfen und greift nach einem der am Boden liegenden Shirts. Aufräumen ist sichtlich keine seiner Stärken.

»Welche Reaktion hast du von mir erwartet?«, frage ich geradeheraus.

»Einfach irgendeine«, schlägt er vor. »Irgendwas. Du hast auf keine meiner Nachrichten geantwortet.«

»Doch«, widerspreche ich, schließe die Tür hinter mir und lehne mich dagegen.

»Ja, mit ›du auch‹ auf meine Gute-Nacht-Wünsche. Alle anderen Nachrichten hast du ignoriert.«

»Was erwartest du von mir? Dass ich dir schreibe, wie sehr ich dich vermisse, wenn du unterwegs bist?«

»Nur für den Fall, dass es so sein sollte, könntest du es mich wissen lassen. Das würde mir sehr dabei helfen, meine Prioritäten zu ordnen.« Er zieht sein Shirt über und fährt sich mit der Hand durch die Haare. »Ich will dich nicht unter Druck setzen, Hales. Aber nachdem du letztens in mein Bett gekommen bist, dachte ich, dass sich irgendwas zwischen uns ändern würde. Zumindest wenn wir allein sind. Faktisch hältst du mich noch immer auf Abstand, als hätte ich eine ansteckende Krankheit.«

»Kannst du das denn ausschließen?«, erwidere ich, weil es das Einzige ist, was der Medizinstudentin in mir dazu einfällt.

Mein Herz und meine Gedanken hingegen sind so durcheinander wie das T-Shirt-Meer auf dem Fußboden. Mateos Worte berühren mich, aber ich bin mir nicht sicher, wie viel von meinen Gefühlen ich ihm offenbaren will – oder soll.

Wenn er mich so ansieht, habe ich das Verlangen, zu ihm hinüberzugehen und ihm all das zu sagen, was er hören will: Dass er mir fehlt, dass er mir etwas bedeutet, dass er mir vertrauen kann … Aber der winzige, noch funktionierende, rationale Teil meines Gehirns hält mich davon ab.

»Würde dich ein HIV-Test beruhigen?«, schlägt er vor. »Den kannst du haben.«

»Du weißt, dass du davor mindestens sechs Wochen keinen Sex haben darfst, damit er gültig ist?«, greife ich das Thema dankend auf, da es mich von meinen Gefühlen ablenkt.

»Ich arbeite daran.«

»Okay«, ist alles, was ich herausbringe. Erschrocken fahre ich auf, als es hinter mir an der Tür klopft.

»Lass uns später weiterreden«, bittet Mateo. Offensichtlich ist das Thema für ihn damit noch nicht erledigt.

Rasch gebe ich die Tür frei und lasse Joshua herein, der auf sein Handy schauend ins Zimmer schlendert, das ihn umgebende Chaos vollkommen ignorierend.

»Hast du die Nachrichten im Gruppenchat gelesen?«, fragt er an Mateo gewandt.

Der schüttelt flüchtig den Kopf. »Handy auf lautlos.«

»Die Jungs treffen sich heute Abend am See. Lagerfeuer und Würstchen.« Joshua tippt auf seinem Handy.

»Mit oder ohne Begleitung?« Mateo schlüpft in seine Jeans.

»Du kannst davon ausgehen, dass Drew nicht ohne July kommt.«

»Guter Junge, kommt immer artig mit seiner Freundin«, lobt Mateo und sieht mich unvermittelt an. »Interesse?«

»Ich?«, hake ich nach.

»Ich dachte nur, weil July auch kommt und du immerhin Joshuas *Freundin* bist.«

»Ja«, antworte ich gedehnt. July ist mit Drew zusammen und

Cheerdancerin. Keine Frage, wer besser in eine Gruppe von Footballspielern passt. Davon mal abgesehen, dass ein Abend am See nur eine weitere Scharade bedeutet.

»Wenn euch eure Geschichte irgendjemand glauben soll, solltet ihr euch gemeinsam irgendwo zeigen«, gibt Mateo zu denken. »Auch jenseits der Mensa.«

»Ich habe eigentlich auch keine Lust dazu, heute noch mal das Haus zu verlassen«, wirft Joshua ein. »Aber ein Abend am See klingt trotzdem nett.«

Ein Abend am See wäre tatsächlich nett, allerdings nicht mit einer ganzen Footballmannschaft.

»Wir müssen ja nicht lange bleiben. Niemand wird es uns übel nehmen, wenn wir uns schnell wieder verdrücken.«

»Okay.« Ich seufze ergeben. Die beiden haben ja recht.

Wie schlimm kann es schon werden?

Also verabreden wir uns für später am See.

Schon von Weitem höre ich das Gelächter der anderen und sehe die roten Funken in den Nachthimmel steigen. An dieser Uferseite des Lake St. Clair bin ich eher selten. Am Badestrand ist es mir meist zu voll. So auch jetzt. Es dauert einen Moment, bis ich Mateo am Feuer finde – und es sofort bereue. Ich weiß nicht, was ich erwartet habe. Dass es doch noch ein netter Abend werden könnte? Dass wir uns unterhalten oder dumme Scherze machen, wie wenn wir allein sind?

Aber wir sind hier nicht allein. Vor allem Mateo ist es nicht. Eine junge Frau sitzt vor ihm – viel zu dicht für meinen Geschmack. Sie unterhalten sich offensichtlich, und natürlich ist es sein gutes Recht. Dennoch zieht sich alles in mir zusammen, als er ihr über die Schläfe streichelt.

Aber was soll's? Ich kann nicht offiziell mit Joshua zusammen sein und mich mit Mateo ans Lagerfeuer kuscheln.

Obwohl ich in dem Moment sehr gern mit der Fremden tauschen würde.

Als Mateo vor einem Jahr im *Hatcat* den Arm um mich gelegt hat, fand ich ihn dreist. Jetzt wünschte ich, er würde es tun. Weil ich weiß, wie gut es sich anfühlt, wenn er mich im Arm hält, meine Taille streichelt, mich küsst ...

Räuspernd wende ich den Blick ab.

»Haley?«

Ich fahre herum und erkenne Joshua, der mich freundlich anlächelt.

»Joshi«, seufze ich erleichtert und hauche ihm zur Begrüßung einen Kuss auf die Wange.

Im Gegenzug legt er den Arm um meine Schulter.

»Wie wäre es mit einer Zitronenlimonade?«, schlägt er vor. »Ich habe mir sagen lassen, dass du die gern magst.«

Dankend nehme ich an und setze mich kurze Zeit später neben ihn ans Feuer. Ob ich will oder nicht: Mein Blick gleitet immer wieder flüchtig zu Mateo hinüber, der mich nicht einmal bemerkt.

Joshua lehnt sich gegen mich und flüstert mir Worte ins Ohr, die mir eine Gänsehaut über den Körper jagen: »Falls du seinetwegen hier bist ... Du weißt, wie er ist.«

»Der geborene Verführer«, murmle ich und nippe an der Limo.

»Das stimmt nicht, und das weißt du«, wispert er. »Er hat sich seit Wochen mit keiner anderen getroffen. Aber ich kann dir aus eigener Erfahrung sagen, dass es manchmal recht schwer ist, Fans loszuwerden, wenn man kein überzeugendes Argument hat. Und sein Hauptargument sitzt gerade neben mir.«

Niemand kann uns hören. Wahrscheinlich sehen wir einfach nur aus, als würden wir uns am Lagerfeuer sitzend liebevolle Worte zuflüstern, aber ich schüttle den Kopf.

»Ich bin nicht hier, um Mateo anzuschmachten, sondern um Zeit mit dir zu verbringen.«

»He.« Joshua stößt mich mit dem Ellbogen an. »Ich freu mich, dass du hier bist. Egal weswegen. Okay? Deine Anwesenheit macht den Abend gleich viel angenehmer. Und um meiner Rolle gerecht zu werden, muss ich dir sagen, dass du absolut bezaubernd aussiehst.«

»Bezaubernd?«, hake ich nach und kann ein Grinsen nicht unterdrücken. Was für ein schönes Kompliment.

»Mit den blauen Haaren siehst du aus wie eine Göttin, die sich unter Menschen verirrt hat.«

Ich kann nicht anders, als ihn für seinen Vergleich auszulachen. »Göttin ist eindeutig eine Spur zu viel, mein Freund.«

Verwundert sehe ich auf, als sich ein junger Mann neben mich setzt und seine Bierflasche in meine Richtung streckt, als wollte er mit mir anstoßen. Halbherzig erwidere ich seine Geste.

»Du bist also diese Haley«, sagt er.

»Diese Haley?«

»Die, der Ortega nachgelaufen ist, nur damit sie ihr Herz Simons schenkt«, erklärt er. »Aber ich gönne es euch. Auch wenn's ein bisschen schräg ist, dass du mit Summerboy befreundet bist. Redet er eigentlich noch mit dir? Ist ja kein Geheimnis, dass er auf Simons steht.«

Ich spüre, dass sich Joshua neben mir anspannt. »Da ich nicht einmal deinen Namen kenne, geht dich eigentlich nichts davon etwas an, aber ja: Bo redet noch mit mir, weil er ein sehr verständnisvoller Mensch ist.«

»Kein Grund, gleich zickig zu werden. Ich bin ja auf eurer Seite«, versichert er und trinkt einen Schluck Bier, obwohl ich mir sicher bin, dass der Ernährungsplan das nicht vorsieht. »Ich meine: Komm schon. All das Gerede, dass Simons schwul ist, ist doch lächerlich. Als ob wir nicht alle mal betrunken gewesen wären und irgendwas Dummes ausprobiert hätten.«

Dieses Mal stößt er mit Joshua an, der die Geste erwidert, ohne seinem Gegenüber ins Gesicht zu sehen. Schweigend greife ich nach Joshuas freier Hand und drücke sie leicht. Er hat nichts *Dummes* getan. Zu gern würde ich ihn und Bo verteidigen, aber ich habe Angst davor, den Teamfrieden zu zerstören. Dazu habe ich kein Recht.

Also tue ich das Einzige, was ich gerade kann: Für Joshua da sein. Mir war bisher nie so bewusst, dass ein Outing den Teamzusammenhalt auf die Probe stellen könnte. Aber es war wohl naiv von mir, anderes anzunehmen.

Erleichtert atme ich auf, als July und Drew uns Gesellschaft leisten. Es ist offensichtlich, dass July Joshua immer noch nicht ganz verziehen hat, wie er mit Bo umgegangen ist, aber zumindest reden sie wieder miteinander.

»Hey.«

Es ist nur ein kleiner Ausspruch, aber er lässt mich augenblicklich zusammenzucken. Ich sehe auf, als Mateo sich neben Joshua hockt, und muss einsehen, dass sein Gruß nicht mir galt.

»Kann ich mir deine Autoschlüssel ausleihen?«, bittet er leise an seinen Freund gewandt.

Aber nicht leise genug, ich verstehe jedes Wort.

Wie von selbst gleitet mein Blick zu der jungen Frau, die bis eben mit ihm am Feuer saß und nun in ein paar Metern Entfernung auf ihn wartet.

Joshua verdreht die Augen, zieht den Schlüssel dennoch hervor. »Wenn du wieder vergisst, die Rückbank zu säubern, war es das letzte Mal.«

»Danke, Kumpel.« Mateo ist dabei aufzustehen, als sein

Blick mich streift. Er verharrt in der Bewegung und sieht mich an, als wäre ich eine Illusion. »Haley?« Seine Hand spielt unruhig mit dem Schlüssel. »Ich wusste nicht, dass du schon hier bist.«

»Offensichtlich. Du kannst gern die Schlüssel zu meinem Bus haben, falls ihr mehr Platz braucht«, möchte ich großzügig anbieten, aber höre selbst, wie angespannt ich klinge. Ich will nicht, dass Mateo sich mit einer anderen vergnügt – und schon gar nicht in meinem Auto. »Viel Spaß beim Vögeln mit deiner kleinen Freundin.«

»Wow.« Mateo mustert mich eindringlich. »Vielleicht sollte ich dein Angebot annehmen. Vielleicht fahre ich sie aber auch nur kurz nach Hause, weil sie Migräne hat. Du könntest hier auf mich warten, und wir reden, sobald ich zurück bin.«

»Sicher«, murmle ich und wende den Blick ab.

Meint er das ernst? Dass er sie nur nach Hause fährt? Ich kann mir kaum vorstellen, dass es dabei bleibt.

»Lass uns fahren«, bittet er die Fremde und legt ihr vorsichtig eine Hand zwischen die Schulterblätter, um sie vom Seeufer wegzuführen.

Meine Gefühle ignorierend bleibe ich sitzen und versuche mir zusammen mit Joshua, July und Drew eine schöne Zeit zu machen. Wenn ich die anderen Menschen ausblende, ist der Abend eigentlich ganz nett. Bis Mateo eine halbe Stunde später wieder zurückkommt und mir auf die Schulter tippt.

»Ich bring dir deine Freundin gleich unversehrt zurück. Wir müssen nur etwas klären«, sagt er knapp an Joshua gewandt, der mit den Augen rollt und nickt.

Mit gemischten Gefühlen ziehe ich meinen Strickmantel enger um mich und folge Mateo. Wir entfernen uns vom Feuer und streifen durch das hohe Gras. Das einzige Geräusch stammt vom Wasser, das sanft gegen das Seeufer brandet.

Statt ihn zu fragen, was das hier werden soll, gehe ich schweigend neben ihm her. Das feuchte Gras streicht um meine Beine, kitzelt die Stellen, die nicht von meinen Stiefeletten bedeckt sind. Wir lassen das Feuer so weit hinter uns zurück, dass uns nur das Mondlicht den Weg erhellt.

»Lass uns ans Ufer setzen«, bittet Mateo und schlüpft aus seinen Turnschuhen.

Ich will protestieren, weil wir einen nassen Hintern bekommen werden, folge schließlich doch seinem Beispiel, ziehe meine Stiefel aus, setze mich ans Ufer und strecke die Füße ins kühle Wasser, das um meine Waden schwappt. Seit unserem letzten Besuch am See hat es sich deutlich abgekühlt. Ein Indiz dafür, dass selbst der längste Sommer irgendwann ein Ende hat.

»Was soll das hier werden?«, frage ich leise und sehe Mateo an, der sich kaum eine Handbreit neben mich setzt.

»Wir reden«, erklärt er knapp, hüllt sich aber dann stattdessen in Schweigen.

Ich ziehe mit einem Bein Kreise im Wasser, bis Mateos Stimme die Stille durchbricht.

»Warst du schon länger hier?«

»Lang genug, um zu sehen, wie du mit ihr geflirtet hast.«

»Wir haben nur geredet«, korrigiert er. »Wie du wissen solltest, kann ich durchaus normale Gespräche mit Frauen führen. Aber wenn du mich gesehen hast, warum bist du nicht einfach rübergekommen?«

»Und was hätte ich dann sagen sollen?«

»So etwas wie: *Hey, Mat. Hier bin ich. Lass uns eine Limo trinken und reden.*«

»Mat?«, hake ich nach. »Was wurde eigentlich aus deinem Vorhaben, uns nur mit Nachnamen anzureden?«

»Hey, Hales. Ich habe es mir anders überlegt, und Nachnamen helfen überhaupt nicht dabei, mich davon abzuhalten, dich mir nackt vorzustellen. Siehst du? Ist ganz einfach, Irrtümer zuzugeben. Tut auch gar nicht weh.«

»Du stellst dir also vor, wie ich nackt aussehe?«, vergewissere ich mich und halte den Blick auf den See geheftet.

»Viel zu oft«, stimmt er zu. »Eigentlich ständig.«

Der Unterton in seiner Stimme jagt mir eine Gänsehaut über den ganzen Körper.

»Es beruht übrigens auf Gegenseitigkeit«, gestehe ich widerwillig, ziehe die Beine aus dem Wasser und lasse mich rücklings ins Gras fallen. Ich bereue es, da es unangenehm feucht ist.

»Was sollte dann der Spruch eben? Von wegen, dass ich eine andere vögeln soll? Du verlangst von mir einen HIV-Test, und im nächsten Moment sagst du so etwas, als hätte für dich all das eigentlich gar keine Bedeutung. Als wäre ich gerade gut genug für …« Er verstummt und sieht auf den See hinaus. »Es ist das Gleiche wie mit deinen Nachrichten. Manche beantwortest du, andere nicht. Wonach entscheidest du, was ich gerade für dich bin? Ob ich zum Abschied den Kuss meines Lebens oder gar nichts bekomme? Ob du in mein Bett steigst oder lieber mit Joshua Händchen hältst?«

Seine Worte überfordern mich. »Ehrlich gesagt, bin ich mir immer noch nicht sicher, ob ich mehr für dich bin als eine Herausforderung. Jemand, den man knacken muss, um dann weiterzuziehen. Weil es dich stört, dass ich nicht sofort einknicke, wenn du mir ein Kompliment machst.«

»Das denkst du von mir?« Er mustert mich mit einem Blick, den ich selbst dann nicht deuten könnte, wenn wir mehr Licht hätten. »Dass ich ein so gewaltiges Ego-Problem habe, dass ich nicht damit klarkomme, wenn mich eine achtzehnjährige Jungfrau abblitzen lässt? Ich bin wirklich nicht scharf darauf, der erste Mann zu sein, mit dem du schläfst.«

»Autsch.« Ist alles, was mir dazu einfällt. Das tat weh. Ich richte mich auf und taste nach meinen Stiefeletten.

»Nein, Hales. Nein. Das klang vollkommen falsch. So meinte ich das nicht«, beteuert er mir und greift nach meinem Handgelenk, nur um mich sofort wieder loszulassen und eine Entschuldigung zu murmeln. »Lauf jetzt nicht weg, bitte. Ich wollte nur sagen, wenn ich die Wahl hätte, hätte ich darauf verzichtet.«

»Worauf? Mich zu entjungfern? Das kann ich dir ersparen.« Ich schlüpfe in die Schuhe, kaum dass ich sie im Gras gefunden habe.

»Ich sprach nicht von Sex. Nicht mein ganzes Leben dreht sich darum, auch wenn du mich noch so oft darauf reduzierst. Ich bin mehr als die Artikel auf dem Blog. Und du bist mehr als das blauhaarige Mädchen mit dem besonderen Gedächtnis. Aber zwing mich nicht dazu, Worte zu sagen, die wir beide nicht hören wollen. Weil wir wissen, dass sie nicht von Dauer sind. Meine Mom und dein Dad haben uns bewiesen, dass solche Gefühle nicht ewig halten, als sie uns im Stich gelassen haben.«

»Nein, Mat«, widerspreche ich und versuche gar nicht erst, den verletzten Unterton zu unterdrücken. »Deine Mom hat vielleicht beschlossen, dich zurückzulassen, aber mein Dad hat lediglich meine Mom verlassen. Er meldet sich noch regelmäßig bei mir. Wir wissen beide, dass das etwas ist, was du nicht tun würdest. Sobald du bekommen hast, was du willst, wirst du dich wie deine Mom verpissen und dich nie wieder bei mir melden. Du würdest mir das Herz brechen, und es würde dir egal sein. Weil es das ist, was du immer tust: Die Frauen am nächsten Morgen aus dem Bett werfen, weil du dir einbildest, dass du der Liebe so aus dem Weg gehen kannst. Aber so läuft das Leben nicht. Es ist unberechenbar. Ungerecht. Und in den meisten Fällen verletzend. Und es gibt nichts, was du tun kannst, um dich davor zu verstecken. Es ist keine Komödie mit festgelegtem Drehbuch, die du pausieren und abschalten kannst, wenn es dir nicht passt.« Ich stehe auf und lasse Mateo allein im Gras knien.

Zumindest bis ich mir meine eigenen Worte noch einmal durch den Kopf gehen lasse und in der Bewegung verharre. Ich sehe über die Schulter zu ihm zurück, wie er allein am Ufer kauert.

Seine Mom hat ihn verlassen, als er noch ein Kind war. Sein Dad ist gestorben. Er ist ganz allein. Und ich benutze seine Vergangenheit, um ihn abblitzen zu lassen, weil ich Angst davor habe, dass er mir das Herz brechen könnte? Was für ein widerlicher Mensch tut so etwas?

Bevor ich verstehe, was ich tue, gehe ich zu ihm zurück und lasse mich vor ihm ins Gras sinken. »Es tut mir leid«, flüstere ich. »Ich hätte das nicht sagen dürfen. Nichts davon. Das war gemein.«

»Zumindest weiß ich jetzt, woran ich bin«, widerspricht er und weicht meinem Blick aus.

»Nein.« Entschieden schüttle ich den Kopf und streiche mit dem Daumen über seine Wange. »Sieh mich an. Ich meinte das nicht so. Du hast recht. Die Wahrscheinlichkeit, dass man irgendwo da draußen einen Menschen findet, der es für immer mit einem aushält, ist verschwindend gering. Aber vielleicht geht es darum auch nicht. Vielleicht ist es vollkommen in Ordnung, wenn man Menschen findet, die nur einen Teil des Weges mit einem gehen. Nur sollten sie sich am Morgen danach anständig verabschieden und einen nicht kommentarlos vor die Tür setzen.«

Selbst im schwachen Licht des Monds sehe ich, dass Mateo meine Lippen betrachtet.

»Wir …«, beginne ich und weiß selbst nicht, wie der Satz enden soll. Vorsichtig streiche ich mit den Fingerspitzen über seine Wange. Ich liebe das Gefühl seiner Bartstoppeln auf meiner Haut. »Ich wollte dir nicht wehtun«, wiederhole ich. »Ich weiß, wie verletzend Worte sein können. Und das war nicht in Ordnung.«

Die Sekunden, in denen er nicht reagiert, fühlen sich wie eine Ewigkeit an.

»Sollen wir Ordnung in dieses Chaos bringen?«, schlägt er vor und streckt zögerlich eine Hand nach mir aus. »Erteil mir eine weitere Abfuhr«, bittet er und streicht mit einer flüchtigen Bewegung die Haare von meiner Schulter. Er beugt sich so langsam vor, dass ich ihn jederzeit abweisen könnte. Sein Atem streift meinen Hals.

»Was soll das werden?«, frage ich irritiert und versuche ihn anzusehen, aber meine Augenlider flattern unkontrolliert, während Mat einen Kuss auf mein Schlüsselbein haucht. Auf den Halsansatz. Auf die Stelle, unter der mein Puls schlägt. Auf einen Punkt unter meinem Ohr, der mich erschaudern lässt. Eigentlich ist mir egal, was das wird, ich fühle mich unfähig, ihn abzuweisen. Jede seiner Berührungen schickt ein elektrisierendes Kribbeln durch meinen ganzen Körper.

Mateo weiß genau, was er tut und wie er es tut. Wohin er mich küsst und mit welcher Intensität.

»Bist du betrunken?«, frage ich atemlos und entlocke ihm damit lediglich ein Lachen.

»Ich trinke nie vor anstehenden Spielen. Also nicht betrunken, höchstens berauscht von deiner Gegenwart. Wenn ich aufhören soll, sag es«, bittet er und streicht mit den Lippen über meine Wange, bis zu meinem Mundwinkel. Dort verharrt er, als wollte er mich quälen. »Soll ich aufhören oder weitermachen?«

Der raue Unterton in seiner Stimme gefällt mir viel zu sehr. Ich muss mich konzentrieren, um meine Hände im Gras statt in Mateos Haaren zu vergraben. Das hier ist keine gute Idee. Nicht in der Öffentlichkeit. Aber ein Teil von mir will das hier schon so lange. »Mach weiter«, bitte ich und muss einsehen, dass mein Kopf soeben die Kontrolle abgegeben hat.

»Okay.« Er mustert mein Gesicht, streichelt es mit seinen Fingerspitzen. Wo seine Finger meine Haut berühren, hinterlassen sie eine unnatürliche Wärme. Sein Blick folgt seinen Fingern, die meinen Unterkiefer entlangstreichen. »Weißt du eigentlich, wie wunderschön du im Mondlicht aussiehst?« Seine Stimme klingt wie Samt. »Ich wollte das hier schon so lange tun«, fährt er fort, als hätte er meine Gedanken gehört, und legt die Hand in meinen Nacken. »Aber wir sollten das wirklich nicht machen. Immerhin bist du mit meinem besten Freund zusammen.« Er zögert. »Und du bist dir ganz sicher, dass du das hier willst?«

Statt ihm zu antworten, vergrabe ich die Hand nun doch in seinen Haaren. Wir sollten das nicht tun, aber ich bin unfähig, darauf zu verzichten.

Ich hebe den Kopf, um ihm entgegenzukommen, spüre seinen Atem über meine Lippen streichen und …

»Haley?«, erklingt Julys Stimme in der Dunkelheit.

Erschrocken fahre ich herum und stoße mit dem Ellbogen gegen Mateos Schläfe. Eine Entschuldigung murmelnd rücke ich von ihm ab und beobachte einen tanzenden Lichtpunkt näher kommen, der sich als Julys Handy herausstellt.

»Alles in Ordnung bei euch?« Sie bleibt in einigen Schritten Entfernung stehen.

»Sicher«, bringe ich hastig hervor und höre selbst, wie nervös ich klinge. »Wir reden nur.«

»Gut. Okay. Irgendjemand meinte, er hätte Schreie gehört.«

»Hier war nichts«, versichere ich ihr.

»Und wenn sie geschrien hätte, dann bestimmt nicht vor Schmerzen«, erwidert Mateo sarkastisch.

»Danke für den Hinweis, Ortega. Niemand unterstellt dir, in der Öffentlichkeit die Freundin deines besten Freunds zu vögeln. Oder zumindest fast niemand. Aber wer weiß, wer hier abends noch so unterwegs ist.«

»Wir kommen gleich«, verspreche ich und versuche mein Herzrasen zu kontrollieren. Wer weiß, wie diese Wiedergutmachung geendet wäre, hätte July uns nicht unterbrochen.

Was auch immer das gerade gewesen ist, ist vorerst vorbei. Mat übergibt mich an Joshua, der seinen Arm um mich legt und mich auf die Schläfe küsst, als wäre nichts gewesen. Mat hingegen gesellt sich zu einigen anderen. Ich kann nicht Joshuas Fake-Freundin sein und gleichzeitig erwarten, dass Mateo in der Öffentlichkeit mit mir flirtet. Es wäre aus zu vielen Gründen nicht richtig. Das Fundament unserer Lüge ist ohnehin auf Sand erbaut und damit in etwa genauso bröckelig wie meine mentale Mauer in Mateos Gegenwart.

Sie wird nicht stabiler, als die Jungs beschließen, nach Hause zu fahren.

»Wie wäre es, wenn ich dich schon zur WG fahre und anschließend noch Haley nach Hause bringe?«, schlägt Mateo vor, kaum dass wir uns von July und Drew verabschiedet haben und zu den parkenden Autos schlendern.

»Wie ihr wollt, aber verschlaf die Busabfahrt nicht«, ist alles, was Joshua dazu einfällt.

»Ich bin mit dem Bus hier«, werfe ich ein und zögere, bevor ich leise hinzufüge. »Aber du kannst nachher trotzdem noch vorbeikommen, wenn du magst.«

»Ich glaube, mir fällt gerade wieder ein, dass ich mein Anatomiebuch bei dir habe liegen lassen«, stimmt er zu.

Es gibt keinen Grund dafür, nervös zu sein, aber als Mateo wenig später an der Haustür klingelt, fühlt es sich aufregender an als all die Abende zuvor.

»Mom ist zu Hause, aber sie duscht gerade«, sage ich, als ich ihn hereinlasse.

Mat ist in den letzten Wochen so oft hier gewesen, trotzdem fühlt es sich jetzt anders an, mit ihm im Flur zu stehen. Noch nie war ich mir seiner Nähe so bewusst.

»Sollen wir in deinem Zimmer reden?«, schlägt er in einem Tonfall vor, den ich nicht deuten kann.

Ich weiß nicht, worüber genau er sprechen möchte, aber vielleicht hat er recht und es ist besser, wenn Mom uns nicht unterbricht. »Die Treppe hoch, dann die erste Tür links. Ich hole uns noch etwas zu trinken.«

Als ich kurz darauf mein Zimmer betrete, steht Mateo am Fenster.

»Wenn du willst, können wir uns raussetzen«, biete ich an, aber er schüttelt den Kopf.

Er streift durch mein Zimmer, als wollte er sich jeden einzelnen Gegenstand darin einprägen. Am Ende verharrt er an meinem Nähtisch und streicht mit den Fingern über die Maschine.

»Ich weiß nicht, ob ich das letztens deutlich genug gesagt habe, aber ich bewundere dich für dein Talent. Hast du nie Angst davor, es zu vergeuden, indem du Medizin studierst? Du hast mir nie erzählt, warum du dich ausgerechnet dafür entschieden hast.«

»Weil es vernünftig klang. Nach einem guten Weg, um mein Gedächtnis für die Gesellschaft zu nutzen. Ich war mal in einem Onlineforum für Hochbegabte. Keines der Mitglieder hat etwas Kreatives studiert. Im Gegenteil: Sie haben sich darüber ausgetauscht, wie viele Sprachen sie lernen oder wie viele Studienabschlüsse sie anstreben. Zu welchem Menschen macht es mich, wenn ich meine Veranlagungen nicht nutze?« Mir fällt jetzt erst auf, dass ich noch immer unsere Gläser in den Händen halte, und stelle sie auf dem Tisch ab.

»Vielleicht würde es dich zu einem glücklicheren Menschen machen?«, schlägt Mateo vor.

»Glücklich«, wiederhole ich stumpf. »Ich habe bisher nie darüber nachgedacht, ob mich das Studium glücklich macht. Ich dachte, dass es mir dabei hilft, mich weniger falsch zu fühlen.«

»Du bist nicht falsch«, sagt Mateo nachdrücklich. »Und du schuldest der Gesellschaft nichts.« Er tritt an mich heran und streicht mir über die Wange. »Vielleicht ist die Fake-Beziehung zu Josh gar keine so schlechte Idee. Niemand fragt sich, warum du uns besuchst. Ich weiß, dass du in guten Händen bist, und du bekommst einen Vorgeschmack darauf, wie es sich anfühlt, eine öffentliche Beziehung zu führen.«

»Vorgeschmack? Und was ist dann der Hauptgang?« Ich schließe die Augen und lehne mich seiner Berührung entgegen, hebe leicht den Kopf, als sein Atem meine Oberlippe streift. Mateos Kuss fühlt sich wie ein Versprechen an. Er legt die Hand an meine Taille, ich die Unterarme auf seine Schultern. Mit dem Daumen streiche ich zärtlich über seinen Nacken. Wir sind uns so nahe, dass es sich anfühlt, als würden wir miteinander verschmelzen. Die Vorstellung davon, genau das zu tun, fühlt sich mit einem Mal nicht mehr abschreckend an, sondern wie eine Notwendigkeit. Wie Atmen. Ihm nur nah zu sein, ist nicht mehr nah genug.

Ich ziehe die Hände zurück, um sie unter sein Shirt zu schieben. Meine Fingerspitzen gleiten über die warme Haut und zeichnen seine Muskeln nach. Als würde Mateo mein Verlangen spüren, zieht er sein Shirt aus und wirft es achtlos zu

Boden. Meine Lippen senken sich wie von selbst auf seinen Halsansatz.

Er erschaudert unter meiner sanften Berührung und erobert meine Lippen zurück, als wollte er verhindern, dass ich damit Unfug anstelle.

Meine Hände streichen über seinen perfekten Körper und finden den Verschluss seines Gürtels.

Er schnappt nach Luft, als ich ihn öffne. »Nein, Hales.« Vorsichtig streift er meine Hände ab und atmet tief durch. »Lass mich dir beweisen, dass ich es ernst meine. Du willst Sicherheit? Ich gebe dir, so viel ich zu bieten habe. Bis du das Ergebnis des HIV-Tests in den Händen hältst, werde ich mich nicht vor dir ausziehen.«

Als ich zu einer Antwort ansetzen will, bringt er mich mit einem Kuss zum Schweigen. Seine Hände raffen den Stoff meines Kleids höher.

»Lehn dich gegen den Tisch«, bittet er.

Verwirrt folge ich seinem Wunsch und trete einen Schritt zurück. »Was soll das werden?«, frage ich irritiert, als er vor mir auf die Knie geht.

»Eine andere Art, dich von meinen Gefühlen zu überzeugen?«, schlägt er vor.

»Indem du mir einen Heiratsantrag machst?«

Lachend lehnt er die Stirn gegen meinen Oberschenkel und räuspert sich. »Vielleicht ein anderes Mal. Ich habe gerade keinen Ring dabei.« Er streichelt mit einer Hand an meinem Bein nach oben – federleicht und quälend langsam. Am Ende seiner Reise schiebt er die Finger unter den Saum meines Slips. »Darf ich den ausziehen? Oder willst du ihn anbehalten?« Mateo sieht zu mir auf, während er die Lippen auf den Stoff senkt und mich auf eine Stelle küsst, die sofort um seine Aufmerksamkeit bettelt.

»Ich …« Blinzelnd sehe ich auf ihn hinab, unwissend, was ich dazu sagen soll. Passiert das gerade wirklich?

»Entspann dich«, bittet er mit sanfter Stimme und zieht langsam den Slip herunter.

So entblößt vor ihm zu stehen, kommt mir eigenartig vor. Der Gedanke daran, nicht die erste Frau zu sein, die er nackt sieht, beruhigt mich kein bisschen.

Mit einer Hand streiche ich ihm durchs Haar, mit der anderen stütze ich mich auf dem Tisch ab und versuche, die Situation nicht seltsam zu finden.

Ich zucke zusammen, als Mat mich erneut auf meine pochende Mitte küsst. Seiner Anweisung folgend lege ich ein Bein über seine Schulter und schließe die Augen.

Alles um mich herum blende ich aus und konzentriere mich allein auf die Gefühle, die Mat in mir hervorruft. Seine Küsse, und wie er die Zunge langsam auf und ab wandern lässt. Sie fühlt sich an dieser empfindsamen Stelle so vollkommen anders an als meine Finger. So warm. So weich. So perfekt. Was Mateo mit seiner Zunge anstellt, ist unbeschreiblich. Er küsst mich: schnell und langsam, sanft und hart. Er variiert die Bewegungen seiner Lippen immer wieder aufs Neue.

Mit jeder Sekunde fällt es mir schwerer, an meinen Gedanken und Zweifeln festzuhalten – bis ich sie einfach loslasse. Da sind nur noch seine Berührungen und all meine Empfindungen für ihn.

Obwohl die Gefühle berauschend sind, sind sie kurz darauf zu wenig. Ich will mehr. Brauche mehr. Ich gebe dem Verlangen meines Körpers nach und bewege mich im Takt des drängenden Pulsierens. Mein Atem beschleunigt sich, und meine Knie beginnen so sehr zu zittern, dass ich mich stärker auf dem Tisch abstützen muss. Es ist, als ob sich alles in mir auf die Stelle konzentriert, die Mat verwöhnt.

»Mat«, stöhne ich und dränge mich ihm entgegen.

»Du bist wunderschön«, sagt er.

Das ist nett, aber Komplimente sind nicht das, was ich jetzt brauche.

»Ich will dich«, keuche ich.

»Du hast mich«, antwortet er seelenruhig. »Haley? Sieh mich an.«

Schwer atmend schaue ich auf ihn hinab. Mein Körper bettelt geradezu um eine Erlösung, die ihm verwehrt bleibt.

»Hast du schon einmal …?«, fragt er und streicht mit einem Finger über meine pochende Mitte.

»Ja.« Meine Stimme zittert so sehr wie der Rest meines Körpers.

»Gut. Okay. Sag mir, wenn ich dir wehtue.«

Mir entfährt ein leises Stöhnen, als er einen Finger in mich gleiten lässt. Besser, aber immer noch zu wenig.

»Sag mir, was dir gefällt«, drängt er mit rauer Stimme.

Mein Körper fühlt sich an, als würde er nur noch aus kribbelnden Nervenenden bestehen, die um Mateos Aufmerksamkeit betteln. Seine Liebkosungen sind wundervoll, aber zu wenig. Ich brauche seine Lippen auf meinen. Seine Hände an meinen Brüsten. Und ihn tief in mir.

»Küss mich«, flehe ich.

Mat zögert, bevor er aufsteht, seinen Finger noch immer in mir. »Bist du dir sicher?«

Nickend ziehe ich ihn an mich. Für einen Moment irritiert es mich, mich selbst zu schmecken, aber warum sollte mich etwas stören, das ihn nicht kümmert?

Ich lege das Bein um seine Hüfte und greife nach seiner freien Hand, um sie auf meine Brust zu legen. Er versteht mich ohne Worte, dennoch wispere ich »mehr« gegen seine Lippen.

Vielleicht ist es die Bestätigung, die er braucht. Endlich lässt er seine Vorsicht fallen.

»Du bekommst von mir alles, was du willst«, versichert er mir und führt einen zweiten Finger in mich, reibt mit dem Daumen über meine empfindsamste Stelle. Besser. Als er seine Finger in mir krümmt, als würde er mich locken, zieht sich alles in mir auf wundervollste Art zusammen. Er weiß genau, was er tut und wie er es tut. Jede seiner Berührungen treibt mich unweigerlich auf den Höhepunkt zu.

Mateo erhöht den Druck seines Daumens, als würde er spüren, dass ich genau das jetzt brauche.

Stöhnend lege ich den Kopf in den Nacken und lasse mich fallen. Nur am Rande des Bewusstseins höre ich ein Geräusch.

Ist das ein Klopfen?

Noch bevor ich es vollkommen begriffen habe, öffnet meine Mom die Tür.

»Haley, ich …«

»Mom!« Ich verharre in der Bewegung und sehe sie fassungslos an. Wenn meine Wangen eben schon geglüht haben, leuchten sie nun aus einem anderen Grund.

Statt sich umzudrehen, verharrt Mat in der Bewegung, sieht mich an und zieht langsam die Hände zurück, damit ich mein Bein herunternehmen kann.

»Wusste ich doch, dass ich euch gehört habe«, plaudert Mom lächelnd, als wäre nichts gewesen. Als würde Mat nicht mit nacktem Oberkörper vor mir stehen und den Rock meines Kleids herunterziehen, weil ich noch immer unfähig bin, einen klaren Gedanken zu fassen.

Jetzt habe ich zumindest eine Ahnung davon, wie es sich anfühlt, beim Rummachen erwischt zu werden.

»Mom.« Statt irgendetwas zu sagen, deute ich demonstrativ auf die Tür, aber sie lehnt sich in die Zarge.

»Ich gehe gleich wieder. Ich wollte nur fragen, ob ihr etwas braucht. Kondome – oder vielleicht ein Potenzmittel.«

Während ich sie ungläubig ansehe, dreht sich Mat zu ihr um.

»Danke der Nachfrage, aber uns geht es gut.«

»Perfekt.« Sie klopft gegen den Türrahmen. »Falls ihr doch welche braucht, findet ihr sie im Bad. Oberste Schublade unterm Waschbecken. Ihr wisst, wie man die benutzt?«

Während ich überlege, ihr meinen Locher entgegenzuwerfen, weil es der erste Gegenstand in meiner Nähe ist, fängt Mateo an zu lachen. So vollkommen irrational und losgelöst.

Mom schließt die Tür hinter sich, aber es hilft nicht, Mat lacht noch immer.

Stöhnend reibe ich mir über die Stirn. Hat sie ernsthaft Mateo Ortega gefragt, ob er weiß, wie man ein Kondom benutzt? Geht es noch peinlicher?

»Du weißt, dass sie denkt, dass du mich gefingert hast, weil du keinen hochbekommst, oder?«, hake ich nach.

»Habe ich verstanden«, antwortet er und atmet tief durch, um sich zusammenzureißen. Breit grinsend sieht er mich an und streicht mir eine Haarsträhne aus dem Gesicht. »Ich kann dir versichern, dass das nicht der Fall ist. Und du kannst aufhören, die Tür anzusehen, als würdest du Mordpläne schmieden. Deine Mom ist süß.«

»Süß?«

»Sie liebt dich. Das ist mehr, als ich von meiner Mutter behaupten kann.«

Ich atme tief durch, lege die Arme um ihn und lehne die Wange gegen seine Brust. Es dauert einige Atemzüge, bis ich das Geschehen halbwegs verarbeitet habe und mein Herzschlag sich wieder beruhigt.

»Übernachtest du hier?«, bitte ich, weil ich nicht will, dass er schon geht.

Den Kopf schüttelnd küsst er mich auf den Scheitel. »Ich kann nicht. Wir brechen heute Nacht um drei Uhr zum nächsten Auswärtsspiel auf, und ich muss noch meine Tasche packen.«

Mit einem Augenrollen lasse ich ihn los. »Ich weiß schon, warum ich Sport hasse.«

»Vielleicht. Aber meine Reisen erlauben es uns, meine Rückkehr gebührend zu feiern«, schlägt er vor und wackelt mit den Augenbrauen.

»Okay.« Tief durchatmend nicke ich.

Er küsst mich erneut auf den Scheitel. »Ich muss noch nicht sofort fahren. Wir können weitermachen, wo wir unterbrochen wurden.«

Den Kopf schüttelnd verneine ich. Nach Moms Kurzbesuch bin ich dazu nicht mehr in der Stimmung. Auch wenn sie die Szene recht entspannt aufgenommen hat, wird es mir unangenehm genug sein, ihr das nächste Mal unter die Augen zu treten.

Unsere restliche gemeinsame Zeit verbringen wir mit reden, eng aneinandergeschmiegt, während der Mond zum Fenster hereinleuchtet.

23. KAPITEL

TB = SK
(Tattoo-Bedeutung = Sky-Kissing)

»Kaffee?« Bo stellt einen Becher vor mir ab und lässt sich auf den Platz neben mir gleiten.

»Du bist der Beste«, sage ich und klappe den Laptop auf. Auf eine weitere Biochemie-Stunde.

Hudgens ist bereits anwesend, und der Beamer läuft. Es kann also nicht mehr lange dauern.

Ich wende den Kopf, als Gemurmel den Saal erfüllt.

Mateo Ortega verirrt sich in eine Vorlesung des dritten Semesters? Ich beobachte ihn dabei, wie er zielstrebig in die erste Reihe abbiegt und neben Bo stehen bleibt.

»Guten Morgen, Summerboy«, verkündet er fröhlich. »Würde es dir etwas ausmachen, einen Platz aufzurücken und mir den neben Haley zu überlassen? Ich würde gern etwas mit der Freundin meines Mitbewohners klären.«

Bo sieht ihn irritiert an und räumt dann doch seine Sachen zusammen, um sich einen Stuhl weiter zu setzen.

»Was verschafft mir die Ehre?«, frage ich verwirrt und ignoriere mein schneller schlagendes Herz, das eindringlich bekundet, ihn vermisst zu haben.

Er lässt sich auf den Stuhl neben mir gleiten, knallt die Tasche auf den Klapptisch vor sich und beugt sich zu mir herüber. Warum küsst er mich in der Öffentlichkeit auf die Schläfe?

»Ich habe gerade Zeit«, gesteht er. »Da dachte ich, ich kann auch vorbeikommen und meine Wissenslücke hier aufarbeiten.«

»Mister Ortega«, hallt Hudgens' Stimme durch den Saal. »Wie schön, Sie zu so früher Stunde hier zu sehen. Wenn ich mich richtig erinnere, waren Sie letztes Jahr kein einziges Mal pünktlich.«

»Mir fehlte die passende Motivation«, stimmt er zu.

»Es freut mich zu hören, dass Sie sie nun gefunden haben. Es würde mich noch mehr freuen, wenn Sie die Motivation aus sich heraus finden könnten. Und wenn Sie sich dieses Mal zusammenreißen würden, damit Ms Bales die Vorlesung verfolgen kann.«

»Ich bin artig«, verspricht er.

Kaum hat er den Laptop gestartet und das Schreibprogramm geöffnet, drehe ich seinen Laptop so, dass ich tippen kann.

Haley: *Was genau machst du hier?*
Mateo: *Meine Freizeit sinnvoll nutzen? Ich habe dich seit fast einer Woche nicht gesehen und hatte Sehnsucht.*
Haley: *Du bist derjenige, der keine Zeit hatte. So ist wohl das Leben als Star ... Spiele, Training, Pressetermine.*
Mateo: *Warte nur, bis du die neuen Pressefotos gesehen hast. Spätestens dann ist Joshua Geschichte.*
Haley: *Träum weiter, SEXY BOY.* :p

Ich nippe an meinem Kaffee und schaue nach vorn, nur um festzustellen, dass mich Hudgens mit einem sehr eigenartigen Blick bedenkt.

Es fühlt sich seltsam an, so dicht neben Mateo zu sitzen, seine Körperwärme zu spüren und mich an die Küsse auf meiner Haut oder seine Finger in mir zu erinnern. Ich beiße die Zähne zusammen, um mich davon abzuhalten, meine Hand nach ihm auszustrecken, sie auf seinen Oberschenkel zu legen und ihn zu berühren. Der winzige Begrüßungskuss hat offensichtlich ausgereicht, um meinen Körper nach mehr betteln zu lassen. Vielleicht ist es auch die Fantasie davon, dass ich tatsächlich etwas Besonderes für Mateo sein könnte. Bis vor Kurzem wusste ich nicht einmal, dass ich das will.

Frustriert lege ich die Arme auf dem Tisch vor mir ab, bette das Kinn darauf und starre stumpf nach vorn. Bis eine Hand mich sacht am Haaransatz krault, dann langsam an meiner Wirbelsäule hinabgleitet, um kurz vor meinem Hintern zu verharren. Ich liebe diese Berührungen. Wenn ich könnte, würde ich leise schnurren.

Mateo lehnt sich zu mir vor und flüstert mir Worte ins Ohr, die er auch am See gesagt hat: »Erteil mir eine Abfuhr.«

Seine Hand gleitet tiefer und berührt meinen Hintern. Statt etwas zu sagen, blinzle ich ihn träge an.

»Reiß dich zusammen«, murmle ich lahm und auch nur, weil man das als Joshuas Freundin wohl von mir erwarten würde. Ich sehe wieder nach vorn und versuche zumindest, Hudgens zu folgen, während sich auch Mateo Notizen macht.

Irgendwann schaue ich auf seinen Bildschirm und muss leise lachen.

Das nennst du lernen?, tippe ich ungefragt unter seine letzte Zeile und werfe einen kurzen Blick hinter uns. In der Reihe nach uns sitzt niemand, der Studierende in der Reihe darüber ist bereits eingeschlafen. Ich bezweifle, dass er den Text von dort aus lesen könnte, aber Mats Notizen bestehen nicht gerade aus chemischen Formeln: *Ich mag es, wie sich deine Nackenhaare aufstellen, wenn ich dir etwas zuflüstere. Du siehst so unfassbar schön aus, wenn du gedankenverloren nach vorn starrst.*

Ich wünschte, ich könnte dich jetzt berühren. Warum nur sitzen wir in der ersten Reihe? Ehrlich, Hales. Warum sitzt du in der ersten Reihe?

Noch während ich seine Nachrichten lese, wünschte ich auch, er würde mich berühren. Ich kann mich nicht daran erinnern, das jemals so sehr gewollt zu haben.

»Darf ich euch einladen?«, bittet Mateo, kaum dass wir das Kaffeemobil erreicht haben.

»Wer wäre ich, zu protestieren, wenn mich ein hübscher Mann auf einen Kaffee einlädt«, antwortet Bo zwinkernd.

Kurz darauf schlendern wir mit unseren Heißgetränken – zweimal Kaffee, einmal heißes Wasser – über den Hauptweg zwischen den Gebäuden.

»Wir hatten nie wirklich Gelegenheit, miteinander zu reden«, sagt Mateo in einem Tonfall, den ich nicht deuten kann, und nippt an seinem warmen Wasser. »Ich glaube, das letzte Mal habe ich dich allein gesehen, als du dich an Joshuas Geburtstag aus seinem Zimmer verdrückt hast.«

»Was soll ich sagen? Ich hatte ein besonderes Geschenk für ihn. Oh, entschuldige«, behauptet Bo und stößt mich so energisch mit seinem Ellbogen an, dass mir der Kaffee über den Becherrand schwappt und über die Finger läuft. »Ich sollte nicht so über deinen Freund reden.«

»Schon in Ordnung«, versichere ich gönnerhaft und lecke mir die Finger ab. »Wir haben diesbezüglich keine Geheimnisse voreinander.«

»Du bist also im Reinen mit deiner Sexualität?«, fragt Mateo Bo geradeheraus, während er beobachtet, wie meine Zunge über meine Finger gleitet. Sich räuspernd wendet er den Blick ab.

»Es geht dich zwar nichts an, aber ich arbeite daran«, antwortet Bo ausweichend.

»Wenn die Frage zu direkt war, tut es mir leid. Ich bin nach dem hundertsten *Clair's-Candy*-Artikel über mein Liebesleben vermutlich zu abgestumpft.«

»Schon okay«, versichert ihm Bo. »Danke dir für den Kaffee, wir müssen ins Labor.«

Wir haben noch ein paar Minuten Zeit, doch offensichtlich möchte Bo dieses Gespräch beenden, also nicke ich zustimmend.

»Ich muss auch zu Hudgens' Horrorvorstellung Teil zwei«, murrt Mateo. »Sehen wir uns heute Abend?«

»Wir wollten uns eigentlich zum Arbeiten treffen«, gestehe ich und deute flüchtig auf Bo.

»Ich könnte dich dort abholen, sobald ihr fertig seid.«

»Sicher.« Lächelnd fahre ich herum, als Bo energisch nach meinem Arm greift und mir bedeutet, mit ihm zu kommen. »Was?« Fragend sehe ich zu ihm auf.

»Euch zu trennen, geschieht zu eurem eigenen Besten«, erklärt er. »Es sei denn, du wolltest dir noch länger vor ihm die Finger ablecken.«

»Ich wollte sie nur säubern.«

»Normale Menschen benutzen dafür Servietten.«

Berechtigter Einwand.

An diesem Abend mit Mateo nach Hause zu fahren, fühlt sich vertraut und befremdlich gleichermaßen an. Noch im Auto schreibe ich meiner Mom eine Nachricht.

»Mom«, stöhne ich, als ihre Antwort eintrifft. »Ich schreibe ihr, dass es später wird, weil ich noch zu euch fahre, und ihre Antwort lautet: Hast du Kondome eingepackt?«

»Sie muss sich keine Sorgen machen. Ich habe welche zu Hause«, erwidert Mateo und bringt mich dazu, die Augen zu verdrehen.

»Ich bin mir sehr sicher, dass sie das ungemein beruhigt. Ernsthaft.«

Er stellt das Auto im Parkhaus des Wohnhauses ab, aber statt auszusteigen, bleiben wir sitzen. Es ist ein kleiner Moment der Zweisamkeit, bevor wir auf Joshua treffen.

»Was bedeutet eigentlich das Tattoo?«, wechselt Mateo das Thema und deutet auf mein Handgelenk. »Vor einem Jahr hattest du das noch nicht.«

»Rührend, dass du dich erinnerst«, säusle ich. »Es heißt: Einmal Ente süß-sauer, bitte.«

»Netter Versuch, Hales. Aber das ist kein Chinesisch.«

»Stimmt. Es ist Sanskrit für Sky-Kissing«, gestehe ich und zeichne die Linien nach. »Es bedeutet, dass man so groß ist wie der Himmel. Dass man viel kann, wenn man es sich nur zutraut. Ich habe es mir kurz nach dem Collegebeginn stechen lassen. Als Symbol für einen Neuanfang.«

Ich zucke zusammen, als Mateos Finger die zarte Haut an meinem Handgelenk berührt. Er fährt die Linien nach, wie ich es gerade getan hab.

»Wunderschön«, sagt er leise und hält den Blick auf das Zeichen gesenkt. Als er durch seine dichten Wimpern zu mir aufschaut, stockt mir fast der Atem. »Sky-Kissing.«

»Ich wollte mir erst noch *and learn to love yourself* auf den anderen Arm tätowieren lassen, aber es war mir zu schmerzhaft.«

»Sollte ich mir jemals ein Tattoo stechen lassen, darfst du es aussuchen. Du kennst eindeutig die schönsten Bedeutungen.«

»Ich wüsste, was ich dir aussuchen würde. Und wohin.«

»Wo?«

Ich ziehe meine Hand aus Mateos Griff. Vorsichtig streiche ich durch die seidigen Haare an seinem Haaransatz, lasse die Hand tiefer gleiten und zupfe am Saum seines Shirts, bevor ich mit den Fingerspitzen an seiner Halswirbelsäule entlangfahre.

»Hierhin, irgendwo im Bereich von C7«, sage ich leise. Jedes Mal, wenn ich ihn darauf küssen würde, könnte ich die Wärme seines Körpers spüren und den Duft seiner Haare einatmen. Wie auch immer ich darauf komme, ihn an dieser Stelle zu küssen, sie wäre perfekt.

»Und was würde dort stehen?«, fragt er mit rauer Stimme.

»Vielleicht so etwas wie *priya*«, murmle ich und lasse die Finger erneut über seinen Hals gleiten. Es kostet mich all meine Selbstbeherrschung, meine Lippen nicht auf diese Stelle zu senken.

»Was bedeutet es?«

»Google es«, schlage ich vor. »Aber erst, wenn ich weg bin.«

»Ist es etwas Perverses?«

»Nein«, erwidere ich lachend.

Es bedeutet einfach nur, dass du geliebt wirst.

Als ich an diesem Abend zu ihm ins Bett steige, machen wir an der Stelle weiter, an der Mom uns unterbrochen hat. Doch dieses Mal stört uns niemand. Wir haben alle Zeit der Welt. Jeden einzelnen Zentimeter meines Körpers erkundet Mateo mit den Lippen, als wollte er mich quälen.

Als er eine Spur federnder Küsse meinen Körper hinabzeichnet, aber kurz vor der Stelle verharrt, die am dringendsten um seine Aufmerksamkeit bettelt, entfährt mir ein ungeduldiges Wimmern, das er belustigt zur Kenntnis nimmt.

»Keine Angst, dieses Mal wirst du für mich kommen«, verspricht er. Statt mich auf meine pochende Mitte zu küssen, streichelt er mich gleich mit dem Daumen. Er lockt mich mit seinen Fingern, bis ich nicht mehr anders kann, als mich unter ihm zu winden.

»Mat ... Ich ...«

Er erstickt meine Worte mit einem Kuss, der nach Minze

schmeckt. Ich brauche nichts zu sagen, er spürt es ohnehin. Genauso wie ich an seinem schweren Atem höre, wie viel Selbstbeherrschung es ihn kostet, sich nicht ebenfalls auszuziehen. Ich wünschte, er würde es tun. Seine Finger fühlen sich gut an, aber ich glaube, es ginge noch besser.

Während sich alles in mir auf wundervollste Art zusammenzieht, kann ein Teil von mir gar nicht fassen, dass das hier tatsächlich passiert.

Ich liege in Mateos Bett und ringe nach Luft. Erschöpft, aber glücklich.

»Habe ich dir wehgetan?«, fragt er leise und haucht mir einen Kuss auf die Stirn, bevor er sich neben mich legt.

»Nein. Alles gut. Das war perfekt«, versichere ich ihm, drehe mich auf den Bauch und mustere sein Gesicht. Er lächelt, aber in seinen Augen liegt ein Ausdruck, der mir nicht gefällt. Woran denkt er?

Ich schmiege die Wange an sein Kissen. »Wenn ich mich bei dir revanchieren kann, tu ich das gern. Ich weiß nur nicht, wie. Ich habe das noch nie getan«, murmle ich und streiche ihm durch die Haare.

»Wir sind hier nicht beim Sport. Ich brauche kein Rückspiel«, versichert er und lächelt träge.

»Was beschäftigt dich dann? Warum schaust du so ernst?«

»Alles gut«, behauptet er, wenig überzeugend. »Es hat nichts mit dir zu tun.«

»Womit dann? Was ist los?« Ich streiche ihm mit der Hand erneut durch die Haare, aber er weist mich vorsichtig ab.

»Heute ist Dads Geburtstag«, sagt er in einem Tonfall, den ich nicht einordnen kann. »Es wäre sein Geburtstag, meine ich. Weißt du, was seltsam ist? Ich kann mich nicht daran erinnern, ob wir ihn jemals gefeiert haben. Die Erinnerungen an seinen Tod sind so viel präsenter. Es war ein Tag im Juli. Ein Donnerstag, an dem die Sonne schien. Aber ...« Er verstummt, dreht sich von mir weg und legt sich den Unterarm übers Gesicht.

Vorsichtig gleite ich mit den Fingerspitzen über seinen Arm. Ist er deswegen heute so? Er hat auf dem Campus meine Nähe gesucht, wollte mich unbedingt am Abend noch sehen. Warum habe ich nicht gleich bemerkt, dass es ihm nicht gut geht?

»Komm her«, bitte ich und setze mich auf.

Einen Moment zögert er, bevor er den Kopf auf meinen Oberschenkel legt. Schweigend fahre ich ihm übers Haar, und zucke zusammen, als ich etwas Nasses auf meiner Haut spüre.

Eine Träne. Er weint, schießt es mir durch den Kopf.

Da ich nie einen geliebten Menschen verloren habe, kann ich nur vage erahnen, wie er sich fühlt, aber im Grunde ist es nicht wichtig. Ich will nur, dass er spürt, dass ich für ihn da bin, wenn er mich braucht.

Als ich mit der Hand über seine Schulterblätter streiche, wendet er das Gesicht ab, als würde er nicht wollen, dass ich ihn so sehe.

»Es ist okay«, flüstere ich. »Ich bin für dich hier, und ich gehe nicht weg.«

Es ist schwierig, ihm nicht zu sagen, was ich wirklich fühle: dass es genau diese Momente sind, für die ich ihn mehr liebe als für seine Fingerfertigkeit – aber ich habe Angst, ihn zu verschrecken.

Ein Schluchzen durchzuckt seinen Körper, also lege ich die Arme um ihn.

»Ich lasse dich nicht allein«, wiederhole ich. »Und ich bin mir sicher, dass dein Dad unfassbar stolz auf dich wäre. Du bist ehrgeizig, diszipliniert, liebevoll. Wenn er es sich hätte aussuchen können, hätte er sich bestimmt nicht gewünscht, dass

deine prägnanteste Erinnerung an ihn sein Tod ist, sondern ...
einer dieser Dad-Momente. Du weißt schon. Wenn sie einem
Schwimmen oder Radfahren beibringen. Oder einem zeigen,
wie man eine Bohrmaschine bedient. Wenn ihre Augen so
strahlen, als hätte man sich gerade den Nobelpreis verdient,
nur weil man endlich aufs Töpfchen geht.«

Mateos Atmung beruhigt sich unter meiner Berührung.

»Es ist in Ordnung, einen Menschen zu vermissen. Das ist
kein Zeichen von Schwäche.«

Ein paar Minuten lässt er mich eine Seite von sich sehen,
die mich mehr berührt als seine charmante Art. Mein Herz
zieht sich schmerzhaft zusammen, während er stumme Tränen weint.

Nach einer Weile wischt er sich räuspernd mit dem Handrücken über das Gesicht. »Tut mir leid«, bringt er heiser hervor
und streicht über meinen Oberschenkel, um die Spuren seiner
Tränen zu verwischen.

»Dir muss nichts leidtun. Du darfst mich jederzeit feucht
machen. Auf jede erdenkliche Weise«, sage ich lächelnd und
entlocke ihm ein Schnauben.

Als er mit geröteten Augen zu mir aufsieht, streichle ich
erneut über seinen Nacken.

Priya – der Geliebte. Das wäre definitiv meine Wahl für ihn.

24. KAPITEL

$X + Y = XY$
(What the …?)

»Haley?« Penny fängt mich am nächsten Morgen am Kaffeestand ab.

»Möchtest du auch was?«, biete ich an, da ich gerade bezahle und noch etwas nachbestellen könnte.

Sie nickt fahrig, bevor sie entschieden den Kopf schüttelt.
»Dann kann ich die ganze Nacht nicht schlafen, und ich war letzte Nacht schon wach. Können wir kurz einen Moment reden?«

»Sicher.« Ich nehme den Becher entgegen und schlendere neben ihr her. »Was kann ich für dich tun?«

»Nichts«, versichert sie rasch und richtet sich mit einer flinken Bewegung die Haare. »Oder doch. Du könntest mir Arbeit ersparen, wenn du …« Sie stockt, leckt sich flüchtig über die Lippen und sieht sich um, doch niemand ist in unserer Nähe.
»Lass mich ehrlich sein. Wir beide kennen Mateo und Joshua. Und Bo. Ich verstehe, was du tust. Wahrscheinlich besser als jede andere auf diesem Campus. Aber du könntest es etwas diskreter tun.«

»Was meinst du?«, hake ich nach und nippe an meinem Kaffee, um Zeit zu schinden. Ich habe bereits eine Ahnung, worauf sie hinauswill, und hoffe, dass ich mich irre.

»Ich habe in letzter Zeit viele Fotos zugesandt bekommen.

Von dir und Mateo am See, wie er dich auf der Straße küsst oder dich im Hörsaal berührt. Keines davon wird im Tratschteil des Collegeblogs landen, das verspreche ich dir. Aber ich kann nicht dafür sorgen, dass sie nicht woanders auftauchen und Schaden anrichten. Auf Seiten wie *Clair's Candy* habe ich keinen Einfluss. Wenn du also Joshua nicht antun willst, dass man über ihn lästert, weil seine Freundin sich mit einem anderen trifft … Und dann ausgerechnet Mateo, der für seine Sex-Eskapaden bekannt ist. Jeder Vollpfosten kann eins und eins zusammenzählen und sich denken, was er dir geben kann und Joshua nicht. Aus Gründen, die wir kennen.« Noch während ich den Mund öffne, winkt Penny ab und wendet sich zum Gehen. »Denk einfach darüber nach. Ich muss weiter.«

Nickend proste ich ihr zu. Ich muss nicht darüber nachdenken. Mein Kopf weiß, dass sie recht hat. Nur mein Körper leidet unter bedauerlichen Aussetzern, die ich in den Griff bekommen muss, wenn ich weiterhin Joshuas Freundin spielen möchte. Zumindest in der Öffentlichkeit sollten Mateo und ich dringend die Finger voneinander lassen.

»Eine Sache noch!«, rufe ich Penny nach. »Weißt du, wer hinter *Clair's Candy* steckt?«

Sie verharrt in der Bewegung, dreht sich zu mir um und rümpft die Nase. »Ich habe eine Ahnung, aber noch keine Beweise. In den letzten Monaten war ich selbst oft genug Gegenstand der schäbigen Artikel, um ein Muster zu erkennen, aber guter Journalismus baut sich nicht auf Mutmaßungen auf, sondern setzt auf Fakten.« Es ist unübersehbar, dass Penny die Lästereien auf der Seite nicht gefallen. »Wie auch immer. Ich kümmere mich darum, aber solange diese Seite existiert, solltet ihr diskreter sein.«

»Also den Ball flach und die Beine zusammen halten«, scherze ich halbherzig und ernte ein Augenrollen.

Sie muss nichts sagen, wir wissen beide ganz genau, dass ich das nur gesagt habe, um sie zu ärgern. Tatsächlich bin ich ihr dankbar, weil ich ahne, dass sie durch die Warnungen zeigen will, dass sie sich um einen sorgt.

Mit dem Eislöffel im Mund blättere ich durch ein Heft mit Diagnoseübungen, während ich es mir auf Mateos Sofa gemütlich mache. Als er ein eigenartiges Geräusch von sich gibt, sehe ich fragend auf.

Wieder einmal sitzt er auf dem Fußboden vor dem Wohnzimmertisch, doch heute sind wir allein, da sich Joshua noch mit einer Lerngruppe trifft.

»Was?«, frage ich irritiert. Wie habe ich seinen Blick zu deuten?

»Ich hasse es, wenn du das tust«, murmelt er mit rauem Unterton. »Ich muss immerzu an unseren ersten Abend denken und wie gern ich das Eis von deinem Körper lecken würde.«

Sein Geständnis überfordert mich. Gleichzeitig reizt es mich. Die Vorstellung gefällt mir viel zu gut – da kann ich auch darüber hinwegsehen, dass es eigentlich unser zweites Lerndate war.

»Also wäre ich die Person, von der du gern dein Eis lecken würdest?«, stichle ich und stoße den Löffel in den Eisbecher.

»Ich stehe überhaupt nicht auf Eis. Außerdem bist du so heiß, dass es sofort schmelzen würde.« In seinen Augen flammt etwas auf, das mich lockt. »Denkst du nie darüber nach?«

Ich kann ein Lachen nicht unterdrücken. Es ist viel zu niedlich, wenn etwas an seinem Ego kratzt. »Eis von deinem Körper zu lecken?« Mit dem Löffel ritze ich ein Herz in die Oberfläche. »Komm her und finde es heraus.«

Sehr zu meiner Verwunderung rutscht er auf den Knien zu mir herüber und schaut fragend zu mir auf. »Ist das ein Scherz?«

Allein bei der Vorstellung von Mateos nacktem Oberkörper in Kombintion mit seinem Blick zieht sich alles in mir zusammen. »Zieh dein Shirt aus«, fordere ich ihn auf.

Noch nie habe ich jemanden sich so schnell eines Kleidungsstücks entledigen sehen. Mit einer fließenden Bewegung setzt sich Mateo mir gegenüber.

Ich reiche ihm den Löffel. »Wo?«, ist alles, was ich herausbringe. Meine Stimme hört sich viel zu zittrig an. Die Aussicht darauf, Mateo näher zu kommen, erfüllt mich mit einer angenehmen Aufregung.

Er lehnt sich zurück, bis sein Rücken die Sofalehne berührt, und zeichnet mit dem Löffel eine Spur. Sie beginnt bei seinem Schlüsselbein, zieht sich über seine Brust, bis zum Bauchnabel hinunter.

Ich habe noch nie etwas Schöneres gesehen als diese glänzende Linie auf seinem perfekten Körper.

Ohne darüber nachzudenken, lege ich ihm eine Hand auf die Schulter. Wie kann man nur so samtige Haut haben? Meine Lippen berühren Mateos kaum, da geht ein Schauer durch seinen ganzen Körper. Langsam folge ich der Spur aus Eis. Erst hauchzart mit den Lippen, dann der Zunge. Ich weiß nicht, was mir besser gefällt: Mateos Körper oder dessen Reaktion auf meine Berührung. Ich liebe es, dass er sichtlich nach mehr verlangt – und ich der Grund dafür bin.

Am Ende meiner Reise angekommen hauche ich einen letzten Kuss über den Taillenbund seiner Jogginghose und sehe zu ihm auf.

»Möchtest du noch irgendwo geleckt werden?«, frage ich provozierend und entlocke ihm ein Geräusch zwischen Lachen und Stöhnen.

»Das wurde ich auch noch nicht gefragt.« Er legt eine Hand an meinen Hinterkopf und zieht mich sacht an sich.

»Wirklich? Keiner deiner unzähligen One-Night-Stands hat dich gefragt, ob sie dir Schokolade von Körperteilen lecken soll?«

»Bisher nicht. Wo wir gerade halbwegs beim Thema sind: Der HIV-Test war negativ und keine große Sache«, gesteht Mateo. »Ich habe deinen Tattoovorschlag übrigens gegoogelt, und es gäbe nur ein einziges Szenario, in dem ich mir ausgerechnet dieses Wort stechen lassen würde.«

»Und wie sähe das aus?«, frage ich lächelnd und setze mich auf seinen Schoß.

Er schiebt die Hand unter meine Haare und streicht mit den Fingerspitzen über meine Halswirbelsäule. »Wenn du dir das Gegenstück tätowieren lässt. Genau hier hin. Mit mir zusammen.«

Ich öffne den Mund, aber mir fehlen die Worte. Das kann er unmöglich so ernst meinen, wie sein Blick behauptet. »Witzig«, ist alles, was ich herausbringe, aber er schüttelt den Kopf.

»Ich meine es vollkommen ernst – zusammen oder gar nicht.« Er neigt den Kopf zur Seite und zieht mich erneut an sich.

Das Geräusch des Schlüssels in der Wohnungstür lässt mich herumfahren, noch bevor unsere Lippen sich berühren.

»Josh!«, stöhnt Mateo genervt auf und lässt den Kopf gegen die Lehne sinken.

Irritiert sieht Joshua uns an und lässt den Schlüssel in die Schale auf der Kommode neben der Tür fallen. »Entschuldigt bitte, dass ich hier wohne. Wenn ihr nicht gestört werden wollt, hast du noch immer ein Schlafzimmer. Das besitzt sogar einen eigenen Türschlüssel.«

Augenblicklich rücke ich von Mateo ab und nehme den

Löffel an mich. Was sollte jemand, der kein Eis mag, mit einem Löffel? Allerdings liegt Mateo mit nacktem Oberkörper und einer sichtbaren Beule in der Sporthose auf dem Sofa, während ich neben ihm sitze. Das macht es nicht viel besser.

Joshua schenkt uns kaum mehr als einen Seitenblick, geht zum Esstisch hinüber und legt seine Unterlagen darauf ab. »Wir können froh sein, dass ich allein gekommen bin. Wir sollten uns zukünftig besser absprechen.«

»Wie überzeugend klingt ein ›Es ist nicht, wonach es aussieht‹?«, frage ich und schenke ihm ein Lächeln.

»Es sieht aus, als hättest du neuerdings eine sehr interessante Art, dein Eis zu essen«, erwidert er schlicht und holt sich etwas zu trinken.

»Ich bin kurz im Bad«, verkündet Mateo, greift sein Shirt vom Boden und lässt uns allein.

»Auf einer Skala von eins bis zehn, wie erbärmlich sah das gerade aus?«

Joshua zuckt unbeteiligt mit der Schulter. »Ohne die Hintergründe zu kennen, gebe ich euch eine Drei. Und das allein für eure betretenen Gesichter. Was auch immer da zwischen euch läuft, ist vollkommen in Ordnung, wenn es sich richtig für euch anfühlt. Ihr könntet es zukünftig trotzdem ungestörter in Mateos Zimmer tun.«

Mateo unterbricht uns, als er aus dem Bad zurückkommt – bedauerlicherweise in seinem Shirt. Er greift sein Buch vom Tisch und lässt sich neben mich fallen. Kommentarlos streckt er die Beine aus, legt sie auf meinen Schoß und steckt die Nase ins Buch.

»Wo du schon einmal hier bist, muss ich dich um einen großen Gefallen bitten«, gesteht Joshua an mich gewandt.

»Sicher. Worum geht es?«, frage ich leichthin und widme mich wieder meinem Eis.

»Halloween. Meine Eltern haben vorhin angerufen. Ich muss dich fragen, ob du bereit wärst, uns zu begleiten.«

»Zu einem Wochenende in den Hamptons? Deine Eltern müssen ja sehr spezielle Menschen sein, wenn es ein großer Gefallen ist, ein Wochenende Luxusurlaub zu machen.«

»Es wird anstrengend«, versichert er. »Nicht nur wegen meiner Eltern. Auch wegen der ständigen Lügen. Es tut mir leid, dass ich dich in diese Sache hineinziehe. Ich würde dich nicht bitten, wenn ich einen anderen Ausweg sehen würde.«

»Ich weiß.«

Mateo schaut von seinem Buch auf. »Wann hattest du vor, mir davon zu erzählen?«

»Jetzt?«

Mateo reibt sich mit den Fingern über die Stirn. »Ihr zwei macht mich wahnsinnig.«

»Wieso? Hat zwangloser Sex gerade wieder an Attraktivität gewonnen?«

Er schüttelt den Kopf. »Ich spiele mit dem Gedanken, euch allein fliegen zu lassen. Ein ganzes Wochenende in deiner Nähe ohne Berührungen oder Anspielungen? Das wird hart.«

»Du wirst es schon überstehen.« Ich kann ein Lächeln nicht unterdrücken.

Er mustert mich und hebt schmunzelnd eine Augenbraue. »Ich glaube, diese ganze Sache macht dir viel zu viel Spaß.«

»Ich durfte gerade mein Eis vom zweitsexyesten College-Footballer des Landes lecken und bekomme ein Wochenende Luxusurlaub. Ich denke, ich kann mich nicht beklagen.«

»Hauptsache, du bist zufrieden«, behauptet er und widmet sich seiner Lektüre.

Nachdenklich lutsche ich an meinem Löffel. Ich habe wirklich bisher keinen Gedanken daran verschwendet, wie sich Mateo mit der Situation fühlt.

»Mat?«, frage ich leise. »Wenn du nicht möchtest, dass ich mitkomme, kannst du es sagen.«

»Ich will schon, dass du mitkommst«, widerspricht er, ohne von seinem Buch aufzusehen.

»Aber?«

Als er seinen Blick in meinem versenkt, tobt darin etwas, das mir für einen Moment die Sprache verschlägt. Alles in mir zieht sich so sehnsuchtsvoll zusammen, dass ich vom Sofa aufstehe.

»Lass uns in dein Zimmer gehen«, bitte ich, ohne darüber nachzudenken.

Seit Wochen spielt er das Spiel mit, das Joshua und ich ihm aufgezwungen haben. Er hat sich nicht beschwert. Jedes Nein und jede Grenze akzeptiert.

Da er sich nicht rührt, greife ich vorsichtig nach seiner Hand und lege das Buch beiseite. Nur zögerlich folgt er mir in Richtung seines Zimmers.

»Hales?«

Ich nicke. Und schüttle den Kopf, als ich seinen fragenden Blick sehe. Wenn er eine Erklärung will, kann er sie haben, aber nicht vor Joshua.

Das Meer aus Shirts ignoriere ich und stelle mich mitten ins Zimmer. »Schließ die Tür ab«, bitte ich und warte, bis er meinem Wunsch folgt.

»Was soll das werden?«, fragt Mateo sichtlich irritiert, als ich das Kleid abstreife.

Mir ist ohnehin so heiß, dass ich froh bin, es los zu sein. Flüchtig lecke ich mir über die Lippen und gehe zu ihm hinüber. Meine Hände finden wie von selbst den Weg unter sein Shirt. »Wenn du willst, dass ich offiziell mit Joshua Schluss mache, sag es«, bitte ich direkt. »Oder macht genau das den Reiz für dich aus?« Ich lasse die Hände an seinem wunderschönen Körper nach unten gleiten. »Dass du etwas begehrst, das du nicht haben kannst.«

Mateo räuspert sich, ohne mich abzuweisen. »Ich habe euch gleich gebeten, die Sache zu überdenken«, erinnert er mich und stöhnt leise, als meine Hände den Weg zu seinem Hosenbund finden.

Wieso nur trägt er zu Hause immer Sporthosen, die nichts der Fantasie überlassen?

»Ich weiß, aber ich habe es nicht ernst genommen. Bis eben.«

»Was hat sich geändert?«, fragt er und schnappt nach Luft, als ich eine Hand in seine Boxershorts schiebe.

»In den letzten Wochen? Alles.« Ich muss über mich selbst schmunzeln, während meine Finger über seine Erektion gleiten.

»Warte«, bittet er und lehnt den Hinterkopf gegen die Tür. »Du wolltest, dass ich einen HIV-Test mache, und kaum ist er da, ziehst du mich aus – wie alle anderen auch. Wer sagt mir, dass du nicht gehst, sobald du bekommen hast, was du willst?«

»Ist das dein Ernst?«, frage ich und ziehe die Hand zurück.

Statt mir zu antworten, schüttelt er lachend den Kopf. »Nur ein Scherz.« Behutsam legt er die Hand auf meinen Hinterkopf.

Es ist eine Einladung, ihn zu küssen, die ich nicht ablehnen werde. Mateos Kuss ist so langsam und innig, dass mir ein wohliges Seufzen entfährt, das ihn zum Schmunzeln bringt.

»Ich werde dich nicht bitten, die Sache mit Joshua zu beenden. Aber wenn du mich bittest, werde ich auch die nächsten sechs Wochen keine anderen Frauen treffen. Und die nächsten sechs. Und die darauf …«

Schmunzelnd sehe ich zu ihm auf. »Schlägst du mir gerade so etwas wie eine Beziehung vor?«, hake ich nach und bedeute ihm, endlich sein Shirt auszuziehen.

»So etwas wie«, bestätigt er und entledigt sich endlich seiner Kleidung. All seiner Kleidung.

Was auch immer das hier wird: Es gefällt mir.

»Okay.« Ohne darüber nachzudenken, schlüpfe ich aus der Unterwäsche. Mich vor Mateo nackt zu zeigen, kostet mich noch immer Überwindung. Aber der warme Glanz in seinen Augen, wann immer er mich betrachtet, lässt die Stimme des Zweifels mit jedem Mal leiser werden.

»Okay?«, wiederholt er fragend und lässt den Blick über jeden Zentimeter meines Körpers wandern.

»Okay zur geheimen So-was-wie-Beziehung«, erkläre ich, wende mich von ihm ab und gehe zum Bett hinüber. »Kommst du?«

Als er aus seiner Starre erwacht, entweicht ihm ein leiser Fluch.

»Wie sicher bist du dir, dass du das wirklich willst?«, fragt er kurz darauf und fährt mit der Rückseite seiner Finger meinen Arm hinab.

Wir sitzen nackt auf dem Bett. Was gibt es daran misszuverstehen?

»Ich will nicht *das*, ich will *dich*«, korrigiere ich, greife nach seiner Hand und führe sie zwischen meine Beine, damit er spüren kann, wie sehr.

»Dass eines von beiden der Fall ist, merke ich«, bestätigt er schmunzelnd und streichelt mich träge.

»Aber du willst nicht«, schlussfolgere ich, als er die Hand zurückzieht, um weiterhin über meinen Oberarm zu streichen.

»Irrtum, Hales. Ich will dich quasi immer«, korrigiert er mich. »Aber ich frage mich, wann du deine Meinung geändert hast. Wann wurde aus dem herzlosen Vollpfosten der Mann, für den du dich ausziehst?«

»Es war kein bestimmter Moment. Vielleicht ist es naiv, aber jedes Mal, wenn wir zusammen Zeit verbringen, schenkst du mir ein Puzzleteil. Mat, ich …«

Er legt mir einen Finger auf die Lippen, als wüsste er noch vor mir, was ich gerade sagen wollte. »Sag es nicht«, bittet er und lächelt matt.

Vorsichtig streife ich seine Hand ab. »Warum? Was hast du gegen diese drei Worte?«

»Sie klingen nach Abschied.«

Irritiert hebe ich eine Augenbraue. »Abschied? Ich denke, sie sind eher ein Anfang.«

»Nicht für mich«, gesteht er. »Es waren die letzten Worte meines Dads, bevor er starb. Die letzten Worte meiner Grandma an mich. Die letzten Worte meiner Mom, als Kyle sie für mich aus der Wohnung geworfen hat. Die Menschen sagen sie immer nur zu mir, bevor sie gehen.«

»Ich verstehe.« Das tue ich wirklich, denn es ist, wie ich ihm gesagt habe: Mit jedem Stück aus seiner Vergangenheit, das er mir offenbart, fügt sich das Mateo-Puzzle zusammen – und es ist in seiner Komplexität so viel schöner, als er selbst sehen kann.

Ich lasse mich auf seinen Schoß gleiten und kraule ihm den Kopf, weil ich weiß, wie sehr er es genießt und dass es ihm beim Entspannen hilft. »Und wenn ich sie auf Französisch sage?«

»Du sprichst französisch?«, fragt Mateo schmunzelnd. »Aber eine andere Sprache wird nicht helfen. *Te amo, mi regalito.* Das waren Dads Worte.« Er sieht mich mit einem Blick an, den ich nicht deuten kann. »Es ist nicht so, dass ich nicht mit dir schlafen möchte. Nach all den Artikeln, die über mich existieren, habe ich Angst, dich zu enttäuschen. Ich kann dir nicht garantieren, dass es nicht wehtut oder besonders lange dauert oder was auch immer du dir von jemandem mit meinem Ruf erhoffst.«

»Von Medizinstudierender zu Medizinstudierendem«, unterbreche ich ihn. »Wir wissen beide, dass die meisten Gerüchte um das erste Mal nicht viel mehr als Gerüchte sind. Ich vertraue darauf, dass du aufhörst, wenn ich dich darum bitte. Und wir müssen es ja nicht jetzt tun. Es war nur ... Keine Ahnung. Du hast mich so angesehen, und da dachte ich ... Egal. Musst du noch lernen? Soll ich mich wieder anziehen?«

Mateo atmet tief durch und lässt die Hand von meinem Arm zu meiner Wange hinauf gleiten. »Verstehst du mich jetzt? Wir haben nur das eine spielfreie Wochenende und können es nicht einmal zusammen verbringen, weil ich stattdessen zusehen muss, wie du mit Joshua vor seiner Familie Händchen hältst.«

»Ich verstehe dich.«

»Und ja, ich müsste lernen, aber das werde ich nicht tun, weil die heißeste Frau des Universums nackt in meinem Bett sitzt«, erwidert er lächelnd, bevor er mich küsst.

Innig und langsam – auf eine Art, die meinen gesamten Körper zum Vibrieren bringt. Als Mateo leise in meinen Mund stöhnt, streichen meine Finger über seinen Körper, verharren aber über seiner Erektion.

»Tu das, wonach dir ist, aber fühl dich zu nichts gezwungen«, bittet er. »Wir hören sofort auf, wenn es dir zu viel wird.«

»Es ist mir nicht zu viel«, versichere ich ihm. »Ich weiß einfach nicht, wie ich dich berühren kann, sodass es sich gut für dich anfühlt. Ich will dir nicht wehtun.«

»Du tust mir nicht weh. Aber wenn du möchtest, kann ich dir zeigen, wie du ...«

»Ja«, unterbreche ich ihn leise und rechne damit, dass er meine Hand ergreift und sie zu seiner Erektion führt, stattdessen berührt er sich selbst – und das nicht annähernd so behutsam, wie ich es getan hätte.

Mateo schließt die Augen – und bewegt die Hand langsam auf und ab, während ich mit den Haaren an seinem Nacken spiele.

»Woran denkst du?«, wispere ich und lehne die Stirn gegen seine.

»Immer nur an dich.« Er öffnet die Augen. »Hales?«

Ich rücke ein wenig von ihm ab und sehe ihn fragend an, woraufhin er mich zärtlich küsst.

»Hör auf, mich anzusehen, als wäre ich ein Forschungsobjekt.«

»Aber genau das bist du gerade«, flüstere ich gegen seine Lippen und lege die Unterarme auf seinen Schultern ab, ohne den Kuss abzubrechen. Mit der Zungenspitze streiche ich über seine Unterlippe, bis er mir Einlass gewährt. »Hör nicht auf.«

Irgendwie habe ich das Gefühl, dass er sich nicht entspannen kann. Was bedeutet, dass er zu viel denkt. Was bedeutet, dass er eindeutig noch zu wenig bei der Sache ist.

Ich lege die Hand an meinen Bauch und lasse sie langsam nach unten gleiten, als ich sicher bin, dass Mateo der Bewegung mit dem Blick folgt.

»Ich muss das hier dringend tun, weil ich mich sonst in deiner Nähe nicht auf das Lernen konzentrieren kann.«

Vielleicht habe ich keine Ahnung davon, wie ich Mateo am besten berühre, aber bei mir selbst habe ich ausreichend Erfahrung.

Wenn mir jemand gesagt hätte, dass der Tag kommen würde, an dem ich vor Mateo auf seinem Bett sitze, mit einer Hand über meine Brustwarze reibe und die andere zwischen meine Schenkel wandern lasse – ich hätte ihn ausgelacht. Aber hier knie ich und küsse Mateo so hingebungsvoll und drängend, wie ich kann. Mein Atem wird zu einem Keuchen, weil ich nicht damit aufhören kann, in kreisenden Bewegungen über meine pochende Mitte zu reiben.

»Verdammt.« Es ist nur ein kleiner Fluch, mit dem Mateo sich dem Drängen seines Körpers endlich ergibt. Zum ersten Mal lässt er sich in meiner Gegenwart fallen. Bisher ging es immer nur darum, mir zu zeigen, dass er sich mir zuliebe zurückhalten kann. Nie hat er sich vor mir selbst berührt oder mir zu verstehen gegeben, dass ich das für ihn tun soll, aber diese Seite an ihm zu sehen, lässt meinen mentalen Schutzwall endgültig kapitulieren.

Noch nie wollte ich ihn so sehr küssen wie in diesem Moment. Ich vergrabe eine Hand in den Locken an seinem Hinterkopf und küsse ihn, während er eine Hand ausstreckt und mit dem Daumen über meine ohnehin schon harte Brustwarze fährt.

»Mat…«

Ich weiß nicht, ob ein Moment zu viel und zugleich zu wenig sein kann, aber genau so fühlt es sich an.

Nach Atem ringend bricht er den Kuss ab. »Hör nicht auf, aber ich brauche ein Kondom, sonst gibt es eine Sauerei«, bringt er irgendwie hervor und wendet sich seinem Nachttisch zu.

Statt weiterzumachen, setze ich mich hinter ihn, streiche mit den Händen an seiner Wirbelsäule entlang und küsse ihn auf den Haaransatz. Ein Schauer durchläuft ihn.

»Ich werde dich nicht verlassen«, verspreche ich mit Gedanken an das Tattoo und die Ängste, die er mit Liebe verbindet.

Als er sein Werk beendet hat, sich zu mir herumdreht und mir in die Augen sieht, weiß ich, dass sich zwischen uns irgendetwas geändert hat. Und es hat nichts damit zu tun, dass ich mich rittlings auf seinen Schoß setze. Ich will ihm irgendetwas sagen, das die drei magischen Worte nicht enthält, aber ihm zu verstehen gibt, dass mir dieser Moment die Welt bedeutet.

»Du bedeutest mir jeden einzelnen Tag mehr.«

»Für mich bist du perfekt«, erwidert Mateo und senkt die Lippen auf meinen Halsansatz. »Ich könnte dich immerzu ansehen.«

»Es gibt niemanden, mit dem ich gerade lieber zusammen wäre.« Ich beiße ihn sacht ins Ohrläppchen und folge der Einladung seiner Hände, dichter an ihn heranzurutschen.

Seine heiße Erektion zu spüren, bringt mich fast um den Verstand. Ich weiß jetzt schon, dass dieses berauschende Gefühl mich süchtig machen wird, also gebe ich dem drängenden Pochen zwischen meinen Beinen nach und reibe mich an Mateo.

»Ich kriege nicht genug von dir«, fährt er fort, als hätten wir beschlossen, einander alles zu sagen, außer den Worten, die ihm Angst machen.

Der raue Unterton seiner Stimme animiert mich dazu, den Druck meiner Hüften zu erhöhen, bis Mateo leise stöhnt und in die Bewegung einsteigt.

Ich habe immer geahnt, dass das Zusammenspiel seiner Muskeln perfekt sein würde – und ich hatte recht. Mateo auf diese Weise zu spüren ist noch so viel besser als seine Finger.

»Du vervollständigst mich«, wispere ich und stehle ihm noch einen Kuss. Zu reden wird mit jeder Sekunde schwieriger. Mein Herz schlägt so sehnsüchtig in meiner Brust, es will endlich mit Mateo vereint sein. Jetzt. Und für immer.

»Mein Leben ist so viel besser mit dir darin.« Seine Worte sind kaum mehr als ein Keuchen.

Ich halte diesen Zustand keine Sekunde länger aus. »Schlaf mit mir«, dränge ich und küsse ihn auffordernd, aber er schüttelt den Kopf. »Ich will, dass du mein Erster bist.«

»Wir müssen das nicht tun«, erwidert er atemlos.

Ist das sein Ernst? Wir sind doch bereits so kurz davor. Ich spüre seine Härte verheißungsvoll über meine Mitte reiben. Vielleicht könnten wir es dabei belassen, aber …

»Lass mich nicht betteln«, bitte ich, obwohl ich genau das bereits tue.

Aber er hält sich noch immer zurück.

Warum, verdammt? Es macht mich wahnsinnig.

»Sag mir, wenn du es wirklich nicht willst«, dränge ich.

»Gott, Haley. Natürlich will ich dich.«

Das reicht mir als Antwort. Von Ungeduld und Verlangen getrieben knie ich mich hin und greife nach Mats Erektion.

Langsam lasse ich mich darauf nieder und entlocke ihm ein kehliges Stöhnen.

»Vorsichtig«, keucht er und umfasst meine Taille, um mich zu bremsen.

Als mich ein kurzer Schmerz durchzuckt, verharre ich in der Position und lehne die Stirn gegen seine Schulter.

»Atme«, bittet mich Mat und küsst mich auf den Halsansatz.

Ich atme seinen Duft ein und verharre in dieser Position, um mich an das ungewohnte Gefühl zu gewöhnen. Der Schmerz verebbt und hinterlässt nur ein Gefühl der Dehnung. Nicht unangenehm, nur ungewohnt.

»Du bist wunderschön.« Er schiebt eine Hand zwischen uns und reibt über meine pochende Mitte, bis die kurze Verunsicherung verfliegt und ich bereit bin, ihn ganz in mich aufzunehmen.

»Mit dir zusammen zu sein fühlt sich einfach richtig an.« Mit meinen Worten setze ich auch meine Bewegungen fort – und es gibt nichts, was hiermit vergleichbar wäre.

Mat wirkt, als wollte er etwas sagen, stattdessen zieht er

mich an sich und küsst mich wie im Bus: hart und verzweifelt, als hätte er Angst, mich zu verlieren.

Wie auch dieser Kuss werden unsere Bewegungen leidenschaftlicher und ungestümer. Als Mat ein Stöhnen entweicht, will ich ihn ermahnen, leiser zu sein, aber ich kann nicht. Alles in mir spannt sich an, aber das erlösende Gefühl bleibt aus.

»Leg dich hin«, bittet er mich atemlos.

Noch während ich seinem Vorschlag folge, umfasst er mein Becken und hebt mich leicht an. Als er das nächste Mal in mich gleitet, bin ich es, die leise aufstöhnt. Er berührt diesen Punkt in mir, den er jedes Mal mit seinen Fingern neckt – aber das hier ist noch so viel besser. Mit jedem Stoß nimmt die Anspannung in meinem Inneren zu.

Ich grabe die Hände in die Bettdecke unter mir, drücke den Hinterkopf ins Kissen und strecke mich Mat entgegen. »Härter«, fordere ich.

Er öffnet den Mund, als wollte er mich fragen, ob das mein Ernst sei, aber ich lege den Arm um seine Schultern, ziehe ihn an mich und küsse ihn.

Keine Fragen. Nicht jetzt.

Erst als Mat endlich jede Vorsicht vergisst, spüre ich den ersehnten Höhepunkt.

Während sich alles in mir auf wundervolle Art zusammenzieht, höre ich ihn fluchen.

»Verdammt, Hales …« Ein letztes Mal stößt er in mich, und ich spüre seine Wärme durch das Kondom, bevor er mich nach Luft ringend auf die Stirn küsst.

Einige Atemzüge lang fühle ich sein Herz an meiner Brust schlagen, bevor er sich auf die Unterarme stützt und mich ansieht. Seine Mundwinkel heben sich, aber sein Lächeln wirkt ebenso glücklich wie zaghaft.

»Habe ich dir wehgetan?« Vorsichtig streicht er eine feuchte Haarsträhne aus meinem Gesicht und sieht mich forschend an.

Ich schüttle den Kopf. »Dann hätte ich wohl nicht um mehr gebettelt. Lass mich das nächste Mal vielleicht weniger lange bitten. Oder lässt du die anderen Frauen auch schriftliche Einverständniserklärungen ausfüllen? Ich dachte wirklich, dass du gleich einen Kugelschreiber holst.«

Mateo blinzelt mich so irritiert an, dass ich mich auf meine Unterarme stütze.

»Was?«, frage ich verunsichert. »Was bedeutet dieser Blick?«

Es dauert ein paar Herzschläge lang, bis er aus seiner Starre erwacht und grinsend den Kopf schüttelt. »Ich glaube, er bedeutet, dass es keine anderen Frauen mehr geben wird.«

»Oh.« Lächelnd wende ich den Blick ab und kann nicht verhindern, dass meine Wangen zu glühen beginnen.

Gut. Okay. Wenn Mateo die drei Worte nicht sagen will, soll er sie für sich behalten. Aber als ich ihn wieder ansehe und nur ein Wort über seine Lippen kommt, bin ich mir relativ sicher, dass mein kleines, naives Herz recht hat. Ich bin für ihn mehr als nur eine Gelegenheit, denn das Wort lautet: »Priya.«

25. KAPITEL

WE + H = K
(Wochenende + Hamptons = Katastrophe)

»Danke noch mal, dass du uns begleitest.« Joshua lehnt sich zurück.

Ich würde ja behaupten, dass ich gern mit ihnen nach New York fliege, aber mit ihm und Mateo im Flugzeug zu sitzen, um seine Eltern zu besuchen, fühlt sich eigenartig an. Und das nicht nur, weil sie uns einen Erste-Klasse-Direktflug spendieren. Außer uns – und natürlich der Crew – ist niemand hier.

Ich ziehe ein Bein an und drücke den Rücken gegen den Ledersessel. »Und du bist dir ganz sicher, dass es eine gute Idee ist, jemanden deine Freundin spielen zu lassen, der gefärbte Haare und ein Tattoo hat?«, hake ich nach. Ich kann mir nicht vorstellen, dass Joshuas Eltern davon begeistert sein werden. Weder von meinem Aussehen noch von mir. Ich passe hier schon optisch überhaupt nicht hin. »Denkst du nicht, jemand wie Penny wäre passender … hierfür.« Ich deute vage um mich. Mir ist schon aufgefallen, dass mich die Stewardess mit einem nachsichtigen Lächeln bedacht hat, als ich aus meinen gebrauchten No-Name-Stiefeletten geschlüpft bin.

»Was stört dich?«, fragt Mateo, der seinen Sessel in Liegeposition bringt. »Komfortabler kann man nicht reisen.«

»Ich habe mir beim Betreten eurer Wohnung schon gedacht, dass ihr zu viel Geld habt«, stimme ich zu.

»Joshuas Eltern haben zu viel Geld. Ich habe einfach nur ein Sportstipendium und einen Freund, der den Großteil der Miete übernimmt.«

»Entspann dich«, bittet Joshua. »Das Wochenende wird anstrengend genug, da habt ihr einen angenehmen Flug verdient.«

Mateo schließt die Augen. »Wem sagst du das? Ich werde mir das ganze Wochenende über euer Geturtel anschauen müssen.«

»Stört es dich etwa?«, stichle ich.

»Wenn du meinen besten Freund vor meinen Augen küsst?« Mateo sieht mich an.

Ich erwarte, dass er es abstreitet, doch das tut er nicht.

»Ich könnte Bo vor deinen Augen küssen, und dann sagst du mir, ob das seltsam ist«, schlägt er vor.

»Wir müssen uns nicht küssen«, erwidert Joshua.

»Ach, komm, Josh«, schnaubt Mateo. »Ihr werdet irgendetwas tun müssen, was Verliebte tun. Sie wird abends auf dem Sofa auf deinem Schoß sitzen. Du wirst ihr durch die Haare fahren und die gleiche Show abziehen, die du jedes Mal bringst. Ich werde mir das ansehen, lächeln und innerlich kotzen.«

»Du weißt, dass nichts davon echt ist«, wirft er ein und entlockt Mateo damit nicht mehr als ein Murren. »Wisst ihr was? Klärt das allein. Ich gehe derweil auf die Toilette.«

Kaum ist er außer Hörweite, dreht sich Mateo zu mir um. »Es stört mich nicht, wenn du Zeit mit meinem besten Freund verbringst, aber es macht mich wahnsinnig, dir ständig nahe zu sein, ohne dir näher kommen zu können.«

»Du fühlst dich also jetzt schon vernachlässigt?«

»Vollkommen.« Nickend streckt er eine Hand nach mir aus.

Bevor ich weiß, was er tut, beugt er sich zu mir vor und küsst mich. Oder vielleicht bin ich ihm auch auf halber Strecke entgegengekommen. Es spielt keine Rolle.

Ich spüre nur noch seine weichen Lippen an meinen. Seine Hand an meinem Hinterkopf. Seine Zungenspitze, die vorsichtig nach meiner tastet. Wann habe ich den Mund für ihn geöffnet? Keine Ahnung. Mit geschlossenen Augen stehe ich von meinem Platz auf und setze mich rittlings auf Mateos Schoß. Trotz der breiten Sitze ist es nicht allzu bequem, aber es ist mir egal, wenn ich seinen Körper an meinem spüren kann. Seinen ganzen Körper. Ich vergrabe die Hände in seinen Locken und setze unseren Kuss fort. Zum Dank legt Mateo eine Hand an meine Hüfte und zieht mich enger an sich. Welch perfekten Körper er hat. So warm. So geschmeidig. So hart. Wie sehr ich ihn in den letzten Tagen vermisst habe.

Ich pausiere unseren Kuss, um auf Mateo hinabzusehen. Er sieht so unfassbar hübsch aus. Mit geschlossenen Augen lehnt er sich zurück, um sich ganz auf unsere Berührung zu konzentrieren. Seine Locken umrahmen das ebenmäßige Gesicht. Die geschwollenen Lippen schreien nach einer Fortsetzung unseres Kusses. Wenn die Toilette nicht besetzt wäre, wäre es der richtige Moment, um dorthin zu verschwinden.

Erschrocken fahre ich auf, als mich jemand an der Schulter berührt und sich räuspert.

»Ich muss Sie wirklich dringend bitten, das zu unterlassen«, mahnt eine Stewardess.

Meine Wangen glühen sicherlich ebenso wie ihre.

»Äh«, ist alles, was ich herausbringe. Hastig löse ich mich von Mateo und lasse mich zurück auf meinen Sitz fallen. Unangenehm berührt wende ich mich von ihr und Mateo ab und starre aus dem Fenster. »Das war peinlich«, stöhne ich, ziehe die Beine an und vergrabe die Stirn an den Knien, kaum dass die Stewardess weg ist.

Nur widerwillig sehe ich aus einem Auge zu Mateo auf, als er über mein Handgelenk streicht.

»Nur peinlich oder auch ein bisschen heiß?«

»Sehr peinlich. Und sehr heiß.« Ein Lächeln zupft an meinen Mundwinkeln, als er mich angrinst. Kopfschüttelnd verstecke ich mich wieder hinter meinen Knien.

Stöhnend wirft sich Mateo gegen die Rückenlehne. »Verdammt. Das wird ein langes Wochenende.«

»Mhm. So lang nun auch wieder nicht. Übertreib nicht so maßlos«, necke ich ihn und kann ein Grinsen nicht unterdrücken.

Joshua unterbricht uns, indem er sich wieder auf seinen Sitz fallen lässt. »Und? War ich lange genug weg, damit ihr klären konntet, was ihr nach diesem Wochenende treibt?«

»Vor allem haben wir geklärt, dass dein Dad nicht genug für diesen Flug bezahlt hat, um an einer Mitgliedschaft im Mile High Club zu arbeiten«, antwortet Mateo und streckt sich der Länge nach.

»Für den Rückflug dann also ein Privatflug?«, scherzt Joshua. Zumindest nehme ich an, dass es ein Witz sein soll.

Er bestellt bei der Stewardess ein Zitronenwasser mit Eiswürfeln.

»Haben Sie auch Zitronenlimonade?«, frage ich kleinlaut.

»Bio-Basilikum-Zitronenlimonade«, antwortet sie und lächelt mich so charmant an, als hätte sie mich nicht zuvor in die Schranken verwiesen.

»Mit Eis bitte«, ordere ich und bin die nächsten Minuten damit beschäftigt, mir das kühle Glas abwechselnd gegen Stirn und Wangen zu halten, bis sie wieder eine normale Temperatur angenommen haben.

»Nein, Mom. Wir brauchen wirklich und ganz ehrlich keinen Chauffeur.« Joshua stöhnt in sein iPhone. Er telefoniert mit seinen Eltern, während wir zu zweit am Stand der Autovermietung auf die Schlüssel zu unserem Leihwagen warten. Mateo hat sich kurz entschuldigt, und so wandert mein Blick unruhig durch den Flughafen.

Sicherheitspersonal, Familien mit Koffern, ein Hund, der ängstlich in einer Box kauert, Geschäftsreisende ... Keiner dieser Menschen interessiert sich für mich, dennoch fühle ich mich unwohl.

Mein Blick bleibt an einem Mädchen hängen, das mit seinem Handy Fotos schießt. Unwillkürlich greife ich nach Joshuas Hand, als wäre es eine Paparazza, die nur darauf wartet, uns zu überführen. Für einen Moment lang wirkt Joshua von meiner Geste irritiert, bevor er mir ein Lächeln schenkt.

Nach ein paar Minuten haben wir die Autoschlüssel, eine Mappe voller Unterlagen und warten auf Mateo, der mit drei To-go-Bechern auf einem Papptablett wieder zu uns stößt.

»Hast du das Kaffeeverbot vergessen?«, fragt Joshua.

»Wie könnte ich? Kaffee für Haley, grüner Tee für dich und warmes Wasser aka Fantasiekaffee für mich.« Mateo überreicht uns die jeweiligen Becher, als ihre Handys synchron eine neue Nachricht ankündigen.

Mateo versenkt das leere Tablett in einem Mülleimer und zieht mit der freien Hand das Handy aus der Hosentasche.

»Híjole«, ist das einzige Wort, das ihm über die Lippen kommt.

»Was ist los?«, frage ich alarmiert, weil ich ihn zum ersten Mal auf Spanisch fluchen höre.

Mit dem Blick auf Joshua dreht uns Mateo das Display zu. Der Newsticker einer Sportseite verkündet in Großbuchstaben: ERSTER AKTIVER NFL-SPIELER OUTET SICH ALS SCHWUL.

Veröffentlicht vor wenigen Sekunden.

»Wow«, ist alles, was mir dazu einfällt. Mein Blick gleitet

zwischen Joshua und dem Handy hin und her, aber seine einzige Reaktion beschränkt sich darauf, an seinem Getränk zu nippen. »Das ist … Gibt es schon Reaktionen?«

»Sie schreiben, dass es ein historischer Moment ist«, zitiert Mateo den Text. »Und die NFL hat soeben getwittert, dass die NFL-Familie stolz auf ihn ist.«

Ein Lächeln stiehlt sich auf mein Gesicht, weil ich für einen kleinen Moment glaube, dass sich Joshuas Chancen auf die NFL soeben um ein Vielfaches erhöht haben, aber er sieht aus, als würde es ihn nicht betreffen.

»Ich dachte, das wären großartige Neuigkeiten«, gestehe ich verwirrt.

»Nur weil irgendein Spieler sich outet, ändert sich für mich gar nichts«, sagt er, lässt meine Hand los und greift nach seinem Koffer. »Dass es überhaupt nötig ist, sich zu outen, und dann so ein Riesending daraus gemacht wird, zeigt nur, wie rückständig wir sind.« Kopfschüttelnd geht er voran.

Nachdenklich nippe ich an meinem Kaffee, um irgendetwas zu tun, und weiß nicht, was ich darauf antworten soll. Vermutlich hat er recht, allerdings ist das nicht ganz die Reaktion, mit der ich gerechnet habe.

»Gib ihm Zeit«, schlägt Mateo vor.

»Sicher«, murmle ich. »Ich dachte nur …«

Was dachte ich? Dass er unsere Fake-Beziehung sofort beendet und seine Eltern anruft? Natürlich nicht. Das Outing dieses NFL-Spielers ändert weder die Einstellung seiner Familie noch die mancher Teamkameraden.

»Ich würde ja gern deine Tasche tragen, aber wir werden beobachtet«, sagt Mateo leise und deutet mit dem Kopf flüchtig auf einen jungen Mann, der uns interessiert ansieht, bevor er unauffällig ein Foto zu machen versucht.

»Ehrlich, Mat. Ich verstehe nicht, was du daran findest,

ständig überall erkannt zu werden. Aber ich bin ein großes Mädchen, das es schafft, Tasche und Kaffeebecher allein zu tragen.«

»Schwer zu erklären. Es gibt mir das Gefühl, als hätte ich einen Platz in der Welt.«

»Warum klingt alles, was du sagst, traurig?«, frage ich rhetorisch.

»Weil du mich zu gut kennst.«

»Ich glaube nicht, dass es möglich ist, dich zu gut zu kennen.« Während ich gegen das Verlangen ankämpfe, ihn in den Arm zu nehmen, bedeutet er mir, dass er mir meine Tasche abnimmt, wenn ich im Gegenzug seinen Koffer ziehe.

Manchmal, in Momenten wie diesen, überlege ich, ob es für uns nicht besser wäre, meine Fake-Beziehung zu Joshua zu beenden, weil ich uns damit blockiere. Aber was dann? Laufe ich Händchen haltend mit Mateo durch den Flughafen?

Sofort kommt mir der Artikel auf *Clair's Candy* in den Sinn: Mateo Ortegas Geschmacksverwirrung. Würde es dann immer so sein? Dass man uns zusammen sieht und sich fragt, warum er seine Zeit ausgerechnet mit mir verbringt?

Unangenehm berührt muss ich mir eingestehen, dass ich dachte, diese Art von Gedanken hinter mir gelassen zu haben, aber vielleicht werden sie immer mal wieder aufkommen, selbst dann, wenn Mateo mir nie einen Grund dafür gegeben hat, an ihm oder uns zu zweifeln.

»Gib ihm Zeit«, wiederholt er, während wir zu Joshua aufschließen.

Zeit. Vielleicht ist es das. Vielleicht brauchen wir sie alle, weil drei Semester College nicht all die unschönen Erinnerungen unserer Vergangenheit ausradieren können.

»Okay«, murmle ich, als wir die Einfahrt zum Strandhaus von Joshuas Eltern hochfahren. »Wenn das euer Strandhaus ist, möchte ich euer richtiges Haus nicht sehen.«

Allein dieser lichtdurchflutete Traum mit weißer Veranda ist schon locker doppelt bis dreimal so groß wie das Haus meiner Mom.

Ich lehne mich zwischen den Vordersitzen des Leihwagens hindurch. »Du spielst Football wirklich, weil du es liebst«, murmle ich. Des Geldes wegen macht er es mit Sicherheit nicht.

»Ja«, antwortet Joshua leise. »Ich brauche Football nicht, solange ich meine Familie habe. Und ich brauche meine Familie nicht, solange ich Football habe.«

»Aber du verlierst beides, wenn wir die Leute nicht davon überzeugen können, dass ich deine Freundin bin.« Einerseits wäre ich für ihn gern die beste Fake-Freundin, die ich sein kann. Er hat es verdient, seinen Traum zu leben. Andererseits ist Lügen meist eine denkbar schlechte Basis, ganz gleich wofür.

»Vielleicht solltet ihr die Fake-Beziehung die ganze NFL-Zeit über durchziehen. Nur um sicherzugehen«, schlägt Mateo vor und dreht sich zu mir um. »Bist du bereit?«

»Eigentlich nicht«, gestehe ich und bin mir sicher, dass ich gnadenlos versagen werde. Ich passe nicht in diese Welt. »Penny wäre eine bessere Wahl gewesen«, werfe ich erneut ein.

»Ich brauche jemanden, dem ich vertrauen kann«, erinnert mich Joshua. »Und hab keine Angst. Sei einfach du selbst. Wir schaffen das schon.«

»Eine Version von dir selbst, die keine Ahnung hat, dass du eigentlich auf den besten Freund stehst«, stichelt Mateo.

Das wird grauenvoll werden.

Wie grauenvoll ahne ich schon, als wir die Stufen zum Haus hinaufsteigen und uns eine Frau die Tür öffnet, die uns von Joshua als die Haushälterin vorgestellt wird. Natürlich haben seine Eltern Angestellte. Was habe ich von jemandem erwartet, der seinem Sohn eine Reinigungsfirma vorbeischickt? Ich hätte ihn dringend nach den politischen Ansichten seiner Familie fragen sollen, um besser einschätzen zu können, worauf ich mich hier überhaupt einlasse. Kaum haben wir das Haus betreten, ertönt ein Ruf durch das weitläufige Erdgeschoss.

»Joshua!«

Eine blonde Frau in einem cremefarbenen Etuikleid kommt auf ihren weißen Lackleder-High-Heels über den Parkettboden zu uns geschwebt. Sie sieht aus, als wäre sie eigens dafür geschaffen, ein Haus in den Hamptons zu bewohnen. Mit Haaren in der Farbe von Sand und Augen so blau wie der Himmel. Dass ihre Nase einen kleinen Knick hat, macht sie mir sofort sympathisch. Ihre Schönheit sieht natürlich und nicht von Chirurgenhand gestaltet aus.

»Mein Schatz!« Mit einem hinreißenden Lächeln haucht sie Joshua einen Kuss auf jede Wange. Was nur möglich ist, weil er sich zu ihr runterbeugt. »Wie schön, dass ihr es geschafft habt. Hattet ihr einen angenehmen Flug? War es voll auf den Straßen?« Ihr Blick gleitet zu Mateo hinauf. »Ihr werdet auch jedes Mal größer.«

»Laut unserem Physio höchstens dicker«, seufzt er und lässt sich ebenfalls zur Begrüßung auf die Wangen küssen.

»Mom? Darf ich dir die bezaubernde Haley vorstellen?«, fragt Joshua charmant lächelnd.

Ich fahre überrascht auf, als er einen Arm um meine Taille legt. »Sehr erfreut«, versichere ich und strecke unsicher die Hand aus.

Joshuas Mom mustert mich, bis ein wohlwollender Glanz in ihre Augen tritt. »Was für wunderschöne Augen du hast.« Sie ergreift meine Hand, nur um sich in der nächsten Sekunde vorzubeugen und mich ebenfalls zu küssen.

»Ihre Augen waren auch das Erste, was mir an ihr aufgefallen ist«, behauptet Joshua und wird prompt unterbrochen.

»Klar. Ihre Augen. Und nicht ihre Titten«, schallt es von einer Holztreppe mit weißem Geländer. Ein junger Mann kommt heruntergeschritten.

Poloshirt mit aufgestelltem Kragen und Bootsschuhe sind das Erste, was ich von ihm zur Kenntnis nehme.

»Nicolas«, tadelt Joshuas Mom. »Etwas mehr Respekt bitte.«

»Schau sie dir doch an«, schnaubt er und geht achtlos an uns vorbei, um Mateo ein Highfive anzubieten. »Geile Saison, Kumpel.«

Mateo erwidert den Gruß lächelnd. »Danke. Aber sei ein wenig netter zur Freundin deines Bruders.«

Nicolas verdreht die Augen. »Hallo, Haley, schön dich kennenzulernen«, murrt er, ohne mich eines Blickes zu würdigen, dann geht er desinteressiert in ein offenes Wohnzimmer mit Meerblick hinüber.

»Entschuldige. Er ist in einem schlimmen Alter«, entschuldigt sich Joshuas Mom.

»Dieses schlimme Alter dauert schon vier Jahre«, murmelt Joshua und drückt mir einen Kuss auf den Haaransatz.

Seine Mom streicht sich nervös mit einer Hand über den Unterarm. »Nicolas hat es nicht leicht«, sagt sie leise und tritt näher an mich heran. »Sein großer Bruder ist ständig im Fernsehen, und er hat es nicht einmal in die Highschool-Mannschaft geschafft. Er beneidet Joshua um so vieles.« Sie schlägt seufzend die Augen nieder und bedeutet uns, ihr ins Wohnzimmer zu folgen. »Wollt ihr etwas essen? Wir haben Eclairs, Macarons und allerlei anderes französisches Gebäck, dessen Namen ich mir nicht merken kann.«

Ich öffne den Mund und sehe, wie Joshua und ich gleichzeitig herunterschlucken, was uns auf der Zunge liegt. Dass wir einen Freund haben, der wahrscheinlich wüsste, wie all die niedlichen kleinen Häppchen heißen.

»Oh, Joshua und Mateo. Könnt ihr mir einen Gefallen tun und vielleicht erst die Liegen aus dem Poolhaus holen? Wir sind noch gar nicht dazu gekommen. Haley und ich gehen kurz in die Küche und besorgen uns Gläser.«

Mein Blick folgt ihnen zur Terrasse hinaus und streift flüchtig den Pool, während ich Joshuas Mom in die Küche begleite. Ein Strandhaus mit einem Poolhaus. So sah also Joshuas Kindheit aus? Ferien im vermeintlichen Paradies, während er in seinem Inneren mit sich selbst gekämpft und Mateo um seinen Vater gebangt hat? Es ist eine eigenartige Vorstellung, wie viele verschiedene Wege am Ende doch zu einem gemeinsamen Punkt führen können: Joshua, dessen Leben nur von außen aussieht wie aus dem Bilderbuch. Mateo, der seine Eltern auf so unterschiedliche Weise verloren hat. Und das Mädchen, das nirgendwo so richtig hinpasste.

»Bist du so gut und nimmst die Gläser?«, reißt mich Joshuas Mom aus den Gedanken und zeigt auf ein Tablett, das auf dem Tresen einer Kücheninsel steht.

Es hätte mich gewundert, wäre diese Küche weniger weiß und lichtdurchflutet als der Rest des Hauses.

»Es ist sehr schön hier«, sage ich und ertappe mich schon wieder dabei, wie ich das Wasser anschaue. »Ich weiß gar nicht, wann ich zuletzt am Meer war. Meine Eltern hatten nie wirklich Zeit für Urlaub.«

Flüchtig sieht Joshuas Mom mich an, während sie eine gläserne Schüssel mit Obstsalat aus dem Kühlschrank holt. »Die Innenarchitektin hat ganze Arbeit geleistet«, stimmt sie zu.

Innenarchitektin? Überrascht mich wirklich, dass sie Möbel und Dekorationen nicht selbst ausgesucht hat?

»Du, Joshua und Mateo – kennt ihr euch schon länger?«, fragt sie beiläufig und stellt die Schüssel ab.

»Erst seit diesem Semester«, gestehe ich. »Also so richtig. Ich habe Mateo Nachhilfe gegeben und war deswegen öfter bei ihnen in der WG. Als ich das erste Mal mit Mateo zum Lernen verabredet war, hat er mich versetzt. Joshua war so lieb, mich davon abzulenken, indem er mich zum Essen eingeladen hat. Er ist ein wahrer Schatz.«

»Das ist er«, stimmt sie lächelnd zu und nimmt den Deckel von der Schüssel. »Weißt du, Joshua hat eine besondere Begabung. Damit meine ich nicht, dass er ein herausragender Footballspieler ist. Er hat die Fähigkeit, sich mit den richtigen Menschen zu umgeben. Solchen, die es gut mit ihm meinen und nicht an seinem Geld interessiert sind. Das ist viel wert.« Sie schenkt mir ein Lächeln, das echt wirkt. Aber vielleicht ist sie nur eine ebenso gute Schauspielerin wie ihr Sohn. »Ich vertraue seiner Menschenkenntnis. Seine Freunde sind daher auch Freunde der Familie. Also nenn mich bitte Samantha, ja?« Mit einer flüchtigen Kopfbewegung deutet sie in Richtung Wohnzimmer. »Sei so gut und vergiss die Gläser nicht.«

Sie schwebt auf ihren High Heels in den Nebenraum, während ich mich frage, was sie mit ihren Worten bezwecken wollte?

Mein Blick gleitet unwillkürlich zur Fensterfront, hinter der sich das Meer auftut. Unter anderen Umständen wäre es schön hier. Zum Beispiel, wenn Joshua nicht dazu gezwungen wäre, mich im Arm zu halten. Oder wenn sein Bruder ihn dafür weniger angewidert ansähe. Jetzt komme ich mir wirklich vor wie ein Parasit.

»Wir freuen uns, dass ihr hier seid«, behauptet Samantha und drängt mich dazu, noch mehr Kuchen zu essen, dabei platze ich gleich. »Dad wird bis zum Abendessen auch da sein. Wollt ihr erst einmal eure Sachen auspacken? Ich habe nur zwei der Gästezimmer herrichten lassen, aber wenn ihr lieber in getrennten Zimmern schlafen wollt, sagt Juanita Bescheid. Mein Personal Trainer ist in einer Stunde hier, wir gehen am Strand joggen. Wenn ihr etwas braucht, ist unsere Haushälterin für euch da.« Sie sieht mich an, als erwarte sie eine Antwort.

»Nein, wir können uns ein Zimmer teilen. Alles super«, versichere ich rasch.

»Mein Zimmer liegt neben eurem, also vögelt leise«, ruft Nicolas von seinem Sofaplatz herüber.

Es kostet mich einige Mühe, meine Antwort herunterzuschlucken.

»Nicolas! Achte auf deine Wortwahl«, warnt Samantha. »Bitte, fühlt euch wie zu Hause.«

»Das ist sehr lieb. Wir sind das WG-Leben gewöhnt und werden uns rücksichtsvoll verhalten«, verspreche ich, als mir nichts Besseres einfallen will.

»Ist bestimmt nicht immer leicht, mit den beiden zusammenzuwohnen«, flötet Samantha an Mateo gewandt.

»Sie haben ja keine Ahnung.« Er zwingt sich zu einem Lächeln, aber als er mich ansieht, liegt vor allem eins in seinem Blick: Unmut.

26. KAPITEL

JB = SA

(Joshuas Bruder = Selbstgefälliges A...)

»Dein Bruder ist ein selbstgefälliges Arschloch«, murrt Mateo von seiner Poolliege aus und spielt mit seiner Sonnenbrille.

»Warum braucht man einen Pool, wenn das Meer vor der Haustür liegt?«, versuche ich, das Thema zu wechseln.

»Weil das Meer kalt und der Pool beheizt ist«, erklärt Joshua, dessen Fuß auf meinem Unterschenkel liegt.

Ich mag Joshua, aber nicht auf diese Weise, und es strengt mich jetzt schon an, so zu tun. Da alle paar Minuten irgendjemand vom Personal (Pooljunge, Gärtner, die Haushälterin ...) vorbeischaut, ist ständiger Körperkontakt obligatorisch. Hier eine Berührung mit dem Fuß, dort ein Kuss auf den Haaransatz. Joshua macht seine Sache gut. Vielleicht würde ich selbst auf ihn hereinfallen, wenn ich nicht wüsste, dass sein Interesse nur geheuchelt ist.

»Kommt ihr drei essen?«, ruft Samantha uns zu. Sie steht in der offenen Verandatür und wartet, bis wir sie erreicht haben. Sofort fängt sie mich ab und hakt sich bei mir unter. »Ich hoffe, du magst Fisch? Es gibt Hummer. Es war Clives Wunsch, also Joshuas Dad. Nicht dass du denkst, wir würden jeden Tag Hummer essen. Oh. Und Kürbissuppe? Magst du Kürbissuppe? Die gibt es bei uns jedes Jahr an Halloween.«

»Ich esse so gut wie alles«, versichere ich ihr, auch wenn ich nicht weiß, wie man Hummer isst. Der stand bei uns bisher nicht auf der Speisekarte.

Ein paar Minuten später verstehe ich auch wieso. Hummer auszulösen ist nicht nur mühselig, er schmeckt mir nicht einmal besonders gut. Irgendwie nach Meer und zugleich leicht süßlich. Ein paar Chicken Wings wären mir lieber. Ich versuche, es mir ebenso wenig anmerken zu lassen wie meine Unsicherheit in Bezug auf Joshuas Dad. Er bewegt sich, redet und sieht aus, wie man es von einem erfolgreichen Anwalt in seiner Freizeit wohl erwarten würde: groß gewachsen, athletisch, in weißem Leinenhemd und Lederflipflops.

»Ich habe die Aufzeichnungen eurer letzten Spiele gesehen«, plaudert er und streicht Kräuterbutter auf ein Baguette. »Ihr seid gut geworden. Auch wenn das Spiel gegen die Silver Sharks ziemlich knapp war. Was sagst du dazu, Haley?«

»Oh. Ich habe keine Ahnung von Football«, gestehe ich. Wir haben uns darauf geeinigt, dass ich möglichst viel ich selbst und möglichst wenig Fake-Haley bin. Und dass Football mir nichts bedeutet, ist die Wahrheit.

»Dann hast du es also nicht auf einen Sportler, sondern einfach einen reichen Mann abgesehen?« Nicolas sieht mich herausfordernd an.

»Nein, stell dir vor: Ich mag Joshua einfach, weil er ein guter Mensch ist. Ehrlich gesagt, bedeutet mir Geld nichts. Wir waren nie reich, aber wir hatten immer genug.«

»Haley studiert Medizin«, berichtet Joshua. »Sie ist der klügste Mensch, den ich kenne, und wird eine hervorragende Ärztin.«

»Medizin.« Samantha sieht lächelnd auf. »Wie Mateo.«

»Eine klägliche Geschichte«, stimmt Mateo zu. »Haley studiert im Jahrgang unter uns und gibt mir trotzdem Nachhilfe.«

»Dafür bist du in anderen Dingen gut«, wirft Nicolas ein und wird vollkommen ignoriert, weil sich wahrscheinlich jeder am Tisch denken kann, von welchen Dingen er redet.

»Ja, sie war ständig bei uns zu Hause, um mit Mat zu lernen. So haben wir uns kennengelernt«, bestätigt Joshua.

»Haley erzählte schon davon. Eine schöne Geschichte«, säuselt Samantha. »Clive und ich haben uns auch im Studium kennengelernt. Gleich im ersten Semester. Es war Liebe auf den ersten Blick.«

»Ich habe vor, es wie Mat zu halten«, versichert Nicolas.

»Mhm?« Mat sieht so verwirrt von seinem Hummer auf, dass ich mich frage, ob er überhaupt zugehört hat.

»Warum braucht man eine feste Freundin, wenn man sie alle haben kann?« Nicolas fährt mit der Gabel durch die Luft.

»Nicolas!«, tadelt Samantha und bedeutet ihm, die Gabel nicht als Lanze zu benutzen. »Benimm dich.«

Mateo schaut mich an und atmet tief durch. Offensichtlich ist er genervt – und ich kann nichts tun, um ihm zu helfen.

»Wie auch immer«, würgt Nicolas hervor. »Sei froh, dass du Single bist. Kommt ihr nachher eigentlich mit zur Strandparty?«

»Ich denke, ich verzichte. Ich bin müde«, lehnt Joshua ab und streicht über meine Hand.

Lächelnd drücke ich seine. »Dann bleibe ich bei dir.« Ich habe ohnehin keine Lust auf Partys. Eine Strandparty in den Hamptons? Lauter reiche, verwöhnte Jugendliche, die garantiert irgendwo Alkohol herbekommen? Das ist der Stoff, aus dem meine Albträume sind.

»Mat, aber du musst mitkommen«, drängt Nicolas. »Ihr könnt nicht herkommen und an Halloween im Haus abhängen wie so ein Haufen alter Leute.«

»Hierbleiben und Joshua und Haley bei ihrer Turtelei zusehen? Auf keinen Fall.« Er zwinkert Nicolas zu, der sich zufrieden auf seinem Stuhl zurücklehnt.

»Cool.«

Es ist offensichtlich, wie sehr Nicolas Mateo vergöttert. Und genauso offensichtlich ist, dass der schlechte Laune hat.

Bevor die beiden zum Strand aufbrechen, schickt er mir noch eine Nachricht.

Mateo: *Du weißt, dass ich lieber mit dir auf dem Sofa liegen würde?*

Haley: *Du weißt, dass ich mir lieber mit dir als Joshua ein Bett teilen würde?*

Mateo: *Ich kann es kaum erwarten, wieder nach Hause zu kommen.*

Haley: *Nach Hause oder zu Hause kommen?*

Mateo: ;-)

Ich habe Joshua dreimal gesagt, dass er ruhig auf der anderen Seite seines riesigen Betts schlafen kann, dennoch liegt er auf dem kleinen Sofa in seinem Zimmer. Es ist viel zu kurz für ihn. Er sieht aus, als würde er mit den Knien unter dem Kinn schlafen.

Was aber Fakt ist: Er schläft. Ganz im Gegensatz zu mir. Ich kann nicht aufhören, mir Mateo und eine Fremde vorzustellen. Eng umschlungen am Lagerfeuer. Betrunken. Und dann tun sie das, was wir getan haben. Egal, wie oft ich mir sage, dass das nicht passieren wird, weil ich Mateo vertrauen kann: Ich bekomme die Bilder nicht aus dem Kopf.

Stöhnend stehe ich auf. Ich brauche dringend ein Glas Wasser. Barfuß mache ich mich auf den Weg in die Küche. Das Haus liegt dunkel und still vor mir, als ich ins Erdgeschoss hinuntergehe. Nur das Knarzen der hölzernen Treppenstufen ist zu hören, silbriges Mondlicht verleiht allem sanfte Konturen. Beim Durchqueren des Wohnzimmers stutze ich. Die Tür zur Terrasse steht offen und weiße Vorhänge wehen in einer sanften Brise, die das Geräusch des Meeres mit sich bringt.

Ich könnte Mateos Silhouette unter Tausenden erkennen. Er steht an der Balustrade, die die Terrasse umgibt, stützt die Unterarme darauf und blickt auf das Meer hinaus.

Wie magisch von dem Anblick angezogen, verharre ich und betrachte ihn einige Herzschläge lang, dann gebe ich mir einen Ruck und trete auf die Terrasse hinaus.

»So ganz allein?«, frage ich leise und erschaudere, als mir kühler Küstenwind durch die Haare streicht.

Mateo zuckt zusammen, bevor er sich halb zu mir umdreht. »Mhm«, ist alles, was er hervorbringt.

»Störe ich dich?«

»Nein.« Er lässt das Handy in der Hosentasche verschwinden. »Du störst nie.«

Unsicher stelle ich mich neben ihn und stütze ebenfalls die Unterarme auf das Geländer. »Du riechst nach Lagerfeuer und Bier«, murmle ich mit Blick auf das Meer.

»Und du nach weißen Blüten und Zahnpasta.«

»Verrätst du mir, wem du geschrieben hast?«

»Drew.« Er lehnt sich leicht gegen mich, und ich den Kopf gegen seine Schulter. »Keine Ahnung warum, aber ich schreibe ihm immer, wenn ich nicht weiter weiß. Er ist gut darin, die richtigen Worte zu finden.«

»Die richtigen Worte in Bezug worauf?«

»Ich war mit Nicolas am Strand. Er meinte, ich sei sein Vorbild. Und … Verdammt! Ich will ein Vorbild sein, Hales. Wirklich. Für junge Männer, die unerbittlich für ihren Traum kämpfen. Ich arbeite seit Jahren so hart. Tag und Nacht. Und alles, was die Leute in mir sehen, ist ein Typ, der reihenweise

Frauen flachlegt. Ich wollte das nie«, gesteht er. »All diese Artikel. Ich dachte, es wäre okay, Spaß zu haben, aber du hattest recht. Was bin ich für ein Vorbild? Wer vertraut schon einem Kinderarzt, wenn die ersten Google-Treffer nur von seinen Affären erzählen?« Mateo beißt die Zähne zusammen und fährt sich durch die Haare.

»Kinderarzt?«, frage ich überrascht. »Weil du möchtest, dass es Kindern gut geht? Nicht so wie dir damals?« Ich greife vorsichtig nach seiner Hand, damit er von seinen Haaren ablässt. »Sieh mich an«, bitte ich ihn und lege eine Hand an seine Wange. »Man sagt immer, das Internet vergisst nicht – aber das stimmt nicht. Jeder hat das Recht auf Vergessen. Du kannst alles werden, was du willst.«

Er streckt eine Hand nach mir aus, streicht mir eine lose Haarsträhne hinters Ohr. Der Küstenwind und Mateos Berührung bescheren mir eine Gänsehaut.

Ich bin kurz davor, ihm zu sagen, dass wir das wirklich lassen sollten, aber das Haus liegt ruhig und dunkel hinter uns. Ich beiße mir auf die Unterlippe, bis Mateo mich küsst.

Anders als im Flugzeug. Langsam, träge und innig. Als hätten wir alle Zeit der Welt. Diese Berührung ist nicht einfach nur ein Kuss. Sie ist ein Versprechen – und eine Verheißung auf mehr. Ich grabe die Hände in sein T-Shirt und lasse mich von ihm auf die Umrandung setzen. Ohne darüber nachzudenken, öffne ich die Beine für ihn. Meine Hand wandert zu seinem Nacken, während er meinen Hals mit federleichten Küssen bedeckt. Eine seiner Hände schiebt sich unter mein Top, streichelt an meiner Taille entlang und meinen Rücken hinauf. Ein Kribbeln nach dem anderen läuft durch meinen Körper, nur um eine verräterische Hitze zwischen meinen Beinen zu entfachen.

»Komm in mein Zimmer«, drängt er. »Bitte, Hales. Du wirst

es nicht bereuen. Wir müssen nicht miteinander schlafen, aber ich will dir nahe sein. Du fehlst mir.«

»Mat.« Mit geschwollenen Lippen wende ich mich von ihm ab, auch wenn es all meine Selbstbeherrschung kostet.

»Ich will einfach nur … Diese ganze Situation macht mich noch verrückt.«

Die Augen schließend lasse ich die Stirn gegen seine Schulter sinken. »Ich weiß. Aber das ist ein fremdes Haus mit lauter fremden Personen. Wahrscheinlich hattest du schon Quickies auf irgendwelchen Toiletten, aber ich fühle mich dabei nicht wohl. Außerdem ist es noch immer das Ferienhaus von Joshuas Eltern. Ich bin hier, um ihm zu helfen und es nicht noch schlimmer zu machen. Wir müssen das wirklich lassen.«

Er atmet tief durch und nickt. »Ist okay. Ich will dich nicht drängen. Ich will nur, dass du weißt, dass ich unglaublich auf dich stehe.«

»Das spüre ich«, erwidere ich lächelnd.

»Dann lass uns etwas anderes tun. Wie wäre es mit einem harmlosen Spaziergang am Meer?«

»Morgen?«, schlage ich vor und zupfe demonstrativ an meinem kurzen Pyjama. Ich bin nur für den Weg zum Kühlschrank gerüstet, nicht für nächtliche Ausflüge ans Meer.

»Gleicher Ort, gleiche Uhrzeit?«, schlägt er vor.

»Nur ein Spaziergang«, werfe ich ein.

»Klingt, als hätten wir ein Date.« Mateo schenkt mir ein Lächeln, das so voller Wärme ist, dass es mich beinahe meine eiskalten Füße vergessen lässt.

»Wenn das wirklich deine Definition von Date ist, sind wir gar nicht so verschieden.« Ich lasse mich von der Balustrade gleiten und verharre auf dem Weg ins Haus. Ein letztes Mal drehe ich mich zu ihm um. »Ich weiß, ich sage das zu selten, aber du fehlst mir auch. Alles an dir.«

27. KAPITEL

S + S = G
(Samantha + Shopping = Gespräch)

Als ich in einem Bett voller Sand aufwache, muss ich einsehen, dass die gestrige Nacht ihre Spuren hinterlassen hat. In Joshuas Bett, weil ich zu faul war, mir mitten in der Nacht noch einmal die Füße zu waschen. Und in meinem Gesicht, weil ich nach dem Treffen mit Mateo nicht einschlafen konnte und meine Augenringe einem Pandabären Konkurrenz machen.

Gedankenverloren streiche ich mit den Fingerspitzen über das Tattoo an meinem Handgelenk.

Sky-Kissing. And learn to love yourself.
Lerne, dich selbst zu lieben.

Da Joshua nicht mehr auf dem Sofa liegt, nehme ich an, dass er bereits joggen gegangen ist. So habe ich das angrenzende Badezimmer für mich und kann zumindest versuchen, in meinem Gesicht Schadensbegrenzung zu betreiben. Dass es nicht von Erfolg gekrönt ist, muss ich einsehen, als ich die Treppe ins Erdgeschoss hinuntersteige.

»Na? Kurze Nacht gehabt?« Nicolas zieht abfällig einen Mundwinkel hoch, während er mich mustert.

»Frag deinen Bruder«, schlage ich vor und folge den Stimmen in die Küche.

Clive sitzt am runden Küchentisch und isst ein Müsli, Samantha lässt sich von einem Kaffeevollautomaten einen

Milchkaffee zubereiten, und Joshua stapelt Croissants in einem Körbchen. So wie er aussieht, war er nicht nur joggen, sondern auch schon duschen. Entweder habe ich ihn schlichtweg nicht gehört oder er hat eines der anderen Badezimmer benutzt. In diesem Haus gibt es sicherlich genug davon.

Die ganze Familie sieht aus, als wäre sie einer TV-Werbung für Brotaufstrich entsprungen. Alle laufen lächelnd durch die Küche und decken den Tisch, als würden sie einer einstudierten Choreografie folgen.

»Guten Morgen, Haley«, flötet Samantha. In ihrer weißen Bluse und hellblauen Jeans passt sie farblich perfekt zur Aussicht auf den Strand. »Hattest du eine schöne Nacht?«

Allein bei dem Gedanken an letzte Nacht beginnt es in meinem Inneren zu kribbeln. »Schon«, resümiere ich unbestimmt. »Sie hatte so ihre Momente.«

»Frühstück am Pool?«, schlägt Joshua vor. »Nur wir drei? Kleine Auszeit von der Familie?«

»Wir können auch gemeinsam essen«, erwidere ich. »So wie es bei euch üblich ist. Ihr seht euch ja sicher nicht sehr oft.«

»Keinen Guten-Morgen-Kuss?«, stichelt Nicolas und lässt mich meinen Vorschlag, gemeinsam mit der Familie zu essen, augenblicklich bereuen.

»Wir essen draußen«, beschließt Joshua, als hätte er meinen Gedanken erraten. »Ich decke den Tisch. Ignorier meinen Bruder einfach.« Er nimmt sich ein Tablett und ist bereits auf dem Weg zur Terrassentür, als ich ihn abfange.

Ich muss mich auf die Zehenspitzen stellen, um ihm einen Kuss auf die Wange hauchen zu können. Es fühlt sich genauso falsch an wie seine Haare. Meine Hand streicht flüchtig über seinen Hinterkopf. Statt Mateos weichen Locken spüre ich Joshuas kurze Borsten. Falls dieser Moment für ihn mindestens genauso seltsam ist wie für mich, lässt er es sich nicht anmerken.

Wow. Er schenkt mir sogar ein Lächeln, das ich ihm sofort abkaufen würde. Diese Rolle spielt er eindeutig besser als ich.

»Kann ich dir irgendwie beim Tischdecken helfen?«, biete ich an und wäre dankbar dafür, einen Grund zu haben, Nicolas aus dem Weg zu gehen.

»Lass mich nur machen«, wehrt er jedoch ab und lässt mich stehen.

Nicolas lehnt sich gegen einen Küchentresen und mustert mich. »Ich frage mich, was Josh und Mateo in dir sehen. Am Strand waren viel heißere Tussis, und er küsst dich?«

»Was?«, frage ich erschrocken. Mein Herz setzt einen Schlag lang aus. Hat er uns etwa letzte Nacht zusammen gesehen? Mat und mich?

»Sag bloß, du liest *Clair's Candy* nicht. Es gibt einen neuen Artikel über euch. Sogar mit Foto. Man sieht, dass Mat und du an einem See rumgemacht habt, obwohl du mit meinem Bruder zusammen bist«, fährt er fort, und ich weiß nicht, ob mich seine Worte erleichtern oder beunruhigen sollen.

Ich sehe flüchtig zu Samantha, die die Augenbrauen zusammenzieht.

»Nicolas«, tadelt sie. »Haley ist die Freundin deines Bruders. Also ist sie eine Freundin von uns. Jetzt reiß dich zusammen.«

»Sicher«, spottet er, stößt sich vom Tresen ab und lässt mich keine Sekunde aus den Augen, während er aus der Küche schlendert.

»Haley.« Samantha schenkt mir ein strahlendes Lächeln. »Bitte entschuldige.«

»Schon gut«, stammle ich nicht sehr eloquent und kann das schlechte Gewissen Joshua gegenüber nicht unterdrücken. Ich will ihm keinen Ärger machen. Und erst recht nicht wegen dieser unvernünftigen Sache mit Mateo. »Das Foto war nicht, wonach es aussieht. Ich bin nur in eine Glasscherbe getreten, und Mat hat mir geholfen. Das war, bevor Joshua mir seine Gefühle gestanden hat.«

»Natürlich.« Sie macht eine wegwerfende Geste. »Lass uns nicht darüber reden. Hättest du vielleicht Lust, nach dem Frühstück mit mir shoppen zu fahren? Die Männer werden wahrscheinlich wieder auf dem Segelboot zum Angeln verschwinden. Angeln ist wirklich nicht mein Ding, und ich muss es doch ausnutzen, mal eine weitere Frau im Haus zu haben.«

Shoppen ist ebenso wenig mein Ding wie Angeln, aber stundenlang mit Nicolas auf einem Boot festzusitzen klingt alles andere als verlockend.

»Gern.« Ich versuche, so viel Enthusiasmus in dieses Wort zu legen, wie mir nur möglich ist.

Mit Samantha shoppen zu gehen verliert noch mehr an Reiz, als Josh und ich uns an den Terrassentisch setzen.

Mateo kommt schwer atmend die Treppe vom Strand zur Terrasse herauf, zieht sein Shirt aus und wischt sich damit den Schweiß von der Stirn. Offensichtlich war er ebenfalls eine Runde laufen. Und ebenso offensichtlich hat unser kleines Zusammentreffen in der Nacht dafür gesorgt, dass mein mentaler Schutzwall vollkommen seinen Geist aufgegeben hat. Es kostet mich große Beherrschung, nicht zu Mat hinüberzugehen, die Hand in seinen Haaren zu vergraben und ihm ebenfalls einen guten Morgen zu wünschen. Aber dieses Wunderwerk von einem männlichen Exemplar hat sich nicht für mich ausgezogen. Das wird mir spätestens klar, als er die Terrasse betritt und zusammenzuckt, als er Joshua und mich sieht. Seine Hand verkrampft sich um das Shirt.

»Willst du vor dem Frühstück noch duschen?«, fragt Joshua unbedarft.

»Wenn du dein Shirt auslässt, darfst du gnädigerweise auch

so mit uns essen«, schlage ich vor und versuche, möglichst beiläufig zu klingen.

Mateo schenkt mir ein Lächeln, das mir den Atem raubt. »Einen strippenden Nachhilfeschüler kannst du dir nicht leisten, Hales.«

»Auch dann nicht, wenn ich dir all die geleisteten Stunden nachträglich in Rechnung stelle?«, hake ich nach und blinzle ihn liebreizend an.

Er tritt an meinen Stuhl heran, stützt sich mit einer Hand auf meiner Rückenlehne ab und beugt sich zu mir hinab. »Darüber können wir verhandeln, aber wie willst du frühstücken, wenn dir vor Bewunderung der Mund offen steht?«, spöttelt er.

»Sehr witzig, mein Freund.« Unsanft stoße ich ihn vor die Brust und bedeute ihm, endlich duschen zu gehen. Nicht zuletzt, weil der Gärtner uns schon wieder beobachtet.

Ehrlich. Was kann man daran finden, ständig von Leuten angestarrt zu werden?

»Kaffee?«, bietet Joshua an und wartet nicht auf mein Nicken, sondern schenkt mir einfach ein.

Wahrscheinlich bin ich oft genug in der WG gewesen, um zu verraten, dass er eines meiner Grundnahrungsmittel ist.

»Man merkt, dass ihr zwei viel Zeit miteinander verbringt. Du redest schon wie er.«

»Tatsächlich?« Ich nehme den Becher entgegen.

»Niemand sonst beendet Sätze so oft mit ›mein Freund‹ wie Mateo.«

»Oh.« Das ist mir nicht aufgefallen. »Ich werde daran arbeiten.«

»Bestell dir, was du möchtest«, sagt Samantha freundlich und lässt den Blick über die Wellen schweifen.

Wir sitzen in einem Restaurant an der Strandpromenade.

Ich bin froh, diesen Shoppingausflug hinter mir zu haben, denn mir schmerzen schon die Füße. Kleidung, Schuhe und Kosmetik stapeln sich in den Tüten, die in ihrem weißen Cabrio auf uns warten. Mehrfach habe ich gesagt, dass ich wirklich nichts haben möchte, nun besitze ich trotzdem ein paar neue High Heels, einen Schal und ein Parfüm, das angeblich nach Jasmin und Vanille duftet. Josh und Mat wurden ebenfalls bedacht. Samantha kann wirklich hartnäckig sein, wenn sie der Überzeugung ist, jemandem eine Freude zu machen.

Sie ordert ein Glas Weißwein zu ihrem Fischgericht, während ich noch immer die Speisekarte des Restaurants mit Meerblick studiere.

»Ein Caesar Salad und eine Zitronenlimonade«, bestelle ich schließlich und unterdrücke mein schlechtes Gewissen. Ich habe schon den ganzen Tag das Gefühl, Sachen geschenkt zu bekommen, die mir nicht zustehen. Aber für jede Sache, die ich ablehne, kauft Joshuas Mom mir zwei andere.

»Darf ich dich etwas fragen?«, bittet sie, kaum dass der Kellner außer Reichweite ist. »Jetzt, da wir in Ruhe unter uns sind. Vor einiger Zeit, es muss schon Monate her sein, erreichten uns Gerüchte aus Fair Haven. Man sandte uns Fotos von Joshua und einem jungen Mann, der wohl Benjamin heißt. Groß, hübsch, blond. Er studiert auch in Fair Haven. Wir löschten die Fotos, zahlten eine Menge Geld, damit sie nie wieder auftauchen, und dementierten alle aufkommenden Gerüchte, um Joshua zu schützen. Wir haben ihm nie von dieser Sache erzählt, um ihn nicht zu beunruhigen, daher wäre ich dir sehr verbunden, wenn du dieses Gespräch vertraulich behandeln könntest.«

»Welche Art von Foto meinen Sie?«, frage ich unangenehm berührt.

»Sehr intime Fotos, falls du verstehst. Schrecklich genug, dass es Menschen gibt, die solche Bilder aufnehmen und versenden, aber du bist Joshuas Freundin: Weißt du etwas darüber, dass die zwei sich getroffen haben?«

»Das sollten Sie ihn selbst fragen«, antworte ich. »Ich habe gehört, dass Joshua mal angetrunken auf einer Party mit einem jungen Mann gesehen wurde, aber das reicht doch nicht, um seine Chancen auf die NFL zunichtezumachen, oder? Ich meine, jetzt, da sich der erste Spieler geoutet hat, sollte das doch gar keine Rolle mehr spielen. Oder nicht? Nicht dass es da etwas gibt, worüber Sie sich Sorgen machen müssten.« Ich höre selbst, dass ich es mit jedem Wort nur schlimmer mache.

»Haley.« Sie greift über den Tisch nach meiner Hand und drückt sie leicht. »Ich sorge mich nicht um seine Football-karriere. Wenn ich ehrlich sein soll, wäre ich froh, wenn Josh mit diesem Sport aufhört. Es ist allein sein Wunsch, Football-profi zu werden. Niemand von uns hat ihn je dazu gedrängt. Wide Receiver ist eine schreckliche Position. Mein Herz blu-tet jedes Mal, wenn er aus dem Sprung zu Boden gerissen wird.«

»Noch habe ich mir keines der Spiele angesehen, aber es klingt, als sollte ich es tun. Und ich verstehe, dass Sie sich Sor-gen machen, aber Josh ist …« Ich suche nach dem richtigen Wort. »Ich weiß nicht, was Sie auf den Fotos genau gesehen haben, aber Josh ist ein wundervoller Mensch und sehr be-müht, Ihnen keine Sorgen zu bereiten.«

»Ich weiß«, seufzt sie. »Aber ich bin seine Mutter. Ich sorge mich immer um ihn. Auch dann, wenn ich weiß, dass er gute Freunde um sich herum hat.«

»Danke, Samantha.« Ich betrachte den überdimensional gro-ßen Fernseher im Wohnzimmer des Ferienhauses.

»Sehr gern«, beteuert sie und lässt für mich das letzte Spiel

der Otters laufen. Gedankt sei Mr Simons, der sie alle auf-
gezeichnet hat. »Ich verstaue unsere Einkäufe und gehe eine
Runde joggen. Du kommst zurecht?«

Nickend bedanke ich mich erneut und setze mich auf eines
der cremefarbenen Stoffsofas. Ich brauche einen Moment, um
mich ansatzweise an die Footballregeln zu erinnern und die
Positionen zu sortieren. Es ist seltsam, Drew, Joshua, Mateo
und Lex auf diesem riesigen Fernseher zu sehen. In Spielmontur, vor einem vollen Stadion und mit Kommentaren der Moderatoren. Jetzt verstehe ich, was Hudgens meinte, als er sagte,
dass die Jungs Stars sind. Für einige Menschen sind sie das.
Vielleicht begreife ich zum ersten Mal, was July am Cheerleading fand, während ich die jungen Frauen am Spielfeldrand
beobachte. Die Atmosphäre vor Ort ist sicher mitreißend, aber
schon nach wenigen Minuten wird das Zusehen zur Qual. Mir
entweicht ein Stöhnen, als Mat erneut zu Boden geht. Das
sieht nicht gesund aus.

»Hey, Hales«, reißt er mich aus den Gedanken und lässt sich
neben mir auf das Sofa fallen. »Siehst du dir ernsthaft eines unserer Spiele an? Du könntest nächstes Mal live vorbeikommen.
Wenn du rechtzeitig Bescheid sagst, können wir bestimmt
VIP-Karten besorgen.«

»Mir das da live ansehen?« Ich deute auf den Fernseher, drehe mich zu ihm um und lehne den Rücken gegen die Arm-
lehne des Sofas. »Sie haben gerade in Großaufnahme – und
in Zeitlupe – gezeigt, wie dich zwei Typen aus vollem Lauf zu
Boden reißen.«

»Dann war ich wohl nicht schnell genug«, antwortet er
leichthin.

»Mat, das ist nicht witzig.«

»Es ist süß, wie du dich sorgst«, erwidert er, »aber das
brauchst du nicht.«

»Schützt die Spielmontur tatsächlich so gut vor blauen Flecken? So wie das aussieht, ist es ein Wunder, dass du nach einem Spiel überhaupt noch laufen kannst und nicht vor Schmerzen nach Hause kriechst.«

»Anfangs sind die blauen Flecken schmerzhaft, aber irgendwann machen sie regelrecht süchtig. Und es gab Tage, da bin ich tatsächlich in den Bus gekrochen. Was schaust du so schockiert?«

Ich schaue nicht nur so. Ich bin es. Vor mir sitzt Mateo, der mir vielleicht mehr bedeutet, als er ahnt, und erzählt von Verletzungen, als wären sie Mückenstiche. »Was ist mit Gehirnerschütterungen?«, hake ich nach.

»Kommen vor.«

»Mehr fällt dir dazu nicht ein? Hast du dich mal darüber informiert, was für Langzeitfolgen wiederholte Gehirnerschütterungen haben?« Ich blinzle unkontrolliert, als Mateo eine Hand nach mir ausstreckt, zögert und mir dann doch über die Wange streichelt.

»Wenn dieser Sport leicht wäre, würde ihn jeder machen. Gewisse Dinge gehören zum Berufsrisiko. Ich kenne die möglichen Folgen.«

Es ist anstrengend, gegen das Verlangen anzukämpfen, die Augen zu schließen. Ich darf nicht schwach werden. Auch nicht, wenn meine Lippen um einen Kuss betteln.

»Machst du dir etwa ernsthaft Sorgen um mich, Hales?«, lockt mich seine Stimme wie Samt.

»Ja – und das weißt du. Du hast mal erzählt, du wärst fast Hürdenläufer geworden? Wenn ich das sehe, wünschte ich, du hättest dich dafür entschieden.«

»Aber dann hätten wir uns vermutlich nie getroffen. Wäre also nach wie vor eine schlechte Wahl gewesen«, wiegelt er schulterzuckend ab.

»Störe ich?«, fragt Joshua, der zu uns schlendert und versucht, sich zwischen uns zu setzen. Er landet halb auf Mateos Schoß, der sich angestrengt zu befreien versucht. »Oh, ihr schaut das Spiel gegen die Silver Sharks. War echt knapp.«

»Ich geh ja schon.« Mateo weicht widerwillig auf einen Sessel aus.

»Hach ja.« Joshua streckt sich der Länge nach und kuschelt den Hinterkopf gegen die Rückenlehne. »So schön, wieder neben meiner Freundin zu sitzen.«

Grinsend wende ich mich dem Fernseher zu. Meine gute Laune wird im Keim erstickt, als Joshua aus der Luft zu Boden gerissen wird, mit dem Kopf aufschlägt und einen Moment benommen liegen bleibt, bis Drew ihm aufhilft.

»Ehrlich, Jungs«, murre ich. »Das ist kein Sport, das ist Krieg.«

»Und wir trainieren so hart, um ihn zu überleben«, versichert mir Mateo zwinkernd. »Apropos: Wir gehen eine Runde joggen. Willst du mit?«

»Ich hasse Laufen«, lehne ich ab.

»Dann laufen wir ohne dich, und danach machen wir gemeinsam ein paar Rückenübungen?«, schlägt er vor und springt aus dem Sessel auf.

»Nur, wenn du mich dazu zwingst.« Auch wenn sich meine Begeisterung in Grenzen hält, wird sich mein Rücken sicher freuen.

Ich komme mir vor, als wäre ich in einem schrägen Fitnessvideo gelandet. Ich liege auf einer Yogamatte am Pool, im Hintergrund rauscht das Meer – und mein persönlicher Fitnesscoach geht mir gehörig auf den Keks.

»Noch fünf«, verkündet Mateo eine Spur zu enthusiastisch.

»Willst du mich veralbern? Eben waren es noch zwei«, fauche ich ihn an.

»Für jedes Mal Fluchen oder Meckern addiere ich dir drei Sit-ups. Komm schon, Hales. Wenn du nicht vorhast, dir die Brüste verkleinern zu lassen, wird dir eine gestärkte Körpermitte guttun.«

»Du kannst mich mal«, fluche ich.

»Wenn du ein artiges Mädchen bist. Noch acht«, erwidert er lächelnd.

Ich hasse es, wie er da neben mir hockt. Das macht ihm sichtlich viel zu viel Spaß. »Okay. Treffen wir uns in der Mitte. Noch fünf.«

»Sie ist so ein Jammerlappen«, tadelt Nicolas von einer Liege aus, während er mit seinem Smartphone spielt. »Ich verstehe echt nicht, was ihr zwei an ihr findet.«

Dieses Mal mache ich freiwillig einen Sit-up, um Nicolas warnend anzusehen. Wie kann jemand wie Joshua mit ihm verwandt sein?

»Da du ja schon mal sitzt, kannst du gleich in die Plank wechseln«, schlägt Mateo vor. »Sehr gut. Ellbogen unter die Schultern. Und jetzt den rechten Arm ausstrecken und das linke Bein hoch.«

»Ich hasse dich.«

»Das denkst du jetzt. Aber richtig fluchen wirst du erst morgen früh, wenn du dich aus dem Bett quälst. Fünfzehn auf jeder Seite, dann soll es für heute gut sein.« Er springt auf und sieht Joshua auffordernd an. »Eine Runde Battle Ropes am Strand?«

»Sicher. Einen motivierten Mat sollte man nicht ausbremsen«, stimmt Joshua zu.

Kaum sind die zwei außer Sicht, lasse ich mich auf die Matte sinken. Von wegen noch fünfzehn. Mir tut jetzt schon alles weh. Ich gönne mir einen Moment Pause, bevor ich mich aus meiner verschwitzten Sportkleidung quäle und im Bikini in den Pool steige, um ein paar Bahnen zu schwimmen und meinen Gedanken nachzuhängen.

Wie surreal es ist, in diesem beheizten Pool zu schwimmen. Links von mir das Meer, rechts das lichtdurchflutete Haus. Morgen früh fliegen wir wieder zurück. Montagmorgen wartet die erste Vorlesung. Das Leben in Fair Haven ist eine ganz andere Welt – zumindest für mich. Für Josh ist es Normalität. Ich weiß einfach, dass Bo hier perfekt hineinpassen würde. Nicht als Gast, sondern als fester Bestandteil von Joshuas Leben. Ich würde es ihm wünschen, denn ich glaube, dass es ihm gefallen würde.

Ich kann mir vorstellen, wie Joshua und Bo gemeinsam im Meer schwimmen, im Mondschein im Pool versinken und morgens frisch gebackene Croissants auf der Veranda essen. Joshua wird Anwalt, und Bo leitet ein eigenes Eiscafé an der Promenade. Das ist zumindest, was ich vor meinem geistigen Auge sehe, während ich aus dem Pool steige und die von Samantha ausgeliehene Yogamatte wieder zusammenrolle.

»He!«, ruft Nicolas von seiner Liege aus herüber.

Ich beschließe, ihn zu ignorieren, weil ich mir sicher bin, dass er nur nerven will.

»Ich rede mit dir, du Schlampe.«

In Ordnung. Dann werde ich ihn wohl nicht ignorieren.

»Ich habe einen Namen. Du kennst ihn, also benutz ihn auch, wenn du mit mir reden willst«, schlage ich vor.

Er schnaubt abfällig und steigt von der Liege.

Unwillkürlich presse ich die Yogamatte an mich. »Gibt es eigentlich einen Grund dafür, dass du Mateo vergötterst und mich gleichzeitig Schlampe nennst?«, hake ich nach, obwohl mir nichts an einer Aussprache liegt.

»Ja, er ist nicht mit meinem Bruder zusammen«, schnaubt

Nicolas. »Aber ich habe darüber nachgedacht. Vielleicht wäre ich motivierter, nett zu dir zu sein, wenn du mir einen Gefallen tust«, schlägt er vor und baut sich vor mir auf. »Da du ja offensichtlich gewillt bist, gewisse Dinge zu tun, könntest du sie auch für mich tun.«

Blinzelnd sehe ich ihn an. Das kann nicht sein Ernst sein. »Reiß dich zusammen, Don Juan«, warne ich ihn und trete einen Schritt zurück.

»Sonst was? Denkst du, irgendjemand wird dich hier hören? Meine Eltern sind in der Stadt unterwegs, das Personal hat den Rest des Tages frei und unten am Meer hört man nur das Rauschen der Wellen.«

»Hör auf, mir zu drohen.« Ich werfe ihm die Matte entgegen. Da er mir den Weg zum Haus versperrt, wende ich mich in Richtung der Treppe zum Strand. Aus dem Augenwinkel sehe ich, dass er versucht, nach meinem Handgelenk zu greifen. Ich entziehe es ihm und laufe die Stufen hinunter.

Er gibt sich nicht die Blöße, mir zu folgen. Wozu auch? Er weiß, dass ich irgendwann ins Haus zurückkehren muss.

Aus einem Impuls heraus rufe ich »Mat!« und bin erleichtert, dass er sich sofort zu mir umdreht. Man hört mich also doch. Durch den Sand zu ihm hinüberzulaufen, ist schon nach wenigen Metern anstrengend – ich bleibe trotzdem nicht stehen. Ich weiß, dass es ein Fehler ist, aber ich laufe ihm entgegen und werfe mich ihm an den Hals, als müsste er mich vor dem Ertrinken retten. Vielleicht mache ich mich lächerlich, aber er schenkt mir ein Gefühl von Sicherheit, das mir gerade fehlt.

»Was ist los?«, fragt er irritiert und legt die Arme um mich. »Ist jemand gestorben?«

Ich schüttle hastig den Kopf.

»Ich will mich nicht beschweren, wenn sich eine feuchte Bikinischönheit an mich klammert, aber ich hätte vorher duschen können.«

»Schon gut«, sage ich und weiß nicht, ob ich mich oder ihn meine.

»Spinne? Geist? Einbrecher? Wem verdanke ich das hier?«, hakt er nach und streichelt mir sacht über den Hinterkopf.

»Hat Nicolas dich wieder beleidigt?«, vermutet Joshua und leistet uns Gesellschaft.

Tief durchatmend löse ich mich von Mateo. Keine Ahnung, was für ein unsinniges Verlangen es war, ihm nahe zu sein.

»Schon gut.« Ich sehe zu Mateo auf. »Vielleicht könntest du mit ihm darüber reden, dass die Frauen, mit denen du schläfst, es allesamt freiwillig tun, und dass es nicht in Ordnung ist, sie zu bedrängen. Oder anzufassen.«

»Verstehe«, sagt er knapp und sieht sich um. Außer uns ist niemand am Strand. »Ich rede mit ihm.« Er hat den Satz noch nicht ganz beendet, da wendet er sich schon zum Gehen.

Joshua gibt mir mit einem Schulterklopfen zu verstehen, dass wir ihm folgen sollten.

Nicolas liegt gerade auf dem Sofa im Wohnzimmer und tippt schon wieder auf seinem Handy herum, als wir nach Mateo ins Haus kommen.

»Hey, Nic«, grüßt Mateo mit einem Nicken. »Könntest du eventuell vom Sofa aufstehen?«

»Nö.«

Von der Antwort ungerührt tritt Mateo an das Sofa heran. »Was hältst du jetzt davon, aufzustehen?«, hakt er nach.

»Was soll der Scheiß?«, fragt Nicolas genervt und schreit empört auf, als Mateo nach seinem Oberarm greift und ihn vom Sofa zerrt. Kaum steht er, lässt Mateo ihn los und verschränkt die Arme vor der Brust.

»Was soll das?« Nicolas reibt sich den schmerzenden Arm. »Ich habe gesagt, du sollst mich in Ruhe lassen.«

»Das hast du. Und ich habe es gehört. Aber es interessiert mich nicht«, behauptet Mateo.

»Was stimmt nicht mit dir?«

»Fühlt sich nicht so gut an, wenn man gegen seinen Willen angefasst wird, oder?« Mateo neigt den Kopf zur Seite. »Wie wäre es dann, wenn du dich bei Haley entschuldigst?«

»Spinnst du?« Nicolas stößt beim Versuch, zurückzutreten, gegen das Sofa. »Ich habe sie nur gefragt, ob wir nicht etwas Zeit miteinander verbringen wollen. Das ist alles.«

»Glaub mir, Kumpel. Ich habe von ihr oft genug eine Abfuhr kassiert, um zu wissen, wie sie reagiert, wenn man sie dumpf angräbt. Aber ich mache gern den Anfang, wenn es dir dann leichter fällt, dich zu entschuldigen. Tut mir leid, dass ich dich gegen deinen Willen angefasst habe. Das war nicht richtig und wird nicht wieder passieren. Jetzt kommt dein Part.«

»Lass mich einfach in Ruhe, du Freak.« Nicolas drängt sich an ihm vorbei und verschwindet in die Eingangshalle.

»Habe ich deine Erlaubnis, ihm die Nase zu brechen?« Mateo sieht Joshua erwartungsvoll an, doch der schüttelt den Kopf.

»Das würde sich noch schlechter auf deinen Ruf auswirken, als einfach nur die Freundin deines besten Freundes in der Vorlesung angefasst zu haben. Ich nehme mal an, er hat deine Botschaft auch so verstanden.«

Mat verdreht die Augen, ehe er mich ansieht. »Bist du okay? Kommst du mit an den Strand, bis wir fertig sind?«

»Wenn eure kleine Sporteinheit noch länger dauert, nehme ich mein Skizzenbuch mit«, werfe ich ein und bin bereits auf dem Weg zur Treppe, als Mateo mir folgt. Fragend sehe ich zu ihm auf.

»Ich will nur sichergehen, dass der kleine Tyrann dich nicht noch mal belästigt.«

»Das ist lieb von dir. Normalerweise würde ich ja behaupten, dass ich auf mich selbst aufpassen kann. Aber wie überzeugend wäre das nach meinem Auftritt eben?«

»Meine Grandma hat immer gesagt: Jeder Mensch braucht jemanden, der auf ihn aufpasst.«

»Also hast du die Intelligenz von ihr geerbt?« Als ich ihn ansehe, weiß ich sofort, dass es ein Fehler war. Ich kenne ihn mittlerweile gut genug, um zu erahnen, was sein Blick bedeutet: dass er seine Grandma vermisst. Dass er sich über Nicolas ärgert. Dass ihm etwas verwehrt bleibt, was er sich wünscht: Ein Mensch, der bedingungslos für ihn da ist.

»Es ist nur noch morgen«, sage ich leise.

»Sicher. Und bei der nächsten Sponsorenveranstaltung hältst du trotzdem Joshuas Hand.«

Ich will ihn gerade daran erinnern, dass ich ihn gebeten habe, mir direkt zu sagen, wenn ihn die Fake-Beziehung stört. Aber so ist Mateo nicht. Er war noch ein Kind, als er lernen musste, für andere stark zu sein.

28. KAPITEL

$K + V = K^2$
(Kuss + Video = Katastrophe^2)

»Haley?«, höre ich Joshuas schlaftrunkene Stimme.

Ertappt verharre ich mit der Hand auf dem Türknauf. Es ist mitten in der Nacht, und ich stehe im Mantel und mit Stiefeletten in der Hand an der Zimmertür. Viel offensichtlicher kann man sich wohl nicht mehr hinausschleichen.

Augenblicklich komme ich mir schlecht vor, weil ich weiß, dass wir das nicht tun sollten. Ich habe ohnehin den ganzen Abend im Bett gelegen und mit mir gerungen, ob ich wirklich zum Strand gehen soll. Ich will Joshua nicht enttäuschen. Aber ich will auch Mateo nicht hängen lassen. Und es ist ja nur ein harmloser Spaziergang.

»Warte«, bittet Josh leise und setzt sich auf dem Sofa auf. »Die zweite Stufe von oben knarzt ziemlich laut. Und eine Sache noch.«

Ich nicke, obwohl ich mir nicht sicher bin, ob er es im fahlen Mondschein sehen kann.

»Wenn dir diese Sache zu viel wird, sagst du es mir? Ich will nur, dass du weißt, dass wir dann noch immer Freunde sind. Okay?«

»Danke dir«, ist alles, was ich herausbringe.

»Ich danke dir. Wenn ich irgendetwas für dich tun kann, lass es mich wissen.«

»Du könntest mich mal wieder zum Italiener einladen. Der war echt gut«, scherze ich und verabschiede mich mit einem Winken aus dem Zimmer.

Auf der Treppe ins Erdgeschoss lasse ich die zweite Stufe aus und schleiche mich zur Terrassentür hinaus. Mein Herz legt einen freudigen Hüpfer ein, als ich Mat auf der Treppe zum Meer stehen sehe.

»Du bist tatsächlich gekommen. Und pünktlich«, ziehe ich ihn auf, als er sich zu mir umdreht.

»Ich *komme* meistens pünktlich«, behauptet er und entlockt mir damit nicht mehr als ein Kopfschütteln. Der war wirklich zu platt.

Schweigend gehe ich neben ihm die Treppe hinunter. Der Strand liegt verlassen vor uns, und das Mondlicht verleiht allem silbrige Konturen. Auf dem Meer treiben weiße Schaumkronen, darüber funkeln die Sterne. Es ist wunderschön anzusehen. Statt meine Stiefeletten überzuziehen, laufe ich barfuß durch den Sand, der am Wasser so kühl ist, dass es fast schmerzt. Es ist ein angenehmer Kontrast zu der Hitze, die von Mats Körper ausgeht und die ich selbst durch meinen Strickmantel spüre.

»Ich sammle in meinen Erinnerungen perfekte Momente«, gestehe ich in die Stille der Nacht hinein. »Dieser ist nahe dran.«

»Was fehlt?«, fragt Mat und bleibt unvermittelt stehen.

»Gute Frage.« Die Arme um mich schlingend verharre ich in der Bewegung und beobachte die Wellen. »Ich glaube ...«

Ich komme nicht dazu, den Satz zu beenden. Mateo überwindet den Abstand zwischen uns und erstickt meine Worte mit einem Kuss.

Ich kann ein Lächeln nicht unterdrücken. Ich liebe es, wie er mit einer Hand meine Wange streift, während er den ande-

ren Arm um mich schlingt, als wollte er mich nie wieder los-
lassen. Ich liebe es auch, dass er die perfekte Größe hat, um ihn
ohne Verrenkungen zu küssen. Dass ich seinen ganzen Körper
an meinem spüren kann. Einen Körper, der spürbar nach mehr
verlangt. Und ich liebe dieses raue Stöhnen, das er von sich gibt,
als ich den Mund für ihn öffne. Vielleicht, aber auch nur vielleicht, bin ich tatsächlich so dumm, Mateo Ortega zu lieben.

»Ich wollte eigentlich sagen, dass meine Füße etwas zu kalt
sind«, gestehe ich und schreie erschrocken auf, als Mat mich
einfach hochhebt.

»Ich kann nicht zulassen, dass du jetzt kalte Füße bekommst«, scherzt er und bringt mich zum Lachen.

Mein Lachen erstickt, als ich aus dem Augenwinkel ein ro-
tes Licht sehe.

Nicolas.

Er steht keine fünf Meter entfernt und hält ein Handy in der
Hand. Filmt er uns etwa?

»Nicolas!«, rufe ich erschrocken.

Mat lässt mich augenblicklich herunter, doch Nicolas rennt
schon zurück in Richtung Haus. »Joshua!«, brüllt er aus vollem
Hals.

Sofort geht hinter einem der Fenster im Haus ein Licht an.

»Dieser kleine …«, knurrt Mateo und setzt ihm nach.

Das darf doch alles nicht wahr sein!

Fluchend folge ich den beiden über den Strand und die
Terrasse bis ins Wohnzimmer. Dort bleibe ich wie paralysiert
stehen.

Mateo hat Nicolas abgefangen und redet auf ihn ein, als
Samantha die Treppe ins Erdgeschoss hinunterkommt.

»Was ist denn hier los?«, fragt sie in einem Tonfall, den ich
unmöglich deuten kann. In ihrem blütenweißen Nachthemd
wirkt sie selbst mitten in der Nacht perfekt gekleidet.

»Haley hat mit Mat rumgemacht«, posaunt Nicolas heraus. »Am Strand. Ich habe es auf Video.«

Samantha blinzelt einen Moment, hat sich jedoch sofort wieder gefasst und kommt ins Wohnzimmer geschritten, während ich unsicher hinter der Tür verharre. »Ist das so? Gibst du mir bitte dein Handy?« Sie streckt eine Hand aus und macht eine auffordernde Geste.

Nur widerwillig folgt Nicolas ihrer Bitte.

Kaum liegt das Handy in ihrer Hand, schließt sie fest die Finger darum. »Und nun gehst du ins Bett. Es ist spät, und du hast getrunken. Ich will nicht, dass Dad dich so sieht. Ich rede allein mit Haley und Mateo.«

»Aber Mom!« Nicolas wirkt wie ein trotziges Kleinkind. Sein Trotz wandelt sich in Schadenfreude, als Josh auf der Treppe erscheint.

Er zögert kurz, bevor er die Treppe hinabsteigt. Seine Bewegungen sind vollkommen verkrampft. In einer Hand hält er sein Handy.

»Haley hat mit Mat rumgemacht«, wiederholt Nicolas viel zu laut.

»Ich weiß. Du hast es live im Netz geteilt«, bringt Joshua irgendwie hervor.

Unsicher sehe ich zu Mat hinüber, der erneut aussieht, als wollte er Nicolas am liebsten die Nase brechen.

Er überlegt es sich wohl anders und kommt stattdessen zu mir.

»Josh, es tut mir so leid«, sage ich, aber er schüttelt den Kopf.

»Schon gut. Ich komme damit klar. Aber da Nicolas euch verlinkt hat, könnte es unangenehm für euch werden.«

»Was hast du getan? Wie konntest du so ein Video ins Netz stellen?«, tadelt Samantha an Nicolas gewandt. »Ich will, dass du in dein Zimmer gehst. Sofort. Morgen unterhältst du dich mit deinem Dad über Anstand und Respekt.«

»Aber Mom!«

»Keine Widerrede. Sei leise und weck deinen Dad nicht. Er hatte eine harte Woche und verdient seinen Schlaf.«

Nur widerwillig zieht sich Nicolas in Richtung Treppe zurück. Auf dem Weg dreht er sich noch einmal zu mir um. »Schlampe.«

Ich öffne den Mund, aber schließe ihn sofort wieder. Was soll ich dazu sagen? Ich kann ihn ja sogar verstehen. Als Joshuas Bruder hätte ich mir in dieser Situation vielleicht etwas Ähnliches an den Kopf geworfen.

»Pass auf, wie du mit ihr redest«, warnt Mat.

»Solche Worte dulden wir in diesem Haus nicht!«, stimmt Samantha zu und bedeutet uns, auf dem Sofa Platz zu nehmen. »Wir reden«, weist sie an und lässt sich elegant in einem Sessel nieder.

Obwohl sich alles in mir zusammenzieht, setze ich mich und sehe zu Joshua hinüber, der sich sichtlich einen Ruck gibt und neben mir Platz nimmt.

Mateo zieht es offensichtlich vor, stehen zu bleiben.

»Mrs Simons, es tut mir unglaublich leid«, versichere ich ihr. »Ich bin eine unfassbar schreckliche Freundin. Joshua ist ein wundervoller Mensch und hat so viel Besseres verdient.«

Sie sieht mich an, dann Mat. »Hast du auch etwas zu deiner Verteidigung zu sagen?«

»Ich habe meinen Schwanz nicht im Griff«, antwortet er trocken.

Wow. Sehr kreativ.

»Wir sind entsetzliche Freunde«, beteuere ich und sehe vor meinem geistigen Auge, dass Mat jetzt aus der WG ausziehen muss, um den Schein zu wahren.

»Schon gut«, antwortet Joshua plötzlich und hält den Blick auf sein Telefon gesenkt.

»Nur interessehalber: Läuft diese Sache zwischen euch schon länger?« Samantha neigt den Kopf zur Seite, während sie uns abwechselnd ansieht.

Mein »Nein« wird von Mateos »Ja« übertönt.

»Mom?« Joshua sieht noch immer auf das Telefon, bevor er tief einatmet und den Rücken durchstreckt. Es wirkt, als wollte er etwas sagen – und könnte sich dann doch nicht dazu durchringen.

Seine Mom widmet sich kopfschüttelnd Nicolas Handy. »Wir alle wissen, dass diese Welt schrecklich grausam sein kann. Es tröstet mich, zu wissen, dass Joshua so gute Freunde hat.«

»Wie bitte?«, frage ich verwirrt und ernte ein nachsichtiges Lächeln.

»Als ihr gestern angekommen seid, war ich mir nicht ganz sicher, wie ich eure Dreiecksgeschichte interpretieren soll. Immerhin wohnen Joshua und Mateo zusammen. Aber es ist, wie ich sagte: Ich vertraue Joshuas Menschenkenntnis. Wie oft findet man einen besten Freund, der seine Freundin verleiht, um ihn zu decken?«, fragt sie rhetorisch.

»Mom?« Joshua sieht sie irritiert an.

»Josh-Schatz, es ehrt deine Freunde, dass sie dir helfen wollten. Aber gibt es vielleicht etwas, das du mir sagen möchtest? Etwas, das erklärt, warum man uns Fotos von dir und einem jungen Mann geschickt hat? Oder warum Haley und Mateo kaum die Finger voneinander lassen können, während du ihre Hand hältst?«

Peinlich berührt sehe ich zu Mateo hinüber, der die Zähne zusammenbeißt und den Blick abwendet.

»Ich möchte nur, dass du weißt, dass wir dich lieben«, fährt sie fort. »Und es gibt nichts, was das ändern kann.«

»Ich …«, beginnt Joshua und atmet tief durch. »Ich bin schwul.«

Es sind nur drei Worte. Irgendwie habe ich erwartet, dass Joshua erleichtert ist, wenn er sie ausgesprochen hat, stattdessen treten ihm Tränen in die Augen.

Ich will seine Hand ergreifen, um für ihn da zu sein, aber seine Mom ist schneller.

Sie erhebt sich, geht zu ihm hinüber und kniet sich vor ihn. Ihre Arme um ihn legend murmelt sie, wie stolz sie auf ihn ist, und küsst ihn auf die Wange. »Wir lieben dich. So wie du bist. Und es gibt nichts, was das jemals ändern wird.«

»Aber eure Klienten …«, beginnt er überfordert.

»Lass die unsere Sorge sein.«

»Sie werden ihn also nicht aus dem Haus werfen?«, frage ich hoffnungsvoll und ernte ein leises Lachen.

»Natürlich nicht.« Sie greift nach Joshuas Hand und drückt sie leicht, bis er aus seiner Starre erwacht und ihre Umarmung erwidert.

Mir fällt ein ganzer Felsbrocken vom Herzen. Ein kurzer Blick zu Mateo bestätigt, dass es ihm ähnlich geht.

»Lassen wir sie allein«, schlägt er vor und deutet in Richtung Treppe. Nichts lieber als das.

29. KAPITEL

NA = C
(Neuanfang = Chance)

Noch auf dem Weg nach oben zieht Mateo sein iPhone aus der Hosentasche. Gebannt starrt er auf das Display, bevor er mir das Telefon reicht. Theoretisch wäre das Video von *@naughty-nico07* sogar ganz hübsch anzusehen. Es zeigt die Silhouette eines verliebten Paars an einem mondbeschienenen Strand. Das Meer rauscht leise, während sie sich küssen. Eher zaghaft und liebevoll als stürmisch. Man hört ein Lachen, als die junge Frau hochgehoben wird – und es wäre wirklich schön, wäre es nicht meins.

Mat verharrt unschlüssig vor der Tür zu seinem Gästezimmer. »Sollen wir darüber reden?«

Er hat die Tür noch nicht ganz geöffnet, da bin ich schon eingetreten, obwohl ich nicht weiß, was ich zu unserem Fehltritt sagen soll. Aber Mateo kommt mir zuvor. »Es tut mir leid«, sagt er, nimmt sein Telefon wieder an sich und greift sich mit einer Hand in die Haare. »Ich habe dir versprochen, deinem Ruf nicht zu schaden. Das ist eine Katastrophe.«

Unbehaglich verschränke ich die Arme vor der Brust. »Es müsste keine sein«, werfe ich ein.

Fragend sieht er mich an, reibt sich mit dem Handballen über die Augen und schüttelt den Kopf. »Es tut mir leid, dass ich dich in diese Situation gebracht habe. Ich bin der Ältere von uns beiden, und ich hätte mich besser unter Kontrolle haben sollen.«

»Sehen wir der Wahrheit ins Auge: Darin sind wir beide schlecht.« Verunsichert betrachte ich sein Gesicht. »Was nun? Ich meine, jetzt, da es ohnehin alle wissen. Ich denke nicht, dass Joshua unsere Fake-Beziehung fortsetzen will. Das heißt, wir können tun und lassen, was wir wollen. Es sei denn, diese Sache zwischen uns verliert für dich dadurch an Reiz. Weil … Für mich tut sie das nicht.«

Er schaut noch immer zweifelnd. »Meinst du das ernst?«

»Die Leute reden ohnehin immer über irgendwas, und nach dem Video werden sie es so oder so tun.«

»Ich dachte, du hasst Aufmerksamkeit?«

»Ja, aber nicht so sehr, wie ich dich mag. Ich wäre bereit, darüber hinwegzusehen, ständig angesehen zu werden. Wenn du es auch bist.«

Kaum habe ich die Worte ausgesprochen, spüre ich Mateos Lippen auf meinen.

Er küsst mich so leidenschaftlich, dass ich rückwärts gegen die Tür stolpere und mir den Ellbogen an der Türklinke stoße. Mein Fluchen lässt ihn auffahren, aber ich schüttle den Kopf. Der Schmerz ist gleich verflogen.

»Wenn du mich so küsst, sag mir, dass du Kondome dabeihast«, dränge ich und reibe über den Ellbogen.

»Im Ferienhaus der Eltern meines besten Freundes?«, fragt er und streift meine Hand ab, um vorsichtig über meinen schmerzenden Arm zu reiben. »Käme selbst mir unangebracht vor.«

Erschrocken fahre ich auf, als es hinter mir an der Tür klopft.

»Mat? Kann ich mit dir reden?«, bittet Joshua.

»Natürlich«, seufzt Mateo und lässt von meinem Arm ab. »Er kann froh sein, dass sein Timing auf dem Platz nicht auch so mies ist.« Er atmet tief durch, während ich die Tür öffne.

Ich habe Verständnis dafür, dass Joshua nach seinem Outing jemanden zum Reden braucht. Wen, wenn nicht seinen besten Freund?

»Störe ich?«, fragt er.

»Nicht mehr als sonst.« Mateo bedeutet ihm, einzutreten, und lässt sich aufs Bett fallen. »Das war ein Scherz. Wir freuen uns immer, dich zu sehen. Manchmal mehr, manchmal weniger.«

»Wie geht es dir?«, hake ich nach. »Du wirkst erleichtert.«

Joshua atmet tief durch. »Ich glaube, das bin ich auch. Ich war schon lange nicht mehr so … frei. Wisst ihr, was ich festgestellt habe? Bei der ganzen Scharade der letzten Tage?« Er lehnt sich gegen die Zimmertür. »Dass es sich gut anfühlt, mit euch befreundet zu sein. Ihr seid Menschen, auf die man sich immer verlassen kann. Wenn auch welche, die ihre Finger nicht voneinander lassen können.«

»Weißt du, was ich festgestellt habe?«, frage ich im Gegenzug.

»Dass Hummer zu essen eine Schweinerei ist?«, schlägt er vor. »Oder dass wir nächstes Jahr an Halloween in Fair Haven bleiben und zusammen Gruselfilme schauen sollten?«

»Das auch«, stimme ich zu und setze mich ebenfalls auf das Bett. »Aber vor allen Dingen bin ich froh, dass Hudgens mich gebeten hat, Mat Nachhilfe zu geben. Sonst hätte ich euch nie kennengelernt – und das wäre echt schade gewesen. Ich verbringe gern Zeit mit euch. Egal wobei.«

»Ich möchte mich bei euch entschuldigen«, gesteht Joshua. »Für das Chaos, das ich verursacht habe. Ich habe euch in Schwierigkeiten gebracht, weil ich wollte, dass ihr mich deckt. Aber ich kümmere mich darum.«

»Alles gut. Es war meine eigene Entscheidung, dir zu helfen. Aber wie meinst du das?«, frage ich irritiert. »Dich vor deinen

Eltern zu outen ist eine Sache, aber vor dem ganzen Campus und dem Footballteam? Das wird dich vielleicht deine Profikarriere kosten.«

»Vielleicht«, stimmt Joshua zu. »Aber was soll ich denn sonst tun? Ihr seid meine Freunde. Ich sehe doch, was ich euch mit dieser Lügengeschichte angetan habe. Und Benjamin. Ich kann das nicht für den Rest meines Lebens durchziehen. Soll ich ernsthaft meine gesamte NFL-Karriere über Frauen dafür bezahlen, sich als meine Dates auszugeben? Das ist nicht richtig. Und das wisst ihr.«

»Sekunde«, bittet Mateo. »Rede dir doch keinen Unsinn ein. Du hast uns nichts *angetan*.«

»Es war unsere eigene Entscheidung, dich zu decken«, bekräftige ich.

»Und es ist meine Entscheidung, mich nicht mehr zu verstecken. Ich muss mit meinen Eltern noch einmal reden, aber … Im Gegensatz zu vielen anderen habe ich das Glück, nicht auf das Geld angewiesen zu sein. Wenn ich einen Traum aufgeben muss, um einen anderen zu leben, klingt es für mich gerecht. Sieh dir July an. Sie hat ihren Traum von der NFL ebenfalls aufgegeben – und sie ist glücklich.«

»Aber sie musste ihren Traum aufgeben, weil sie sich verletzt hat«, erinnere ich ihn. »Du hast die Wahl.«

»Genau das ist der Irrtum, Haley. Alle denken, ich hätte eine Wahl, aber die habe ich nicht. Die hatte ich nie. Wenn in der NFL kein Platz für mich ist, weil ich bin, wie ich bin, dann ist es so. Ich bin nicht eines Morgens aufgewacht und dachte, ich mache mir das Leben absichtlich schwer, indem ich auf Männer stehe. Oft genug bin ich aufgestanden und habe mir gewünscht, dass die Situation anders wäre.«

»Verstehe«, sage ich, obwohl ich weiß, dass ich nicht in der Lage bin, seine Situation vollkommen nachzuempfinden, aber bei einer Sache bin ich mir sicher: »Wie auch immer du dich entscheidest, wir sind für dich da.« Verunsichert drehe ich mich zu Mat um, als ich seinen Blick auf mir spüre. »Habe ich etwas Falsches gesagt?«

»Nein, aber ich mag es, wenn du *wir* sagst.«

»Ihr wisst, dass der ganze Campus sich fragt, was da zwischen euch läuft?«, wirft Joshua ein. »Vermutlich hat das Video schon seinen Weg zu *Clair's Candy* gefunden.«

»Wäre ja nicht das erste Mal, dass ich eine Richtigstellung schreibe.« Mateo entfährt ein Seufzen, während mir eine Sache bewusst wird: Mir ist vollkommen egal, wenn die ganze Welt weiß, dass ich mit Mateo schlafe. Aber ich hätte July und Bo davon erzählen sollen, damit sie es nicht über diesen elendigen Lästerblog erfahren.

Meine Wange ruht an Mateos nackter Brust, während er durch meine Haare streicht. Wir liegen in seinem Bett, und ich lasse das vergangene Wochenende noch einmal Revue passieren.

»Das hier hat mir gefehlt«, gestehe ich und spüre sein Lächeln.

»Du mir auch.«

Seufzend drehe ich mich auf den Bauch und betrachte sein Gesicht. »Bevor wir gefahren sind, hat mich Joshuas Mom gebeten, gut auf dich aufzupassen, weil du ein Teil ihrer Familie bist.«

»Also geben wir aufeinander acht.«

»Ja«, antworte ich gedehnt. Die Tatsache, dass seine Hand über meinen unteren Rücken streicht, lenkt mich mehr ab, als sie sollte. »Ich habe gern ein Auge auf dich, aber ich muss es einfach wissen: Was liebst du so an Football?«, stelle ich eine Frage, die ich nicht mehr aus dem Sinn bekomme, seit ich die Aufzeichnung des letzten Spiels gesehen habe. »Du hast gesagt, dass die blauen Flecke süchtig machen und dir der Sport das Studium finanziert. Aber das kann nicht die ganze Antwort sein.«

»Denkst du, dass es einen rationalen Grund dafür braucht, um etwas zu lieben? Oder jemanden?«

»Die Liebe zwischen zwei Menschen könnte ich dir vielleicht biochemisch erklären, aber was gibt es dir, mit diesem Ball über das Feld zu rennen?«, hake ich nach, weil ich es begreifen will. Wie kann es sein, dass ich so gut verstehe, warum er Arzt werden will, aber überhaupt nicht nachvollziehen kann, was ihm an diesem Sport liegt?

»Football ist …« Mateo verstummt und starrt an die Zimmerdecke. »Du hast recht. Es ist mehr als ein Sport. Es ist ein Strategiespiel, bei dem der Teamzusammenhalt über alles geht. Man kümmert sich umeinander. Wir sehen uns fast jeden Tag, es ist … wie Familie.«

Ich lasse das Kinn auf seine Brust sinken. »Football hat dir also eine Familie gegeben, als du deine verloren hast.«

»Vielleicht ist es so«, murmelt er so unbestimmt, als hätte er noch nie darüber nachgedacht.

Irgendwie beruhigt und ängstigt mich der Gedanke gleichermaßen. Beruhigt, weil ich weiß, dass Mateo in der Vergangenheit nie allein gewesen ist, denn seine Mannschaft hat ihm Halt gegeben. Ängstigt, weil es auch bedeutet, dass er mit diesem gefährlichen Sport mehr verbindet als den Abschluss seines Studiums. Man lässt seine Familie nicht im Stich.

Ich muss wohl akzeptieren, wie es ist: Mateo Ortega und Football gehören unweigerlich zusammen.

30. KAPITEL

M + S = A
(Mateo + Sturz = Autsch!)

Ich weiß nicht, wann ich das letzte Mal mit July auf der Tribüne saß, um beim Training der Footballmannschaft zuzusehen. Es muss schon ein paar Monate her sein. Wahrscheinlich war es, als wir im Stadion ein Foto für meinen Modeblog gemacht haben.

»Ich hätte nicht damit gerechnet, mal neben dir auf der Tribüne zu sitzen und den Jungs beim Training zuzusehen«, stichelt July.

»Ich auch nicht«, gestehe ich. »Ehrlich gesagt, erkenne ich von hier oben in den Shirts und Helmen nicht mal, wer wer ist.«

»Glaub mir, irgendwann siehst du es schon an der Statur und der Art zu laufen, selbst ohne auf die Rückennummern zu achten. Aber zweiundzwanzig dürfte die Nummer sein, die dich interessiert«, behauptet sie. »Joshua hat übrigens die achtzig.«

»Er will heute mit Brooks reden. Allein. Deswegen hole ich Mateo ab.«

»Worüber reden?«, fragt July, ohne den Blick vom Spielfeld zu lösen.

»Über die Wahrheit. Nach dem Video am Wochenende ist er die Lügen leid. Aber bevor er sich offiziell outet, redet er auf Mateos Anraten noch einmal mit dem Head Coach.«

»Ist er sich ganz sicher, dass er das tun will?«, hakt sie nach. »Das ist ein ziemlich großer Schritt.«

»Das hat er zumindest gesagt. Abwarten, was er nach dem Gespräch darüber denkt.«

»Apropos reden: Ich nehme nicht an, dass du mit mir über das Video sprechen möchtest, wegen dem alles aufgeflogen ist?«, vermutet July. »Wobei es schon eine gewisse Ironie hat, schließlich war es Mateo, der das Tanzvideo von Drew und mir aufgenommen und verschickt hat.«

Nachdenklich schaue ich auf das Feld hinab. »Du hast mal gesagt, dass du dich nicht über mich lustig machst, wenn ich mit Mateo schlafe«, springe ich über meinen Schatten.

»Würde ich nie tun. Ich hätte auch zu Penny nichts gesagt, wenn eine offene Beziehung für sie okay gewesen wäre. Ich konnte es nur nicht leiden, wie Kyle sie behandelt hat, obwohl er wusste, dass es ihr damit nicht gut geht.«

»Ja«, murmle ich. »Zu welchem Menschen macht es mich, dass ich mich über sie lustig gemacht habe und nun mit Mateo … schlafe?« Ich hätte gern ein anderes Wort benutzt, bin mir aber nicht sicher, ob wir wirklich zusammen sind.

»Oh. Mein. Gott.« Sie starrt mich kurz an, nur um aufzulachen. »Drew hatte also recht.«

»Womit?«

»Ich habe wirklich versucht, aus Mateo irgendwas herauszubekommen, aber mehr als ein Zwinkern hatte er nie als Antwort. Er hat Drew ein paarmal geschrieben, um ihn um seine Meinung zu bitten. Es war nichts Konkretes. Mehr so: Ich kenne da dieses Mädchen, ich mag sie und habe Angst, es zu verkacken. Aber er hat sich geweigert, einen Namen zu nennen. Ich meine, wir waren uns alle sicher, dass er von dir redet, aber …«

»Alle?«, unterbreche ich ihren Redeschwall.

»Drew, Bo, Penny …«

»Penny?«, hake ich nach.

»Du willst nicht wissen, wie viele Fotos von Mateo und dir sie zugesandt bekommen hat, nur um sie dann nicht auf dem Collegeblog zu veröffentlichen. Sie hat sie mir gezeigt. Manche von denen waren echt süß.«

»Super.« Seufzend blicke ich auf den Platz und erwidere die Geste, als uns jemand zuwinkt. Keine Ahnung, wer es ist.

»Also …«, beginnt July und schaut mich eindringlich an. »Wie ist er so?«

»Süß«, wiederhole ich ihr Wort. Es ist alles, was ich hervorbringe. Ich kann ein Lächeln nicht unterdrücken. »Wirklich. Er gibt sich Mühe mit allem, was er tut.«

»Du meinst also nicht nur auf dem Feld und im Bett?«

Ich rolle mit den Augen.

»Haley?«

Fragend sehe ich sie an und blicke in ihr lächelndes Gesicht.

»Er wirkt glücklich, schon seit Wochen. Ruhiger, fokussierter. Nicht mehr so, als wäre er ständig auf dem Sprung und hätte Angst, etwas zu verpassen, sondern als wäre er endlich angekommen.«

Mehr als ein »Mhm« fällt mir dazu nicht ein. Wir blicken schweigend auf den Rasen. Ich kann dem Gewusel kaum folgen, also starre ich gedankenverloren vor mich hin und frage mich, wie spät es wohl sein mag und wie lange das Training noch dauert.

»Autsch!« July fährt auf, richtet ihre Brille und beobachtet, was auf dem Rasen vor sich geht.

Es dauert einen Moment, bis ich begreife, was sie meint. Einer der Spieler liegt auf dem Rasen und rührt sich nicht.

»Da hat es Mateo ordentlich erwischt.«

Dass es sich bei dem Spieler um Mateo handelt, hätte ich im

Leben nicht erkannt, aber er liegt noch immer auf dem Boden und bewegt sich nicht. Ein Teamkamerad und einer aus dem Ärztestab wollen ihm gerade zu Hilfe eilen, da hebt er abwehrend die Hand und setzt sich auf. Mit einer freundschaftlichen Geste wird ihm wieder auf die Beine geholfen, und das Training geht weiter. Ich spüre jetzt erst, dass mein Herz vor Sorge einen anderen Takt angeschlagen hat, und auch July atmet erleichtert auf. »Jahrelang war mir vollkommen egal, wer da auf dem Platz steht, aber seitdem ich die Jungs etwas besser kenne, kann ich bei den Spielen kaum hinsehen. Ich hasse es, wenn Drew spielt. Ich bin stolz auf ihn, aber ich schau da wirklich nicht gern zu.«

»Wenn ich das sehe, denke ich nur an potenzielle Verletzungen«, gestehe ich. »Ich verstehe überhaupt nicht, was die Leute an dem Sport so sexy finden. Ich meine, die Körper der Spieler sind es, machen wir uns nichts vor, aber der Sport an sich? Es ist nicht gerade elegant, wie sie sich aufeinanderstürzen.«

July seufzt. Damit ist wohl alles gesagt.

Als die Jungs sich zum Duschen und Umziehen in die Kabinen zurückziehen, ist das mein stummes Signal, das Stadion zu verlassen und in Richtung des Parkplatzes zu schlendern, um im VW-Bus auf Mateo zu warten. Ich drücke Joshua die Daumen für seine Aussprache mit Brooks, hätte aber auch Verständnis dafür, sollte er es sich doch noch anders überlegen und dem Gespräch aus dem Weg gehen.

Es ist ein wirklich schöner Herbsttag. Perfekt, um am geöffneten Fenster im Bus zu sitzen und leise Musik zu hören. Allerdings habe ich das Radio kaum angestellt, da steigt Mateo auch schon zu mir in den Bus. Anscheinend hat er sich zwar umgezogen, aber auf die Dusche verzichtet.

»Hattest du solche Sehnsucht nach mir?«, scherze ich.

Statt mir zu antworten, wirft er die Tasche auf die Rückbank, lehnt den Oberkörper gegen die Tür und schließt die Augen. Vielleicht täusche ich mich, aber irgendwie sieht er blasser aus als sonst.

»Geht es dir gut?«, hake ich nach. »Dein Zusammenstoß sah schmerzhaft aus.«

»Alles gut. Können wir einfach fahren?«, bittet er matt.

»Sicher.«

Der Weg zur WG ist nicht gerade weit, aber lang genug, um zu merken, dass irgendetwas nicht stimmt.

»Falls du dir Sorgen um Joshua machst, kann ich es verstehen. Ich denke ebenfalls an ihn.«

»Er ist ein großer Junge. Er schafft das«, murmelt Mateo.

»Wurdest du heute oft auf das Video angesprochen?«, frage ich und streiche mit den Händen beunruhigt über das Lenkrad. Ich habe mir einiges anhören müssen.

»Ich bin ebenfalls ein großer Junge und komme mit den Lästereien klar. Es reicht, wenn wir wissen, wie es wirklich war. Fahr einfach«, schlägt er in einem Tonfall vor, der deutlich macht, dass er nicht darüber reden will.

Am Wohnhaus angekommen habe ich kaum den Bus am Straßenrand geparkt, da schnallt er sich ab.

»Danke fürs Fahren.«

Es sind nur drei einfache Worte, aber sie fühlen sich unangenehmer an, als sie sollten. Er bedankt sich fürs Fahren. Also soll ich nicht mit raufkommen.

»Und du bist dir ganz sicher, dass alles gut ist?«, ist alles, was ich herausbringe.

Er steigt aus, ohne sich zu verabschieden. Nicht einmal ein Tschüss hat er für mich übrig. Er ist schon fast im Haus verschwunden, als mir auffällt, dass er seine Tasche vergessen hat.

Wo ist er nur mit den Gedanken?

Hastig greife ich nach Mateos Tasche, springe aus dem Bus und will ihm hinterher, bevor die Eingangstür ins Schloss fällt. Aber Mateo hält sich am Türrahmen fest – und übergibt sich.

Erschrocken eile ich zu ihm hinüber und blicke irritiert auf die Lache aus Galle auf den teuren Steinfliesen. Ich erinnere mich daran, wie er vorhin kurz auf dem Rasen lag. Offensichtlich scheint sein Zusammenstoß nicht vollkommen spurlos an ihm vorübergegangen zu sein.

»Ich bringe deine Tasche hoch und wische das für dich weg«, biete ich an und bin schon fast auf dem Weg zum Fahrstuhl, als er mich zurückhält.

»Mir geht es gut.« Auffordernd streckt er die Hand nach der Tasche aus.

Forschend betrachte ich sein Gesicht. Ist das sein Ernst? »Du hast dich gerade übergeben, deine Tasche vergessen und siehst aus, als würdest du gleich zusammenbrechen. Es steht mir nicht zu, Diagnosen zu stellen, aber du könntest eine Gehirnerschütterung haben.«

»Habe ich nicht, und jetzt gib mir bitte die Tasche«, fordert er viel zu gereizt.

Das ist nicht der Mat, den ich kenne. »Was ist dein Problem? Warum lässt du dir nicht einfach helfen?«, frage ich genervt und überreiche ihm die Sporttasche.

»Ich habe kein Problem. Und ich sagte schon Danke.« Damit wendet er sich zum Gehen und lässt mich im Flur stehen.

Ich bin kurz versucht, ihm zu folgen, um sicherzugehen, dass er gut in der Wohnung ankommt, stattdessen beiße ich die Zähne zusammen, ignoriere die Pfütze aus Erbrochenem und kehre zum Bus zurück. Ich bin nicht Mateos Mutter. Wenn er keine Hilfe will: Bitte schön. Dabei wäre seine Mom sicherlich die letzte Person, die ihm helfen würde. Immerhin hat sie sich aus dem Staub gemacht, als sein Dad krank wurde. Ob das der Grund für sein Verhalten ist? Hat er Angst, dass man ihn verlassen könnte, nur weil er krank ist? Weil er einen Moment Schwäche zeigt? Das ist lächerlich! Er hat doch selbst gesagt, dass jeder Mensch jemanden braucht, der auf ihn aufpasst.

Außerdem bin ich nicht seine Mom.

Um ihm das zu beweisen, mache ich auf dem Absatz kehrt, folge ihm die Treppe hinauf und klingle an der Wohnungstür.

Niemand öffnet.

Ich klingle erneut und klopfe zusätzlich. Was ist, wenn er bewusstlos geworden ist? Soll ich auf Joshua warten oder den Notruf wählen? Gerade als ich ein drittes Mal klingle, öffnet sich die Tür.

Mateo trägt nur eine tief sitzende Jogginghose und blinzelt mich träge an. Offensichtlich hat er die Zeit genutzt, um sich umzuziehen.

»Ich …«, beginne ich den Satz und weiß selbst nicht, wie er enden soll, »wollte nur sichergehen, dass du es nach oben geschafft hast.«

»Das habe ich bisher immer«, versichert er mir und zögert, bevor er die Tür freigibt und in Richtung Sofa wankt.

»Mat, du gehörst ins Bett. Für die nächsten Tage«, warne ich ihn.

»Haley, mir geht es gut«, wiederholt er mit Nachdruck und lässt sich auf das Sofa sinken. »Mir fehlt nichts.«

»Du hast dich gerade übergeben!«

»Das kommt schon mal vor.«

»Mat! Du kannst nicht so tun, als wäre nichts. Du solltest mit eurem Arzt reden. Du musst dich schonen und das Training und das Spiel am Samstag absagen. Mit einer Gehirnerschütterung ist nicht zu spaßen.«

»Red keinen Unsinn«, murrt er. »Ich werde das Spiel nicht

absagen, nur weil eine Medizinstudierende der Meinung ist, mir eine Diagnose stellen zu müssen.«

»Ich sage das nicht als Medizinstudierende, sondern als Freundin«, korrigiere ich ihn.

»Hales, wir sind keine Freunde.«

»Aha. Führen wir diese So-was-wie-Beziehung nur, wenn es dir gut geht? Oder hat sie doch an Reiz verloren, seitdem du weißt, dass du mich haben kannst?«

»So meinte ich das nicht, geh einfach«, stöhnt er und legt sich den Unterarm über das Gesicht.

»Geh einfach?«, wiederhole ich und schließe die Tür hinter mir. »Denkst du wirklich, es wäre leicht, dich zurückzulassen, wenn es dir sichtlich nicht gut geht? Ich bin nicht deine beschissene Mom, und ich habe dir schon einmal gesagt, dass …« Ich unterbreche mich, als Mateo auffährt und sich neben das Sofa erbricht. Es ist nicht der richtige Moment zum Reden.

Seufzend ziehe ich den Mantel aus, werfe ihn auf das Sofa und suche in der Küche nach Lappen und Eimer.

»Ich will nicht, dass du meine Kotze aufwischst«, widerspricht Mateo kraftlos und lässt den Kopf zurück auf die Sofalehne sinken.

»Und wie willst du mich davon abhalten?«, frage ich, als ich genau das tue. Es ist ohnehin nur erbrochene Galle, daran kann ich nichts Ekliges finden. »Ich werde im Pflegepraktikum noch ganz andere Sachen für vollkommen Fremde entsorgen müssen. Ich verbuche es als Übung.«

Nach dem Aufwischen lasse ich das elektrische Rollo vor der großen Fensterfront herunter, damit Mat sich ausruhen kann, aber er hat offensichtlich andere Pläne.

»Ich muss ins Bett«, stöhnt er und erhebt sich, nur um sich vom Sofa, die Wand entlang, in sein Zimmer vorzutasten.

»Lass dir doch helfen«, bitte ich und eile an seine Seite.

»Wenn du mir helfen willst, erzähl Joshua nicht, dass es mir nicht gut geht«, schlägt er vor. »Ich will nicht, dass er sich auch noch unnötige Sorgen macht.«

»Wenn dein Zustand so bedenklich ist, dass Joshua ihn nicht erfahren darf, werde ich dich erst recht nicht verlassen.«

Mit einem Stöhnen steigt er ins Bett.

Ich lege eine Decke über ihn, lasse mich neben seinem Bett zu Boden gleiten und ziehe das Handy hervor, um die medizinischen Hintergründe einer Gehirnerschütterung zu googeln. Leider ist die erst während der Neuro dran, die ab dem vierten Studienjahr auf uns wartet, aber was ich lese, gefällt mir überhaupt nicht: Gehirnerschütterung oder leichtes Schädel-Hirn-Trauma.

Symptome: Störung des Bewusstseins bis hin zu kurzzeitiger Bewusstlosigkeit, Erinnerungslücken möglich, Kopf- und Nackenschmerzen, Schwindel, Übelkeit und Erbrechen.

Therapie: Bettruhe, Schmerzmittel.

Meist wird der Patient 24 Stunden lang im Krankenhaus überwacht, denn auch schwerere Folgen wie beispielsweise eine Hirnblutung oder -schwellung sind möglich. Wenn vor Ende der Erholungsphase ein zweiter Schlag auf den Kopf folgt, nennt sich das *second impact*. Er kann schwere Gehirnschäden nach sich ziehen – in seltenen Fällen sogar den Tod.

Meine Sorge um Mateo wächst mit jedem Satz, den ich lese.

Sofort habe ich die Stimme von Samantha im Ohr und wie sie sich wünscht, dass Joshua doch mit dem Spielen aufhören möge.

»Mat?«, vorsichtig berühre ich ihn an der Schulter, bis er leise murrt. »Meinst du nicht, dass wir einen Arzt aufsuchen sollten?«

»Nicht nötig«, erwidert er. »Alles gut. Ich brauch nur eine Runde Schlaf.«

Ob ich seinem Urteil in diesem Fall trauen kann?

Ich bin mir nicht sicher. Da er mich gebeten hat, nicht mit Joshua über seinen Zustand zu reden, reiße ich mich zusammen und beschließe, die Nacht über bei ihm zu bleiben und gelegentlich seinen Zustand zu überprüfen. Sollte er sich jedoch erneut übergeben, stecke ich in einem Dilemma.

Auf einer der Webseiten stand, dass man bei mehr als dreimaligem Erbrechen innerhalb der ersten sechs Stunden zur Überwachung ins Krankenhaus sollte. Was soll ich tun, wenn er sich weigert? Joshua und Drew um Hilfe bitten, um ihn zur Vernunft zu bringen? Aber was ist, wenn ich tatsächlich übertreibe?

Von meiner Unwissenheit genervt, beschließe ich, uns Wasser aus dem Kühlschrank zu holen.

In der Küche laufe ich an Joshua vorbei, der lernend am Esstisch sitzt.

»Wie war das Gespräch mit eurem Coach?«, frage ich vorsichtig.

»Genauso ernüchternd, wie ich es erwartet habe«, gesteht er.

»Das tut mir leid. Magst du mir erzählen, was er gesagt hat?«

»Das, was man erwarten würde. Dass Homosexualität im Profisport noch immer ein schwieriges Thema ist und ich mir gut überlegen soll, ob ich mich wirklich outen will. Die Konsequenzen sind nicht abzuschätzen, und das Eis, auf dem ich mich bewege, ist dünn.«

»Also hat der Wetterbericht eine Katastrophenwarnung herausgegeben. Was hast du jetzt vor?«

»Mit Benjamin sprechen, denke ich. Weißt du, ob er mittlerweile jemanden datet? Er geht mir seit ein paar Wochen aus dem Weg. Verständlicherweise.«

»Er hatte ein paar Dates«, antworte ich vage. »Ich glaube, er mag dich noch immer, aber die letzten Monate waren nicht leicht für ihn.«

»Ich weiß.« Er wendet den Blick ab und schaut zum Fenster hinaus. »Ich könnte verstehen, wenn … Keine Ahnung. Ich wollte ihn nicht verletzen, aber da war immer diese Stimme, die mir einreden wollte, dass ich meine Zukunft wegwerfe, wenn ich mich auf ihn einlasse. Ich hatte einfach Angst.«

»Das weiß ich doch. Also sag ihm das, nicht mir«, bitte ich, auch wenn ich glaube, dass Bo das alles längst durchschaut hat. »Morgen ist Waffeldonnerstag, und Bo hat die Nachmittagsschicht. Wie wäre es, wenn du zum *Hazelcup* fährst und ihn danach abholst?«

»Klingt gut.« Er schenkt mir ein schwaches Lächeln und widmet sich seinen Unterlagen.

»Josh?«, frage ich, schon halb im Gehen. »Ich mag dich, und ich drücke dir die Daumen für ein Happy End.«

Ich würde mit ihm gern über Mateos Zustand sprechen, immerhin ist er ebenfalls Sportler und kann die Situation vielleicht besser einschätzen, aber ich habe Mateo versprochen, es nicht zu tun. Und bisher habe ich alle meine Versprechen gehalten.

Kaum habe ich die Zimmertür hinter mir geschlossen, verspüre ich den Impuls, Bo anzurufen, aber ich tue es nicht. Ich erzähle ihm nicht von Joshua. Es fühlt sich nicht richtig an. Joshua hat so lange mit sich um eine Entscheidung gerungen, dass er sie selbst mit Bo teilen soll. Stattdessen werde ich mich heute tatsächlich mal hinsetzen, um etwas fürs Studium zu tun – neben Mateos Bett.

Das ist zumindest der Plan, doch kaum habe ich den Laptop gestartet, ertappe ich mich dabei, nach etwas anderem zu googeln.

Football, Gehirnerschütterung.

Was ich lese, gefällt mir gar nicht. Es beginnt schon beim ersten Satz: *Die Teilnahme am American Football birgt erhebliche Gesundheitsrisiken.*

Wiederholte Hirnverletzungen – wie Gehirnerschütterungen – können zu einer sogenannten Chronisch Traumatischen Enzephalopathie (CTE) führen. Zu einer Gehirnkrankheit mit demenzähnlichen Ablagerungen in den Zellen. Bekannt wurden solche Fälle ausgerechnet durch Untersuchungen an verstorbenen Footballspielern. Bei ihnen veränderte sich häufig der Charakter, sie hatten Wutausbrüche, wurden depressiv, teils dement, manche nahmen sich das Leben.

Es wird nicht besser, als ich einen Artikel darüber finde, dass jedes Jahr Footballspieler noch auf dem Feld sterben.

Vielleicht ist es kein Wunder, dass die Profis so gut bezahlt werden, denn die meisten Forschungen zu dem Thema sind sich einig: Keine Sportart verzeichnet mehr Gehirnverletzungen als Football.

Mit jeder einzelnen Studie wächst meine Abneigung diesem Sport gegenüber. Und meine Sorge um Mateo. Nach dem Lesen all dieser Veröffentlichungen frage ich mich mehr denn je, wie Football zu spielen und Medizin zu studieren zusammenpassen? Nicht nur zeitlich, auch inhaltlich ist das eigentlich ein Ding der Unmöglichkeit.

Wie viel ist Gesundheit wert? Weniger als ein Studienabschluss?

»Mat?« Ich berühre ihn an der Schulter, um ein weiteres Mal zu prüfen, ob er ansprechbar ist.

»Hales?« Er blinzelt gegen das Licht der Nachttischlampe an. »Was tust du noch hier?«

»Ein Auge auf dich haben«, gestehe ich und steige vorsichtig auf die andere Seite des Betts. Behutsam fahre ich mit den

Fingern durch seine Locken. »Hast du wirklich gedacht, dass ich fahre und dich allein lasse, wenn es dir nicht gut geht? Versprich mir, auf dich aufzupassen.«

»Sicher«, murmelt er und ist wieder eingeschlafen, kaum dass er mir den Kopf zugewandt hat.

Ich weiß nicht, ob er verstanden hat, was ich ihm sagen wollte: Kein Geld der Welt kann ihn ersetzen.

Ich habe mir einen Wecker gestellt, werde aber stattdessen von Mateo geweckt, der mich auf die Stirn küsst.

»Pancakes sind fertig.«

Irritiert sehe ich zu ihm auf, wie er mit feuchten Haaren und in Jeans und dünnem Rollkragenpullover neben dem Bett steht. Wann ist er aufgestanden? »Du solltest schlafen und nicht in der Küche stehen.«

»Ich habe geschlafen und mir geht es gut«, versichert er lächelnd und überreicht mir einen Becher Kaffee.

An dem Getränk nippend beobachte ich, wie er sich durch sein Zimmer bewegt und einige Sachen zusammensucht. Offensichtlich kann er wieder geradeaus laufen, aber das heißt noch lange nicht, dass er fit genug ist, um zum Campus zu gehen.

»Was soll das werden?«, frage ich und steige aus dem Bett, als er seine Sporttasche packt. »Sag mir, dass du heute nicht zum Training gehst.«

»Ich habe dich noch nie belogen und werde jetzt nicht damit anfangen«, lehnt er ab und schultert die Tasche.

Das kann nicht sein Ernst sein!

»Du kannst mit einer Gehirnerschütterung nicht aufs Feld. Mat!« Ich greife nach seiner Hand. »Wenn du noch einen Stoß auf den Kopf bekommst …«

»Das wird nicht passieren. Lex erwischt mich kein zweites

Mal«, versichert er mir und küsst mich flüchtig auf die Schläfe. »Ich liebe es, wie du nach dem Schlafen duftest.« Er streicht mit der Nase in Richtung meines Ohrs und beißt mich sacht ins Ohrläppchen.

Eine wohlige Gänsehaut kriecht über meinen ganzen Körper, aber ich weiß genau, was er vorhat. »Lenk nicht ab!«

»Es ist süß, wenn du dich um mich sorgst, aber ich komme schon klar.«

Er nimmt mich und meine Sorge um seine Gesundheit gar nicht ernst. Selbst wenn ich mich irren sollte, und es ihm tatsächlich gut geht, drängen sich mir die Artikel über die chronischen Langzeitfolgen von Football immer wieder ins Gedächtnis. Ja, Football finanziert ihm sein Studium. Aber ist es das wert? Ihm offensichtlich schon. Und das schmälert meine Sorgen kein Stück.

»Mat, warte.« Ich setze ihm nach, aber er ist schon auf dem Weg in die Küche und holt sich eine Wasserflasche aus dem Kühlschrank. »Mal angenommen, du hast recht und es geht dir gut: Aber was ist mit CTE? Du hast gesagt, du kennst die möglichen Langzeitfolgen der Sportverletzungen und dass es dir das wert ist. Aber ...«

Aber was, Haley?

Mateo schließt die Kühlschranktür, lehnt sich dagegen und sieht mich auffordernd an. »Aber was?«, wiederholt er meine Gedanken.

»Aber was, wenn es mir das nicht wert ist? Ich verstehe, dass der Sport dein Stipendium zahlt, aber was ist nach dem Studium? Du musst nicht in der NFL spielen. Niemand zwingt dich dazu. Du könntest gleich in die Medizin gehen.«

»Mhm.« Er lässt das Kinn auf die Brust sinken und starrt auf den Fußboden. Mehrere Sekunden verstreichen, bevor er weiterspricht. »Du hast mal gesagt, du fühlst dich dazu verpflichtet, dein Gedächtnis zum Wohl der Gesellschaft zu nutzen. Vielleicht fühle ich mich dazu verpflichtet, meine körperlichen Voraussetzungen ebenfalls nicht zu vergeuden. Football ist nicht nur Training. Weißt du, was ein Jahrhunderttalent ausmacht? Veranlagung.«

»Sekunde«, bitte ich und gehe zu ihm hinüber. Ich versuche ihm in die Augen zu sehen, aber er weicht meinem Blick aus. »Du fühlst dich dazu verpflichtet, deine Gesundheit zu riskieren? Wofür? Deine Fans? Geld? Ruhm?«

Mateo geht an mir vorbei, stellt die Flasche auf den Tresen, stützt die Hände daneben auf und lässt den Kopf hängen.

Meine Hand findet wie von selbst den Weg auf seinen Rücken, streicht an seiner Wirbelsäule entlang. »Mat, sieh mich an.«

Tief durchatmend dreht er sich zu mir um, lehnt sich gegen den Tresen, aber vermeidet es noch immer, mir in die Augen zu sehen.

»Ich liebe dich«, sage ich langsam und mit Nachdruck. »Aber ich weiß nicht, wie viel von dir mir bleibt, wenn du nicht besser auf dich achtgibst.« Ich beuge mich vor, um ihn zu küssen, aber er wendet den Kopf ab. Diese winzige Bewegung versetzt meinem Herzen einen Stich. Er hat mich noch nie abgewiesen. Warum gerade jetzt?

»Erinnerst du dich daran, was ich dir am Lagerfeuer in Julys Garten gesagt habe?«, fragt er.

»An was genau?«

»Dass es besser ist, wenn ich allein bleibe.«

»Wie meinst du das?« Unwillkürlich weiche ich zurück und versuche seinen Gesichtsausdruck zu deuten. Es gelingt mir nicht.

»Ich weiß, wie es ist, mit ansehen zu müssen, wenn jemand, den man liebt, von einer Krankheit zerfressen wird. Wenn er jeden Tag etwas von sich selbst verliert, bis sein Körper nur noch eine leere Hülle ist. Wenn man nichts tun kann, um ihn zu retten. Diese Ohnmacht. – Ich kann verstehen, wenn dir das zu viel ist.«

»Redest du von deinem Dad? Was geschehen ist, ist schrecklich, aber es gibt einen Unterschied zwischen einer spontan auftretenden Krankheit und den Langzeitfolgen einer Handlung, die man selbst in der Hand hat. Meinst du nicht?«

»Tatsächlich? Macht das einen Unterschied? Niemand kommt hier lebend raus. Was bringt es, wenn ich mit dem Footballspielen aufhöre, auf meine Ernährung achte und trotzdem an Krebs sterbe? Oder morgen von einem Auto überfahren werde? Ich lebe lieber heute und tue etwas, das ich liebe, als gar nicht.«

Für einen Moment fühle ich mich von Mateos Geständnis überfordert. Diese gleichgültige Seite an ihm kenne ich nicht – und sie macht mir Angst. »Nur weil alle unsere Leben endlich sind, ist das noch lange kein Grund dafür, mit deiner Gesundheit russisches Roulette zu spielen.«

»Lass uns wann anders darüber reden.«

»Ist das dein Standardsatz, wenn dir ein Gespräch unangenehm wird?«, vermute ich. »So funktioniert das Leben aber nicht. Du kannst nicht allem ausweichen, damit es dich nicht berührt. Ja, das war eine Football-Metapher. Und wenn sie dir dabei hilft, mich besser zu verstehen, lasse ich mir gern noch weitere einfallen.«

Tief durchatmend fährt Mateo sich mit der Hand durch die Haare und reibt sich über den Hals. »Wenn wir weiter diskutieren, kommen wir zu spät zum Campus«, ist alles, was er sagt, bevor er sich vom Tresen abstößt und nach seiner Wasserflasche greift.

Er lässt mich hier einfach stehen: barfuß auf den kalten Fliesen, nur in meinem Schlafshirt. Aber das ist nicht der Grund dafür, dass ich mich nackt fühle. Mit keinem Wort hat Mateo auf mein Liebesgeständnis reagiert. Er hat es genauso ignoriert wie meine Sorgen.

Dieser Morgen verunsichert mich mehr als er sollte. Habe ich mir eingeredet, dass sich nach dem Video irgendetwas ändern würde? Natürlich muss Mateo mir keine Worte sagen, die ihm Angst machen. Wir müssen nicht Händchen haltend über den Campus laufen, als wären wir July und Drew. Aber ich wünschte, er würde meine Sorgen um ihn ernst nehmen, denn obwohl er behauptet, dass es ihm gut geht, bleibt da eine leise Stimme des Zweifels. Schon seit gestern benimmt er sich mir gegenüber anders. Er hat mich weggeschickt, statt meine Nähe zu suchen, und auch jetzt zieht er es vor, mich nicht anzusehen, sondern beschäftigt sich stattdessen damit, die letzten Sachen zusammenzupacken.

Die gesamte Fahrt bis zum Campus schweigt Mateo mich an.

»Hätte ich es nicht sagen sollen?«, frage ich in die unangenehme Stille hinein und streiche beunruhigt mit den Fingern über das Lenkrad. »Die drei Worte. Hätte ich sie nicht sagen sollen?«

»Wieso denkst du das?«

Weil du meinem Blick ausweichst. Weil du meine Annäherungen abblockst. Weil du die Worte nicht erwiderst. – Es gäbe so viele Antworten, stattdessen stimme ich in sein Schweigen ein.

»Vertraust du mir?«, fragt Mateo, kaum dass ich den Bus geparkt habe.

Ja. – Das ist, was ich sagen sollte, doch so einfach ist es nicht. Ich möchte ihm ja glauben, dass es ihm gut geht, aber Fakt ist: Er war bewusstlos. Er hat sich mehrfach übergeben. Er konnte gestern nicht einmal geradeaus laufen. Ich muss keine fertig ausgebildete Ärztin sein, um zu wissen, dass er nicht aufs Feld, sondern ins Bett gehört.

»Pass auf dich auf«, bitte ich, als er aussteigt. Obwohl er nickt, habe ich das Gefühl, dass meine Worte an ihm abperlen. *Catch me, if you can* steht auf seinem Shirt. Aber ich kann es nicht.

Wie sehr ich es auch möchte: Die Sorgen um Mateos Gesundheitszustand lassen sich nicht ausblenden. Die Vorlesungen lenken mich ein wenig von ihnen ab, aber immer wieder drängen sich die Erinnerungen an die Artikel über einen Second Impact in mein Bewusstsein. Laut den Footballregeln ist es verboten, einen Spieler verletzt auf das Feld zu lassen. Aber wie sollen die Trainer das berücksichtigen, wenn sie nicht wissen, dass es Mateo nicht gut geht? Ich hingegen weiß es und fühle mich hin- und hergerissen. Soll ich die Trainer informieren oder Mateos Wunsch respektieren? Ich versuche, die quälende Gewissensfrage zu unterdrücken, aber wie ein Bumerang kommt sie immer wieder zu mir zurück.

Am Nachmittag halte ich diesen Konflikt nicht länger aus und suche Joshua auf, weil ich mit jemandem reden muss. Ich will Mateo nicht hintergehen – wirklich nicht –, aber wie soll ich es mir verzeihen, wenn ihm doch etwas passiert? Wenn ich das hätte verhindern können? Nein, hätte verhindern *müssen*. Die Medizinstudierende in mir kann ihn nicht sehenden Auges ins Unglück rennen lassen, nur weil er behauptet, dass jeder Lebensweg in einen Abgrund führt.

Es ist einer der Vorteile an unserer vergangenen Fake-Beziehung: Ich kenne Joshuas Stundenplan auswendig, das macht es mir leicht, ihn vor dem Training abzupassen.

»Josh!« Das Schicksal ist auf meiner Seite, denn ich schaffe es, ihn auf dem Weg zum Auto abzufangen, wo er gewöhnlich seine Sportsachen aufbewahrt. »Kann ich kurz mit dir reden?«

»Jederzeit«, versichert er lächelnd und bedeutet mir, ihm zum Parkplatz folgen.

»Ich weiß, du musst zum Training, also fasse ich mich kurz. Es geht um Mateo. Hast du mitbekommen, dass er gestern einen unsanften Zusammenstoß mit Lex hatte? Als wir zu Hause waren, hat er sich übergeben und …«

»Nein, davon habe ich nichts mitbekommen«, gesteht Joshua und tauscht am Auto College- gegen Sporttasche.

»Es ging ihm nicht gut, aber er wollte, dass ich nicht mit dir darüber rede. Was ich nicht tun würde, wenn ich mir nicht wirklich Sorgen um ihn machen würde.«

»Du magst ihn«, antwortet Joshua schlicht und schultert seine Tasche.

»Ja, aber darum geht es nicht. Nach dem Lesen der Artikel über das Verletzungsrisiko beim Football mache ich mir übrigens Sorgen um jeden von euch. Aber worauf ich eigentlich hinauswollte, war …«

»Haley?«

Ich fahre erschrocken herum, als ich Mateos Stimme hinter mir höre und versuche, ihm ein Lächeln zu schenken, obwohl ich mich ertappt fühle.

Der steilen Falte zwischen seinen Augenbrauen nach zu urteilen, hat er vielleicht mehr gehört als er sollte. Wieso habe ich ihn nicht kommen gehört? Wie schafft er es jedes Mal wieder, sich von hinten anzuschleichen?

»Was genau soll das hier werden?« Aufmerksam mustert er mein Gesicht und sieht flüchtig zu Joshua, der mit einer Schulter zuckt.

»Haley wollte mir gerade erzählen, dass sie sich Sorgen um dich macht, weil …?« Joshua sieht mich fragend an, aber unter Mateos zweifelndem Blick bekomme ich kein Wort mehr heraus.

»Weil ich noch immer denke, dass es dir nicht gut geht«, antworte ich ausweichend.

»Sekunde. Ich habe dir mehrfach gesagt, dass mir nichts fehlt. Ich habe dich explizit gebeten, nicht mit Joshua zu reden. Und jetzt bekomme ich per Zufall mit, dass du mir nicht glaubst und stattdessen hinter meinem Rücken zu meinem besten Freund rennst?«

»Wollt ihr das vielleicht ohne mich klären? Ich habe irgendwie das Gefühl, dass ich schon zu lange als Dritter zwischen euch stand«, bittet Joshua. Erst auf mein Nicken hin klopft er Mateo zum Abschied auf die Schulter. »Wir sehen uns im Stadion.«

»Ich hätte mehr von dir erwartet«, fährt Mateo fort, bevor ich meine Gedanken sortiert habe. »Aber ich kann dir offensichtlich nicht vertrauen.«

»Hör zu, ich weiß, dass es vielleicht so aussieht. Aber ich hätte nicht versucht, mit Joshua zu reden, wenn du ... zum Arzt gehen würdest.«

»Ist das deine Lösung für alles?«, fragt Mateo bitter. »Du vertraust Daten, Formeln und veröffentlichten Studien, statt einfach mal auf dein Gefühl zu hören.«

»Weil es Dinge gibt, in denen man seinem Gefühl nicht vertrauen kann.«

»Mein Gefühl sagt, dass ich jetzt zum Training gehe. Wir sind hier fertig.«

»Wie meinst du das? Warum sagst du so etwas?« Alles, was ich empfinde, ist Überforderung. Mein Herz schlägt einen schnelleren Takt an, aber mein Kopf ist wie leer gefegt. »Was wurde aus: Jeder Mensch braucht jemanden, der auf ihn aufpasst?«

»Indem du ihn bei seinem besten Freund verrätst? Nein,

danke«, ist alles, was er dazu sagt, bevor er sich kopfschüttelnd zum Gehen wendet.

»Okay.« Ich hebe abwehrend die Hände und setze ihm nach. »Ich verstehe, dass du wütend bist.«

»Nicht wütend. Enttäuscht«, korrigiert er. »Du hast mich hintergangen. Ich habe nicht einmal Josh oder Drew von uns erzählt, weil ich wollte, dass du siehst, dass du mir vertrauen kannst. Denkst du, das ist mir leichtgefallen? Alle Fragen abzuweisen, obwohl ich manchmal nichts lieber getan hätte, als der ganzen Welt von uns zu erzählen. Und was tust du? Ich dachte echt, ich könnte dir vertrauen. Dass du der Mensch wärst, der immer zu mir hält und der mich bei meinen Träumen unterstützt. Stattdessen fällst du mir bei der ersten Gelegenheit in den Rücken. Du weißt genau, wie wichtig mir Football ist und trotzdem … Du denkst nur an deine Ängste und Bedürfnisse. Genau wie meine … Ist auch egal. Und ich sagte noch, dass *ich liebe dich* immer einen Abschied bedeutet.«

»Abschied? Ich wollte doch nur mit Josh reden, weil ich mir Sorgen um dich mache.«

»Kennst du den Spruch: Der Weg zur Hölle ist mit guten Absichten gepflastert?«

»Du kannst doch nicht wirklich von mir erwarten, dass ich wegsehe, wenn es dir nicht gut geht.«

Mateo atmet tief durch. »Das stimmt. Und deswegen gehe ich jetzt zum Training und denke, es wäre besser, wenn sich unsere Wege hier trennen.«

»Soll das heißen, du beendest unsere So-was-wie-Beziehung?« Forschend sehe ich ihn an. Ist das sein Ernst?

Statt mir zu antworten, beißt er die Zähne zusammen, bis ein Muskel an seiner Wange unkontrolliert zuckt.

»Aber du hast gesagt, dass ich eine Lücke hinterlassen würde, die niemand füllen kann.«

»Ist nicht das erste Mal in meinem Leben, dass ich mich irre.« Damit wendet er sich zum Gehen.

Meine Überforderung weicht einer Welle aus Wut. »Gut. Perfekt! Dann habe ich ja wohl nichts mehr zu befürchten und werde erst recht mit euren Trainern reden, um dich zur Vernunft zu bringen!« Fest entschlossen folge ich ihm.

»Wenn du auch nur einen Fuß in das Stadion setzt, werde ich dich vom Sicherheitspersonal entfernen lassen«, fährt Mateo mich an.

Die Kälte seiner Worte lässt einen Teil in mir augenblicklich zu Eis gefrieren. Kurz gerate ich aus dem Tritt, aber versuche, mit ihm Schritt zu halten. »Du meinst das ernst?«

»Es gibt Momente, in denen man kämpfen muss. Und andere, in denen man eine Niederlage einfach akzeptieren sollte.«

Mit dieser letzten Football-Metapher beschließt Mateo, mich stehen zu lassen.

Eine lähmende Schwere ergreift meinen Körper, zwingt mich dazu, ihm reglos nachzusehen. Wie kann er nicht verstehen, warum ich mit Joshua reden musste? Warum ich noch immer das Verlangen spüre, zu seinen Coaches zu gehen?

Er hat heute Morgen gesagt, dass er immer ehrlich zu mir war. Vielleicht war das Ignorieren meines Liebesgeständnisses die ehrlichste Antwort, zu der er in der Lage war.

»Weißt du, was das Schlimmste hieran ist?«, rufe ich ihm nach und kann die Tränen nicht länger zurückhalten. Es kostet mich alle Selbstbeherrschung, die ich aufbringen kann, weiterzureden. »Dass ein Teil von mir die ganze Zeit wusste, dass du eh das Interesse verlierst, sobald du mich haben kannst. Wir hätten über alles reden können. Aber du haust ab, kaum dass ich die bescheuerten drei Worte gesagt habe. Das ist das Allerletzte, Mateo Ortega, Runningback der St. Clair Otters.«

Während ich zum Bus gehe, klingen all meine Gedanken wie aus einem beliebigen Teeniefilm: *Ich dachte, du liebst mich. Ich dachte, das zwischen uns wäre etwas Besonderes. Ich dachte, wir passen aufeinander auf.*

31. KAPITEL

J + B = ?
(Joshua + Bo = ?)

Bo nach den Vorlesungen im *Hazelcup* zu besuchen ist etwas völlig Normales. Mir nicht anmerken zu lassen, dass heute Nachmittag etwas in mir zerbrochen ist, das eine Geröllhalde hinterlassen hat, scheint bemerkenswert gut zu funktionieren. Aber wen wundert es? Ich habe jahrelang nichts anderes getan, als nicht durchblicken zu lassen, wie kaputt ich innerlich gewesen bin.

Ich weiß nur, dass Joshua nach Feierabend herkommen möchte, um mit Bo zu reden, aber bis dahin werde ich weg sein. Mir war einfach nach etwas Vertrautem, das mir die Illusion von Sicherheit gibt – und Bo und das *Hazelcup* bieten mir genau das.

Mittlerweile ist die Sommersaison beendet, weswegen der Duft von frischen Zimtwaffeln und Kaffeespezialitäten mit Pumkin Spice die Luft erfüllen. Das *Hazelcup* ist einfach zu jeder Jahreszeit einen Besuch wert.

Wie an jedem Waffeldonnerstag ist es auch heute reichlich voll, also setze ich mich auf einen freien Hocker direkt am Tresen. Bo scheint überrascht zu sein, als er mich erblickt, und schenkt mir ein flüchtiges, aber ehrliches Lächeln. Zwischen Waffeleisen, Geschirrspüler und dem Servieren hat er verständlicherweise wenig Zeit.

»Du hast vorhin gar nicht gesagt, dass du vorbeikommen willst«, ruft er mir im Vorbeieilen zu.

»War spontan«, gestehe ich und warte mit dem Rest meines Satzes, bis er zurückkommt. »Das dringende Bedürfnis nach einer Zimtwaffel und einem Pumkin Spiced Latte haben mich hierher gerufen.«

»Wenn du schon mal hier bist, könntest du mir nebenbei die zwei Paper für Psychologie vorlesen«, schlägt er vor und gibt flüssigen Teig ins Waffeleisen.

»Sicher.« Ich hole meinen Laptop aus der Tasche, öffne die Dokumente und nehme von Bo mein Heißgetränk entgegen. »Sag mal, hast du heute Abend Zeit? Kann ich nach deiner Schicht bei euch vorbeikommen, oder bist du anderweitig verabredet?«, checke ich möglichst unauffällig die Lage für Joshua.

»Ich habe nichts vor, du kannst gern mitkommen«, ruft Bo mir zu.

»Super«, säusle ich enthusiastischer, als ich mich fühle, und schreibe Joshua eine Nachricht, damit er weiß, dass Bo heute Abend – zumindest theoretisch – Zeit für ihn hat.

Seine Antwort irritiert mich. Eigentlich habe ich mit einem einfachen »Dankeschön« gerechnet.

Joshua: *Wie voll ist es gerade im Hazelcup?*
Haley: *Sehr. Alle Tische besetzt.*
Joshua: *Bekommt Benjamin Stress mit seinem Chef, wenn er während der Arbeitszeit Privatgespräche führt?*
Haley: *Ich denke nicht. Mr Palmer wirkt immer, als würde er Bo als seinen Enkel betrachten. Warum fragst du?*

Joshua ist nicht mehr online. Also bekomme ich keine Antwort. Zumindest nicht schriftlich.

Kurz darauf fahre ich herum, als er das *Hazelcup* betritt. In Jeans, Shirt und völlig außer Atem. Ein paar Herzschläge lang scheint er sich zu sortieren, bevor er sich in die Schlange der Wartenden einreiht. Wenn Bo ihn bemerkt hat, lässt er es sich nicht anmerken, aber vermutlich ist er tatsächlich zu beschäftigt.

Geduldig wartet Joshua, bis er an der Reihe ist.

»Willkommen im *Hazelcup*. Was kann ich für dich tun?«, fragt Bo höflich und schenkt ihm ein unverbindliches Lächeln.

»Vieles«, antwortet Joshua unbestimmt.

»Es wird also eine größere Bestellung? Zum Mitnehmen?«

»Ja, zum Mitnehmen.« Joshua nickt, sieht zwischen Bo und der Getränketafel hin und her. »Ich hätte gern einen grünen Tee und …« Hilfe suchend sieht er mich an, aber ich habe nur ein Schulterzucken für ihn. »Und einen … Wie gesagt, es wird eine größere Bestellung. Ich hätte gern einen Kellner. Zirka eins neunzig groß, blond, zum Mitnehmen. Gern als Vorbestellung für später. Falls er noch im Angebot ist.«

Bo legt ein Papptablett auf den Tresen und hebt irritiert eine Augenbraue. »Wie soll ich das verstehen? Kaum ist deine Fake-Beziehung mit Haley aufgeflogen, tauchst du hier auf und …« Bo stutzt. »Was genau soll das werden? Ich weiß auch ehrlich nicht, was ich von der Essensmetapher halten soll.«

»Okay, sie war doof«, gesteht Joshua. »Ich habe das Ganze nicht richtig durchdacht, und ich kann verstehen, wenn du ablehnst. Aber falls du nach Feierabend Zeit hast …«

»Komm in die Strümpfe, Simons!«, ruft ein junger Mann vom Ende der Schlange und lässt ihn sichtlich zusammenzucken.

»Gib mir einfach ein Tablett mit irgendwelchem Tee«, fährt Joshua fort. »Und falls du dir vorstellen könntest, mit mir zu reden, komm nachher in die WG. Ich werde da sein.«

Einen Moment lang betrachtet Bo ihn intensiv. Dann sagt er: »Ich werde darüber nachdenken.«

»Das ist mehr, als ich nach den Beleidigungen verdient habe.« Joshua zieht sein Portemonnaie hervor, legt einen Schein auf den Tresen und nimmt sich das Tablett. »Ich hoffe, wir sehen uns.« Er nickt mir kurz zu und wendet sich zum Gehen.

Ich habe das Gefühl, dass die Begegnung Bo vollkommen kalt gelassen hat, doch auf einmal stützt er die Hände auf den Tresen und starrt den Geldschein an, als sollte der ihm etwas sagen. »Hast du zufällig darauf geachtet, was ich Josh mitgegeben habe? Ich habe keine Ahnung, was ich eingeben muss, damit am Ende des Tages die Kasse stimmt.«

»Ich dachte, du darfst Freunden einen ausgeben? Aber wenn ich es richtig gesehen habe, war es dreimal grüner Tee und einmal Waldbeere.«

»Vergiss es. Geht aufs Haus.« Bo steckt den Schein in die Hosentasche. »Ich könnte ihm das Geld heute Abend zurückbringen, oder was meinst du?« Prüfend sieht er mich an, und ich lächle ihm aufmunternd zu.

»Das klingt nach einer guten Idee.«

Eine Weile bleibe ich noch bei ihm, bevor ich nach Hause fahre, um meiner Nähmaschine Gesellschaft zu leisten.

»Haley?«

Ich habe kaum das Haus betreten, da erklingt Moms Stimme.

»Möchtest du einen Tee?«

Tee.

»Sicher«, stimme ich viel zu leise zu, ziehe den Mantel aus und lasse die Tasche zu Boden gleiten. Mechanisch gehe ich ins Wohnzimmer hinüber – und stutze. Warum sitzen July und Penny auf unserem Sofa?

»Hey, wie geht es dir?«, fragt July und schenkt mir ein Lächeln, während Penny auf einen Karton mit dem Aufdruck des Coffeeshops in der Nähe des Campus deutet.

»Wir haben dir Muffins mitgebracht«, erklärt sie das Offensichtliche, während ich mich in unseren Ohrensessel setze. »Also, ich kann auch gehen, wenn ihr lieber allein reden wollt. Wir waren nur gerade gemeinsam unterwegs, als der Anruf kam, und ich habe July versprochen, sie zu fahren.«

Verwirrt sehe ich zu Mom auf, die mir einen Becher überreicht. Sofort steigt mir der Duft von Kamillentee in die Nase.

»Anruf? Ich bin ein wenig überfordert«, gestehe ich und sehe zu Mom auf. »Wie kommt es, dass du hier bist? Um diese Uhrzeit? Hast du heute keine Termine?«

Sie macht eine wegwerfende Geste. »Ich könnte jetzt behaupten, dass eine Mutter spürt, wenn es ihrer Tochter nicht gut geht, aber tatsächlich hat mich ein junger Mann auf meinem Geschäftstelefon angerufen. Er sagte, er hätte meine Nummer aus dem Internet und dass meine Tochter heute vielleicht gern Gesellschaft hätte.«

»Bo hat dich angerufen?«, frage ich irritiert.

»Es war nicht Bo«, widerspricht sie milde lächelnd und bringt mich nur noch mehr durcheinander.

»Um ehrlich zu sein, hat Mateo mich auch angerufen«, gesteht July und greift nach einem Becher, der auf dem Tisch steht.

»Mateo hat euch angerufen, damit ihr mich mit Tee und Muffins versorgt?«, vergewissere ich mich und kann nicht behaupten, dass meine Verwirrung dadurch weniger wird.

July richtet ihre Brille und sieht flüchtig zu meiner Mom auf, die uns augenblicklich allein lässt. »Wir wollen uns nicht in eure Angelegenheiten einmischen. Wir sind nur hier, weil

Mateo sagte, dass ihr euch getrennt habt und du dich vielleicht über Gesellschaft oder Ablenkung freust.«

»Nicht, weil wir uns aufdrängen wollen«, schiebt Penny hinterher. »Ich meine, ich weiß, wie es sich anfühlt, wenn im Internet schäbige Artikel über einen erscheinen. Was Joshuas Bruder getan hat, war wirklich widerlich.«

»Ja, aber die Lästereien über das Video sind nicht der Grund für …« Ich kann es nicht aussprechen. Hat er tatsächlich mit mir Schluss gemacht? Ich habe ihm versprochen, immer für ihn da zu sein. Aber er schiebt mich von sich. Habe ich es mit meiner Sorge um ihn übertrieben? Wieso drängt mich ein Teil meines Unterbewusstseins dann noch immer dazu, mit seinen Trainern zu reden? Vielleicht sollte ich es einsehen, wie es ist: Gefühle sind nicht rational.

Penny und July tauschen einen flüchtigen Blick.

»Wir müssen nicht darüber reden«, ergreift July das Wort. »Wir können auch einfach Pizza bestellen und einen Film schauen. Oder tun, wonach auch immer dir ist.« Sie wendet sich Penny zu. »Was hast du unternommen, nachdem du mit Kyle Schluss gemacht hast?«

»Das sollten wir besser nicht machen«, erwidert sie und streicht sich flüchtig eine Haarsträhne hinter das Ohr. »Ich war mit Drews Schwester Aliza feiern. Keine von uns ist alt genug, um in die Clubs zu kommen, in die sie mich mitgenommen hat. Aus eigener Erfahrung würde ich sagen, dass ein Kater am nächsten Morgen auch nicht dabei hilft, sich besser zu fühlen.«

Zweifelnd nippe ich an meinem Tee. »Ich wusste nicht, dass man sich erst von einem Footballspieler trennen muss, um in den Club der coolen Mädchen aufgenommen zu werden.«

»Bitte?« Penny sieht mich zweifelnd an. »Ich hätte dich schon eher zu Partys eingeladen oder mich in der Mensa zu euch gesetzt, wenn du Interesse signalisiert hättest. Aber ich dachte, du hältst dich für zu cool für uns. Bo und du, ihr hattet da immer diese Außenseitersache laufen.«

»Seit wann sind Außenseiter cool?«, frage ich.

»Das hier ist kein Coolness-Wettbewerb«, wirft July ein.

»Ja, aber lass mich das kurz klären«, bittet Penny. »Hast du eigentlich eine Ahnung davon, wie viele Fotos von dir mir in den letzten Monaten zugesandt wurden? Von dir und Bo. Deinen Outfits. Dir und Joshua. Dir und Mateo. Mateo in deinen Shirts. Es gibt auf dem Campus eine Menge Leute, die dich gern kennenlernen würden, wenn du ihnen nur die Chance dazu geben würdest. Und ich hatte nie etwas gegen dich – höchstens gegen deine Ausdrucksweise.«

»Oh«, ist alles, was mir dazu einfällt, weil es eine eigenartige Vorstellung ist, dass es auf dem Campus Leute geben könnte, die mich gern kennenlernen würden.

Es tritt ein Schweigen ein, bis ich zum ersten Mal wirklich das Bedürfnis habe, zu reden. Nicht über die Trennung, aber über den Grund, der alles kaputt gemacht hat: Meine Ängste.

»Ich frage mich, wie ihr mit Männern zusammen sein könnt, die ihre Gesundheit für einen Sport aufs Spiel setzen. Wie kann man jemanden lieben und gleichzeitig akzeptieren, dass er sein Leben riskiert? Spieler sterben auf dem Feld. Es gibt Verletzungen, die bleibende Schäden hinterlassen. Wie können die Fans erwarten, dass man das in Kauf nimmt, um sie zu unterhalten, als wären wir bei Gladiatorenkämpfen? Es fühlt sich nicht richtig an.«

»Nur fürs Verständnis«, hakt Penny nach. »Würdest du es anders sehen, wäre Mateo beispielsweise Feuerwehrmann oder Polizist?«

»Ja«, antworte ich nach kurzem Überlegen. »Seine Gesundheit zum Wohl der Allgemeinheit zu riskieren ist etwas anderes.«

»Aber in beiden Fällen ist es eine bewusste Entscheidung. Wie wäre es, wenn du versuchst, es als Opfer für die Allgemeinheit zu sehen?«, schlägt sie vor. »Football ist nicht nur ein Sport. Er lenkt die Menschen für eine Weile von ihren anderen Problemen ab, inspiriert und motiviert sie. Er verbindet Generationen und Länder. Für viele ist Mateo ein Held. Er rettet keine Leben, indem er Menschen aus dem Feuer trägt, aber vielleicht liegt irgendwo dort draußen ein Junge im Krankenhaus, wartet auf ein Spenderherz, und es ist dieses eine Spiel im Fernsehen, das ihn davon ablenkt.«

»Hör nicht auf Penny«, bittet mich July. »Da spricht das Fangirl aus ihr. Ich kann auch nie hinsehen, wenn Drew auf dem Platz steht.«

»Aber du würdest ihn deswegen nicht bitten, mit dem Football aufzuhören«, vermute ich.

»Nein, kein Sport ist ungefährlich, und ich würde ihm seinen Traum auch nicht ausreden wollen.«

Vielleicht ist das der Grund, aus dem Cheerleader so viel besser zu Sportlern passen: Weil sie die Liebe zum Sport nachvollziehen können. Ich kann es nicht. Nicht so wie sie.

Aber July hat recht: Welches Recht habe ich dazu, Mateo seinen Traum auszureden? Es ist seine eigene Entscheidung, verletzt aufs Feld zu gehen oder mit den chronischen Folgen zu leben. Wenn ich damit nicht umgehen kann, ist es mein Problem – nicht seins. Ich kann nicht erwarten, dass er sich für mich ändert. Das ist nicht richtig.

Aber welche Rolle spielt es noch? Wir passen nicht zusammen. Wir sind kein Teil desselben Puzzles. Mit dieser Erkenntnis weicht die dumpfe Leere dem Schmerz. Bevor ich dazu komme, ihm nachzugeben, lenkt mich Pennys Handy ab. Es gibt ein Geräusch von sich, das nach einer gackernden Ente klingt.

»Entschuldigt«, sagt sie und zieht ihr iPhone aus einer schwarzen Chaneltasche hervor. »Das war lediglich …« Blinzelnd wischt sie über das Display und erhebt sich halb, nur um sich wieder auf das Sitzpolster fallen zu lassen.

»Ist alles in Ordnung?«, fragt July irritiert und spricht aus, was ich denke. Pennys Bewegungen wirken mit einem Mal sehr viel fahriger, als es für sie üblich ist.

»Ja«, antwortet sie geistesabwesend, lässt das Smartphone sinken und sieht mich an. »Du erinnerst dich daran, dass ich versucht habe, herauszufinden, wer hinter *Clair's Candy* steckt? Ich glaube, ich habe die Antwort.« Sie erhebt sich erneut, steckt das Handy ein und schultert ihre Tasche. »Entschuldigt, ich muss los und jemanden zur Rede stellen. Wenn ich July nachher abholen soll, ruft mich an.« Sie haucht July einen Kuss auf die Wange, aber die hält sie zurück.

»Was hast du vor?« Sie mustert ihre Freundin eingehend.

»Nur ein ernstes Gespräch führen. Worte oder Geld – mit einem von beidem werde ich die Sache klären. Diese Schundseite gehört endlich geschlossen. Diese fiesen Artikel haben schon genug Menschen das Leben schwer gemacht. Das ist nicht, was guter Journalismus tun sollte.«

»Und du bist dir sicher, dass es eine gute Idee ist, allein mit irgendeiner zwielichtigen Person zu reden?«

»Ich schaffe das«, versichert Penny, löst sich von July und bleibt unsicher vor mir stehen. »Falls du dich mal mit jemandem austauschen möchtest, der ebenfalls nicht mehr mit einem Spieler zusammen ist, melde dich gern jederzeit.«

»Danke, dass du hier warst, und pass auf dich auf«, bitte ich sie und zögere, bevor ich meinen Becher abstelle und sie zum Abschied umarme.

»Jederzeit«, versichert sie, erwidert meine Geste und wendet sich zum Gehen.

»Was für ein Tag«, sagt July seufzend und nimmt sich einen der Muffins aus der Schachtel. »Jetzt mache ich mir um euch beide Sorgen.«

Wenn sie es so sagt, hat sie vermutlich noch nichts von Joshuas Bitte um eine Aussprache gehört, sonst wüsste sie, dass dieser Tag tatsächlich noch viel verrückter ist.

Ich lasse mich mit einem Muffin neben sie auf das Sofa fallen. Auch wenn ich keinen rechten Appetit habe, breche ich ein Stück davon ab. »Und Mat hat dich wirklich angerufen?«, frage ich unangenehm berührt.

Mit spitzen Fingern zupft sie am Papier ihres Muffins. »Er meinte, dass es dir vielleicht nicht gut geht, obwohl … es vielleicht das Beste sei, wenn ihr getrennte Wege geht.«

Ich versuche das nagende Gefühl in meinem Inneren mit einem Stück Muffin zu ersticken, aber es fühlt sich in meinem Mund an, als wäre es ein Sandbrocken: trocken, geschmacklos und schwer.

»Es tut mir leid«, sagt July, aber ich weiß darauf nichts zu antworten.

Schweigend lehne ich mich gegen sie und ertappe mich viel zu oft dabei, auf eine Nachricht von Mateo zu hoffen, in der er sich entschuldigt und alles zurücknimmt. Aber das passiert nicht. Natürlich nicht.

Wann begreift mein naives Herz endlich, dass es verloren hat?

Mit brennenden Augen sehe ich von der Nähmaschine auf, als mein Handy klingelt. Wie viele Stunden habe ich hier im Halbdunkel vor mich hin genäht? Eindeutig zu viele. Blinzelnd nehme ich den Facetime-Anruf von Bo entgegen.

»Hey, Bo-Boy«, säusle ich möglichst enthusiastisch und drehe die Schreibtischlampe heller, weil er sonst nur ein schwarzes Display sehen würde.

Ich brauche ihn gar nicht zu fragen, wie sein Gespräch mit Joshua gelaufen ist. Gemeinsam sitzen sie in seinem Bett. Bos Kopf liegt an Joshuas Schulter. Die beiden nach so langer Zeit endlich vertraut zu sehen, zaubert mir ein schwaches Lächeln aufs Gesicht.

»Hey, Haley.« Er hält die Kamera so, dass ich die beiden ansehen kann. »Wir haben gerade über dich gesprochen, da dachte ich, ich rufe dich an. Ich wollte mich nur kurz bei dir dafür bedanken, dass du die letzten Wochen so gut auf meinen Freund aufgepasst hast.«

»War mir ein Vergnügen. Meistens«, gestehe ich.

»Mir auch«, stimmt Joshua zu. »Meine Mom kann es kaum erwarten, Benjamin kennenzulernen. Nachdem sie ihn auf Fotos bereits in kompromittierenden Positionen gesehen hat. Aber weswegen wir eigentlich anrufen ...«

»Wenn euer Anruf irgendetwas mit Mateo zu tun hat, lege ich sofort wieder auf«, warne ich.

»Äh. Gut. Aber deswegen rufen wir nicht an«, versichert mir Joshua. »Hast du Lust, am Wochenende mit Benjamin und July nach Columbus zu fliegen? Wir spielen gegen die Ohio State Ostriches und treffen dort seinen Vater. Ich glaube, Benjamin hätte dich gern dabei. Ich zahle euch Flug und Hotel.«

»Du kennst Dad«, stimmt Bo zu. »Er und sein Wunsch nach perfekter Außenwirkung ... Ich kann für dieses Wochenende jede seelische Unterstützung brauchen, die ich kriegen kann.«

»Der Nonstopflug dauert nicht einmal eine Stunde«, fährt Joshua fort. »Ihr könnt morgen ganz entspannt nach der letzten Vorlesung abfliegen.«

»Dann bringen wir das grausame Essen mit Dad hinter uns und schauen uns am Samstag noch schön das Spiel in der VIP-Lounge an«, beendet Bo die Ausführungen.

»Ich find's süß, wie ihr schon fast die Sätze des anderen beendet«, necke ich. Dabei finde ich es wirklich süß, sie so vertraut zu sehen.

Ich weiß, dass Bos Dad nicht ganz einfach ist. Und dass nicht nur Bo, sondern vor allem auch July Probleme mit ihm hat, weil er in der Vergangenheit nicht ehrlich war und sie mit Lügen über seine Schulden in echte Schwierigkeiten gebracht hat. Bo versucht, noch ein wenig Kontakt zu ihrem Dad zu halten, aber ich kann mir durchaus vorstellen, dass das Abendessen zu einem vollkommenen Desaster wird. Vielleicht hat er die Gerüchte über Bo am Campus gehört, doch bisher hat er sie totgeschwiegen. Wenn ihm schon unangenehm war, dass seine Tochter mit einem gehörlosen Mann ausgeht – was wird er dazu sagen, wenn auch Bo sich mit einem Mann trifft?

»Ich begleite euch«, höre ich mich antworten, bevor ich das Ganze bis zu Ende durchdacht habe. »Wo können wir übernachten?«

»Nicht bei Dad!«, erwidert Bo mit Nachdruck. »Wir haben Hotelzimmer gebucht. War schwer genug, in der überfüllten Stadt noch zwei zu finden, aber wenn du deins mit July teilen magst, ist für dich bereits gesorgt.«

»Na, dann packe ich wohl ein paar Sachen ein.«

Vielleicht schafft es ein Ausflug, mich von meinen miesen Gefühlen abzulenken – auch wenn Mateo ebenfalls in Ohio sein wird. Ich wünschte, er hätte mir eine Wahl gelassen, aber Mateo ist nicht nur gut in der Offense, sondern auch in der Defense.

Zum bestimmt hundertsten Mal gleitet mein Blick zu meinem Handy, aber es schweigt. Mein Unterbewusstsein hat Mateo offensichtlich noch immer nicht aufgegeben – und wird enttäuscht.

32. KAPITEL

$O + M = V$
(Ohio + Mat = Verletzend)

Ich stehe an der großen Glasfront unseres Hotelzimmers und sehe auf die Stadt hinaus. Die Sonne taucht den Himmel in rosafarbenen Zuckerguss, nur damit sich dieses Meisterwerk in den gläsernen Fassaden der Hochhäuser spiegelt. Es ist wunderschön anzusehen. Bei dem Anblick wird mir zumindest kurzfristig etwas leichter ums Herz.

»Ich kann immer noch nicht fassen, dass Joshua sich tatsächlich geoutet hat«, gesteht July und stellt sich neben mich. »Mittlerweile steht es auf allen Klatschseiten Fair Havens.«

Sie reicht mir das Handy. Selbst im Tratschteil unseres Collegeblogs gibt es einen Artikel. Natürlich. Es war wohl nicht anders zu erwarten. Geschrieben von *PP* – Penelope Perez. So wie ich sie mittlerweile kenne, hat sie den Artikel sicherlich erst von Bo und Josh freigeben lassen.

»Wenn zwei Herzen im selben Takt schlagen, siegt Liebe über Vorurteile.
Go Blue, Go! Diesen Schlachtruf dürfte Joshua Simons in den letzten Jahren oft genug gehört haben. Nie wird er ihn sich mehr in Erinnerung gerufen haben als in dem Moment, in dem er Benjamin Oliver Summers in der Öffentlichkeit geküsst hat. Schon seit über einem Jahr kursieren Gerüchte über Joshua und

Benjamin am Campus. Zuletzt geriet Joshua in die Schlag-
zeilen, als seine Freundin Haley Bales knutschend mit Mateo
Ortega gesichtet wurde. Zum wiederholten Mal. Aufmerksame
Beobachter wunderten sich da schon über Joshuas entspann-
te Haltung. Aber langsam lichtet sich der Nebel um das Liebes-
chaos. Es dürfte wohl davon auszugehen sein, dass die Bezie-
hung von Haley und Joshua nicht mehr war als der Versuch,
seinen Ruf zu schützen, um seine Karrierechancen nicht zu ge-
fährden. Liebe Studierende des Saint Clair: Gibt uns das nicht
zu denken? Dass ein begnadeter Wide Receiver wie Joshua
Simons seine Liebe vor uns geheim halten muss? Wollen wir so
sein? Oder wollen wir nicht lieber sagen: We are Saints Too!

PS: Mateo Ortega lässt ausrichten, dass er sich für seinen
Freund und Teamkameraden sehr freut, war aber zu einer Stel-
lungnahme in eigenen Liebesdingen nicht bereit. Die Redak-
tion dieses Blogs sieht sich nicht als Gerüchteküche.
PPS: Wir behalten uns vor, diskriminierende und beleidigende
Kommentare zu löschen.«

Ich gebe July ihr Handy zurück und reiße mich vom malerischen Himmel los, nur um mich beim Anblick des Zimmers daran zu erinnern, dass es Joshua wirklich gut mit uns gemeint hat. Dieses Vier-Sterne-Superior-Zimmer ist ein Traum.

»Ich kann mir gerade richtig schön vorstellen, wie Bo auf der Terrasse in den Hamptons steht und auf das Meer hinaussieht, Joshua ihm einen Kaffee bringt und sie hemmungslos knutschend in den beheizten Außenpool fallen«, plaudere ich. Ich sehe es vor meinem geistigen Auge – und das Beste daran: Ich gönne es ihnen.

»Ich bin einfach nur froh, dass diese Sache endlich ein Ende hat«, stöhnt July. »Das alles hat so an Bo genagt. Ich will das nie wieder erleben. Auch wenn der größte Shitstorm bestimmt erst noch kommt, sobald sich die Sache weiter herumgesprochen hat.«

»Kommt Drew eigentlich auch zum Abendessen?«, wechsle ich das Thema, um sie von ihren finsteren Gedanken abzulenken. Ich lasse mich auf das Bett fallen und werde mir wohl irgendeine Telenovela ansehen, während July und Bo ihren Vater zum Essen treffen.

»Nein, Drew kommt nicht«, gesteht July. »Bestimmt hätte er sich vom Team loseisen können, wenn er mit Head Coach Brooks gesprochen hätte, aber Drew …« Sie sucht ihre Sachen aus dem Kleiderschrank und verharrt in der Bewegung. »Er ist auf Dad nicht besonders gut zu sprechen. Dads Geldschulden und all seine Lügen haben uns so zu schaffen gemacht. Drew ist normalerweise echt kein nachtragender Mensch, aber mit Dads Art hat er ein Problem. Er hat Bo und mich erst in Schwierigkeiten gebracht und ist dann einfach nach Ohio verschwunden. Dieses Verhalten kann Drew nicht leiden.«

»Er ist schon ein ziemlicher Familienmensch, oder?«

Ein Lächeln huscht über ihr Gesicht. »Ja, schon. Ich kenne seine Familie noch nicht gut, aber sie scheint nett zu sein.«

»Gib es zu. Du kannst es gar nicht erwarten, mit ihm viele süße Babys zu produzieren«, ziehe ich sie auf.

»Keine Ahnung.« Nachdenklich reibt sie sich über die Narbe am Genick, bevor sie erneut lächelt. »Ich habe früher nie darüber nachgedacht, ob ich später mal Kinder will, aber ich weiß, dass sie bei Drew gut aufgehoben wären. Selbst wenn es mit uns nicht funktionieren sollte und wir uns trennen würden, weiß ich, dass er sich kümmern würde. Das gibt mir ein Gefühl von Sicherheit, das ich seit Moms Tod nicht mehr hatte.«

»Das freut mich.«

Das tut es wirklich. July und Bo haben in den letzten Jahren so viel Mist durchmachen müssen, dass sie jede Art von Happy End verdient haben. Trotzdem beschwört unser eigentlich zwangloses Gespräch unangenehme Gefühle herauf. Es dauert einen Moment, bis ich sie einordnen kann: Mateo. Weil er nicht möchte, dass irgendjemand das durchleben muss, was er mit seinem Dad durchgemacht hat. Wird es jetzt immer so sein? Dass mich jeder Wortwechsel an ihn erinnert?

Als mein Handy klingelt, sehe ich vom Skizzenbuch auf und finde es irgendwo zwischen zusammengeknüllten Seiten, die ich aus meinem Buch gerissen habe, und Kaugummipapieren, die sich auf meinem Bett stapeln. Es ist July, die mich bittet, sie in der Innenstadt zu treffen.

»Das Gespräch mit Dad lief nicht besonders«, gesteht sie. »Du kennst ihn ja: Immer um den Ruf seiner Kinder besorgt. Er wird eine Weile brauchen, um sich an den Gedanken zu gewöhnen, dass Bo und Joshua zukünftig händchenhaltend über den Campus laufen. Hast du vielleicht Lust dazu, mit Drew vorbeizukommen? Vielleicht wird der Abend dann doch noch ganz nett, und das Essen hier soll echt gut sein.«

Die Aussicht darauf, den Abend mit Bo und Joshua auf der einen Seite und July und Drew auf der anderen zu verbringen, erfüllt mich nicht gerade mit Euphorie. Aber ich weiß, wie viel die Jungs trainieren und wie kostbar jede gemeinsame Minute ist. Da werde ich zumindest versuchen zu ignorieren, dass ich das fünfte Rad am Wagen bin. Wenigstens mein knurrender Magen ist von der Aussicht auf etwas zu essen ziemlich angetan. Wasser und Kaugummi hält er für keine adäquate Mahlzeit, also willige ich ein.

»Schickst du mir die Adresse, dann komme ich zu euch«, schlage ich vor und schlage das Skizzenbuch zu.

»Stört es dich, wenn Mat auch kommt? Er sitzt sonst ganz allein in seinem Zimmer.«

Super. Die Vision meines Abends wurde gerade noch schrecklicher. Das Einzige, was ich noch weniger will, als einen Abend mit zwei Pärchen zu verbringen, ist wahrscheinlich, den Abend mit zwei Pärchen und Mateo zu verbringen. Wer geht nicht gern mit seinem So-was-wie-Ex-Freund essen, nachdem er zurückgewiesen wurde? Aber ich werde mir nicht die Blöße geben, abzusagen.

Als ich das Restaurant betrete, dessen Adresse July mir geschickt hat, sitzen die anderen bereits am Tisch. Das Erste, woran ich mich bei Mateos Anblick erinnere, sind seine letzten Worte: »Es gibt Momente, in denen man kämpfen muss. Und andere, in denen man eine Niederlage einfach akzeptieren sollte.« Ich kann nicht verhindern, dass ich Mateo kurz mustere. Er sieht gut aus, sehr viel besser, als ich mich fühle. Er trägt ein Shirt mit V-Ausschnitt, hat versucht, die Haare mit Gel zu bändigen, und studiert sehr aufmerksam die Speisekarte. Es ist für mich schwer zu sagen, wie es ihm geht. Vielleicht habe ich mich ja tatsächlich geirrt und er hat keine Gehirnerschütterung. Vielleicht ist er wirklich der Überzeugung, dass es für uns das Beste ist, getrennte Wege zu gehen, und es ist für ihn kein bisschen seltsam, mich hier zu treffen.

Ob man mir ansieht, dass ich mich in dem Moment noch unwohler fühle als damals im *Hatcat?* Ebenso falsch am Platz wie derangiert. Ich reibe mit dem Daumen über das Tattoo am Handgelenk der anderen Hand.

Sky-Kissing. Lerne, dich selbst zu lieben.

Das ist sicher nicht die schlechteste Option, wenn die Welt um einen herum von Ablehnung geprägt ist.

Ich setze mich auf den einzig freien Platz am Tisch – direkt gegenüber von Mat, als wären wir hier bei einer Intervention – und nippe an meinem Getränk. Wer auch immer mir bereits eine Zitronenlimo bestellt hat: Ihm sei gedankt. Gibt es wohl irgendeine plausible Ausrede, um urplötzlich ins Hotel zurück zu müssen? Was habe ich mir nur dabei gedacht, dem hier zuzustimmen? Als könnte ich tatsächlich etwas essen, während mein kleines, naives Herz Mateo nachtrauert.

»Ist alles okay?«, fragt July leise.

»Sicher«, wiegle ich ab, greife nach der Speisekarte und überfliege deren Inhalt. Im Grunde ist es egal, was ich bestelle, ich habe ohnehin keinen Appetit.

»Ihr habt nicht gelogen, die Karte liest sich gut«, ist alles, was Mateo sagt.

Ich habe noch immer keine Ahnung, wie oder ob ich ihn begrüßen soll, als eine junge Frau am Tisch erscheint.

Ich halte sie erst für eine Kellnerin, doch als ich aufsehe, stelle ich fest, dass ich mich geirrt habe.

Sie berührt Mateo zaghaft an der Schulter. »Entschuldige. Bist du nicht Mateo Ortega?«, fragt sie mit einem bezaubernden Augenaufschlag.

»Was hat mich verraten?« Lächelnd legt er die Karte aus der Hand.

»Oh Gott, du bist es wirklich. Ich habe auf Instagram gelesen, dass ihr schon in der Stadt seid. Ich bin so ein Fan der Otters.« Ihr Blick huscht in die Runde. Sie nimmt Drew und Joshua dermaßen flüchtig zur Kenntnis, dass es wirkt, als wäre sie eher ein Fan der Geschichten über Mateo als den Spielergebnissen der Otters. »Ich werde morgen bei eurem Spiel sein und euch anfeuern. Falls du also Lust hast, dass ich dir danach die Stadt zeige, sag mir einfach Bescheid.«

»Tut mir leid. Dafür werden wir keine Zeit haben«, lehnt er ab.

»Ich könnte dir auch jetzt die Stadt zeigen«, bietet sie an und berührt ihn erneut an der Schulter. Ihr Daumen streicht über den Stoff seines Shirts, und es kostet mich alle Mühe, den Blick wieder auf die Karte zu richten.

»Das ist sehr nett, aber ich würde den Abend gern mit meinen Freunden verbringen.« Er schenkt ihr ein weiteres bezauberndes Lächeln, bevor er sich von ihr abwendet.

»Also bin ich nicht dein Typ?«, fragt sie geradeheraus und lässt damit keinen Zweifel an ihren eigentlichen Absichten.

Für einen Moment wirkt Mateo irritiert, bevor er die Hand auf ihren Unterarm legt. »Du bist ein wunderschönes Mädchen. Es liegt nicht an dir, aber ich möchte hier einfach nur etwas essen und fahre dann mit meinen Teamkameraden zurück ins Hotel.«

Genervt sehe ich zu der jungen Frau auf. »Wie wäre es, wenn du jetzt gehst? Mit dem letzten dir verbliebenen Rest deiner Würde. Ich kann dir versichern, dass du nichts – wirklich absolut nichts – verpasst.« Außer einem gebrochenen Herzen. Ich widme mich wieder der Karte.

»Danke für deinen Beistand«, beteuert Mateo und sieht zu der jungen Frau auf. »Unter anderen Umständen wäre ich jetzt sehr versucht, dich davon zu überzeugen, dass sie unrecht hat. Aber mir ist in den letzten Wochen klar geworden, dass mir meine Zukunft wichtiger ist als flüchtiger Spaß.«

»Zukunft.« Wiederhole ich und hebe eine Augenbraue. »Ziemlich große Worte für jemanden, der so fahrlässig mit seiner Gesundheit umgeht.«

Nur aus dem Augenwinkel sehe ich, wie die junge Frau endlich geht. Mir fällt jetzt erst auf, dass ich die Karte so verkrampft festhalte, dass mir die Fingerkuppen schmerzen.

Joshua streicht sich mit einer Hand über die Haare und reibt sich über den Nacken. Wahrscheinlich fragt er sich ebenfalls, was das hier für ein verkorkster Abend ist. »Irgendwie habe ich das Gefühl, dass es eine dumme Idee war, euch beide einzuladen. Lasst uns etwas zu essen bestellen«, schlägt er vor.

»Ist das jetzt die Art und Weise, wie wir miteinander reden?«, hakt Mateo nach und ist offensichtlich nicht bereit, das Thema ruhen zu lassen. »Wir haben dieselben Freunde. Sollen sie sich zukünftig entscheiden, wen von uns sie einladen, weil wir uns benehmen wie kleine Kinder?«

»Niemand braucht mich einzuladen. Ich komme gut allein zurecht«, versichere ich und reiße mich zusammen, all die unschönen Gefühle zu unterdrücken, die gegen meine mentale Mauer drängen.

»Mit deiner Nähmaschine?« Mateo hebt spöttisch eine Augenbraue.

»Ich bereue es jetzt schon, dir überhaupt irgendetwas erzählt zu haben.«

»Revanchier dich«, bietet er an. »Deinem hübschen Kopf fällt sicher etwas ein.«

Jedes seiner Worte macht mich wütender. Es kostet mich meine ganze Selbstbeherrschung, nicht auf seinen Vorschlag einzugehen. »Es ist leicht, jemanden zu verletzen, der keine Schutzausrüstung trägt«, ist alles, was mir über die Lippen kommt, bevor ich den Blick wieder in die Karte senke.

»Ich will mich ja eigentlich nicht einmischen, aber ihr …«, beginnt July.

»Dann tu es nicht«, entgegne ich.

»Du musst mich nicht in Schutz nehmen«, wirft Mateo ein. »Sag unseren Freunden doch einfach, wie es war: Ich habe dich entjungfert und abserviert, so wie es jeder von mir erwartet hat.«

»Rede dir das ruhig ein«, bestätige ich.

Ich sehe auf, als sich ein junger Kellner nähert.

»Ich muss Sie bitten, etwas leiser zu reden«, bittet er mit beschwichtigender Geste. »Aus Rücksicht auf die anderen Gäste.«

»Ist schon okay. Ich bin ohnehin gerade dabei zu gehen. Macht euch einen schönen Abend.« Damit haben wir wohl geklärt, wem unsere Freunde zukünftig gehören, aber ich bin sehr froh darüber, dass mich niemand aufhält.

Und dankbar dafür, dass July auch dann nichts dazu sagt, als sie Stunden später ins Hotelzimmer kommt.

Mein Bedarf an menschlicher Interaktion ist für heute gedeckt. Mehr als gedeckt.

33. KAPITEL

$M + S = GC$
(Mat + Spiel = Gefühlschaos)

»Versuch einfach, die Atmosphäre zu genießen«, schlägt July vor und stellt ihren Eistee im Becherhalter des Ledersessels ab.

Ich weiß nicht, ob Drew oder Joshua die Karten für die VIP-Box spendiert hat, aber von hier oben fühlt man sich nicht als Teil der tobenden Menge. Man steht darüber, durch eine Glasscheibe von der übrigen Fanwelt getrennt. Wahlweise kann man sich auch in einen der weichen Sessel setzen, die mich am ehesten an einen Kinosaal erinnern.

Bisher war mir nicht einmal bewusst, dass es selbst beim College Football diese Art von VIP-Plätzen mit Service gibt. Vermutlich ist es, wie Hudgens angedeutet hat: College Football ist ein weltweites Phänomen. Wenn man sich allein die Menschenmenge im Stadion ansieht, glaube ich das gern.

Da man von hier oben nur recht wenig erkennen kann, gibt es zusätzliche Fernseher an den Wänden. Alles in diesem Raum macht den Eindruck, als wäre es dafür geeignet, millionenschwere Deals abzuschließen.

»Ich weiß jetzt auch, was Aliza meinte«, gesteht July und rutscht auf ihrem Sitz bis zur Glasscheibe vor, um ihre zierliche Hand dagegenzudrücken. »Sie sagte mal, die Atmosphäre auf der Tribüne wäre ganz anders, mitreißender. Ich werde definitiv immer ein Stadiongirl bleiben.«

»Wie ist es für dich, die Cheerleader zu sehen?«, frage ich vorsichtig und setze mich neben sie.

»Schwierig«, gesteht sie und versucht zu lächeln. »An den meisten Tagen ist es erträglich. Aber wenn ich so ein volles Stadion vor mir sehe, würde ich gern selbst wieder auf dem Rasen stehen und ein Teil davon sein, statt Cheerdancer zu trainieren. Ich glaube, es gibt einen Teil in mir, der nie akzeptieren wird, dass es vorbei ist.«

In mir steigen Erinnerungen an Mateos Narben auf. »Manchmal hinterlässt etwas Spuren, obwohl es uns freigelassen hat.« Den Gedanken verdrängend bestelle ich eine Zitronenlimonade und richte den Blick auf das Feld, nur um das Spiel dann doch auf dem Monitor zu verfolgen.

Es interessiert mich nicht richtig, und auch die Kommentare der Moderatoren gehen irgendwie an mir vorbei. Ich weiß selbst nicht, warum ich July und Bo begleitet habe. Vielleicht wegen der Gratissnacks.

Die Minuten ziehen sich ewig hin. Zumindest, bis einer der Spieler zu Boden geht – und nicht mehr aufsteht.

Mat.

»Da hat es Ortega aber ordentlich erwischt«, kommentiert ein Moderator durch die Lautsprecher.

Mein Herz setzt einen Schlag lang aus, bis Mat sich endlich wieder rührt und vom Boden aufrappelt.

Alles gut.

»Ich kann auch nie hinsehen, wenn Drew umgerissen wird«, gesteht July. »Nach dem letzten Spiel sah er trotz Schutzausrüstung aus, als hätte man ihn verprügelt. Es ist komisch. Wenn ich vom Cheerleading blaue Flecken hatte, war es für mich normal, aber bei Drew kann ich sie nicht ertragen.«

»Sport ist Mord«, stimme ich zu und widme mich meiner Limonade. Obwohl mir persönlich die Ruhe in dieser Lounge sehr viel lieber ist als das Gedränge auf der Tribüne, möchte ich eigentlich nur nach Hause.

»Wir reden also immer noch nicht über deine Gefühle für Mateo?«, fragt July vorsichtig.

Ich sehe flüchtig zu Bo hinüber, der mit verschränkten Armen an der Glasscheibe steht und auf das Feld hinabsieht. »Da gibt es nichts zu bereden«, antworte ich. »Wenn er beschließt, den Rest seines Lebens allein zu bleiben, kann ich ihn schlecht umstimmen.«

»Ja, aber eine Beziehung basiert auf Kommunikation«, wirft sie ein. »Und so gut, wie ihr beide darin seid, nicht über gewisse Sachen zu reden … Es war gestern ziemlich offensichtlich, dass da noch etwas zwischen euch ist.«

Ja, vielleicht empfinde ich noch etwas für ihn, aber was ändert es?

Seufzend lässt sich July in das Polster ihres Sessels sinken, als würde sie kapitulieren.

Ich starre vor mich hin. Irgendwer wirft, einer fängt, jemand läuft, wird geblockt. Und es beginnt von vorn. Werfen, fangen, laufen, stürzen. Jubel brandet auf, als irgendwer mit irgendwas Punkte erzielt. Mittlerweile habe ich zwar nachgelesen, wie das Zählsystem funktioniert, aber die Faszination für diesen Sport bleibt mir ein Rätsel.

Das Spiel zieht sich ewig, bis ich aus dem Augenwinkel wahrnehme, dass Bo sich kerzengerade aufrichtet.

»Haley?«

Ich sehe gelangweilt auf und weiß nicht, was mich zuerst erreicht: Der Kommentar des Moderators oder der Anblick auf dem Feld.

»Sieht aus, als würde Ortega dieses Mal nicht wieder aufstehen. Geben wir ihm noch zwei Sekunden, aber vielleicht sollte sich das doch jemand ansehen.«

Mat liegt reglos auf dem Rasen. Wenn ich mich nicht irre, kniet Drew neben ihm. Es müsste seine Nummer sein. Zwei Sanitäter eilen herbei.

July und Bo müssen nichts sagen. Ich spüre, dass es kein gutes Zeichen ist, dass Mateo sich dieses Mal nicht wieder aufrappelt.

Sekunden werden zu Stunden. Ein Raunen geht durch die Menge, aber Mat reagiert nicht.

»Scheint etwas Ernsteres zu sein«, bestätigt der Kommentator meine Befürchtungen.

»Können wir irgendwie dorthin?«, frage ich und bemerke jetzt erst, dass ich aufgesprungen bin und die Hände gegen die Scheibe presse, als könnte ich Mat dadurch irgendwie näher sein.

»Wir haben keine Zugangsberechtigung«, murmelt July. »Ich glaube nicht, dass die ›Der-Physio-ist-unser-Dad‹-Karte hier zieht.«

»Hat euer Dad sein Handy dabei?«, hake ich nach. »Können wir ihn anrufen? Mat hatte eine Gehirnerschütterung. Das sollten sie wissen.«

»Du meinst wegen des Zusammenstoßes letztens? Aber der Coach würde nie jemanden mit einer Gehirnerschütterung spielen lassen«, widerspricht July. »Das ist aus gutem Grund verboten. Dad hat uns jahrelang die Gefahren eines Second Impacts vorgebetet.«

»Hirnödeme, Hirnblutungen …«, beginnt Bo aufzuzählen.

Ich will das alles gar nicht hören!

»Dass es ihm nach dem Training nicht gut ging, hat er niemandem gesagt«, gestehe ich.

Ich will wissen, wie es ihm geht. Noch immer rührt er sich nicht. Meine Augen brennen, und ich versuche erst gar nicht, die Tränen zurückzuhalten. Was ist, wenn ihm etwas Ernsthaftes passiert ist? Immer bildet man sich ein, dass schon nichts geschehen wird. Und dann? Bricht sich die Cheerleaderin das Genick.

Ich hätte Mateos Bitte ignorieren und mit Josh sprechen sollen, damit er ihm ins Gewissen redet, wenn er schon nicht auf mich hören wollte!

»Dad geht nicht ran«, murmelt Bo.

Ich sehe zu ihm auf, wie er nervös auf sein Handy starrt, dann auf das Feld zurück. Mittlerweile wurde eine mobile Trage auf den Rasen gefahren. Mat bewegt sich noch immer nicht. Drew hält seine Hand, bis er vom Ärztestab beiseite gebeten wird.

Es sieht aus, als würde Josh auf einen der Sanitäter einreden. Ich kann nur hoffen, dass er sich an das erinnert, was ich ihm sagen wollte. Sicher ist er klug genug, um eins und eins zusammenzuzählen. Er muss einfach.

Kam mir das Spiel eben schon lang vor, steht die Zeit nun still. Ich will irgendetwas machen. Helfen. Stattdessen bleibt mir nur, darauf zu vertrauen, dass sie gute Ärzte vor Ort haben.

»Lasst uns runtergehen«, schlägt July vor, zieht ihr Handy aus der Hosentasche und schreibt eine Nachricht, während Bo weiterhin versucht, seinen Dad zu erreichen.

Mir ist egal, was wir tun, Hauptsache wir stehen nicht tatenlos hinter dieser elendigen Glasscheibe.

»Dann drücken wir Ortega mal die Daumen, dass sein Zustand nicht so ernst ist, wie es in diesem Moment aussieht«, sind die letzten Worte des Kommentators, die ich höre, bevor wir die Lounge verlassen.

Es vergeht eine Ewigkeit, bis ich irgendwann zu Bos Dad durchgelassen werde. Wir stehen in einem engen schmucklosen Flur, in einem Bereich des Stadions, in dem Besucher eigentlich nichts zu suchen haben. Das ist mir genauso unangenehm wie das Gespräch mit Mr Summers.

»Und du bist nicht auf die Idee gekommen, dem Team Bescheid zu sagen?«, fragt er vorwurfsvoll, nachdem ich ihm von meinem Verdacht erzählt habe.

»Mateo wollte es nicht, und ich habe seinen Wunsch respektiert«, gestehe ich widerwillig und weiche aus, als ein junger Mann mit einem Stapel Unterlagen an uns vorbeieilt.

»Das war dumm und fahrlässig – von euch beiden! Ich bin nicht befugt, dir Details weiterzugeben«, fährt er fort, »aber sie haben ein schnelles CT gemacht und fliegen Mateo für weitere Untersuchungen und zur anschließenden Beobachtung ins General Hospital. Sie haben dort eine gute Neurochirurgie. Wenn ihm irgendwo geholfen werden kann, dann dort.«

»War er noch bewusstlos?«, frage ich beunruhigt. Das klingt alles nicht gut.

»Das kann und darf ich dir nicht sagen. Ich bin nicht mehr sein Physiotherapeut. Und ich bezweifle, dass dir jemand Auskunft geben wird. Sie werden seine Angehörigen kontaktieren.«

»Aber er hat keine«, werfe ich ein. Seine Mom ist verschwunden, sein Dad verstorben, ebenso seine Grandma. Er ist ganz allein. Der Gedanke, dass er in Lebensgefahr schwebt, frisst mich auf. Ich will nicht, dass er stirbt.

Da ich nicht weiß, was ich tun soll, ziehe ich mein Handy hervor und schreibe ihm. Vielleicht ist er noch bewusstlos. Vielleicht wird er nie mehr aufwachen, aber ich muss diese Worte loswerden, weil sie auf meiner Seele lasten.

Haley: *Ich liebe dich – und ich möchte nicht, dass dies ein Abschied ist.*

Es ist schon Mitternacht. Die Otters haben das Spiel verloren. Wahrscheinlich nicht nur, weil Mateo der beste Runningback im Team ist. Seine Verletzung hat alle aus der Bahn geworfen. Unser Flug in Richtung Fair Haven geht in wenigen Stunden. Man hat uns mehrfach versichert, dass wir momentan nicht zu Mateo dürfen. So sitze ich neben July auf dem Bett, während irgendeine Sitcom im Fernsehen läuft.

Es hat sich herausgestellt, dass Mateo Joshua als Kontaktperson angegeben hat. Vielleicht hätte ich es mir denken können, er ist nun einmal Mateos engster Freund. Zumindest die Sachen, die Joshua in Erfahrung bringt, leitet er uns weiter. Bisher ist es nicht allzu viel.

Ich wünschte, dass ich etwas anderes machen könnte, als im Hotelzimmer auf einem Bett zu sitzen und mein schweigendes Telefon anzustarren.

»Wir sollten versuchen, eine Runde zu schlafen«, schlägt July vor.

Widerwillig schalte ich den Fernseher aus und lege mich ins Bett. Wahrscheinlich hat sie recht und eine Portion Schlaf würde mir guttun, doch auch wenn ich die Augen schließe, denke ich immerzu an Mat. Dass ich von seiner Verletzung wusste. Dass es meine Verpflichtung gewesen wäre, dem Coach die Wahrheit zu sagen, um ihn vor sich selbst zu schützen.

Wie hat Joshua gesagt?

Der Typ ist sein eigener Untergang.

Ich sollte längst schlafen, doch als am Sonntagmorgen neue Nachrichten auf meinem Handy eintreffen, liege ich noch immer wach im Bett.

Pling. Pling. Pling.

Allein die Frequenz der Nachrichten lässt meinen Puls in die Höhe schnellen. Hastig greife ich nach dem Telefon und kann ein erleichtertes Quieken nicht unterdrücken. Mateo hat sich gemeldet – also lebt er noch. Alles andere ist mir egal.

Mateo: *Hey, Hales.*
Mateo: *Bist du noch in Ohio?*
Mateo: *Ich bin mit den Untersuchungen vorerst durch und muss noch mindestens 24 Stunden zur Überwachung bleiben, bis ich verlegt werden kann.*
Haley: *Wir sind noch in Ohio. Unser Flug geht in fünf Stunden.*

Das ist alles, was ich ihm schreibe, obwohl ich noch so viel mehr sagen möchte. Aber er hat mit keiner Silbe auf meine Nachricht vom Abend zuvor reagiert. Soll ich ihm schreiben, wie erleichtert ich bin, dass er sich bei mir gemeldet hat? Dass es ihm gut geht? Soll ich ihn fragen, ob er Besuch möchte? Zumindest die letzte Frage nimmt er mir ab.

Mateo: *Würdest du mir Gesellschaft leisten?*

Ich habe sie kaum zu Ende gelesen, da springe ich aus dem Bett.
»Was'n los?«, murmelt July noch im Halbschlaf.
»Entschuldige. Mateo hat mir geschrieben. Ich …« Einerseits möchte ich so schnell wie möglich zu ihm, andererseits sollte ich vorher besser noch mal duschen gehen und Zähne putzen. Der flüchtige Blick in den Zimmerspiegel bestätigt, dass ich wie eine Vogelscheuche aussehe.
»Er hat geschrieben? Also geht's ihm gut?«
»Ich weiß nichts Genaues, aber er hat gefragt, ob ich ihm Gesellschaft leiste. Was auch immer das heißt. Kommst du allein zurecht?«
»Mhm.« Sie dreht sich auf den Bauch und hebt träge den Kopf. »Sollen wir darüber reden?«

417

»Nein, alles gut. Schlaf ruhig weiter«, lehne ich ab und bin bereits auf dem Weg ins Bad. Das Letzte, was ich von ihr höre, ist ein leises Gemurmel.

»Ist eh mehr als offensichtlich.«

Ich nehme ein Taxi zum Krankenhaus und denke mir erst gar nichts dabei, dass mich der Fahrer immer wieder im Rückspiegel betrachtet.

»Soll ich dich am Hintereingang absetzen?«

Ich sehe ihn irritiert an. Wie meint er das?

»Vor dem Krankenhaus wimmelt es vor Lokaljournalisten, die nach Informationen lechzen. Ich kann dich da rauslassen, aber das wird nicht schön.«

»Was sollte die Presse für ein Interesse an mir haben?«, hake ich nach.

»Mädchen.« Er lacht. »Meine Kinder sind große Footballfans. Wenn ein Spieler, der im Talente-Ranking so viele Punkte hat wie Mateo Ortega, hier im Krankenhaus landet, wollen die ganzen Aasgeier Informationen.«

»Und was habe ich damit zu tun?«

»Gab genug Fotos von euch. Erst jetzt am Wochenende. Von dir und ihm, wie ihr euch in einem Restaurant gestritten habt. Gab auch Fotos von diesem Wide Receiver, wie er einen Mann geküsst hat. Scheint ja ganz schön was los zu sein in Fair Haven.«

Als hätte er es gehört, ruft prompt in dem Moment Joshua an. Ohne zu zögern nehme ich das Gespräch an.

»Hey, Haley. Mat meinte, er hat dich kontaktiert und du seist auf dem Weg hierher?«

»Bin im Taxi«, stimme ich zu.

»Okay. Hör zu. Ich habe hier eine sehr hilfsbereite Krankenpflegerin getroffen, die angeboten hat, mich durch einen der

Personaleingänge rauszulassen. Ich kann sie fragen, ob sie bereit wäre, dich durch eine Hintertür hereinzulassen. Wir beide wissen, wie wenig du Menschenansammlungen magst, selbst wenn sie dich nicht mit Fragen bedrängen.«

»Menschenansammlung?« Ich sehe den Taxifahrer flüchtig an.

Er nickt mir zu, als hätte er jedes Wort verstanden.

»Ein paar Fans und Journalisten, plus ein paar Vollpfosten, die ihre Meinung über meine Beziehung zu Bo kundtun wollen«, zählt Joshua auf.

Dankend nehme ich seinen Vorschlag an.

Joshua hat recht. Die Krankenpflegerin ist wirklich ausgesprochen nett und hilfsbereit.

»Haben Sie irgendetwas bei sich, das Sie als Haley Bales ausweist?«, fragt sie freundlich. »Normalerweise machen wir nicht so einen Aufwand, aber für gewöhnlich stehen die Reporter auch nicht Schlange. Mr Ortega bat darum, nur seine Kontaktperson oder seine Freundin zu ihm zu lassen.«

Ich ignoriere das Wort *Freundin* und ziehe meinen Führerschein hervor.

»Vielen Dank für Ihr Verständnis. Wir müssen Sie bitten zu gehen, wenn er seine Ruhe möchte.«

»Selbstverständlich.«

Ich folge ihr durch schmucklose Gänge zur neurologischen Station, wo sie am Zimmer Nummer drei anklopft.

Wenn man ein Krankenzimmer betritt, weiß man nie so genau, was einen erwartet. Das gilt für die Notaufnahme ebenso wie für die Überwachungsstation der Neurologie.

Vielleicht ändert sich meine Einstellung, wenn ich mein Krankenhauspraktikum absolviert habe, aber in diesem Moment bin ich angespannt.

Tief durchatmend betrete ich Mateos Krankenzimmer und desinfiziere mir gleich hinter der Tür die Hände. Mein Blick gleitet unwillkürlich zum Bett hinüber, aber Mateo hat den Kopf in Richtung Fenster gewandt und rührt sich nicht. Die Kurven der Überwachungsmonitore lassen vermuten, dass er schläft. Die Sauerstoffsättigung ist gut, der Puls recht niedrig. Aber vielleicht hat er als Sportler tatsächlich immer einen so niedrigen Ruhepuls.

Ich gehe zum Bett hinüber und werfe einen Blick auf Mateos Gesicht. Er schläft, aber tiefe Schatten liegen unter seinen Augen.

Möglichst leise ziehe ich einen Stuhl in die Nähe des Betts und setze mich so, dass ich Mateo nicht die Sonne stehle, weil ich weiß, wie sehr er die Wärme auf seiner Haut genießt. Es sieht schön aus, wie die Morgensonne sein friedliches Gesicht streichelt. Erneut bleibt mein Blick an seinen langen Wimpern hängen. Wimpern, um die ich ihn beneide.

Schweigend betrachte ich ihn, bis sich ein Lächeln auf sein Gesicht stiehlt.

»Ich spüre, dass du mich ansiehst«, murmelt er und schlägt die Augen auf. Er blinzelt ein paarmal träge, bevor er mich fokussieren kann. »Schön, dass du hier bist.« Er will eine Hand in meine Richtung ausstrecken, bis ihm wieder einfällt, dass an der einen der Tropf und an der anderen der Clip zur Messung der Sauerstoffsättigung hängt.

»Wie geht es dir?«, frage ich und streiche mit den Fingerspitzen über sein Handgelenk. »Ehrliche Antwort, bitte.«

»Mein Kopf fühlt sich an, als würde er platzen, aber momentan konnten sie weder eine Blutung noch Wasseransammlung finden. Also wird das so schnell wohl eher nicht passieren.«

»Das ist gut. Ist es zu früh für ein ›Ich habe es dir ja gesagt‹?«

»Nein, ich habe es verdient.« Er schnaubt leise und drückt den Kopf ins Kissen. »Es tut mir leid, Hales. Alles. Du hattest recht, und ich war unvernünftig. Ich wollte dich nicht so abweisen – und ich wollte es doch. Was du gesagt hast, stimmt: Football ist gefährlich. Aber ich liebe es und will es nicht aus meinem Leben streichen. Auf der anderen Seite will ich nicht, dass du mit ansehen musst, wenn es mir nicht gut geht. Das ist egoistisch und dumm, ich weiß. Und genauso dumm ist es, dass ich die letzten Stunden an dich gedacht habe. Wie du weinend vor mir gestanden hast – und ich dich stehen gelassen habe, statt dich in den Arm zu nehmen. Was für ein ekliger Mensch tut so etwas?«

»Ein enttäuschter. Ich habe hinter deinem Rücken mit Joshua geredet. Das war auch nicht richtig. Aber ich wusste mir nicht anders zu helfen.« Mit einer Hand streiche ich ihm die widerspenstige Locke aus dem Gesicht.

Er weist mich nicht ab, sondern schließt milde lächelnd die Augen.

»Danke, dass du trotzdem gekommen bist«, murmelt er.

»Gern. Jederzeit.«

Mat sieht aus, als würde er jede Sekunde einschlafen, und leckt sich flüchtig über die Lippen.

»Soll ich dir etwas zu trinken holen?«, biete ich reflexartig an.

»Gleich.« Er umfasst meine Hand so fest, dass es beinahe schmerzhaft ist. »Haley, ich habe vielleicht nicht viel Zeit, aber wenn du willst, gehört sie dir. Lass dir Zeit, darüber nachzudenken. Falls du mit allem irgendwie umgehen lernen kannst, lass es mich wissen. Wenn du mehr Zeit brauchst, ist es okay. Ich verspreche auch, zukünftig mehr auf mich zu achten, wenn es in meiner Macht steht. Aber ... Verdammt, Haley. Du fehlst mir. Ich dachte, es wäre so das Beste. Ein Teil von mir denkt das immer noch, aber … Habe ich gerade dreimal hintereinander Zeit gesagt?«

Ich betrachte Mateo, der meinem Blick ausweichend vor sich hin stammelt. Mit der freien Hand streichle ich über seine stoppelige Wange. Ich würde ihn gern noch ein wenig zappeln lassen, aber mit Blick auf die Monitore, Kabel und Schläuche bringe ich es nicht übers Herz. Langsam beuge ich mich zu ihm hinab. »Das hast du. Und ich bin gern deine Zeitverschwendung«, hauche ich. »Und deine Krankenpflegerin.« Meine Lippen haben seine kaum berührt, da lässt mich ein schrilles Piepsen auffahren. Welches der Geräte meldet Alarm? Sofort schnellt mein Blick zum Überwachungsmonitor, aber EKG und Sauerstoffsättigung sind gut.

Stöhnend hebt Mateo eine Hand. »Ist nichts Schlimmes. Der Tropf ist gleich leer. Hatte ich schon einmal erwähnt, dass ich Krankenhäuser hasse?«

»Und du willst Arzt werden?«, spotte ich und unterdrücke ein erleichtertes Aufatmen, als sich die Tür öffnet und ein Krankenpfleger eintritt.

Mir fällt jetzt erst auf, dass ich noch immer Mateos Hand halte, und lasse sie augenblicklich los.

»Du kannst damit aufhören, mich loszulassen«, behauptet Mateo, zieht amüsiert einen Mundwinkel nach oben und tastet vorsichtig nach meiner Hand.

»Reflex«, gestehe ich und schiebe die Finger zwischen seine.

Mit routinierten Handgriffen hängt der Pfleger eine neue Infusionslösung an. Erst als er das Zimmer verlässt, greife ich unser Gespräch wieder auf.

»Lass uns einen Deal machen«, schlage ich vor. »Die nächsten Jahre studieren wir, schauen, ob du es in die NFL schaffst, und leben jeden Tag, als gäbe es kein Morgen. Aber sollte dir der Sport nicht mehr guttun, lassen wir sofort alles stehen und liegen, schnappen uns Moms VW-Bus und machen einen Roadtrip. Zu all den Orten, von denen Dad mir Postkarten schickt.«

»Das klingt fast zu gut, um wahr zu sein«, murmelt Mateo.

»Tut es nicht. Du musst das Gute nur zulassen.«

Er hat in der Kindheit Grausameres durchmachen müssen, als irgendjemand erleben sollte. Er hat jedes Glück dieser Welt verdient.

Sein Telefon beendet den Moment.

»Du hast es nicht auf lautlos gestellt?«, frage ich verwundert.

»Ich habe Anrufe von Freunden freigegeben«, gesteht er, greift umständlich das Telefon von dem kleinen Tisch an seinem Bett und stutzt. »Aber ich sollte die Freundesliste wohl mal wieder überarbeiten.« Er atmet tief durch, ehe er rangeht. »Hey«, ist alles, was er sagt. Er zögert, bevor er auf Lautsprecher umstellt.

»Hey, Kumpel«, höre ich eine Stimme, die mir vage bekannt vorkommt. »Was machst du für Sachen? Ich saß mit ein paar Leuten in einem Pub und hab das Spiel gesehen. War kein schöner Anblick.«

»Ich dachte, ich checke mal das hiesige Krankenhaus«, antwortet Mateo um Lässigkeit bemüht. »Komischer Gedanke, dass ihr uns in Europa zuseht.«

»Ja.« Es kehrt einen Moment Schweigen ein. »Weswegen ich anrufe. Ich habe nachgedacht und werde definitiv nicht in die WG zurückkehren. Ihr könnt die Möbel gern behalten oder verkaufen.«

»Du bleibst in London?«, hakt Mateo nach.

»Nein, mach dir keine falschen Hoffnungen. Ich komme nächstes Semester wieder zurück und trainiere mir bis dahin einen sexy britischen Akzent an, dem keine Frau widerstehen kann. Irgendwas muss ich mir ja einfallen lassen, nachdem mich erst meine Freundin und dann mein Team haben fallen lassen.«

»Penny hätte dich nicht verlassen, wenn du dich nicht mit den anderen Frauen eingelassen hättest«, wirft Mateo ein.

»Wirst du jetzt etwa zum Spießer? Ich hab die Gerüchte gelesen. Über dich und Summerboys Anhängsel.«

»Fühle mich geschmeichelt«, erwidere ich.

»Sie sitzt neben dir, und du hast sie alles mit anhören lassen? Danke für die Warnung, Ortega. Bist ein echter Freund. Wie auch immer. Viel Erfolg bei der Mitbewohnersuche und gute Besserung.«

»Genieß London und pass auf dich auf«, bittet Mateo und legt auf.

»Das war Kyle«, stelle ich fest. Ex-Freund von Penny. Ex-Starting-Quarterback der Otters. Und offensichtlich Ex-Mitbewohner von Joshua und Mateo. »War er eigentlich schon immer so unangenehm?«

Seufzend legt er das Telefon beiseite. »Tut mir leid, dich enttäuschen zu müssen, aber als Mitbewohner ist er eigentlich in Ordnung. Die Besuchszeit endet gleich. Wollen wir die letzten Minuten wirklich über Kyle reden?«

Mittlerweile fühle ich mich an Mateos Seite so wohl, dass ich beinahe vergessen hätte, dass wir noch immer in einem Krankenzimmer sitzen. Wenn ich ehrlich sein soll, gibt es einen Haufen Dinge, die ich gerade sehr viel lieber tun würde, als über Kyle zu reden.

»Wenn ich hier raus bin, spendiere ich dir einen Jahresvorrat Eis«, verspricht mir Mateo.

»Nur wenn ich es von deinem Körper lecken darf«, sage ich leichthin und bringe ihn zum Lächeln. »Außerdem schuldest du mir noch ein Karaoke-Date. Weißt du, was mir gerade auffällt?«, wechsle ich das Thema. »Dein EKG ist ziemlich unauffällig. Du scheinst also doch ein Herz zu haben.«

»Und es schlägt nur für dich«, versichert er mir.

Ich kann ein flüchtiges Naserümpfen nicht unterdrücken. »Das ist eine Spur zu viel, mein Freund«, antworte ich, obwohl mein Herz anderes behauptet.

Auf dem Rückflug bleibt mir ausreichend Zeit, um den neusten Tratsch auf dem Campusblog zu lesen.

»Nach dem erschreckenden Zusammenbruch von Mateo Ortega lässt das Footballteam ausrichten, dass es ihm den Umständen entsprechend gut geht. Laut einer ersten Einschätzung der Ärzt:Innen hat der Runningback keine bleibenden Schäden zu befürchten – wenn er artig das Bett hütet. Zurzeit befindet er sich in den besten Händen. Das Ohio Medical Center und seine Freundin (Edit: Name nachträglich gelöscht) haben ein Auge auf ihn.
Update: Uns erreichte eine E-Mail, die wir gern für euch veröffentlichen.«

Es folgt ein Link zu einem weiteren Artikel.
Gastbeitrag von Mateo Ortega:

»Ich bedanke mich hiermit für all eure E-Mails und Nachrichten, die mich in den letzten Stunden erreicht haben. Mir geht es gut genug, um euch zu schreiben. Und mir geht es gut genug, um in ein paar Wochen wieder für euch auf dem Feld zu stehen. Eure Genesungswünsche rühren mich. An dieser Stelle sollte meine Danksagung eigentlich enden, aber vermutlich habe ich in der Vergangenheit zu oft darum gebeten, euch bei mir zu melden, wenn ihr eurer Begeisterung Ausdruck verleihen wollt, um euch jetzt nicht zu bitten, damit aufzuhören. Ich liebe euch. Aber noch mehr liebe ich die Frau, die mein Herz im Sturm erobert hat. Auch ein Mateo Ortega hat das Recht da-

rauf, ein Privatleben zu haben. Noch mehr Recht dazu hat die Frau, die ich bewusst namentlich nicht erwähnen werde. Denn wenn man sie googelt, sollte man tausend Dinge über sie lesen können. Darüber, wie kreativ und talentiert sie ist. Über ihre Intelligenz. Über ihre Loyalität. Oder darüber, wie aufopferungsvoll sie ihren Freunden hilft. Aber mit Sicherheit nichts, was ihr nicht auch über euch lesen wollen würdet. Seid so gut und denkt darüber nach: Welche Fotos wollt ihr von euch nicht im Netz sehen? Was wollt ihr niemals über euch lesen? Und dann handelt danach.«

34. KAPITEL

S + MT = E
(Sonntag + Midterms = Ergebnisse)

Es ist Sonntagabend. Wie gewöhnlich sind wir zu viert in der WG. Normalerweise bestellen wir uns etwas zu essen oder kochen gemeinsam, während im Hintergrund eine Serie läuft, aber momentan liegt statt des Duftes von Gemüsecurry nur eine greifbare Anspannung in der Luft.

Ich bin die Einzige, die keinen Laptop vor sich stehen hat. Heute Abend sollen alle Ergebnisse der Midterms online abrufbar sein. Auch wenn ich mir recht sicher bin, alle Testate bestanden zu haben, werde ich minütlich unruhiger. Einen Moment halte ich es noch aus, bevor ich zu Mat hinübergehe und mich auf seinen Schoß gleiten lasse. Zum Dank legt er einen Arm um meine Taille und küsst mich auf den Halsansatz.

Mat drückt eine Taste auf seinem Laptop. Ich spüre, wie sich sein ganzer Körper unter mir verkrampft, während die Seite neu lädt. »Die Noten sind da«, verkündet er.

Ich starre mit ihm auf den Bildschirm und gehe die einzelnen Bewertungen durch.

»Bestanden«, seufzt er erleichtert, während ich noch immer ungläubig auf die Zahlen schaue.

Mir entfährt ein leises Quieken, als ich begreife, dass die Noten echt sind. »Bestnote in Biochemie, du elendiger Streber«, ziehe ich ihn auf und drehe mich zu ihm um. Ich kann nicht anders, als zu lächeln. Ich bin so verdammt stolz auf ihn. All die Nachtschichten und Football-Anekdoten haben sich gelohnt.

Ich werfe noch einmal einen Blick über die Schulter und überfliege die Notenübersicht. »Du hast mir nie erzählt, dass du in allen anderen Fächern richtig gut bist. Ich bin echt erschüttert. Von wegen Vollpfosten. Wenn du so weitermachst, schaffst du locker einen Einser-Abschluss.«

Mat zuckt mit der Schulter. Für ihn ist das keine Neuigkeit, aber bei all den Geschichten, die ich über ihn gehört habe, bin ich nie davon ausgegangen, dass er nicht nur sportlich und ehrgeizig, sondern auch noch aufmerksam und intelligent sein könnte. Dabei sollte gerade ich wissen, dass das Gerede der Leute nicht immer der Realität entspricht.

»Ich habe dir angeboten, dir eine Notenübersicht auszudrucken. Du wolltest sie nicht«, erinnert er mich.

»Bestanden«, seufzt Josh erleichtert neben uns. »Internationales Recht war knapp, aber ich bin durch. Das reicht mir.«

Sein Blick gleitet zu Bo hinüber, der den Kopf schüttelt. Irritiert blinzle ich ihn an. Was soll das heißen?

»Bei Hudgens durchgefallen«, murmelt er auf den Bildschirm sehend, klingt aber nicht überrascht.

»Ernsthaft?« Ich wende mich Mateos Laptop zu, logge ihn aus dem System aus und mich mit meinen Anmeldedaten an, um meine Noten zu überprüfen. Ich habe alle Testate bestanden. Wie kann das sein? »Ich verstehe das nicht. Wir haben zusammen gelernt und unsere Hausarbeiten bei Hudgens gemeinsam abgegeben. Wie kann ich bestanden haben und du nicht? Allein die Noten für die Hausarbeiten hätten reichen müssen, um durchzukommen.«

»Es ist okay«, versichert mir Bo und versucht sich an so etwas wie einem Lächeln. »Hudgens hat mich vorgewarnt, dass

428

das passieren könnte. Er hatte den Eindruck, dass du unsere Gemeinschaftsarbeiten allein bearbeitet hast – und ich habe ihm nicht widersprochen.«

»Aber wieso? Und warum hast du mir nichts gesagt?«, frage ich desillusioniert.

Im Grunde kenne ich die Antwort. Er hat letztes Jahr schon einmal mit dem Gedanken gespielt, das Studium abzubrechen. Ich erinnere mich an die wahllose Auswahl seiner Praktikumsplätze.

»Er hat mir eine Extraaufgabe angeboten, die ich abgelehnt habe«, gesteht er. »Er ist ein anständiger Typ, aber ich will das nicht mehr. Das Studium hat mir bisher nur Unglück gebracht.«

»Ach, wirklich?«, hakt Josh nach und schnaubt abfällig.

»Fast nur Unglück«, korrigiert er. »Dich und Haley kennengelernt zu haben, rettet es ein wenig.«

»Bist du dir sicher, dass du dein Studium hinwerfen willst?«, vergewissere ich mich.

»Haley.« Er schließt den Laptop und schiebt ihn von sich, als wäre es längst beschlossene Sache. »Wir bleiben Freunde. Du kannst jederzeit ins *Hazelcup* kommen und bei einem Gratiseis über Hudgens lästern, aber mein Herz hängt einfach nicht an diesem Studium.«

Seufzend lehne ich mich gegen Mat. »Kaum hat er einen reichen Freund, ist er sich zu gut zum Studieren«, stichle ich, um das ungute Gefühl in meinem Inneren zu übertönen. Wie soll mein Studium ohne Bo weitergehen? Ohne unsere Pausen in der Mensa? Ohne unsere Kaffeedates? »Du wirst mir fehlen.«

»Ihr seht euch immer noch hier«, beschwichtigt Josh. Er wirkt so entspannt, als hätte er davon gewusst. Vermutlich ist es so. »Und wir sehen uns auf dem Campus.«

»Wenn du Kaffee trinken oder über Hudgens lästern willst, stehe ich auch zu deiner Verfügung«, erinnert mich Mat.

Ich weiß, aber es wird nicht dasselbe sein. Tief durchatmend sehe ich zu Bo hinüber – und er blickt schweigend zurück. Auch wenn ich ihn schrecklich vermissen werde, weiß ich tief in meinem Inneren, dass es für ihn die richtige Wahl ist.

»Wenn es dich glücklich macht«, gebe ich mich geschlagen. »Wie sagte schon der Blechmann zur Vogelscheuche? Verstand macht nicht glücklich, aber glücklich zu sein ist das Wichtigste auf der Welt.«

Und während ich auf Mateos Schoß sitze und in die Runde blicke, da sehe ich sie vor mir:

Den Löwen, der den Mut gefunden hat, zu sich selbst zu stehen.

Die Vogelscheuche, die ihren Verstand benutzt, um ihren eigenen Weg zu gehen.

Und den Blechmann mit Herz.

Sie alle haben mir auf meinem Weg nach Hause geholfen. Während Dad noch immer reist, Mom arbeitet und Mr Snuggles die Nachbarn umgarnt, habe ich hier meine neue Familie gefunden.

Epilog

NM = NG
(Neuer Mitbewohner = Neues Glück)

Ich fahre auf, als es an der Tür klingelt, und streiche mein Kleid zurecht, bevor ich den Blumenstrauß auf dem Tisch richte. Heute ziehen Joshuas und Mateos neuer Mitbewohner und seine Freundin in die WG ein. Ich weiß nicht viel über sie, nur, dass sie neu in der Stadt sind und noch auf Wohnungssuche. Sie heißen Cameron und Lucy. Er spielt Football, weswegen der Head Coach sich in der Mannschaft umgehört hat, ob ihn jemand für eine Weile aufnehmen könnte. Nur bis er eine eigene Bleibe gefunden hat, versteht sich. Da Mat und Josh noch immer ein Zimmer frei haben, ist er herzlich willkommen. In der WG ist notfalls ausreichend Platz, um sich aus dem Weg zu gehen, aber ich hoffe, dass er und Lucy nett sind.

»Bereit?«, fragt Mat mit einer Hand auf der Türklinke.

Ich nicke ihm lächelnd zu. Da Josh und Bo unterwegs sind, werden wir uns größte Mühe geben, die neuen Mitbewohner willkommen zu heißen.

Mat öffnet die Tür und stutzt. Da er mir die Sicht versperrt, kann ich nicht erkennen weswegen.

»Cameron und Lucy?«, fragt er hörbar überrascht. »Kommt rein. Soll ich euch irgendwas abnehmen?«

Als die beiden eintreten, verstehe ich, warum er irritiert ist. Es liegt nicht an Cameron. Dunkle Haut, kurze Haare, Hoodie mit Neonaufdruck – und eine Statur, die durchaus beeindruckt.

Als Cornerback ist es seine Aufgabe, einen Wide Receiver wie Joshua abzufangen. Kräftig und schnell, so sieht er aus. Es liegt auch nicht an den zwei riesigen Taschen in seinen Händen.

Aber an ihm vorbei drängt sich ein Mädchen, das kurz hinter der Tür mit offenem Mund stehen bleibt und sich umsieht. Sie ist mit Sicherheit nicht Camerons Freundin. Sie mag vielleicht sechs Jahre alt sein und trägt ein Footballshirt der Otters, das ihr einige Nummern zu groß ist. »Wie gigantisch«, sind ihre ersten zwei Worte beim Anblick der Wohnung.

Mateo ist bemüht, sich seine Überraschung nicht anmerken zu lassen und schließt die Tür hinter ihnen. »Und du bist also Lucy?«, fragt er freundlich.

Sie nickt, aber ihre Aufmerksamkeit wandert durch das Wohnzimmer, dann zum riesigen Fernseher.

»Habt ihr Disney+?« Sie sieht mit leuchtenden Augen zu Mat auf, der sich verlegen am Hals kratzt.

»Bisher nicht«, gesteht er. »Aber da lässt sich sicher was machen.«

»Daddys Onkel Vince hat das«, plaudert sie und kommt zu mir hinübergelaufen. Sie hält mir freundlich die Hand hin. »Ich bin Lucy.«

»Ich bin Haley, Mateos Freundin, und nur zu Besuch«, erkläre ich und erwidere ihren Händedruck.

»Cool.« Sie schenkt mir ein flüchtiges Lächeln. »Daddy sagte, dass wir mit zwei Männern zusammenwohnen, die sich lieben.«

»Oh.« Ist alles, was mir dazu einfällt. Hilfe suchend sehe ich zu Mateo und wünschte, ich hätte irgendeine Ahnung, wie man mit Kindern umgeht.

»Unser Mitbewohner Joshua ist mit einem Mann zusammen«, bestätigt Mateo. »Aber die beiden besuchen gerade einen gemeinsamen Freund, der heute Geburtstag hat. Sie helfen ihm dabei, die Wohnung für seine Party zu schmücken. Wenn ihr nachher Lust habt, seid ihr herzlich eingeladen, auch hinzugehen. Drew ist unser Starting-Quarterback und freut sich bestimmt darauf, euch kennenzulernen.«

»Cool.« Lucy streift weiter durch die Wohnung und inspiziert die Tischtennisplatte.

»Habt ihr eigentlich gut hergefunden?«, fragt Mat an Cameron gewandt.

»Wir hatten einen Autounfall«, posaunt Lucy aus, durchquert den Raum und bleibt an der Balkontür stehen.

»Geht es euch gut?«, fragen Mat und ich unisono. Da kommt wohl einfach das Medizinstudium in uns durch.

»Alles gut«, versichert Cameron und stellt so vorsichtig die Taschen ab, als hätte er Angst, damit die teuren Fliesen zu zerkratzen. »Es war kein richtiger Unfall, nur eine kleine Panne. Unser Leihwagen ist kurz vor Fair Haven liegen geblieben und wollte nicht mehr anspringen, weil der Akku defekt war. Eine junge Frau hat uns mitgenommen.«

»Sie war hübsch«, stimmt Lucy zu. »Und total klug.«

»Ist mir gar nicht aufgefallen«, behauptet Cameron schmunzelnd. »Auf jeden Fall konnte sie nach zwei Minuten den Fehlerspeicher des Elektroautos mit ihrem iPhone auslesen. Ich habe keine Ahnung, wie sie das angestellt hat. Sie schien sich auszukennen und hat angedroht, dass es ein paar Tage dauern kann, bis das Ersatzteil geliefert wird. Angeblich ein bekannter Fehler der Produktionslinie. Wollen wir mal hoffen, dass die Leihwagenfirma das auch so sieht. Wir können uns keine Reparatur leisten. Danke noch mal, dass wir ein paar Tage bleiben dürfen. Es ist echt schwer, eine bezahlbare Wohnung in Campusnähe zu finden.«

»Kein Ding«, versichert Mat. »Dann kommt erst mal gut an und erholt euch von dem Schreck. Wollt ihr etwas trinken?

Oder Kuchen? Bo, der Freund unseres Mitbewohners Joshua, hat euch einen gebacken.« Er sieht flüchtig zu Lucy hinüber.

»Hast du gehört, Lucy?«, hakt Cameron nach.

»Ich habe nur Kuchen gehört«, gesteht sie, dreht sich lächelnd zu uns um und offenbart vorn eine kleine Zahnlücke. Süß.

»Kuchen kommt sofort!«, verspricht Mat und ist bereits auf dem Weg zur Küche.

»Habt ihr noch Sachen unten? Oder soll ich euch euer Zimmer zeigen, während Mat den Tisch fertig deckt?«, biete ich an.

»Nein. Das ist alles«, gesteht Cameron mit flüchtigem Blick auf die Taschen. Er hat zwar gesagt, dass er nur auf Zeit hier wohnen möchte, aber seinem sparsamen Gepäck nach zu urteilen, scheint er noch recht optimistisch zu sein, was die Wohnungssuche betrifft.

»Was studierst du eigentlich?«, frage ich.

»Grafikdesign.« Er bückt sich nach einer Tasche, um für Lucy ein paar Zeichensachen und ein Plüschtier auszupacken. Wenn mich nicht alles täuscht, ist es ein Otter. »Aber ich hoffe, schnell eine Wohnung zu finden, um euch mein kreatives Chaos zu ersparen.«

»Wenn du mit allem so schnell bist …«, werfe ich mit Blick auf Lucy ein und hebe sofort beschwichtigend die Hände. Ich muss dringend erst denken, dann reden.

»Sie meinte, dass du als Cornerback sicher ein schneller Läufer bist«, versucht Mateo mich zu retten.

Cameron schenkt mir ein Lächeln, das verrät, dass er genau verstanden hat, was ich meine. Zumindest scheint er es mir nicht übel zu nehmen.

»Ihr werdet euch sicher gut verstehen«, plaudert Mat, bevor er mit Kuchen und Tellern aus der Küche zurückkommt.

»Haley studiert Medizin, aber an ihr ist eine Künstlerin verloren gegangen.«

»Das ist schade«, seufzt Lucy. »Aber vielleicht findest du sie ja noch wieder.«

»Ja, vielleicht«, stimme ich zu und kann ein Grinsen nicht unterdrücken. Ich bin hier wohl nicht die Einzige, die eine kindgerechte Ausdruckweise lernen muss.

Das dürften ein paar sehr lustige Tage werden. Bo versteht sich sicherlich hervorragend mit Kindern, aber ich bin gespannt, was Josh zu den beiden sagt. Josh, für den Kühlschrankmagneten schon eine Beleidigung des ästhetischen Empfindens sind.

Das dürfte lustig werden.

Danksagung

Auch in *The Reason Of Love* möchte ich die Gelegenheit nutzen und mich bei den Menschen bedanken, die an der Entstehung dieser Geschichte beteiligt waren.

Ich muss gestehen, dass mein Leben während des Schreibens mehrfach gehörig durcheinandergewürfelt wurde – und das nicht nur aufgrund der Corona-Pandemie oder der Geburt meiner Tochter. Vieles hat sich in meinem Leben verändert. Die Unruhe, die diese Umbrüche mit sich gebracht haben, hat sich phasenweise auch auf Haley und Mateo übertragen. Doch meine Lektorinnen Sabrina und Kathleen haben es wieder einmal geschafft, das Liebeschaos in geordnete Bahnen zu lenken.

Ich danke Fabian für das Sensitivity Reading, denn seine ebenso ehrlichen wie hilfreichen Worte im Fall *BoJo* haben mir sehr dabei geholfen, Joshua besser zu verstehen.

Eigentlich hat sich Nicole neben einem Danke dieses Mal auch eine Entschuldigung verdient. Oder alternativ einen Orden dafür, dass sie meine Nummer auch nach der hundertsten Sprachnachricht noch nicht blockiert hat. Ähnliches gilt für meine Familie, die die Worte *daily wordcount* sicherlich nicht mehr hören kann.

Zuletzt gehört mein Dank dir – für den Kauf dieses Buchs.

Penny und ich würden uns sehr freuen, wenn wir uns in Band 3 wiederlesen.

Eure Yvy

Sich in ihn zu verlieben stand nicht auf ihrer To-Do-Liste

Maya Hughes
THE MEMORIES WE MAKE
Aus dem amerikanischen
Englisch von
Katrin Reichardt
400 Seiten
ISBN 978-3-7363-1449-8

Persephone ist ein Mathegenie, liebt Organisation – und hat das „normale" Collegeleben irgendwie verpasst. Daher hat sie sich vorgenommen, bis zum Ende des Semesters unvergessliche Erinnerungen zu sammeln. Seph will feiern gehen, Freunde finden, sich verlieben – ihr erstes Mal erleben. Doch dafür braucht sie den richtigen Partner. Kurzerhand veranstaltet sie ein Casting und ist überrascht, als ausgerechnet College-Football-Star Reece Michaels sich dazu bereit erklärt, ihr zu helfen – ausgenommen beim Verlieben und dem Sex ...

»Ein Football-Hottie mit einer süßen Seite? Nichts wie her damit!« KERI LOVES BOOKS

LYX

Eine besondere Nacht wird ihre Leben für immer verändern

Mounia Jayawanth
NIGHTSKY FULL
OF PROMISE

480 Seiten
ISBN 978-3-7363-1659-1

In einer Berliner Sommernacht verbringen Sydney und Luke ein paar viel zu kurze Stunden miteinander, bevor Luke ins Ausland geht. Um ihren Gefühlen trotzdem eine Chance zu geben, vereinbaren sie, sich nach Lukes Rückkehr am selben Ort zu treffen. Sydney ist zur Stelle – Luke jedoch nicht. Auch fünf Jahre später kann Sydney ihn nicht vergessen. Und dann steht Luke ihr plötzlich wieder gegenüber. Nur erinnert er sich weder an sie noch an ihr Versprechen ...

»Ihr haltet hier ein ganz besonderes Buch in den Händen, das direkt mit der ersten Seite einen Platz in meinem Herzen erobert hat.« @BOOKSLOVE128

LYX

Wenn dein Herz in tausend Scherben liegt ...

Julie Johnson
WE DON'T TALK
ANYMORE
Aus dem amerikanischen
Englisch von
Anika Klüver
400 Seiten
ISBN 978-3-7363-1666-9

Josephine und Archer sind unzertrennlich, obwohl sie unterschiedlicher nicht sein könnten: Während Josephine mit Privilegien aufwächst, muss Archer für seine Chancen und Erfolge kämpfen. Doch als aus ihrer Freundschaft Liebe wird, ändert sich alles zwischen ihnen. Archer und Josephine halten ihre Empfindungen verborgen. Zu groß ist ihre Sorge, einander verlieren zu können. Und dann ist da noch ein Schatten in Archers Umfeld, der all ihre Träume zerstören könnte ...

»Julie Johnsons Geschichten sind voller wundervoller, atemberaubender und teils auch schockierender Momente, in die sie viel Liebe und Weisheit gesteckt hat.« @CHAPTERSABOUTISY

LYX

Gefühle sind gefährlich. Sie brechen einem das Herz. Und ihres ist zu wertvoll, um es in Gefahr zu bringen

Kim Nina Ocker
EVERYTHING I
EVER NEEDED

464 Seiten
ISBN 978-3-7363-0996-8

Ava sehnt sich nach einem Neustart: Nachdem sie wegen einer Herzerkrankung während ihrer Highschool-Zeit viel verpasst hat, soll auf der Preston University nun alles anders werden! Ava ist fest entschlossen, der zweiten Chance gerecht zu werden. Endlich will sie selbstständig sein, Freunde finden und ein »normales« College-Leben führen. Doch dann trifft sie auf Dexter – und merkt schnell, dass er ihre Welt vollkommen auf den Kopf stellt. Denn obwohl er Ava immer wieder von sich stößt, bringt er ihr Herz doch bei jeder Begegnung dazu schneller zu schlagen ...

»Lest dieses Buch.« @KIELFEDER über EVERYTHING I DIDN'T SAY

LYX